The Serpent Prince
by Elizabeth Hoyt

せつなさは愛の祈り

エリザベス・ホイト
岡本千晶[訳]

ライムブックス

せつなさは愛の祈り

主要登場人物

ルシンダ（ルーシー）・クラドック＝ヘイズ……メイデン・ヒルに住む海軍大佐の娘
イズリー子爵サイモン・マシュー・ラファエル……ルーシーに命を救われる貴族
クラドック＝ヘイズ大佐……ルーシーの父親
ミセス・ブロディ……クラドック＝ヘイズ家の家政婦
ヘッジ……クラドック＝ヘイズ家の下男
ユースタス・ペンウィーブル……メイデン・ヒルの教区牧師
パトリシア・マッカロー……ルーシーの親友
クリスチャン・フレッチャー……サイモンの若き友人
サー・ルパート・フレッチャー……クリスチャンの父親
スウォーティンガム伯爵エドワード・デラーフ……サイモンの親友
ハリー・パイ……サイモンの友人
イーサン……サイモンの亡き兄
ロザリンド……イーサンの妻
テオドラ（ポケット）……イーサンの娘
ニュートン……サイモンの執事
クインシー・ジェームズ……イーサンを死に追いやった貴族
ギャヴィン・ウォーカー……イーサンを死に追いやった貴族

1

イングランド、メイデン・ヒル

一七六〇年一一月

ルーシーことルシンダ・クラドック＝ヘイズの足元に横たわる死体は、まるで天から落ちてきた神のようだった。人間の姿を借りたアポロ――いや、軍神マルスと言ったほうが近い――が打ちのめされて天空から落下し、家に帰る途中の乙女《メイデン》に発見されたのだ。ただし、天の神々はめったに血は流さない。

それを言うなら、死ぬこともない。

「ミスター・ヘッジ」ルーシーは振り向き、大声で呼んだ。

メイデン・ヒルの町からクラドック＝ヘイズ邸へと続く寂しげな小道にぐるっと目を走らせたが、見たところ、死体を見つける前と様子は変わらない。自分を除けば人通りはなく、後ろからはあはあ息を切らしながらやってくる下男がいるだけだ。そして、わきの溝には横たわる死体。低く垂れ込めた空は寒々とした灰色をしていた。まだ五時にもならないというのに、もう日の光が薄らいできている。葉が落ちた並木はしんとしていて、肌寒かった。

ルーシーはぶるっと震え、ショールを引っ張って肩にしっかりと巻きつけた。死者は手足を投げ出した格好でうつ伏せに倒れていた。裸で、ひどく痛めつけられている。広い背中は右肩から流れ出た大量の血に染まっていた。その下のほうには、引き締まった尻、毛で覆われた脚、妙に優美な骨ばった足が見える。ルーシーは目をしばたたき、男の顔に視線を戻した。死んでいるとはいえ、ハンサムだ。頭を横に向け、高貴な横顔をさらしている。高い鼻、高い頰骨、幅のある唇。閉じた目の上にある翼のような形の眉に、傷跡が一本横切っている。とても短く刈られた淡い色の髪は、血でもつれた部分を除いて地肌にぺたっと張りついている。左手は頭の上のほうに投げ出されていて、人差し指には指輪の跡と思われるへこみがあった。彼を殺した人たちは、ほかのすべてのものと一緒に指輪も奪ったに違いない。体じゅうに泥がこびりついて、尻のわきにはブーツのヒールの跡が一つ、判を押したようにくっきりと残っていた。それ以外には犯人を示唆する形跡はない。いったい誰が、まるでくず肉を捨てるように彼をここに放り出していったのだろう?

ばかみたいだけど、涙が出そうで目がちくちくする。殺人者たちは彼を裸にして品位をおとしめた。こんな置き去りの仕方をするなんて、この人に対するひどい侮辱のように思える。悲しくて耐えられない。わたしったら、本当にばかね。そのとき、ぶつぶつつぶやく声が近づいてくるのに気づき、頰を濡らす涙をあわてて手でぬぐった。

「お嬢様はまず、ご近所さんと、鼻たれ小僧どもを一人残らず訪ねて回った。それから、二人して丘をずんずん登って、ハーディばあさんの家を訪ねた。あの口やかましいばあさん、どうしてまだ墓に埋められておらんのかねえ。さっぱりわからん。これで全部かって？　いや、それが全部とは言えんのだな。そのあと、お嬢様は牧師館に立ち寄らねばならなかったんでね。で、そのあいだずっと、わたしは大きなゼリーの瓶をいくつも運んでいたというわけだ」

ルーシーはあきれて天を仰ぎたい衝動を抑えた。下男のヘッジがもじゃもじゃの白髪頭にかぶっている三角帽は、脂で汚れ、ぺしゃんこにつぶれている。ほこりだらけの上着とベストも同じようにみすぼらしい。おまけに彼は、真っ赤な縫い取り飾りのついた長靴下でがにまたを目立たせることにしたらしい。身につけているものは間違いなくお父様のお古だわ。

ヘッジはルーシーのわきで足を止めた。「うへぇ、死人はごめんですよ！」

下男はびっくりして、腰を曲げておくのもうっかり忘れて突っ立っていたが、ルーシーが顔を向けると、細身ながら丈夫そうな体をこれみよがしにぐったりとさせた。背中を丸め、バスケットにはもう何も入っていないというのに、ひどく重たい物を運んでいるかのように肩を落とし、大儀そうに頭を横に倒した。それから締めくくりとして、格子縞のハンカチを取り出し、せっせと額をふいた。

ルーシーはすべて無視した。昔からこの芝居は、何千回とは言わないまでも、もう何百回と目にしてきたのだ。「わたしなら死人なんて言い方は……。でもたしかにこれは死体だわ」

「じゃあ、こんなところでぽかんと突っ立っていないほうがいい。死者は安らかに眠らせてやりましょう。いつも言ってることですがね」ヘッジが横歩きですり抜けようとする。ルーシーは彼の行く手を阻んだ。「ここに置き去りにするわけにはいかないわ」

「どうしてです？　こいつはお嬢様が通りかかる前からここにおったのですよ。それに、わたしが申し上げたとおり近道をして共有地を突っ切っていたら、目にすることもなかったわけでして」

「それでも、見つけてしまったのよ。この人を運ぶのに手を貸してもらえるかしら？」

ヘッジはまったく信じられないといった様子でよろよろと後ずさりをした。「運ぶですって？　こんな大男を？　わたしの足腰が立たなくなってもいいとおっしゃるなら話は別ですがね。背中が悪いんですよ。もう二〇年になります。口には出しませんがね、悪いことに変わりはございません」

「わかりました」ルーシーは下男の言い分を認めた。「じゃあ、荷車を手配する必要があるわね」

「このままにしておけばよろしいじゃないですか？」下男が異議を申し立てた。「じきに誰かが見つけてくれますって」

「ミスター・ヘッジ……」

「肩を刺されて、血まみれなんですよ。そんなことしちゃいけません。運ぶだなんて」そう言って表情をゆがめたヘッジの顔は、腐ったカボチャによく似ていた。

「肩であろうがなかろうが、刺されようと思って刺されたわけじゃないはずだし、この人を責めることはできないでしょう」ルーシーは下男をたしなめた。

「しかし、腐敗が始まっておりますよ！」ヘッジが鼻の前でハンカチを振る。

ルーシーは、あなたが来るまで何のにおいもしなかったけど、とは言わなかった。「ここで待ってるから、荷車と一緒にボブ・スミスを連れてきてちょうだい」

下男は今にも抵抗しそうな勢いで、白髪の交じったもじゃもじゃの眉をひそめた。

「ここで死体と一緒に待っているほうがいいと言うなら話は別だけど」

ヘッジの眉が元の位置に戻った。「とんでもない。お嬢様のご判断がいちばんにきまってます。鍛冶屋のところまで、ひとっ走り行って――」

死体がうめいた。

ルーシーが驚いて下を向く。

隣でヘッジが後ろに飛び退き、ルーシーともどもわかりきっていることを口にした。「いやあ、なんてこった！　こいつは死んじゃいない！」

あら、たいへん。わたしときたら、つまらないことでヘッジと言い争って、ずっとここに突っ立っていたのだわ。ショールを勢いよくはずし、男の背中にかけてやる。「あなたの上着を貸して」

「しかし――」

「早くしなさい！」ルーシーはヘッジの顔も見ずに言い放った。きつい口調で言いつけることはめったにないので、たまにそういう言い方をすると、いっそう効果的なのだ。

下男は「ああ……」とうめいたが、上着を投げてよこした。

「フリーモント先生を呼んできて。緊急だと伝えるのよ。きっとすぐ来てくださるわ」ルーシーは、真ん丸に見開かれた下男の目を厳しい表情でじっと見つめた。「それと、ミスター・ヘッジ?」

「はい?」

「走ってね」

ヘッジはバスケットを置いて駆けだした。びっくりするほど速い。背中が悪いことなど忘れてしまったらしい。

ルーシーは身をかがめ、男の尻と脚の周りにヘッジの上着をぴったりと巻きつけた。鼻の下に手をやると、呼吸はほとんどしていなかったが、しばらくするとようやくかすかな息が感じられた。たしかに生きている。しゃがんで、今の状況をじっくりと考えてみた。男は溝に横たわっている。半分凍った泥と雑草の上に……。どちらも硬くて冷たい。重傷を負った男性にとって望ましい環境とは言えないだろう。でもヘッジが指摘したとおり、この人は大男だ。独りでは動かせるかどうかわからない。背中を覆っているショールの端をめくってみた。肩の細長い傷口は乾いた血糊で固まっている。正直なところ、こういう状況には不慣れだが、それでも出血がすでに止まっていることは見ればわかる。背中からわきにかけて、あざや擦り傷がこれでもかというほどできている。体の表側がどうなっているのかは神のみぞ知るだ。

そのうえ、頭にも傷がある。

ルーシーは首を横に振った。男はぴくりともせず、青白い顔をしている。死んでいると勘違いしたのも無理はない。それでも、この哀れな男のことでのんびり議論をしているあいだに、ヘッジにドクター・フリーモントを呼びに行かせることはできたかもしれないのだ。

男の唇の上に手をかざし、息をしているかどうかもう一度たしかめてみた。呼吸は弱いものの、一定している。手の甲で彼の冷たい頬をなでると、ほとんど目立たない無精ひげが指に触れた。あなたは誰なの？　メイデン・ヒルはそれほど大きな町ではないから、よそ者が通りかかれば必ず目に留まる。にもかかわらず、今日の午後、町の人たちの家を回っているあいだ、訪問者にまつわる噂はまったく耳にしなかった。なぜか彼は誰にも気づかれぬまま、この小道に姿を現した。それに暴行され、身ぐるみを剝がされたことも一目瞭然だ。どうしてこんなことに？　彼は単なる犠牲者？　それとも、何らかの理由でこうなる運命を招いてしまったのかしら？

ルーシーは最後に思い浮かんだ考えに身を縮め、ヘッジが急いでくれますようにと祈った。日はどんどん暮れていくし、昼間ため込んだ温もりなど微々たるものだ。傷を負った人間が風雨や寒さにさらされて横たわり、どれくらい持ちこたえるかなんて、神様にしかわからない……。彼女は唇を嚙んだ。

ヘッジがすぐに戻ってこなければ、医者は用なしになるだろう。

「やつは死にました」

サー・ルパート・フレッチャーのかたわらで残酷な言葉が響いた。人が大勢いる舞踏室で口にするにしては声が大きすぎる。そばで誰かに立ち聞きされはしまいかと周囲に目を走らせてから、声の主、クインシー・ジェームズのほうに歩み寄る。

右手で黒檀の杖をぎゅっと握りしめ、いらだち、というより驚きを顔に出さないよう努めた。「どういうことだ？」

「申し上げたとおりですよ」ジェームズがにやにや笑った。「やつは死にました」

「殺したのか？」

「わたしではありません。手の者を送ってやらせました」

サー・ルパートは顔をしかめ、言われたことの意味を理解しようとした。ジェームズは一連の計画を独りで決めてしまった。それがうまくいったというのか？「何人だったんだ？」

サー・ルパートは唐突に尋ねた。「きみの手下だよ」

若いほうの男は肩をすくめた。「三人。二人でもよかったくらいです」

「いつやった？」

「今朝早く。出かける直前に報告を受けました」ジェームズが生意気そうに一瞬にやりとし、子供っぽいえくぼが現れた。彼の青い目、イングランド人らしい整った顔立ち、運動選手のような体つきを見れば、たいがいの人は感じのいい若者だと思うだろう。魅力的だとさえ思うかもしれない。

だが、その判断は誤っている。

「首謀者が突き止められることはないと期待しよう」努力したにもかかわらず、サー・ルパートの声には、きっと知らず知らずのうちに怒気がこもっていたのだろう。

ジェームズの顔から笑みが消えた。「死人に口なしです」

「ふん」大ばか者め。「どこでやった？」

「やつのタウンハウスの外で」

サー・ルパートは低く毒づいた。明るいうちから自宅の外で世襲貴族を待ち伏せるなど、間抜けな人間のすることだ。今夜は悪いほうの脚が手に負えないというのに、そのうえジェームズのこんなたわ言を聞かされるはめになるとはな。黒檀の杖にすがる手にいっそう体重をかけ、サー・ルパートは頭を働かせようとした。

「心配しないでください」ジェームズが不安そうに笑った。「だ、だ、誰にも見られておりません」

サー・ルパートは眉を吊り上げた。まったく、自ら行動するのはもちろん、貴族に自分の頭で考えようなどと思ってもらっては困るのだ。典型的な小貴族は何代にもわたって暇をもて余してきたから、小便もさっさと済ませられないというのに。まして暗殺を企てるといった、より込み入ったことはできるわけがない。

ジェームズは相手が何を考えているか、まったくもって気づいていない。「それに、部下が身ぐるみ剝いで、ロンドンから馬で半日行ったところに遺体を捨ててきましたから。あそこまで行けば、やつのことを知っている人間は一人もいません。遺体が発見されるころには、身元が割れる証拠なんかたいして残っちゃいませんよ。そうでしょう？　あ、あ、安全確実です」ジェームズは手をのろのろ動かし、黄金《こがね》色のかつらに指を一本、突っ込んだ。髪粉をかけていないが、おおかた虚栄心でそうしているのだろう。

サー・ルパートはマデイラ酒を一口すすり、今聞かされたばかりの情報についてじっくり考えた。舞踏室は人でごった返しており、ろうそくの燃えるにおいと、強烈な香水の香りと体臭とで息が詰まりそうだ。庭へ通じるフレンチドアは開け放たれ、冷たい夜気が流れ込んでくるものの、室内の熱気を下げるほどの効果はほとんどない。三〇分前にパンチがふるまわれたが、真夜中に軽食が出されるまでまだ何時間もある。サー・ルパートは顔をしかめた。軽食にさして期待はしていない。あるじのハリントン卿はけちで有名だ。最上流の人々を――それにサー・ルパートのような成り上がり貴族をわずかばかり――もてなすときでさえ渋いのだ。

部屋の中央は物がどかされ、ダンス用の狭い空間ができていた。そこで色とりどりの衣装をまとった人々がくるくる回っている。若い娘たちは刺繍を施したドレスを着て、髪粉を振りかけている。紳士たちはかつらと着心地の悪い晴れ着でお出ましだ。若者たちの見事な身のこなしがうらやましいとは思わない。あのシルクやレースの下は汗びっしょりになっているはずだ。こんな社交シーズンとも言えない時季に大勢の人が集まってくれて、ハリントン卿も、というよりレディ・ハリントンはさぞかし満足であろう。夫妻には未婚の娘が五人おり、夫人はまるで戦いの準備をするベテラン司令官のごとく、彼女たちを整列させていた。五人のうち四人はそれぞれ、結婚相手としてふさわしい紳士の腕に手を置き、ダンスをしている。

だが、こちらも年ごろの娘が三人いる父親なのだから、人の親を偉そうに批判するわけにはいかない。娘はもう全員、社交界に出ている。ふさわしい夫を見つけなければならないのだ。実際、妻のマチルダは……。ここから二〇歩ほど行ったところで娘のサラと一緒にいる妻と目が合った。妻は片眉を吊り上げ、相変わらず夫の隣に立っている若きクインシー・ジェームズを意味ありげに見た。

サー・ルパートはかすかに首を横に振った。こんなやつに娘をやるぐらいなら、狂犬と結婚させるほうがましだ。結婚して三〇年近くになれば、夫婦はしっかり意思疎通が図れるようになる。マチルダはすっと顔を背けると、ほかのご婦人と活発におしゃべりを始め、夫と意見交換をした様子などみじんも見せなかった。あとでジェームズについて、なぜあのお若い方は不合格なのかと尋ねるかもしれないが、今この場で夫をわずらわせる気はさらさらないのだろう。

ほかの仲間が妻のように慎重に慎重に事を運んでくれていたなら……。

「なぜ心配されるのかわかりません」どうやらジェームズはこれ以上、沈黙に耐えられなくなったらしい。「あなたのことは、やつにばれていなかったのですよ。というか、あなたの存在は誰にもばれていなかった」

「これからもずっとそうだといいがね」サー・ルパートは穏やかに言った。「我々全員のために」

「それは保証します。あなたはご自分では手を下さず、わ、わ、わたしとウォーカーのほか、二人の男に託して、あいつを追わせたのですからね」

「いずれにせよ、きみらのしたことは彼にばれていただろう」

「それでもあなたのことを知りたがっている人間は、い、い、いくらかいるのですよ」ジェームズが猛烈な勢いで頭をかいたものだから、もう少しで弁髪のかつらがはずれてしまうところだった。

「しかし、わたしを裏切らんほうが身のためだ」サー・ルパートはきっぱりと言い、通りかかった知り合いに会釈をした。

「口外すると言ってるわけじゃありません」

「よろしい。きみはこの件で、わたしと同じくらい利益を得たのだからな」

「ええ、しかし――」

「ならば、終わりよければすべてよしだ」

「あ、あ、あなたがそう、お、お、おっしゃるのは簡単です」ジェームズはますます頻繁に吃音《きつおん》を繰り返すようになった。動揺の表れだ。「ハートウェルの死体を見ていないからだ。首を串刺しにされたのです。失血死したに違いありません。彼の介添人が言うには、決闘はたったの二分しか続かなかったそうです。念のため申し上げておきますが。お、お、恐ろしいことです」

「ハートウェルよりきみのほうが剣の腕は上ではないか」サー・ルパートが言った。娘は自分
いちばん上の娘、ジュリアがメヌエットを踊り始めると、彼は笑みを浮かべた。娘は自分によく似合った青い色合いのドレスを着ている。見たことがあったかな？　いや、ないだろう。きっと新調したのだな。あのドレスのおかげで貧乏にならないことを願うばかりだ。娘の相手は四〇代を過ぎている。ちょっと年は取っているが、それでも身分は伯爵……。

「ぺ、ぺ、ペラーも剣術の達人でしたが、最初に、こ、こ、殺されました」ジェームズのヒステリックな声でサー・ルパートの思考は中断された。

声が大きすぎる。サー・ルパートは彼を落ち着かせようとした。「ジェームズ――」

「夜、決闘を挑み、翌朝の朝食前には、し、し、死んでいたのです！」

「今、その話をするのはどうかと――」

「手から、け、け、剣をもぎ取られてしまったので、身を守ろうとして、ゆ、ゆ、指を三本、失いました。その後、わたしは指を見つけるために、く、く、草むらを探し回るはめになった。ああ、ひ、ひ、ひどい！」

そばにいる人たちが、くるりと顔をこちらに向ける。若者の声はしだいに高くなっていた。

そろそろこの場を去らねば。

「もう終わったのだ」サー・ルパートはジェームズのほうを向いて目を合わせ、なだめるように彼の腕をつかんだ。

右目の下が引きつっている。若者は息を吸い込み、何かしゃべろうとした。

サー・ルパートは先回りをし、穏やかな声で言った。「やつは死んだ。たった今、きみがそう言ったのだぞ」

「で、で、ですが――」

「従って、これ以上、心配することは何もない」サー・ルパートは会釈をし、脚を引きずりながらその場を去った。マデイラ酒がもう一杯、どうしても必要だったのだ。

「わたしの家に、その男を入れることは許さん」クラドック＝ヘイズ大佐は樽のような胸の前で腕組みをしてきっぱりと言い、波打つ甲板に立つかのごとく足を踏ん張った。かつらをつけた頭を高く上げ、海のように青い目で遠くの地平線を見据えている。

大佐はクラドック＝ヘイズ邸の玄関広間に立っていた。いつもなら、人が出入りするのに十分な広さの玄関なのに。今は、そこにいる人の数に比例して縮んでしまったかに見える。そう思うとルーシーは悲しくなった。おまけに、大佐がそのど真ん中に陣取っている。

「わかりました、お父様」ルーシーは素早く身をかわして父親をよけ、見知らぬ客を運んでいる男たちに、奥まで入るよう手招きをした。「二階の弟の寝室がいいんじゃないかしら。そう思わない、ミセス・ブロディ？」

「そりゃあ、結構ですね、お嬢様」クラドック＝ヘイズ家の家政婦、ミセス・ブロディがうなずいた。赤い頬を縁取るモブキャップ（一八世紀に流行した耳まで かぶさる婦人用室内帽）のフリルが動きに合わせて小刻みに揺れている。「ベッドはもう整えてございますし、火もすぐにおこせますよ」

「よかった」ルーシーは満足げにほほえんだ。「ありがとう、ミセス・ブロディ」

家政婦は一歩進むごとに大きな尻を揺らしながら、駆け足で階段を上っていった。

「何者かもわからんのだぞ」父親が続けた。「ひょっとすると放浪者、いや殺人者かもしれん。ヘッジが言うには、肩を刺されていたそうではないか。一つ訊くが、どういう類の男が人に刺されると思っておるのだ？　え？　答えてみなさい」

「わかりません、そんなこと」ルーシーは無意識に答えた。「道をあけていただけます？そうすれば、この方を運び込んでもらえますので」

父親は言われるがまま、じりじりと壁のほうに寄った。

怪我人を運んできた者たちは息を切らし、悪戦苦闘しながら見知らぬ男を中に入れた。男はぴくりとも動かず、顔は死人のように青い。ルーシーは唇を嚙み、不安を表に出さないようにした。わたしはこの人のことを知らない。目の色さえわからない。それでも、彼が生きていることがものすごく大切なの。運びやすくするための手段として、彼は戸板に載せられていたが、体重と身長のせいで、やはり作業は楽ではない。それは誰の目にも明らかで、運んでいる男の一人が毒づいた。

「わたしの家でそのような言葉遣いは許さん」大佐は無礼者をにらみつけた。

男が真っ赤になり、ぼそぼそとお詫びを口にする。

大佐がうなずいた。「どこの馬の骨とも知れぬ流れ者を家に入れてしまったら、どんな父と思われるかわかっておるのか？　嫁入り前の若い娘がいるというのに。え？　だめな父親。そう呼ばれるのだぞ」

「そうね、お父様」ルーシーが固唾《かたず》をのんで見守る中、男たちが階段をうまく上っていく。

「だから、ならず者はどこかほかの場所へ連れていかねばならん。フリーモントの家がいい。そいつを診た医者だからな。あるいは救貧院だ。ひょっとすると牧師館がいいかもしれん。ペンウィーブル牧師にとっては、キリスト教徒の情け深さを発揮するいい機会だぞ。どうだ？」

「おっしゃるとおりかもしれませんけど、この人はもうここにいるのですよ」ルーシーはなだめるように言った。「また動かさなきゃいけないとしたら、困ったことになりますわね」

階段にいる男たちの一人が目を大きく見開き、彼女を見た。

ルーシーは、大丈夫よとばかりに、にっこりほほえんだ。

「どっちにしろ、長くはもたんだろうよ」父親が顔をしかめた。「上等なシーツを台無しにしても何にもならん」

「台無しにしないように気をつけます」ルーシーは階段を上がり始めた。

「わたしの夕食はどうするのだ？」背後で父親がぼやいた。「皆して、やくざ者の寝る場所を作るのに駆けずり回っておって、誰が夕食の準備をする？」

ルーシーは手すりから身を乗り出した。「あの人が落ち着いたところを見届けたら、すぐ用意しますから」

父親はぶつぶつ文句を言った。「一家のあるじが、ごろつきがくつろぐのを待っていると
は、結構なことだ」

「お父様はとても話のわかる人ですものね」ルーシーは父親にほほえみかけた。

「ふん」

彼女は向きを変え、階段を上った。

「これ、娘や」

ルーシーは再び手すりから顔をのぞかせた。

父親は赤いだんごっ鼻の上で、ふさふさした白い眉を寄せ、しかめっ面で娘を見上げている。「その男には気をつけるのだぞ」

「はい、お父様」

「ふん」父親がまたしても背後でぶつぶつ言った。

しかし、ルーシーは急いで階段を上がり、青色で統一された寝室へ入った。男たちはすでに見知らぬ怪我人をベッドに移していた。ルーシーが中に入ると同時に、どしんどしんと音を立ててベッドを離れ、床に泥の跡を残して部屋を出ていった。

「ここにいちゃだめですよ、お嬢様」ミセス・ブロディははっと息を呑み、シーツを引っ張って男の胸を覆った。「こんな状態の男性と一緒にいるなんて、いけません」

「もっと露出している姿をほんの一時間前に見てるのよ、ミセス・ブロディ。だから大丈夫。少なくとも、今は包帯を巻いてるでしょう」

ブロディは鼻を鳴らした。「大事な部分には巻いておりません」

「まあ、そうかもしれないわね」ルーシーは渋々認めた。「でも、彼が危険をもたらすとはまず思えないわ。こんな状態なんだもの」

「やれやれ、お気の毒な紳士だこと」ミセス・ブロディは男の胸を覆っているシーツを軽く叩いた。「お嬢様に見つけてもらうなんて運がいい。じゃなきゃ道に放っておかれて、朝までに間違いなく凍え死んでたでしょうよ。誰がこんなひどいことできるんでしょうねえ？」

「わからないわ」

「メイデン・ヒルには、そんな人間はおりません。わたしはそう思っていますけどね」家政婦はかぶりを振った。「きっと、ロンドンからやってきた人間のくずのしわざですよ」

人間のくずならメイデン・ヒルでも見つかる、という点は指摘しないでおいた。「明日の朝、フリーモント先生が包帯の確認をしに寄ってくださるそうよ」

「承知しました」ミセス・ブロディは疑わしそうに患者を見た。まるで翌朝まで生きている可能性を見極めているかのように。

ルーシーは深く息を吸った。「それまでは、この人を快適に寝かせてあげることしかできないわね。目が覚めるかもしれないし、念のため、扉は少し開けておきましょう」

「わたしは大佐の夕食を用意しましょうかね。それがいちばんです。遅れるとどうなるかご存じでしょう。準備ができたらすぐ、ベッツィを二階に上げて看病させますよ」

ルーシーはうなずいた。メイドはベッツィ一人しかいないけれど、客人の看病は女性三人で交代しながらこなせるはずだ。「行ってちょうだい。わたしもすぐ下りていくわ」

「承知しました」ミセス・ブロディがとがめるような目つきで見る。「でも、あまり長居をしちゃいけませんよ。旦那様はお嬢様にお話があるでしょうからね」

ルーシーは鼻にしわを寄せてうなずいた。ミセス・ブロディが同情の笑みを浮かべ、部屋を出ていく。

弟、デイヴィッドのベッドに横たわる見知らぬ男を見下ろし、ルーシーは再び考えた。この人は何者なの？　ぴくりとも動かないものだから、胸がかすかに上下する様子をじっと目を凝らして確認しなければならなかった。頭に巻かれた包帯は彼の衰弱ぶりを強調し、眉の傷跡を目立たせるばかり。彼はひどく孤独に見える。心配している人はいるのかしら？　彼の身を案じて帰りを待っている人がいるかもしれない。

片方の腕が上掛けの外に出ている。ルーシーはその腕に触れた。

すると、彼の手がぱっと上がって、彼女の手首をつかみ、そのまま放してくれなかった。それはもうびっくりして、ルーシーはきゃっと脅えた声を出すのがやっとだった。それから、これまで見たこともないほど色の薄い瞳に見入った。この目は氷の色をしている。

「殺してやる」彼ははっきりと言った。

一瞬、このぞっとする言葉が自分に向けられたのかと思い、胸の中で心臓が止まりそうな気がした。

男はルーシーの向こうへ視線を転じた。「イーサン？」当惑したように顔をしかめたが、やがてこの世のものとは思えないその目を閉じた。一分と経たないうちに、手首をつかんでいた手がゆるみ、腕が再びベッドに落ちた。

ルーシーは息をついた。胸の痛みから判断するに、男に手首をつかまれて以来、初めて息をしたのだろう。ベッドから離れ、きゃしゃな手首をさする。男の手は容赦がなかった。朝になったらあざができているだろう。

彼は誰に向かって言ったのかしら？

ルーシーは身震いした。誰であれ、うらやましくも何ともない。彼の声にはみじんのためらいもなかった。心の中で敵を殺したいと思っていることは間違いない。もう一度、ベッドをちらっと見る。見知らぬ男はもうゆっくりと、深く呼吸をしていた。安らかに眠っているように見える。手首の痛みがなかったら、今起きたことはすべて夢だったと思ったかもしれない。

「ルーシー！」下から怒鳴り声がした。父親の声以外の何ものでもない。

スカートを引き寄せ、部屋を出て階段を駆け下りる。

父親はすでに食卓の上座に座っており、襟にナプキンをたくし込んでいた。「遅い夕食は好かんのだ。消化に悪い。腹がごろごろして夜中まで眠れなくなる。自分の家で、夕食は時間どおりにしてくれと頼むのは無理な注文なのかね？　どうなんだ？　え？」

「もちろん、そんなことありません」ルーシーは父親の右側の席に座った。「ごめんなさい」

ミセス・ブロディが湯気の立つローストビーフを運んできた。つけ合わせにジャガイモとポロネギとカブがぎっしり載っている。

「ああ、これぞ男が夕食のテーブルで目にしたい料理だな」父親は満面の笑みを浮かべ、肉を切り分けるべく、ナイフとフォークを手に取った。「上質のイングランド産ビーフ。実にうまそうなにおいがする」

「恐れ入ります、旦那様」キッチンへ戻る際、家政婦はルーシーに目くばせした。

ルーシーが笑みを返す。ミセス・ブロディのおかげで助かった。

「よし、食べなさい」父親は食べ物を山盛りにした皿を娘に渡した。「ミセス・ブロディは最高のローストビーフの作り方を心得ている」

「ありがとう、お父様」

「ケント州一うまい。午後はあちこち歩き回ったのだから、少しは栄養のあるものを取らんとな。違うかね？」

「回顧録はどう？　今日はどれくらい進んだの？」ルーシーはワインをひと口飲み、二階で寝ている男のことは考えないようにした。

「はかどったよ。実にはかどった」父親は、さあ食うぞとばかりにローストビーフを見た。「三〇年前のけしからん話を書いた。フェザー大佐と――今や、あの男も海軍大将だ、いまいましい――島の三人の女性にまつわる話だよ。おまえは知っているかな？　現地の女性は何も着て――えへん！」父親は突然咳払いをし、ばつが悪そうに娘を見た。

「何？」ルーシーはフォークに載せたジャガイモをぽんと口に入れた。

「何でもない、気にするな」父親は自分の皿に食べ物をたっぷり盛り終えると、テーブルにぶつかっている腹のところまで引き寄せた。「これだけ時が経っても、老人を奮起させる話だとだけ言っておこう。やれやれ！」

「まあ、楽しそう」ルーシーはほほえんだ。もし父親の回顧録が本当に完成し、出版されたとしたら、英国海軍内で卒中を起こす人が続出するだろう。

「いかにも、そのとおり」父親は食べ物を飲み込み、ワインをすすった。「ところで、おまえが連れてきたあの悪党だが、おまえには心配をしてほしくないのだよ」

ルーシーは手にしているフォークに目を落とした。少し震えている。気づかれないといいのだけれど。「してないわ、お父様」

「おまえはよい行いをした。よきサマリア人といったところだな。おまえの母親が聖書を通じて教えたことを、そのとおり実行した。母上も賛成してくれるだろう。しかし、くれぐれも言っておくが――」父親はフォークで刺したカブを持ち上げた。「わたしはこれまで、頭に怪我を負った人間をいろいろ見てきた。助かる者もいれば、そうじゃない者もいる。いずれにせよ、おまえにできることは一つもないのだよ」

心が沈む感じがした。「助かるとは思ってらっしゃらないの？」

「わからん」父親はいらいらして、声を荒らげた。「つまり、そういうことだ。助かるかもしれないし、助からないかもしれない」

「わかりました」ルーシーはカブをつつき、涙がこぼれないようにした。

父親はテーブルにばんと手のひらを置いた。「これはわたしからの警告だ。あの流れ者に愛着を持ってはいかん」

ルーシーの口の端が引きつった。「でも、わたしに感情を抱かせないようにすることはできませんわ」彼女は穏やかに言った。「愛着を持ちたいと思おうが思うまいが、感じてしまうでしょうね」

父親はひどく不機嫌な顔をした。「あの男が夜、あっけなく逝《い》ってしまった場合、おまえに悲しい思いをしてほしくないのだ」

「お父様、悲しまないように努力します」ルーシーは約束した。しかし、もう手遅れだということはわかっている。もしあの人が今夜死んでしまったら、約束しようがしまいが、明日は涙を流しているだろう。

「ふん」父親は再び皿と向き合った。「今はそれでよしとしよう。だがあいつが生き延びたら、わたしの言うことを心に留めておくのだぞ」それから顔を上げ、淡い青色の目で娘を見据えた。「あいつがおまえを傷つけて、とっとと出ていこうなんてことを思いつくかもしれんからな」

2

第六代イズリー子爵サイモンが目を開けると、ベッドのそばに天使が座っていた。

最初は恐ろしい夢かと思った。これは夜ごとわたしを悩ませる終わりのない夢の続き、いや、もっと悪い。わたしは悪夢に耐え抜くことができず、いよいよこの世から転落し、煉獄へと落ちてしまったのだろう。しかし、まず間違いないだろうが、地獄でラベンダーや糊のにおいはしないし、擦り切れたリネンや羽毛枕の感触もあり得ない。スズメのさえずりや、ガーゼ地のカーテンがかさかさ鳴る音も聞こえないだろう。

それに当然、地獄に天使はいない。

サイモンは彼女をじっと見た。敬虔な女性にふさわしく、天使は全身グレー一色。大きな帳面に何か書き込んでいるところだった。視線を下に向けたまま、一直線に並んだ黒い眉を寄せている。髪も黒く、広い額からまっすぐ後ろになでつけて、うなじのところで一つにまとめている。手を動かしながら、彼女はわずかに唇をすぼめた。おおかたわたしの罪を書き留めているのだろう。ペン先が紙をひっかく音がする。この音で目が覚めたのだ。

男が天使の話、とりわけ女の天使の話をする場合、たいがい美辞麗句を並べ立てる。金髪で頬はピンク色、濡れたような赤い唇をした女性を想像するものだ。ありがちではあるが、うつろな青い目とふっくらした柔らかな肉体を持つ、イタリア・ルネッサンス期のプット（キューピッドなど裸の子供の像）を思い浮かべる。サイモンが観察しているのはその類の天使ではなかった。聖書に登場する天使だ。しかも旧約聖書。新約ではない。あまり人間らしくない、厳格で、善悪の審判を下す天使だ。ふわふわしたハトの翼をつけて飛んでいるというよりも、公平無私に、指一本で男を永遠の苦しみへと放り出してしまいそうな天使だ。男の性格に散見する多少の欠点も見逃してくれそうにない。サイモンはため息をついた。

わたしの場合、多少の欠点では済まないな。

ため息が聞こえたに違いない。天使が、この世のものとは思えないトパーズ色の目をこちらに向けた。「目が覚めたのですね？」

まるで肩に手を置かれたかのように、彼女の視線がはっきりと感じられ、正直なところ、その感覚はサイモンを困惑させた。

だが、落ち着かない気持ちを顔に出したわけではない。「〝目が覚めた〟をどう定義するかによる」彼はしゃがれた声で答えた。しゃべって口を少し動かしただけでも顔が痛む。それどころか、全身が燃えているような感じがする。

「わたしは眠ってはいない。だが、前はもっと頭がはっきりしていた。目覚めを促すコーヒーなどというものはいただけないでしょうな？」体をずらして起き上がろうとしたが、これが必要以上に難しい。ベッドの上掛けが腹部までずり落ちた。

天使がそれを目で追い、むき出しの胴体を見て顔をしかめた。早くも嫌われてしまったらしい。

「あいにく、コーヒーは用意しておりません」彼女は彼のへそに向かってつぶやいた。「でも、お茶ならございます」

「思ったとおりだ。お茶は必ずある。申し訳ないが、体を起こすのを手伝っていただけるかな？　仰向けに寝たきりでは、悲惨なほど不便だ。言うまでもないだろうが、耳にこぼさずお茶を飲むのがとても難しくなる」

彼女は疑わしそうにサイモンを見た。「下男のヘッジか父を呼んでくるべきかもしれません」

「嚙みつかないと誓う。本当に」サイモンは胸に手を当てた。「それに、つばも吐かない」

彼女の唇が引きつった。

サイモンの動きがぴたりと止まる。「結局のところ、あなたは天使というわけではないのだな？」

黒檀のような眉がほんのわずか、弧を描いた。田舎のお嬢さんがするにしてはずいぶん軽蔑的な目つきではないか。公爵夫人なら、お似合いの表情だっただろうに。「ルシンダ・クラドック＝ヘイズと申します。あなたのお名前は？」

「サイモン・マシュー・ラファエル。イズリーともいう。子爵だ。残念ながら……」サイモンは敬礼をした。横になっていることを考えれば、かなりうまくできた、と本人は思っている。

だが、このレディは感心してはくれなかった。「イズリー子爵ということでしょうか？」

「悲しいことに」

「このあたりの方ではありませんのね？」

「このあたり……というと？」

「ケント州のメイデン・ヒルです」

「ほお……」ケント州？　なぜケントに？　サイモンは首を伸ばして窓の外を見ようとしたが、白いガーゼ地のカーテンが邪魔している。

彼女がサイモンの視線を追う。「ここは弟の寝室です」

「ご親切な弟さんだ」とつぶやき、顔の向きを変えると、何かが頭に巻かれていることに気づいた。一方の手で触ってみる。指が包帯に触れた。おそらく、この包帯のせいで間抜けな姿をさらしているだろう。「美しき町、メイデン・ヒルを訪れたことがあるとは申せません。だがきっと風光明媚な町で、教会が名所として知られているのでしょう」

ふっくらした赤い唇がまた引きつった。実に魅惑的に。「どうしてご存じなの？」

「〝どこよりも素晴らしい〟と評される町の常だ」サイモンは下を向き、上掛けをかけ直したが、それは表向きのこと。実は、あの唇が持つ不思議な誘惑から逃れたかったのだ。腰抜けめ。「わたしは、無駄な時間の大半をロンドンで過ごしている。ノーサンバーランドの北に自分の地所があるが、そこはほったらかしだ。ノーサンバーランドへ行かれたことは？」

彼女は首を横に振った。美しいトパーズ色の瞳が冷静にじっとこちらを見つめていて、どぎまぎしてしまう。男のような眼差しと言ってもいい。男のような視線で心がかき立てられた経験を持つ者などわたし以外にいないだろう。

サイモンは舌打ちをした。「ど田舎だ。だから〝ほったらかし〟と言ったのです。あんな人里離れたへんぴなところに石造りの壁を築くなんて、まったくご先祖は何を考えていたのかと不思議になる。あたりは、もやと羊のほか何もないところだ。それでも、何代にもわたって一族の土地だったわけで、維持しておいたほうがいい」

「いいことをなさいましたね」レディが小声で言った。「でも、以前このあたりにいらしたことがないのだとしたら、なぜ、ここから一キロもないところであなたを見つけたのでしょう?」

頭の回転が速い。そう思わないか? それにこっちがくだらない話をしても、ちっとも脱線しない。利口な女性は実に厄介だ。だからこの人には興味をそそられてはいけない。

「さっぱりわからない」サイモンは目を大きく見開いた。「運よく仕事熱心な泥棒に襲われたのかもしれない。倒れた場所に置き去りにするだけでは飽き足らず、わたしがもっと多くの世界を目にできるよう、ここまで連れ去ってくれたのでしょう」

「ふーん。泥棒があなたにまた何かしら目にさせるつもりだったとは思えませんけど」彼女は感情を抑えた言い方をしている。

「うむ。おっしゃるとおりだとしたら、残念な結果になっていたでしょうな?」サイモンは何もわかっていないふりをして尋ねた。「あなたに会うことはなかったのですから」彼女は片方の眉をすっと上げ、また口を開いた。なるほど、わたしを取調べるつもりなのだろう。しかしサイモンは先手を打った。「お茶ならあるとおっしゃいましたね？ 先ほど非難がましいことを言ってしまったのはわかっております。しかし実のところ、一、二滴こぼすぐらいなら構わないのですよ」

まさかと思ったが、天使が本当に顔を赤らめた。白い頬がほんのりバラ色に染まる。ああ、こういう表情に弱いのだ。「恐れ入ります。体を起こすのをお手伝いしましょう」

彼女がひんやりした手を彼の左右の腕に置き——心が乱れるほどエロチックな触れ方だ——二人してなんとか体をまっすぐに起こしたが、そのころにはもう、サイモンはあえいでいた。彼女のせいばかりではない。まるで小さな悪魔たちに、いや、彼の場合、聖人たちに、真っ赤に焼けた鉄を突き刺されたかのように肩が痛んだのだ。一瞬目を閉じ、再び開けると、鼻の下に紅茶の入ったカップがあった。それをつかもうとしたが、すぐに動きを止め、何もはめられていない右手をじっと見つめた。印章つきの指輪《シグネットリング》がない。あいつらは指輪を盗んだのだ。

彼女は、サイモンが躊躇する様子を誤解した。「大丈夫、お茶はいれたてですよ」

「それはご親切に」ばつが悪くなるほど声が弱々しい。カップをつかむと、手が震えた。磁器に指輪が当たる聞きなれた音がしない。イーサンが亡くなって以来、あの指輪ははずしたことがなかったのに。「くそっ」

「気になさらないで。わたしが持ちましょう」口調は低く、柔らかで、親しげだった。もっとも、本人はわかっていないだろう。この声に乗って疲れを癒し、流されるがまま心配事に終止符を打つのもいいのかもしれない。

危険な女性だ。

サイモンは冷めた紅茶を飲み込んだ。「申し訳ないが、わたしに代わって手紙を書いていただけないだろうか？」

「もちろん、構いませんわ」彼女はカップを置き、自分の椅子に引き下がった。「どなたにお出しになりたいの？」

「近侍だな。知人にきみも気をつけろと警告したところで、からかわれるのがおちだ」

「たしかに、そんな警告は遠慮したいですわね」その声は笑っていた。

サイモンはとがめるように彼女を見たが、大きく見開かれた目に悪意はまったく感じられない。「事情をご理解いただけて何より」と、素っ気なく言う。実はもっと気がかりなのは、自分がまだ生きていると敵に知られてしまうことだった。「衣類とか馬とか金とか、近侍がいろいろ持ってきてくれるでしょう」

彼女は開いたままの帳面をわきに置いた。「その方のお名前は？」

サイモンは首を傾けたが、そこからでは帳面の中身を見ることはできなかった。「ヘンリー。住所はロンドンのクロス・ロード二〇七番地。さっきまで何を書いていたのです？」

「何とおっしゃいました？」彼女は顔を上げなかった。

いらだちが募る。「その帳面。何を書いていたのですか?」

彼女がためらい、紙の上のペンが止まった。顔はうつむいたままだ。

サイモンはのんきな表情を保っていたが、興味は高まる一方だった。

沈黙が漂い、彼女は住所を走り書きした。それから便箋をわきにやり、顔を上げて彼を見た。「実は、スケッチをしておりましたの」開いたままの帳面に手を伸ばし、彼の膝の上に置いた。

左のページにはデッサンや風刺漫画が描かれていた。大きな絵もあれば小さな絵もある。バスケットを持った、腰の曲がった小柄な男。葉の落ちた木。片方の蝶番《ちょうつがい》が壊れた門。右のページには、眠っている男のスケッチが一つだけ。わたしだ……。だが、包帯やら何やらで、最も魅力的な姿とは言えない。眠っている自分を彼女が観察していたとわかり、妙な気分だった。

「気にしないでいただけるといいのですが」

「気にするもんですか。お役に立ててよかった」サイモンはページに目を戻した。ああ、水彩絵の具できれいに色をつけたデッサンもあるじゃないか。「とてもよく描けている」

「ありがとうございます」

彼女のしっかりした受け答えを聞いて、サイモンは自分の唇がほころぶのがわかった。たいがいのレディは、特技をほめられた場合、謙遜してみせるものだが。ミス・クラドック＝ヘイズは自分の腕前に自信を持っている。彼は別のページもめくってみた。

「これは？」そこには、一本の木が季節とともに変化していく様子がスケッチされていた。冬、春、夏、秋……。

彼女の頬がまたほんのり色づいた。「それは練習です。小さな祈禱書用に絵を描いて、村に住んでいるミセス・ハーディに差し上げようと思っているのです。お誕生日のプレゼントとして」

「よく描かれるのですか？」サイモンは別のページをめくり、魅了された。女性が退屈しのぎに描いたつまらない絵、というのではない。彼女のスケッチには力強い、生き生きとしたところがある。「つまり、本の挿絵を描いておられる？」頭が猛烈に働きだした。

彼女は肩をすくめた。「いいえ、しょっちゅうというわけでは……。お友達のために描いたりするだけですわ」

「では、わたしも絵を頼んでもよいということかな」目を上げたちょうどそのとき、彼女が口を開いた。あなたは〝お友達〟の分類には入りませんと指摘される前に、サイモンは言葉を続けた。「姪に本をあげたいので」

彼女は口を閉じ、眉をすっと上げた。彼がさらに何か言うのを黙って待っている。

「もちろん、怪我人の機嫌を取るのが構わなければ、だが」ずうずうしいやつめ。だがどういうわけか、彼女を画家として雇うことが重要に思えたのだ。

「どんな本を？」

「そうだな、童話がいいだろう。そう思いませんか？」

彼女は帳面を取り戻すと、膝の上に置き、ゆっくりと何も描かれていないページを開いた。

「それで?」

くそっ。困ったことになった、と思ったが、それと同時に声を上げて笑いたくなった。こんな陽気な気分を味わうのは久しぶりだったのだ。あわてて小さな部屋に目を走らせると、向かい側の壁に、額に入った小さな地図が飾ってあるのを見つけた。地図の縁では海へビがたわむれている。サイモンは彼女の目を見つめて笑いかけた。「ヘビの王子《サーペント・プリンス》(サーペントは、アダムとイヴを誘惑したヘビ、悪魔、伝説の大蛇等を連想させる言葉)の物語です」

彼女はサイモンの唇に視線を落としたが、すぐに目を上げた。彼の顔に笑みが広がっていく。ああ、天使も誘惑に負けることがあるのだな。

しかし、彼女はサイモンに向かって一方の眉を吊り上げただけだった。「そんなお話、聞いたことがありません」

「それは意外」と、あっさり嘘をつく。「子供のころ、お気に入りの童話だった。なつかしい思い出がよみがえりますよ。年老いた乳母が暖炉のそばで、子供たちにその話をしてくれましてね。わたしたちはわくわくして、乳母の膝で飛び跳ねていた」毒を食らわば皿までだ。

彼女は明らかに疑いの眼差しでこちらを見ている。

「では、お聞かせしましょう」サイモンはあくびを噛み殺した。肩の痛みは、何となくずきずきする程度に薄らいでいたが、それを埋め合わせるかのように頭痛がひどくなっていた。

「昔々——と始めるのが決まりだったかな?」

いる。彼女は助け舟を出してくれなかった。ただ椅子に深く腰かけ、彼がばかを見るのを待って

「王様のヤギを世話しながら細々と暮らしている貧しい娘がいた。娘は親を亡くし、天涯孤独だった。もちろん、ヤギを除けばということだが、このヤギのにおいがきついのなんの」

「ヤギ？」

「ヤギ。王様はヤギのチーズが好きなのだ。さあ、いい子だから静かに。お話が聞きたいならね」サイモンは首を後ろにそらした。頭がひどく痛む。「娘の名前はたしか、アンジェリカだ。もし興味があればだが……つまり、ヤギ飼いの娘のことに」

今度は彼女はうなずいただけだった。鉛筆をつかみ、もう帳面にスケッチを始めている。もっとも、サイモンにはそのページが見えず、彼女がおとぎ話の絵を描いているのかどうかはわからなかった。

「アンジェリカは毎日せっせと働いた。朝の最初の光が差し込んでから、日がすっかり暮れてしまうまで働き、一緒にいてくれるのはヤギだけだった。王様の城は崖のてっぺんに立っていて、ヤギ飼いの娘は、崖のふもとの小さな丸太小屋に住んでいた。ずっとずっと上のほうを見上げ、切り立った岩を超えて、きらきら輝く城の白い石壁を超えて、さらにその上の小塔まで目が届けば、宝石やローブを身にまとった城の人々がちらっと見えることもときにはあった。そして、ごくごくまれに、王子の姿を目にすることもあった」

「ヘビの王子？」

「いや」

彼女は目をスケッチに向けたまま首をかしげた。「その人がヘビの王子でないのなら、どうしておとぎ話の題名は『ヘビの王子』なのですか？」

「ヘビの王子はあとで出てくる。あなたはいつも、こんなにせっかちなのか？」サイモンはきっとなって尋ねた。

彼女がちらっと彼を見上げたかと思うと、唇がゆっくりと曲線を描き、笑みが浮かんだ。サイモンはあ然とした。すべての思考が頭から逃げていく。宝石をはめ込んだような目のわきにしわが寄り、なめらかな頬の左側にえくぼが一つ現れた。彼女はたしかに光り輝いている。ミス・クラドック＝ヘイズは本当に天使なのだ。サイモンは強烈な衝動を感じた。あのえくぼを親指でなでてみたい。彼女の顔を持ち上げ、その笑みを味わってみたい。

彼は目を閉じた。いや、そんなことはしたくない。

「ごめんなさい」彼女がそう言うのが聞こえた。「もう、口は挟みません」

「いいえ、いいのです。どうも頭が痛くて。きっと先日、頭を殴られたせいだ」サイモンはぺらぺらしゃべっていたが、ふとあることが思い浮かび、言葉を切った。「わたしは、いったいいつ発見されたのですか？」

「二日前です」彼女は立ち上がり、帳面とペンをまとめた。「わたしはもう行きますから、お休みください。そのあいだに、あなたの近侍に手紙を書いて出しておきますね。事前に目を通されたいのでしたらお持ちしますが」

「いや、あなたはきっときちんと書いてくださる」サイモンは枕に頭を沈めた。指輪のない手を力なく上掛けに置き、努めてそれまでと変わらない声で尋ねた。「わたしの衣類はどこです？」

彼女は部屋を出かかったところで一瞬ためらい、ちらっと振り返って、謎めいた眼差しを向けた。「見つけたとき、あなたは何も身につけていらっしゃいませんでした」それから、静かに扉を閉めた。

サイモンは目をしばたたいた。いつもなら、着ていた物をなくすのは、ご婦人と出会って少なくとも二度目からなのだが……。

「牧師様がいらっしゃいましたよ、お嬢様」翌朝、ミセス・ブロディが居間に顔をのぞかせた。

ルーシーは青いダマスク織りの長椅子に座って、父親の靴下を繕っているところだった。ため息をつき、天井を見上げる。子爵は、窓の下に人がやってきた音を耳にしたかしら？子爵がもう目覚めているかどうかもわからない。今朝はまだ顔を合わせていないから。彼の楽しげなアイスグレーの瞳には何かある。とても抜け目がなくて、生き生きしていて、あの目に備わる何かが昨日わたしを混乱させた。どぎまぎさせられるのには慣れていないし、愉快な体験とは言えなかった。だから、意気地のないことに、手紙を書くために寝室をあとにして以来、あの怪我人を避けている。

さっそく、繕い物をわきに置く。「ありがとう、ミセス・ブロディ」

家政婦が目くばせをしてから、急いでキッチンへ戻っていった。ルーシーは立ち上がり、ユースタスを迎えた。「おはようございます」

メイデン・ヒルの小さな教会で教区牧師をしているユースタス・ペンウィーブルは、彼女に向かっていつものようにうなずいた。この三年、祝日と悪天候でもない限り、彼は毎週火曜日にやってきて、こうして挨拶をする。今日もはにかんだようにほほえみ、脱いだ三角帽のつばを大きながっしりした手でいじり回している。「いいお天気ですね。教区を回るのですが、一緒に行きませんか？」

「それはいいですね」

「よかった、よかった」牧師が答えた。

弁髪からこぼれた茶色の髪が一房、額に垂れているせいで、彼はとても大きな少年のように見える。聖職者がかぶる、髪粉をかけた断髪かつらをまた忘れてきたに違いない。むしろこのほうがいい。かつらがないほうがすてき。ルーシーはひそかにそう思った。それから優しくほほえみ、手元にあるショールを引き寄せると、ユースタスの先に立って外に出た。

本当にいいお天気だ。太陽がとてもまぶしくて、みかげ石でできた玄関の階段に立っていると、目がくらみそうだった。クラドック＝ヘイズ邸の古びたオレンジ色のレンガが柔らかな色に見え、縦仕切りのある正面の窓に光が反射している。砂利道の両わきに並んだオークの古木はすでに葉を落としていたが、曲がった枝がさわやかな青空に面白い形を描いていた。

ユースタスの軽二輪馬車《トラップ》が扉のそばで待っており、ヘッジが馬の前に立っている。

「手をお貸ししましょうか？」ユースタスは、断られてしまうかもしれないと思っているかのように、丁寧に尋ねた。

ルーシーは彼の手の上に自分の手を重ねた。

ヘッジはあきれた顔をして、小声でつぶやいた。「毎週毎週、いまいましい火曜日だ。木曜か金曜にしてくれんかねえ。まったく」

ユースタスが顔をしかめる。

「恐れ入ります」下男の声を無視するようにルーシーの声が重なり、ユースタスの目をヘッジから引き離した。それから、彼女は大げさな動作で馬車に乗り込み、座席に腰を下ろした。

牧師が隣に座り、手綱を取る。ヘッジは首を横に振りながら家に入っていった。

「教会に寄っていこうと思いまして。あなたが賛成してくだされば ですが」ユースタスはチッチッと舌を鳴らして馬を促した。「管理人から、聖具室の屋根が雨漏りしているかもしれないと知らせを受けたのです。あなたのご意見もお聞かせください」

習慣的に〝喜んで〟とつぶやきそうになったが思いとどまり、ルーシーは代わりににっこりほほえんでみせた。二人を乗せた馬車が、ごろごろとクラドック＝ヘイズ邸の私道を出て、あの子爵を見つけた小道へ入っていく。日中の明るい日差しのもとでは、道はいかにものどかに思えるし、葉がすっかり落ちてしまった木々ももう恐ろしい感じはしない。馬車が上り坂のてっぺんに差しかかった。遠くに見える石灰岩の丘陵には、空積みの石壁がうねるように続いている。

ユースタスが咳払いをした。「最近、ハーディさんを訪問されたそうですね？」

「ええ」ルーシーは礼儀正しく彼のほうに顔を向けた。「子牛足ゼリー（子牛の足を煮出して取ったスープで作るゼリー。病人食）を届けに」

「それで、奥さんの具合はいかがでしたか？　ひねった足首はよくなったのでしょうか？」

「まだ足を上げて安静にしていらっしゃいましたけど、〝このゼリーはあたしが作るやつほどおいしくないね〟と文句を言えるくらいお元気でしたわ」

「ああ、よかった。文句を言えるのなら、きっとどんどん回復しているのでしょう」

「わたしもそう思いました」

ユースタスがルーシーに笑いかけ、コーヒー・ブラウンの目のわきにしわが寄った。「あなたが村の人たちのことを常に気にかけてくださるので、たいへん助かります」

ルーシーはうなずき、風に向かって顔を上げた。ユースタスはたびたび同じようなことを口にする。これまでは、退屈とはいえ、それが励みになっていた。だが今日は、彼女を喜ばせようとする彼の好意に少々いらだちを感じてしまった。それでも彼はまだしゃべっている。

「村の女性の中には、情け深い心を持ってくれたらと思う人もいますからね」

「誰のことをおっしゃってるの？」

彼の頬骨にすっと赤みが差した。「あなたのお友達、ミス・マッカローもその一人です。あの人は、ほとんどの時間を噂話に費やしているでしょう」

ルーシーは眉を吊り上げた。「パトリシアはたしかに面白い噂話が好きですけど、根は本

当に優しい人なんです」

彼は、それは疑わしいという顔をしている。「その件については、あなたの言葉を信じま

しょう」

牛の群れが道に押し寄せ、右往左往している。ユースタスはトラップの速度をゆるめ、世

話を託された牛飼いが家畜を追って道を渡り、牧草地へ入っていくのを待った。

それから、手綱を揺らして再び馬を走らせ、通り過ぎざま、牛飼いの男に手を振った。

「先日、思わぬ出来事に遭遇されたそうですね？」

ルーシーは驚きもしなかった。あの男性を発見したことは、ヘッジがフリーモント先生を

呼びに行って数分と経たないうちに、町じゅうの噂になっていたのだろう。「ええ、そうな

んです。あの方を見つけたのはすぐそこですわ」と言って指差したが、瀕死の子爵を見つけ

た場所を目にすると、背筋がぞくっとした。ユースタスはお義理で溝に目をやった。「これ

からは、もっと用心しないといけませんね。その男はよからぬことをたくらんでいたかもし

れないでしょう」

「意識を失ってらっしゃいました」ルーシーは穏やかに言った。

「それでも用心しないと。独りで歩き回らないほうがいい」ユースタスがにこっと笑いかけ

る。「あなたを失いたくありませんからね」

ユースタスはわたしをとんでもない愚か者だと思っているのかしら？　ルーシーはいらだ

ちを顔に出さないようにした。「ミスター・ヘッジも一緒でした」

「ええ、もちろんそうです。しかし、ヘッジは小柄だし、もう年だ」

ルーシーは彼を見た。

「わかりました。今後のために、ちょっと心に留めておいてください」ユースタスはまた咳払いをした。「発見した男が何者か、わかっているのですか?」

「昨日、目を覚まされましたので」ルーシーは慎重に言った。ルーシーは慎重に言った。「名前はサイモンだとおっしゃっていました。イズリー子爵だそうです」

ユースタスは手綱をぐいと引いた。年老いた灰色の馬が頭を上下に振る。「子爵? 本当ですか? では、痛風病みの年寄りなんでしょうね?」

ルーシーは、子爵が目ざとかったこと、それにも増して口が達者だったことを思い出した。さらに、ベッドの上掛けがずり落ちたときに目にした裸の胸がとても広かったことも。彼の肌はなめらかで、張りがあって、その下にはしなやかな筋肉が走っていた。濃い茶色の乳首は周囲の青白い肌とくっきりした対比をなしていた。本当は、あんなものに目を留めるべきではなかった。

咳払いをし、道のほうへ目をそらす。「三〇そこそこだと思います」

ユースタスがちらっとこちらに目を向けたのがわかった。「三〇。それでも子爵か。ちょっとご立派すぎて、メイデン・ヒルには似合わない。そう思いませんか?」

なんてつまらない考えなんだろう!「かもしれませんね」

「それにしても、こんなところで何をしていたのだろう」

「わたしにはわかりません」

二人はいよいよメイデン・ヒルの中心地に到着した。年配の女性が二人、パン屋を相手に一生懸命値切っており、ルーシーはそのご婦人たちに会釈をした。

ご婦人たちは二人そろってにっこり笑って手を振ったが、馬車が通り過ぎると身をかがめ、白髪交じりの頭を寄せ合った。

「ふん……。はい、着きましたよ」ユースタスは、ノルマン様式の小さな教会にトラップを横づけし、飛び下りた。それから反対側に回ってルーシーに手を貸し、馬車から慎重に下ろした。「さてと。管理人は、身廊も雨漏りしていると言っていたが……」教会の裏手に向かって大またで歩いていく。建物の状態や、やるべき修理についてあれこれ言いながら。

どれもこれも前に聞いた話だ。二人が結婚を前提に交際を始めて三年。ユースタスはよくルーシーを教会に連れてくる。おそらく、そこがいちばん自分が思いどおりに振る舞える場所だと感じるからだろう。ルーシーは上の空で話を聞きながら、彼の後ろをぶらぶら歩いている。あの皮肉屋の子爵が、屋根の、それも教会の屋根のことで、いつまでもくどくどしゃべり続けるところは想像もできない。それどころか、彼なら何か辛らつなことを言うだろう。それは間違いない。そんなことを考えたルーシーは一瞬、顔をしかめた。子爵がそういう反応をしそうだからといって、教会の屋根がどうでもいいというわけではない。生活が滞らないように、誰かがこまごましたことに気を配らなければいけないし、小さな村では、教会の屋根の雨漏りは、どちらかといえば大きな問題だ。

子爵は日々――それに夜な夜な――女性たちと過ごしているのだろう。子爵自身と同じぐらい軽薄で、機知に富んでいて、関心事はドレスの縁取りと髪型だけというレディたちと一緒に。そのような人たちは、わたしが住む世界ではほとんど何の役にも立たない。とはいえ……子爵の冗談は面白かった。彼がわたしをからかいだしたら、急に自分がそれまでよりも活気づいて、生き生きしている気分になった。まるで頭に火花が散って、光が灯ったかのように。

「中を見てみましょう。雨漏りのせいで、壁のかびがひどくなっていないかどうかたしかめておきたいのです」ユースタスが向きを変え、教会の中に入っていったが、再び頭をひょいとのぞかせた。「つまり、あなたが構わなければですけど……」

「もちろん構いませんわ」

ユースタスがにやっと笑った。「いい子だ」そして、また中に消えていく。

ルーシーは、教会の庭で雨風にさらされて並んでいる墓石を手でたどりながら、あとからのろのろ歩いていく。メイデン・ヒル教会は、征服王ウィリアム一世がイングランドに上陸して間もなく造られ、以来ずっとここにある。彼女の祖先はそれほど昔からこの地で暮らしてきたわけではないが、クラドック＝ヘイズ一族の多くの遺骨が、墓地の片隅にある小さなみたまやを飾ってきた。子供のころは、日曜日の礼拝が終わるとここで遊んだものだ。両親はメイデン・ヒルで出会って結婚し、一生をここで過ごした。というか、少なくとも母親はここで一生を終えた。父親は海軍の大佐で、世界中を船で巡ってきた。それで、耳を傾けてくれる人がいれば、誰にでもその話をしたがるのだ。デイヴィッドも水兵で、まさにこの瞬間、海の上にいる。今ごろ異国の寄港地に近づいているところかもしれない。一瞬、ルーシーは激しい妬ましさを感じた。自分の運命を選ぶことができたら、医者や芸術家、大海原で働く船乗りになろうと自分で決めることができたら、なんて素晴らしいのだろう。わたしなら船乗りとして結構うまくやれる気がする。船尾楼甲板に立って髪に風を受け、頭上では帆がばたばたと鳴っていて——。

ユースタスが教会の扉の向こうから顔を出した。「入らないんですか?」

ルーシーはまばたきをし、素早く笑顔を作った。「もちろん、まいります」

サイモンは肩の高さで右腕を伸ばし、慎重に慎重に引き上げた。肩にずきんと燃えるような痛みが走り、腕に伝わっていく。くそっ。昨日、目が覚めたらミス・クラドック=ヘイズが横に座っていた。あれ以来彼女の姿を見ていない。その事実は彼をいらだたせた。わたしを避けているのか? いや、もっと悪いことに、わたしのもとに再びやってくる気がないだけなのか? ひょっとすると退屈させてしまったのかもしれない。

気がめいるような考えに顔をしかめる。頭痛はよくなったし、ばかげた包帯もはずされたが、相変わらず肩に火がついているような感じがする。サイモンは手を下ろした。深呼吸をしているうちに痛みがだんだん治まっていく。腕を見下ろすと、シャツの袖口は手首に届いていなかった。一五センチほど短い。なぜなら今着ているシャツは、留守にしている天使の弟、デイヴィッドのものだからだ。衣類の丈から判断するに――おかげでベッドから出るのが恥ずかしくなってしまったのだが――弟は小柄なのだろう。

ため息をつき、小さな部屋を見回してみた。夜の訪れとともに、一つしかない窓が暗くなり始めている。ベッド――サイモンの好みからすると、かなり狭い――衣装だんす、鏡台、ベッドのわきにテーブルが一つ、椅子が二脚。これだけの物がやっと収まる程度の広さ。彼に言わせれば質素な部屋だ。だが、療養する場所としては悪くはない。選択の余地がないとなればなおさらそう思う。ちょうどそのとき暖炉の火が消えかかり、部屋が冷え込んできた。しかし、寒さはたいした心配事ではなかった。この右腕には剣を握ってもらわないと困るのだ。ただ握るだけではだめだ。この右腕で敵の攻撃をかわし、撃退しなくては。そして殺す。

必ず殺してやる。

敵はわたしを殺しそこなったのだろうが、右腕を使いものにならなくしたことはたしかだ。少なくともしばらくのあいだは。ひょっとすると、一生……。だからといって任務の遂行が阻止されるわけではない。何と言っても、あいつらは兄を殺したのだ。かたきは必ず討つ。死以外の何ものもわたしを止めることはできない。だが今度敵が襲ってきたら、自分の身は自分で守れないとまずい。サイモンは歯を食いしばって痛みに耐え、もう一度右腕を上げた。

ゆうべはまた、あの指の夢を見た。ペラーの足元の草地の上で、血まみれのキンポウゲのように花開いていた指。夢の中で、ペラーは切り落とされた指を拾おうとしていた。指を切断された手で、草地をものすごい勢いでひっかいていた……。

扉が開き、天使がトレーを持って入ってきた。サイモンはこれはありがたいと彼女のほうを向き、頭の中にある狂気を喜んでわきに片づけた。ゆうべ見たときと同様、修道女のようなグレーの服を着て、黒い髪を引っ詰め、うなじのところで一つにまとめている。女性がうなじをさらしているとどれほどエロチックかわかっていないのだろう。うなじに後れ毛はほとんど見当たらず、そこから白い肩が繊細な曲線を描いている。肌は柔らかく無防備で、もしあの肩と首の境目に沿って唇を這わせたら、彼女は震えるに違いない。そんなことを考えていたら、大好物のチェリーパイをもらった間抜けのように、笑みを浮かべずにいられなかった。

彼女は顔をしかめ、厳しい表情をした。「そんなこと、なさらなくてもいいでしょう?」どうやらわたしの間抜け面ではなく、腕の訓練のことを言っているらしい。「いかにも」サイモンは腕を下ろした。今度の痛みは一〇〇〇匹のハチに刺された程度と言っておこう……。

「でしたら、もうおやめになって、食事をされたらいかがですか?」彼女はベッドのわきにあるテーブルにトレーを置いてから、暖炉に火をおこしにいき、細長いろうそくを持って戻ってきて、それに火を灯した。

サイモンは片腕を上げた。「おお、どれほど美味なる夕食を用意していただけたのかな?温かいミルクに浸したパンがゆ? 牛肉のスープ一杯?」この二日間はそのようなメニューだった。乾燥した、かちかちのパンが大ごちそうに思えてくる。

「いいえ。ミセス・ブロディ特製のステーキ・アンド・キドニーパイです」

勢いよく腕を下ろしてしまったものだから、うめき声を抑えなければならなかった。「本当に？」

「ええ。さあ、もうそれはおやめになって」

サイモンはからかうように軽くお辞儀をした。「お嬢様の仰せのとおりに」

彼女は眉をすっと上げたが、何も言わない。サイモンは皿の蓋を取る彼女を見守った。おお、なんと喜ばしい。このレディが言ったことは嘘ではなかった。皿の上に分厚いミートパイが載っている。

「ああ、ありがたい」指でパイの皮をちぎり、それが舌に触れると、危うく涙を流すところだった。「まるで神々の食物。料理人に必ずお伝えいただきたい。深い愛情が胸にあふれかえっている、今すぐ駆け落ちしてくれなければ、わたしは死んでしまう、とね」

「最高のパイだと思われたことはお伝えしましょう」彼女はパイを一切れ皿に置き、サイモンに渡した。

彼が皿を膝に置く。「結婚の申し込みを伝えるのはお断りというわけかな？」

「結婚の申し込みをするのは、あなたが初めてではありませんから。あなたは、気の毒なミセス・ブロディに恥をかかせようとしただけです」

「わたしの生涯の恋人はミセス・ブロディとおっしゃる？」

「ええ。ミスター・ブロディと結婚していますからね。ご主人は今、海に出ています」彼女はベッドのそばに置かれた椅子に座り、サイモンを見た。「ご参考までにお伝えしておきますけど、ご主人はメイデン・ヒルでいちばん腕っぷしの強い男という評判なのですよ」

「ほう、そうですか？　そんなことをおっしゃるとは、わたしの腕っぷしにけちをつけたいのですね？」

彼女がサイモンの体つきに視線を漂わせると、彼の呼吸が速まった。

「あなたは命にかかわるほど殴られ、ベッドに横になって回復を待っているところでしょう」彼女が小声で言った。

「うわべだけの、ささいな問題だ」サイモンは陽気に答えた。

「でも決定的な問題です」

「ふむ」フォークでパイを少しすくい上げる。「赤ワインもいただけたりはしないのかな？」

彼女はたしなめるような眼差しを向けた。「今は水で我慢してください」

「おっしゃるとおり、それは過ぎた望みというものだ」彼は肉がたっぷり詰まったパイを飲み込んだ。「まあ、足るを知るという言葉もあることだし、あるもので我慢しよう」

「恐れ入ります」彼女は素っ気なく言った。「腕を鍛えて、ご自分を苦しめる理由がおありなのですか？」

サイモンはトパーズ色の目を見ないようにした。「退屈。単に退屈なだけだ」

「本当に？」

彼女がどれほど頭の回転が速いか忘れていた。サイモンは魅力的な笑みを浮かべた。「ゆうべは、例のおとぎ話をあまりできませんでしたね」

「本当に姪御さんがいらっしゃるの？」

「もちろん。わたしが嘘をついているとでも？」

「ええ、そう思っています。あなたは姪を溺愛する叔父になるような男性には見えませんもの」

「なるほど。では、どんな男に見える？」彼は何も考えずに尋ねた。

彼女が首をかしげる。「自分の心を必死で隠そうとしている人」

ちくしょう……。何と答えるべきか、どうしてもわからない。

彼女の唇がいつものように魅惑的な動きでぴくりと引きつった。「閣下？」

サイモンは咳払いをした。「ああ、さてと、おとぎ話だが、どこまでいったかな？」なんて意気地のないばか者なんだ！　次は両手に杖を持って、よろよろ逃げ去ることになるだろう。「貧しいヤギ飼いの娘、アンジェリカのことと、高いところにある白いお城のことと――」

「王子様がヘビの王子ではなかったこと」彼女は降参し、デッサン用の木炭を手に取った。今日は昨日と違う帳面を持ってきている。サファイアブルーの表紙がついた帳面だ。彼女がそれを開いた。おそらく、わたしのおとぎ話の挿絵を描くためだろう。

深い安堵が押し寄せてきた。質問を続ける気はないのだろう。彼女はわたしの正体を見破ろうとはしない。少なくとも今はまだ。二度としないかもしれない。運に恵まれれば。

サイモンはパイをほおばってがつがつ食べ、その合間にしゃべっている。「そのとおり。へビの王子ではない王子の話だ。この王子が、金色の巻き毛と空色の瞳を持つハンサムな男だったという話はしておくべきだろうか？　つまり、アンジェリカと同じくらい美しかったのだが、彼女はといえば、長い黒髪のつややかさは星の輝きにも負けず、目は糖蜜色をしていた」

「糖蜜」その声には信じられないほど抑揚がなかったが、彼女は笑みがこぼれてしまうのをこらえているかのように口をすぼめた。

どれほど彼女を笑わせたかったことか。「うん。糖蜜だ」サイモンは穏やかに言った。「糖蜜に光が差すといかに美しいか、気づいたことがおありかな？」

「いかにべたべたしているかということしか気づきませんでした」

聞こえなかったことにしよう。「さて、貧しいアンジェリカは天空の星のように美しかったが、それに気づく者はいなかった。話し相手になってくれるのはヤギしかいなかったのだ。王子を垣間見たとき、彼女がどれほどわくわくしたか、考えてもごらんなさい。王子は雲の上の人と言っていい。文字どおりの意味でも、比ゆ的な意味でも。彼女は王子に会いたくてたまらなかった。王子の目を見つめ、表情を観察してみたいと思った。望みはそれだけ。王子と話してみたいなどという気持ちは起こさなかった」

「どうして？」ミス・クラドック＝ヘイズがつぶやいた。

「はっきり言えば、ヤギのせいだ」サイモンはまじめくさって言った。「アンジェリカは、体にヤギのにおいがうつってしまっていることにある程度気づいていた」

「当然そうでしょうね」彼女の唇がぴくっと引きつったかと思うと、不本意ながらといった様子で口元が曲線を描き、笑みが浮かんだ。

そして妙な事態になった。彼の下半身もぴくっと引きつったのだ。もっとも、何を描いたかといえば、曲線ではまったくない。それを言うなら笑みでもない。あきれたな。女性の笑顔で立ってしまうとはなんとも未熟ではないか。サイモンは咳払いをした。

「大丈夫ですか？」彼女の笑みが消えた。ああ、ありがたい。しかし、今度は心配そうにこちらを見ている。心配されるなんて。いつもわたしが女性から引き出すのは、そんな感情ではなかったはず。

こんな恥ずべきことをしてしまって、プライドは二度と取り戻せないだろう。「大丈夫です」サイモンは水を飲んだ。「どこまでいったかな？　ああ、そうそう。そんなわけで、アンジェリカは、金髪の王子を夢見て、この先ずっとぼんやり過ごすのだろう、王子と同じ高みに立つ運命にはないのだろうと思った。ところがある日、何かが起こった」

「それを願いますわ。じゃないと、ひどく短いおとぎ話になってしまいますもの」ミス・クラドック＝ヘイズが言い、再び帳面に目を戻した。

彼女の横槍は無視することにしよう。「ある晩遅く、アンジェリカは群れを集めに行き、毎晩しているようにヤギの数を数えた。しかし、その晩は一頭足りなかった。いちばん小さな、足が一本だけ白い黒い雌ヤギが見当たらない。そのとき、城が立っている崖から、メーとかすかな鳴き声が聞こえてきた。そちらに目を向けたが何も見えない。するとまた、メーと鳴き声がした。そこでアンジェリカは、鳴き声をずっとたどりながらできる限り崖を登っていった。そして、岩の割れ目を見つけたときの彼女の驚きといったら」

ここでいったん言葉を切り、水をひと口飲む。彼女は目を上げない。炉火の明かりに照らされた顔はとても穏やかだ。紙の上で手は軽快に動いていても、心は静かで落ち着いているように見える。そのときサイモンは気づいた。ほとんど知らない人だというのに、この女性と一緒にいると心が休まる。

彼はまばたきをしてから物語の続きを語った。「どうやら岩の割れ目から、ちらちら光が漏れている。狭い透き間だったが、横向きになればぎりぎり体を滑り込ませることができるとわかり、アンジェリカはやってみた。そして次の瞬間、驚くべきものを目にした。迷子の子ヤギのかたわらにとても奇妙な男がいたのだ。いや、少なくとも男のように見えた。背が高くて、やせていて、髪は銀色で長い。それに、着る物をいっさい身につけていない。男は、火鉢の中で小さく燃えている青い炎に照らされて立っていた」

彼女の眉が吊り上がった。

「しかし、何よりも不思議だったのは、アンジェリカがじっと見ているうちに、その男が視界から消えたように思えたことだ。男が立っていた場所へ見にいってみると、そこには巨大な銀色のヘビがいて、火鉢の周りでとぐろを巻いていた」サイモンはぼんやりと人差し指を、すなわち指輪があるべき場所を親指でさすっている。どっと疲れが襲ってきた。

「ああ、ようやく悪名高きヘビの王子の登場ですわね」彼女が目を上げた。そして、サイモンの疲労困憊した表情を見て取ったに違いない。彼女も大まじめな顔になった。「肩の具合はいかが？」

猛烈に痛む。「気丈に耐えてくれている。思うに、ナイフで刺されたおかげで肩が前より鍛えられたのかもしれない」

彼女はしばらくサイモンをじっと見つめていた。女性を研究してきたこれまでの年月をもってしても、彼女が何を考えているのか、どうしてもわからない。

「あなたはまじめになることがおありになるの？」

「ない。一度も」

「だと思いました」彼女は視線をそらさない。「なぜです？」

サイモンは顔を背けた。何でも見透かすような目でこんなふうに一心に見つめられてはたまらない。「さあ、わからん。どうでもいいではないか」

「わかってらっしゃるんでしょう？」彼女は静かに言った。「どうでもいいかどうか、という点については……。まあ、わたしが申し上げることではありませんわね」

「そうかな？」今度はこっちが彼女を見つめる番だ。プレッシャーをかけて認めさせてやる
……でも何を？　自分でもよくわかっていない。

「ええ」彼女がささやいた。

サイモンはもっとついてやろうと口を開いたが、今さらながら自衛本能が働き、思いとどまった。

彼女が息を吸い込んだ。「もうお休みにならないと。無理をさせてしまいましたね」彼の天使が帳面を閉じ、立ち上がる。「昨日、あなたの近侍に手紙を出しておきました。じきに届くはずです」

サイモンは再び頭を枕に置き、彼女が空になった皿を集める様子を見守った。「ありがとう、麗しきレディよ」

彼女が戸口で立ち止まり、振り返る。ろうそくの揺らめく明かりに照らされたその顔は、天使を表現するのに最もふさわしいルネッサンス期の絵画のように見えた。「ここにいれば安全でしょう？」

彼女の声は穏やかだった。サイモンはいつの間にか夢路に入っており、今の言葉を口にしたのが彼女だったのか、自分だったのかよくわからなかった。

「さあ、どうかな……」

3

「イズリー。イズリー……」父親はガモンステーキ（塩漬けにした豚肉を分厚く切って焼いたもの）を噛みながら顔をしかめた。あごががくがく上下に動いている。「二五年前、〝アイランダー〟で航海していたころ、海軍の知り合いでイズリーという男がおりましたぞ。士官候補生だった。港を出た途端に船酔いするのが常で、いつも青い顔をして、中層甲板の手すりから身を乗り出して吐いていた。関係がおありかな？」

ルーシーはため息を押し殺した。父親は夕食のあいだずっと子爵をあざけっている。普段の父は、新しい客をもてなすのが大好きだ。自分の子供や隣人、召使のほか、じっと耳を傾けていられる人間を相手に何度となく話して聞かせてきた古臭い海軍時代の話であっても、新しい客は新鮮な気持ちで聞いてくれるからだ。しかしイズリー卿には、どこか父をいらいらさせるところがある。気の毒な子爵はこの四日間、ベッドで寝たきりで過ごし、この晩初めて食事に下りてきたのだった。テーブルに着いている彼は洗練されていて、くつろいでいるように見える。相変わらず右腕をかばってはいるが、よく注意して見なければわからない。このあと子爵が部屋にこもってしまったとしても、責めるわけにはいかない。そうなったら、わたしはひどくがっかりするでしょうね。子爵とは距離を置くべきだと心の奥底ではわかっていても、つい彼のことを考えてしまう。それも四六時中。実のところ、これはかなりいらいらする。おそらく、ごく限られた人づきあいしかないところへ新しい人がやってきたから、もの珍しいだけなのだろう。なにしろわたしの知人は、子供のころから毎日顔を合わせている人たちばかりだから。でもその一方で、こうなってしまうのは子爵本人のせいかもしれないという気もする。そんなふうに考えるのは、困ったことではないかしら？

「いや、ないでしょう」イズリー卿はゆでたジャガイモを自分でおかわりしながら、ルーシーの父親の質問に答えた。「原則として我が一族の人間は、その手の仕事は避けますので。あまりにも苦労の多い仕事はいたしません。汗水垂らして働くことはしないという悲しむべき傾向がありまして。クリームケーキを食べたり、最新の噂話をしたりして毎日のらくら過ごすほうがずっといいと思っているのです」

子爵は困っていると思いきや、よく見てみれば、お父様のあざけりには屈していないらしい。お父様が目を細めたのは不吉な兆候……。

ルーシーはバスケットを手に取り、父親の鼻の下で振った。「パンのおかわりはいかが？ ミセス・ブロディが今朝、焼いたばかりなの」

父親は娘の策略を無視した。「古い地主階級ですな？」しゃべりながら、力いっぱいのこぎりを引くように肉を切っている。「自分の土地で他人をせっせと働かせる連中だ。違いますかな？ 働く代わりに、ロンドンの罪深い売春宿に入り浸っておるのでしょう？」

まあ、なんてことを言うの！　ルーシーはあきらめ、パンが入ったバスケットを置いた。ほかの人たちはどうあれ、わたしは食事を楽しむことにしよう。この家の食堂はどうしようもなく時代遅れだけれど、それでもやっぱり居心地がいい。ルーシーは聞くに堪えない会話よりも、周囲の物事に意識を集中させようとした。左を向き、そう、これがいいのよね、とばかりに気持ちよく燃えている炎に目を留める。

「ええ、まあそうですね。わたしもときどき、売春宿というものにむしょうに行きたくなることがあります」イズリー卿は愛想よくほほえんだ。「つまり、ベッドから出る気力があるときは、ですがね。まだほんのよちよち歩きのころから、ひも付きで乳母に付き添われて通っておりました」

「本当に――」とルーシーは切り出したものの、その瞬間に父親が鼻を鳴らし、続きはさえぎられてしまった。彼女はため息をついて部屋の反対側に目をやり、廊下とその先のキッチンに通じる扉を見た。この部屋は透き間風に悩まされることがないから、すごくいいわ……。

「といっても」子爵が続けた。「白状しますと、売春宿《フレッシュポット》という言葉の成り立ちがよくわからんのです」

ルーシーはテーブルに目を落とした。今この部屋で唯一、安心して見ていられる場所だ。古いクルミ材のテーブルは長さはないが、そのおかげで、かえってこぢんまりとくつろいで食事ができる。食堂の壁紙は、わたしが生まれる前にお母様が選んだもの。ワインレッドとクリーム色の縞模様だ。お父様がコレクションしている帆船の版画がその壁を美しく飾って

――。

「肉《フレッシュ》と鍋《ポット》がどういうわけで一緒になったのか？」イズリー子爵はじっと考えながらつぶやいた。「我々が話題にしているのは、室内用の便器《チェンバー・ポット》のことではないと確信はしておるのですが――」

それは危険な領域よ！　ルーシーは意を決してにこっと笑みを浮かべ、このとんでもない男の話をさえぎった。「この前、ミセス・ハーディから聞いたのですが、誰かがホープ農場の豚たちを放してしまったんですって。豚は八〇〇メートル先まで散らばってしまって、ホープさんと息子さんたちは連れ戻すのに丸一日かかってしまったそうです」

誰もちゃんと聞いていない。

「はっ。聖書ですぞ。フレッシュポットは聖書に由来する」一本取ったと思ったらしく、父親は身を乗り出した。「出エジプト記だ（「肉のたくさん入った鍋」との記述がある）。聖書をお読みになったことはないのかな？」

やれやれ。「みんな、ジョーンズ家の息子たちのしわざではないかと思っていたのです」ルーシーは大きな声で言った。「つまり、豚のことですけど。あの子たちがいたずらばかりたくらんでいるのはご存じでしょう。でも、ホープさんがジョーンズさんのところを訪ねたとき、何がわかったと思います？　息子たちは熱を出して寝込んでいたですって」

二人の男たちは、互いに視線をそらそうとしない。

「実のところ、最近は読んでおりません」子爵のアイスグレーの目が無邪気にきらめいた。

「おわかりでしょうが、のらくら遊んで暮らすのに忙しくてしようがないのです。で、聖書に出てくるそのフレッシュポットとは……？」

「えへん。フレッシュポットか」父親はフォークを振り、ちょうどジャガイモのおかわりを持って入ってきたミセス・ブロディを危うく突き刺してしまうところだった。「フレッシュポットの意味ぐらい誰でも知っておる。売春宿だ」

ミセス・ブロディがあきれた顔をし、父親の肘めがけてジャガイモの皿をどんと置いた。イズリー卿の唇がぴくりと動いた。彼はグラスを口元に運び、ワインを飲みながらグラスの縁越しにルーシーをじっと見つめた。

顔が熱くなるのがわかる。そんなふうに見ていいと思っているの？　子爵の視線はわたしを落ち着かなくさせる。こんなの、絶対に礼儀正しい行為とは言えないわ。彼がグラスを置き、相変わらず彼女を見つめたまま唇をなめると、顔がますます熱くなった。この恥知らず！

ルーシーは断固たる態度で顔を背けた。「お父様、前に、船に乗っていた豚にまつわる面白い話をしてくださったわよね？　豚が外に出てしまって甲板を逃げ回り、水兵たちが誰一人、豚を捕まえられなかったっていう話。あれは結局、どうなったんでしたっけ？」

父親は険しい表情で子爵をにらみつけた。「おおそうだ、話ならある。一部の人間にはためになる話かもしれん。カエルとヘビにまつわる話だ」

「でも――」

「実に面白そうですな」イズリー卿は気取って、ゆっくりと言った。「ぜひお聞かせ願いたい」椅子の背にもたれ、相変わらずグラスの縁をいじっている。

子爵はデイヴィッドのお古を着ていたが、どれもこれも体に合っていない。弟は子爵より背が低くて、胴の幅がある。だから深紅の上着の袖から骨ばった手首が突き出てしまっているのだが、上着そのものは首のあたりでだぶついていた。彼を発見したときは、顔色がまるで死人のように白かったものの、この数日でそれもいくぶんよくなった。といっても、元々の顔色が青白いようだ。こんな格好で滑稽に見えてもおかしくないはずなのに、子爵の場合、そうは見えない。

「昔、あるところに小さなカエルと大蛇がいた」父親が語りだした。「大蛇は川を渡りたかったのだが、ヘビは泳ぐことができない」

「本当ですか？」子爵がつぶやいた。「毒ヘビの中には、獲物を取るため水に入るようになった種類もおりませんでしたか？」

「このヘビは泳げなかったのだ」父親は言い直した。「そこで、カエルに〝向こう岸まで連れていってくれないか〟と頼んでみた」

ルーシーはもう、食べているふりをするのさえやめており、二人の男性を交互に目で追っていた。彼らは争いに没頭している。論争はどんどん折り重なって、やめさせようにも手の施しようがない。父親は身を乗り出し、白いかつらの下で顔を赤らめている。気持ちを集中させているのは一目瞭然だ。子爵のほうはかつらをかぶっておらず、淡い色の髪の毛がろうそくの光を受けてきらきら輝いている。一見するとリラックスして落ち着いているようだし、ひょっとすると少し退屈にさえ思っているのかもしれない。でもわたしにはわかる。この表向きの顔の下で、彼は父に負けないくらい意識を集中させている。

「するとカエルが言った。〝わたしはばかではない。ヘビがカエルを食うことは知っている。きみは間違いなくわたしをまる飲みにする〟」父親はここで一息つき、ワインを飲んだ。

部屋はしんと静まり返り、火がぱちぱち燃える音が聞こえるばかり。

父親がグラスを置いた。「しかし、その大蛇はずる賢いやつで、小さなカエルにこう言った。〝心配は無用だ。こんな大きな流れを渡っているときにきみを飲み込んだら、わたしは溺れてしまう〟そこで小さなカエルは考え直し、大蛇の言うとおりだ、水の中にいるあいだは安全だ、と思った」

イズリー卿がワインを口にする。その目は用心深く、面白がっているような表情を浮かべている。ベッツィがぽっちゃりして赤みを帯びた手を軽快に動かし、皿を片づけ始めた。

「小さなカエルの背中に大蛇が這い上がり、二匹は流れに入っていった。そして、半分ほど渡ったところで、何が起きたかおわかりかな?」父親は客人をじろっと見た。

子爵がゆっくりと首を横に振る。

「大蛇はカエルに牙を突き刺したのだ」父親はここが肝心とばかりにテーブルを叩いた。

「そして、カエルはいまわの際に叫んだ。〝なぜ、こんなことをする?　どちらも死んでしまうぞ〟すると、大蛇が言った……」

「カエルを食うのはヘビの本能だからさ」イズリー卿の声が父親の声と重なった。

両者が一瞬、にらみ合う。ルーシーの全身の筋肉がこわばった。

緊張を破ったのは子爵のほうだった。「失礼。その話は何年も前に広まりましたのでね。おちを言わずにはいられなかった」子爵はワインを飲み干し、グラスをそっと皿のわきに置いた。「人の話の腰を折ってしまうのはわたしの本能かもしれません」

ルーシーは息を吐き出した。それまで止めていたことにも気づいていなかったのだ。「そういえば、ミセス・ブロディがデザートにリンゴのタルトを作ってくれましたの。タルトにとってもよく合うチェダーチーズもありますのよ。イズリー様、少しいかがですか？」

子爵がルーシーを見てほほえみ、幅のある口元が官能的な曲線を描いた。「わたしを誘惑なさるのですね、ミス・クラドック＝ヘイズ」

父親がこぶしでテーブルを叩き、皿がかたかた鳴る。

ルーシーはびくっとした。

「しかし、男として、誘惑に屈してはならぬと何度も警告されてきたのです」子爵が言った。「悲しいかな、そんな警告は無視して過ごしてきたわたしではありますが、今宵は慎重を期することにいたしましょう。では、ミス・クラドック＝ヘイズ、クラドック＝ヘイズ大佐、これで失礼させていただきます」彼はお辞儀をし、ルーシーが口を開く間もなく部屋を出ていった。

「礼儀を知らない生意気な若造だ」父親ががみがみ文句を言い、いきなり椅子を後ろに押して立ち上がった。「出ていくときの、わたしに向けたあの尊大な顔を見たか？　なんという目つきだ。それに売春宿だと！　まったく。ロンドンの売春宿などとぬかしおって。あの男は好かん。子爵だろうがそうでなかろうが気に入らん」

「わかってるわ、お父様」ルーシーは目を閉じ、ぐったりしながら両手で頭を抱えた。偏頭痛がしてきたのだ。

「家じゅうの人間がわかっておりますよ」ミセス・ブロディがきっぱりと言い、大きな足音を立てて再び食堂に入ってきた。


あの大仰でうんざりする父親、クラドック＝ヘイズ大佐はわかっているな。その晩、あとになってサイモンはつくづく思った。男なら誰だって――抜け目がなく眼光鋭い父親ならなおさらだ――ミス・ルシンダ・クラドック＝ヘイズのような美しい天使をこの世の悪魔から守ろうとするだろう。

そう、わたしのような悪魔から。

サイモンは借りている寝室の窓枠に寄りかかり、外の闇を見つめた。彼女は暗い庭にいる。料理は素晴らしかったが、社交という点では悲惨な結果に終わった夕食のあと、どうやらこの寒さの中、散歩をしているようだ。青白い卵形の顔を目印に彼女の動きを追う。というのも体のほかの部分は闇に紛れて見えないからだ。なぜ彼女に、この田舎の娘にこれほど魅了されるのかわからない。もしかすると闇が光に引き寄せられているだけ、悪魔が天使を奪いたがっているだけなのかもしれないが、そうは思えない。彼女には何かがある。厳かで、知的で、わたしの魂をかき乱す何かが。彼女は天国の香水でわたしを誘惑した。そんな希望を持つことは不可能なのに、罪の償いという希望で誘惑した。彼女をそっとしておくべきだろう。わたしの天使はこの田舎に閉じ込められているのだから。善行を重ね、しっかりした采配で父親の家を切り盛りし、無邪気に眠っているがごとく毎日無為に過ごしている。きっとふさわしい紳士がいるのだろう。彼女のもとを訪ねてくる紳士が。先日、ここから出ていくトラップと馬を見た。彼女の立場を尊重してくれる男性、つまり、わたしが感じ取った、外見の下に横たわる鉄の意志を試してやろうなどとは思わない男性がいるはずだ。わたしとはまったく違う種類の紳士が。

サイモンはため息をつき、窓枠から離れた。これまで、すべきこと、すべきではないことを上手に処理できたためしがない。仮住まいの部屋を出ると、ばかばかしいほど注意を払いながら階段をこっそり下りていく。過保護なお父様には気づかれないほうがいい。暗い踊り場の角で肩をぶつけてしまい、彼は毒づいた。できる限り右腕を使って訓練しようとしているのだが、動かすとやはり猛烈に痛む。キッチンでは家政婦とメイドが立ち働いており、彼はそこを通り抜けた。笑顔を作り、速やかに移動する。

裏口から外へ出かけたそのとき、ミセス・ブロディの声がした。「あの――」

サイモンはそっと扉を閉めた。

ミス・クラドック＝ヘイズはその音を耳にしたに違いない。振り向いたとき、彼女の足元の砂利がざくっと音を立てた。「外は寒いですよ」暗い闇の中だとぼんやりした輪郭しかわからないが、彼女の言葉が夜風に乗って漂ってくる。

　庭の広さはおそらく一〇〇〇平米ちょっとだろう。昼間に部屋の窓から目にした庭は、とても手入れが行き届いていた。低い塀で囲まれた家庭菜園《キッチンガーデン》、果物の木が植えられた小さな芝生、その先には花壇がある。それぞれが砂利道でつながっており、どの部分も冬に備えて適切な準備が施してあった。これも間違いなく彼女の手によるものだろう。

　しかし三日月のぼんやりした光では、なかなか自分がいる位置がわからない。暗闇の中、再び彼女の姿を見失ってしまい、ひどくやきもきした。「寒いですか？　いや、まったく気づかなかった。ひんやりして気持ちがいいだけですよ」サイモンは上着のポケットに両手を突っ込んだ。庭は寒くて凍えそうだったのだ。

「病み上がりなのですから、外にいてはいけません」

　彼はその言葉を無視した。「薄ら寒い冬の晩に、こんなところで何をしているのです？」

「星を見ておりますの」まるで彼女が遠ざかっていくかのように、声がだんだん小さくなって彼のもとに届いた。「冬ほど星が明るく見える季節はありませんわ」

「そうですか？」いつだろうが、同じに見えるが……。

「ええ。ほら、あそこにオリオン座が見えますでしょう？　今夜は輝いています」彼女は声を落とした。「でも、あなたは中にお入りにならないと。外は寒すぎます」

「わたしには運動が必要だ。お父上もきっとそうしろとおっしゃるでしょう。それに冬の空気は、わたしのような、がたのきた人間の体にはいいのです」

彼女は黙っている。

彼女がいる方向に歩いているとは思うが、もはや確信が持てない。父親の話はすべきではなかったな。

「夕食のとき、父が失礼いたしました」

ああ、もっと右側にいるのだな。「なぜ謝るのです？　父上のお話はとてもうまくできていた。まあ、たしかに少し長かったものの本当に――」

「いつもは、あんな厳しいことは言わないのですが」

とても近くにいるらしく、彼女のにおいと、糊と薔薇の香りがする。妙に家庭的だが、それと同時にそそられるにおいでもある。なんてばかな男なんだ。頭の傷のせいで感覚がどうにかなってしまったに違いない。

「ああ、そのことですか。ええ、少々不機嫌になっておられるとは思いました。だが、それは正式に招かれたわけでもないのに、わたしが父上の家で眠り、ご子息の服を着て、最高の食べ物をごちそうになっているせいでしょう」

宵明かりの中、ぼんやりとではあったが、彼女がこちらに顔を向けたのがわかった。「違います。あなたには父を怒らせる何かがあるのです」彼女の息が頬をかすめるのが感じられそうだった。「父の態度も失礼でしたが、あなただって、もっと感じよくしてくださってもよかったでしょう」

サイモンはくっくっと笑った。ここは笑うべきか、泣くべきか。「そうは思いませんね」首を横に振ったものの、彼女には見えていないだろう。「ええ、絶対に。はっきり申し上げて、あれ以上感じよくすることはできない。ただ単に、そういう性分ではないのですよ。父上の話に出てきたあの大蛇と似たようなもの。攻撃すべきではないときに攻撃をしてしまう。もっともわたしの場合、さらに輪をかけて、ふさわしくないときに皮肉を言ってしまうのですがね」

こずえが風に揺れ、関節炎にかかった手が夜空をひっかいているかのように見える。

「だから、メイデン・ヒルの溝で死にそうな目に遭うことになったのですか？」彼女はいつの間にか、さらに近くまで来ていた。わざと率直なところを見せてやったから、おびき寄せられたのだろうか？「誰かを侮辱なさったの？」

サイモンは息を呑んだ。「どうして、襲われたのはわたしのせいだと思われるのかな？」

「わかりません。違うのですか？」

サイモンはキッチンガーデンの塀に尻を載せたが、そこに座っているとたちまち冷えてきたので腕を組んだ。「麗しき人よ、そなたは我が判事。わたしの罪はご覧のとおりだ。刑を宣告していただこう」

「わたしには人を裁く資格はありません」

彼女は顔をしかめたのだろうか？「おお、心優しき天使、資格ならあるとも」

「わたしは――」

「静かに。つまり、こういうことだ。わたしはあの朝、まったくほめられたものではない時間に起きて着替えをしたのだが、その前に、赤いヒールのパンプスが妥当かどうかという件で、近侍のヘンリーとちょっとやり合い、結局やつが勝ってしまった。あれは本当にわたしを脅すのです――」

「なんだか相当、疑わしいお話ですわね」

本当だ。断言してもいい。それから、わたしは玄関の階段を下りていった。ブルーの派手なビロードの上着、カールをして髪粉を振りかけたかつら、例の赤いヒールのパンプスという
サイモンは片手を胸に当てた。暗闇の中でそんなことをしても無駄ではあったが。「いや、いでたちで――」

彼女が鼻を鳴らした。

「そして、通りをぶらぶら歩いて四〇〇メートルも行かないうちに、三人の暴漢に襲われた」

彼女が息を呑む。「三人?」

よしよし。

「三人」サイモンは声の調子を軽くした。「相手が二人なら勝てたかもしれん。一人なら間違いなく倒していた。だが、三人が相手では身を滅ぼすということがこれで証明されたわけだ。連中はわたしが身につけていたものを一つ残らず奪っていった。例のパンプスも含めてだ。おかげでわたしは、ばつの悪い格好であなたとの初対面を果たすはめになってしまった。

裸だったし――もっとぞっとするのは――意識を失っていたのですからね。はたしてわたしたちの関係は、最初のトラウマから回復できるのかどうか……」

だが、餌には食いついてくれなかった。「あなたを襲ったのは、顔見知りではなかったのですか?」

サイモンは腕を大きく広げかけたが、すぐに痛みで顔をしかめ、腕を下ろした。「誓って違います。まあ、ロンドンの追いはぎにとって、赤いヒールの靴が耐えがたい誘惑だと思われるのなら話は別だ。その場合、真っ昼間からあんなものを履いていたわたしは、間違いなく自分からぶん殴られにいったことになる……。きっと大目に見ていただけると思うが」

「もし、大目に見なかったら?」とても静かな声だったので、風がその言葉を運び去ってしまいそうだった。

なんとも慎重に人の心をもてあそぶことを言ってくれるではないか。それでも、こんなかすかな笑い声を耳にしただけで、下腹部が締めつけられてしまう。「そのときは、もうわたしの名前を呼ばないほうがいい。というのも、サイモンと呼んだところで、無意味な文字の塊、吐く息にすぎないからだ。万が一あなたに公然と非難されたら、わたしは息絶えて、きれいさっぱり消え去ってしまうだろう」

沈黙。吐く息はちょっと大げさだったかもしれない。

そのとき彼女が笑った。大きな、楽しげな声を耳にすると、サイモンの胸の中で何かが跳ね上がった。

「こんなばかげた話で、ロンドンのレディたちを楽しませてらっしゃるの？」彼女は文字どおり息をしようとあえいでいる。「だとしたら皆さん、笑ってしまわないように、おしろいをはたいた顔をしかめていないといけませんわね」

なぜか、わけもなくあわててしまった。「申し上げておこう。ロンドンの社交界で、わたしはとても機知に富んだ人物だと思われている」あきれたな。気取ったばか者のような言い方をしてしまった。「最高のもてなしをすることで有名な奥方たちは、競ってわたしを招待客リストに載せているのですよ」

「本当に？」

小悪魔め！

「ええ、本当です」思わずむっとした言い方をしてしまった。そうだ、こう言えば彼女も感心してくれるだろう。「わたしが出席すれば、晩餐会は成功するとわかっていますからね。去年ある公爵夫人は、わたしが出席できないと聞くや気絶してしまった」

「お気の毒に。ロンドンのレディは本当にお気の毒。今ごろ、さぞ悲しまれていることでしょうね！」

サイモンはひるんだ。一本取られた《トウシエ》。「実は――」

「それでも、あなたなしでやっていくのでしょう」その声には相変わらず笑いが潜んでいた。「いいえ、やっぱり違うかも。あなたがいらっしゃらなくて、奥様たちは立て続けに気絶しているかもしれませんわ」

「なんてむごい天使なんだ」

「なぜ、わたしをそんなふうに呼ぶのですか？　ロンドンでは、たくさんのレディをそう呼んでらっしゃるの？」

「天使と呼んでいるかということ？」

「ええ」そのとき突然、彼女が思ったより近くにいることに気づいた。それどころか手の届くところにいる。「違う。あなただけだ」サイモンは指先で彼女の頰に触れた。夜気の中だというのに肌は温かくて、柔らかかった。とても柔らかい。

　その瞬間、彼女は一歩遠ざかった。

「信じられない」

　息を切らしているように聞こえなかったか？　サイモンは暗闇に潜む悪魔のようににやっと笑ったが、何も応えなかった。おお、ただ彼女をこの腕に抱き寄せ、わたしの唇の下で甘い唇を開かせ、口の中でその息を感じられたら、この胸に彼女の乳房を感じられたら……。

「なぜ、天使なのですか？」彼女が尋ねた。「わたしには、天使のようなところはあまりございません」

「ああ、それは間違っている。あなたは実に凜とした眉をしているし、口元が曲線を描くと、ルネッサンスの絵画に登場する聖人のようだ。目は驚くほど美しい。それに、あなたの心は……」彼は塀から立ち上がり、思いきって彼女に一歩近づき、二人はもう少しで触れ合いそうになった。彼女はあの青白い顔を上げ、彼のほうを向いたに違いない。

「わたしの心?」

ふっと、彼女の温かい息がかかった気がした。

「あなたの心は鉄鐘のようだ。美しくも恐ろしく鳴り響き、真実を告げる」自分でもわかるほど声がかすれており、胸の内を明かしすぎてしまったと悟った。

彼女の後れ毛が一房、二人を隔てるわずかな空間を埋め、サイモンの喉を愛撫した。彼の下半身は痛いほど硬くなり、脈打つ音が胸の中で響いていた。

「どういう意味かよくわかりません」彼女がささやいた。

「たぶん、そのほうが好都合だ」

彼女が手を伸ばし、一瞬ためらったのち、指先でそっと彼の頬に触れた。途端に熱い感触が勢いよく体じゅうを駆け巡り、つま先まで伝わった。

「わたしはあなたを理解している。ときどき、そう思えるのです」彼女のつぶやきはとても低く、危うく聞き逃すところだった。「あなたが初めて目を開いたあの瞬間から、ずっとあなたのことを理解していた、あなたも心の深いところではわたしのことを理解している。そう思えるのです。ただ、そう思った瞬間、あなたは冗談を言ったり、おどけたり、放蕩者のふりをしたり、話をそらしたりする。なぜそんなことをなさるの?」

心の中の不安を声にして伝えよう、いや何かまったく別のことを言おうとサイモンは口を開いたが、そのときキッチンの扉が開き、庭に弓形の光が漏れてきた。「ルーシーや」保護者の登場だ。

彼女が向きを変えたため、キッチンの明かりを背景に顔がシルエットになった。「もう中に入らないと。おやすみなさい」手を引っ込めて後ろへ退く際、その手がサイモンの唇をかすめた。

彼はまず声を落ち着かせ、それからようやくしゃべることができた。「おやすみなさい」彼女がキッチンの扉を目指して歩いていき、明かりの中に姿を現した。父親が肘をつかみ、娘の頭越しに庭に人影はないかと探していたが、やがて扉を閉めた。サイモンは闇の中でじっとして彼女をじっと見つめた。クラドック゠ヘイズ大佐に立ち向かうよりも、闇の中でじっとしていることにしたのだ。肩は痛むし、頭はがんがんするし、つま先は氷のように冷たくなっている。

おまけに彼は、勝てる見込みのないゲームをしていた。

「そ、そ、そんなこと、信じられない」クインシー・ジェームズは、サー・ルパートの書斎の窓のほうへ、ぎくしゃくした足取りで早足で歩いていった。「や、や、やつは頭から血を流していたと聞いております。か、か、肩を刺され、凍てつく寒さの中、裸でそのまま置き去りにされたのですよ。そんな状態で、た、た、助かるわけないでしょう」

サー・ルパートはため息をつき、二杯目のウイスキーを注いだ。「どうして助かったのかはわからないが、助かったのだ。わたしの情報は確実だ」

この部屋の三人目の男、ギャヴィン・ウォーカー卿が、暖炉のそばで肘掛け椅子に座ったまま体をもそもそ動かした。ウォーカーは肉体労働者のような体格をしている。大柄で、肩幅も広く、手はハムのようだ。当然、顔の造りも大きい。高価な衣装とかつらを身につけていなかったら、彼を貴族だと思う者はいないだろう。実際、ウォーカーの家系をさかのぼっていけばノルマン人に行き当たる。彼は上着のポケットから宝石をちりばめたかぎタバコ入れを引っ張り出し、中身を一つまみ手の甲に載せて吸い込んだ。それから一瞬の間があったかと思うと、派手にくしゃみをし、ハンカチで顔をぬぐった。

サー・ルパートは顔をしかめ、目をそらした。かぎタバコなんて下品な習慣だ。

「わからんな、ジェームズ」ウォーカーが言った。「イズリーは死んだ、これ以上、心配する必要はないと最初に言っておいて、今度は彼が生き返ったと言うのか。きみの部下は、たしかにあの男を殺《や》ったのだろうな？」

サー・ルパートは机の椅子にもたれて天井を見上げ、ジェームズが例によって感情を爆発させるのを待った。書斎の壁は男性的な濃い茶色で、腰の高さでクリーム色のチェアレール（椅子の背が漆喰に当たって擦れるのを防ぐための水平材）によって二分されている。厚みのある黒と深紅の絨毯が敷いてあり、ビロードの濃い金色のカーテンが、外から聞こえてくる通りの騒音をさえぎっていた。壁には植物版画のコレクションが飾られている。もう三〇年以上前の話だが、サー・ルパートは、ある書店でクリサンセマム・パルテニウム、すなわちナツシロギクの小さなスケッチと出合い、それをきっかけに版画のコレクションを始めたのだ。版画の状態はいいとは言えなかった。へりに水に濡れた染みがついているし、ラテン語で記された植物名がにじんでいる。だが構図が面白かった。彼はこれに一目惚れして、その場で買ってしまい、その後一カ月、まともなお茶はおあずけで過ごすはめになった。その版画を挟んで、もっと大きい、高価な版画が飾られている。モルス・ニグラ、すなわちクワと、それよりもかなり優美なキナラ・カルドンクルス、すなわちカルドン（アーティチョークの原種）だ。

妻も子供たちも召使たちも、重大な緊急事態でなければ、書斎にいる主人を邪魔してはならないとわかっている。それだけに、ジェームズやウォーカー卿や、彼らが持ち込む問題のために自分の居場所を使われてしまうのは、よけい癪にさわるのだった。

「たしかにですって？　も、も、もちろんです」ジェームズが急に向きを変えてウォーカーに何か放り、それはきらきら光りながら空を切って飛んでいった。「部下がそれを持ち帰りました」

普段はのんびりしていて動きの鈍いウォーカーだが、その気になれば素早く動くことができるのだ。放られた物をつかみ、よく調べたのち、彼は眉を吊り上げた。「イズリーのシグネットリングではないか」

サー・ルパートのうなじの毛が逆立った。「ジェームズ、なんということを。いったいどうして、そんな物を持っているのだ？」こんな危険な大ばか者と仕事をしているとは。

「別に、か、か、構わんでしょう。イズリーは、し、し、死んだのです」ジェームズはいらいらしているようだ。

「ただし、もはや死んではいないのだろう？　きみの無能な部下のおかげでな」サー・ルパートはウイスキーを一気に飲み干した。「それをよこしなさい。わたしが処分しておこう」

「ほ、ほ、ほら、ここを見て――」

「サー・ルパートの言うとおりだ」ウォーカーが言葉を挟んだ。「こんな証拠が残っていては困る」彼は部屋を横切り、サー・ルパートの机に指輪を置いた。

サー・ルパートが指輪をじっと見つめる。イズリー家の紋章は年月とともに金が磨り減って彫りが浅くなっていた。何代にわたる貴族たちが、この指輪をはめてきたのだろう？　机に置かれた指輪に手を置き、それをつかんでベストのポケットに入れた。

机の下でこっそり右脚をもむ。サー・ルパートの父親はロンドンで貿易商をしていた。子供のころは父親が管理していた大きな倉庫で働き、穀物の入った大袋や、商品が梱包された重たい木箱を運んでいた。脚を押しつぶすことになった事故のことは覚えていない。少なくとも完全には。唯一覚えているのは、壊れた樽からこぼれてきたタラの塩漬けのにおい。それと、砕けた骨の痛み。今でさえ、塩漬けの魚のにおいをかいだだけで胸が悪くなる。

サー・ルパートは仲間である二人の男を見て考えた。彼らは生まれてこのかた、日々の糧を稼いだことがあるのだろうか？

「きみに何がわかる？」今やジェームズは自分より体の大きな男と向き合っていた。「これまでのところ、助けになることは何一つしていないくせに。わたしはペラーの介添えをした」

「そんなことをして、ばかだな、きみも。ペラーをそそのかしてイーサンを殺させるべきではなかったのだ。やめておけと忠告したではないか」ウォーカーは再びかぎタバコ入れを取り出した。

ジェームズは今にも泣きそうな顔をしている。「そんな忠告、し、し、してないだろ！」大柄な男はうろたえもせず、儀式を行うようにタバコを量って手に載せた。「したとも。もっとこっそりやるべきだと思ったのでね」

「きみだってもともとこの計画を気に入っていたじゃないか！　ちくしょう！」

「いや」ウォーカーがくしゃみをした。首をゆっくり横に振り、ベストのポケットから再びハンカチを取り出す。「わたしは愚かな行為だと思ったのだ。耳を傾けてもらえなかったとは残念だな」

「ろくでなしめ！」ジェームズはウォーカーを突き飛ばそうとした。

だが大きいほうの男が一歩わきによけ、ジェームズはなんとも滑稽に、そのまま前につんのめった。そして顔を赤くし、再びウォーカーと向き合った。

「二人とも！」サー・ルパートは杖で机を叩いて注意を引いた。「よさないか。話が横道にそれている。イズリーをどうするかが問題なのでは？」

「イズリーが生きているというのはたしかでしょうな？」ウォーカーがしつこく訊く。のろまだが、容易に屈しない男だ。

「たしかだ」サー・ルパートは相変わらず痛む脚をさすりながら答えた。この密談が終わったら、脚を上げて休ませなくてはならないし、今日はこのあとずっとろくな一日にはならないだろう。「メイデン・ヒルという、ケント州の小さな村にいる」

ジェームズが顔をしかめた。「なぜわかるのです？」

「それは、どうでもよかろう」その点については、あまり深く追及されたくなかった。「肝心なのは、イズリーが近侍を呼びにやるほど回復しているということだ。全治したらロンドンに戻ってくるだろう。そのとき彼が何をするか、我々は皆わかっているはずだ」

サー・ルパートはまずジェームズを見た。頭を激しくかきむしっており、これでは明るいブロンドの髪の下で出血しているに違いない。次にウォーカーに目をやると、彼は思案げにこちらをじっと見返していた。

わかりきった結論を口にしたのは、大柄なほうの男だった。「では、イズリーが絶対に戻ってこないようにするのがいちばんですね？」

4

わたしはあなたを理解している。ときどき、そう思えるのです。あの言葉が頭に刻み込まれてしまったらしい。飾り気のない率直なあの言葉にはひどくびっくりした。サイモンは肘掛け椅子の上で体を動かした。自分の寝室で、暖炉の小さな火の前に座り、ミス・クラドック＝ヘイズはどこにいるのだろうと考えている。彼女は昼食の席に現れず、食事中は大佐が――口を開くことがあればだが――素っ気なくひとことふたこと言うだけだった。いまいましい女性だ。あんな率直な発言をするなんて、あまりにも無粋で言われたほうが面食らってしまうと気づいていないのだろうか？　女性は紳士に対してまつ毛をぱちぱちさせ、意味のないことを言うものだとわかっていないのか？　いちゃついたり冷やかしを言ったりするものだろう？　常に――そう常に――本音は隠すものだ。それがわかっていないのか？　男の魂をずたずたにする可能性がある言葉を口にするものではない。

わたしはあなたを理解している。ときどき、そう思えるのです。もし彼女が本当にわたしを理解しているとしたら……そんなことは考えただけでぞっとする。わたしはこの数カ月、イーサンを殺した連中を情け容赦なく追い回してきた。一人ひとり捜し出して決闘を申し込み、剣で惨殺してきたのだ。天使はこんな男をどう思うのだろう？　わたしの正体を本当に知ったら、恐ろしさのあまりすくんでしまうだろうか？　後ずさりをして、叫びながら逃げていくだろうか？

どうか、彼女が本当にわたしの心を見抜くことがけっしてありませんように。

そのとき、階下が何やら騒がしいことに気づいた。クラドック＝ヘイズ大佐の重々しい低い声、それよりも高いミセス・ブロディの声、二人の声の合間を縫って、ひっきりなしにぶつぶつつぶやく下男ヘッジの声が聞こえてくる。サイモンは立ち上がり、脚を引きずりながら階段へ向かった。ゆうべ、あの天使を追って寒い庭へ出た報いだ。病み上がりで酷使してしまったものだから、背中の筋肉が反乱を起こし、一晩中こわばったままだった。そのあげくこのざまだ。さっき殴られ、刺されたばかりの老人のようにしか動けない。

階下へ近づくにつれ、声がだんだんはっきりしてきた。

「……捕鯨船の半分はありそうな馬車だな。仰々しい。仰々しいとは、まさにこのことだ」

まずは大佐のバリトン。

「旦那様、あの方たちは、お茶を召し上がるんでしょうかねえ？　スコーンの準備をしておきませんと。ちょうど行き渡る数しか焼いておりませんので」

続いてミセス・ブロディ。

そして、最後はこれ。「……背中が悪いんだ。馬が四頭。しかも、ばかでかいときている。こっちはもう若くないってのに。あんなもの引っ張ったら、死んじまうかもしれないじゃないか。それで、誰か気にしてくれるのかって？　するわけがない。働き手がまた一人いなくなるだけのこと。どうせわたしは、その程度の存在なんだ」

いかにもヘッジらしい。

サイモンは笑みを浮かべて最後の一段を下り、皆が集まっている玄関のほうへ歩いていった。おかしなものだ。この家のリズムと雰囲気がこんなにもあっさりと自分の体に染み込んでしまうとは。

「ごきげんよう、大佐。いったい何の騒ぎです？」

「騒ぎだと？　はっ。ばかでかい馬車がやってきたのだ。はたして私道に入ってこられるのか？　どうしてあんなものを必要とする人間がいるのか、さっぱりわからん。わたしが若いころは……」

開いた玄関の扉からその馬車がサイモンの目に留まると、大佐の声はまったく聞こえなくなった。わたしの旅行用の大型馬車だ。間違いない。扉にイズリーの紋章が金箔で描かれている。しかし馬車から下りてきたのは近侍歴五年のヘンリーではなく、別の若者。扉のわくをくぐるのに、体をほとんど二つ折りにしている。もう背は伸びきった年だろうに、もしそうでないなら、この男はしまいには巨人になってしまうぞ。とはいえ、骨格は立派に成長したものの、それに見合った肉体がまだできていない。そんなわけで、手は大きすぎるうえに無骨でごつごつしているし、すねが細いわりに足が大きすぎて、まるで子犬の足のようだ。肩も広いが骨ばっている。

クリスチャンが体をまっすぐに起こした。オレンジ色がかった赤毛が午後の日差しを浴びて輝いている。彼はサイモンを認めると、にやっと笑った。「噂では、あなたは今にも死にそうか、もう死んでしまったことになっていますよ」

「噂はいつもそうだ。話が大げさになる」サイモンは玄関の階段をぶらぶら下りていった。

「わたしの葬式に参列しにきたのか？　それとも、たまたま通りかかっただけなのか？」

「本当に死んだのかどうか、たしかめるのが当然かと思いまして。何と言ってもあなたのことだから、ぼくに剣と鞘を遺してくれたのではないかと考えたのです」

「それはあり得ん」サイモンもにやっと笑った。「わたしの遺言では、きみにはエナメルの便器を譲ることになっているはずだ。あれは骨董品だと聞いている」

若い貴族の後ろからヘンリーが現れた。テールを二本垂らした美しい白いかつら、スミレ色と銀色の上着、銀色の縫い取り飾りが施された黒い長靴下という格好で。さえない茶色の上着を着ているクリスチャンよりはるかにおしゃれだ。もっともヘンリーは、召使、貴族を問わず身近にいるどの男性よりも常に見事な装いをしていると言っていい。サイモンはときどき、ふと気づくと、近侍のせいで自分の影が薄くなってはいけないと必死になっていることがあった。おまけにあの金髪といい、ふっくらした赤い唇といい、ふしだらなエロスのような容貌のヘンリーは、女性がいる場でははなはだ危険な存在となる。なぜ彼のような男をそばに置いているのか、サイモンは自分でも本当に不思議でならなかった。

「もしそうなら、噂が大げさだったのは喜ばしい限りですね」クリスチャンは抱きしめんばかりに両手でサイモンの手を握り、心配そうに彼の顔をじっとのぞき込んだ。「本当に大丈夫なのですか？」

サイモンはどうも決まりが悪かった。人に自分の身の上を心配してもらうことに慣れていないのだ。「かなりよくなった」

「で、こちらはどなたかな？」いつの間にか大佐が追いついていた。

サイモンは半ば振り返った。「大佐、クリスチャン・フレッチャーを紹介させていただきます。わたしの友人であり、フェンシングの練習相手でもあります。クリスチャン、こちらはお世話になっているクラドック＝ヘイズ大佐。わたしを手厚くもてなしてくださり、無私無欲で、ご不在中のご子息の寝室を提供してくださった。こちらの家政婦が作る料理は絶品だぞ。それに、大佐のお嬢さんは最高の話し相手《カンパニー》だ」

「大佐、お会いできて光栄です」クリスチャンがお辞儀をする。

大佐は、交際相手《カンパニー》と言うつもりではあるまいな、とばかりにサイモンを見ていたが、その刺すような視線をクリスチャンに向けた。「お若い方、そちらも部屋をお探しとお見受けしたが」

クリスチャンはぎょっとした顔をし、助け舟を求めるようにサイモンのほうをちらっと見てから答えた。「いえ、とんでもありません。先ほど通りかかった町の宿に泊まろうかと思っていたところでして」漠然と背後に手をやり、宿があるであろう方向を示した。

「ほう」大佐は一瞬言葉に詰まったが、すぐにサイモンのほうに顔を向けた。「だが、イズリー閣下、あなたの召使たちは我が家にお泊まりいただけるのでしょうな？　部屋があろうとなかろうと」

「もちろんです、クラドック＝ヘイズ大佐」サイモンは明るく言った。「当初、彼らも町の宿に泊めようかと思っておりましたが、そのような考えは、大佐のおもてなしの心を侮辱することになる。それがわかりましたので、これまでのように作法を巡って気まずい争いをするよりは、戦う前に負けを認め、部下をこちらによこすことにしたのです」彼は軽く頭を下げ、この見え透いた嘘八百を締めくくった。

大佐がしばらく口もきけず、ひどい渋面をしていたので、サイモンは自分のほうが一本取ったことを悟った。

「いやはや、まったく」年上の紳士は体をのけぞらせ、馬車に目を走らせた。「いかにも、都会の上流人らしい馬車だ。まったく。では、ミセス・ブロディに伝えねばな」

大佐がくるりと向きを変えたちょうどそのとき、危うくヘッジとぶつかりそうになった。外に出てきた下男はその場で立ち止まり、ぽかんと口を開けて、お仕着せを着ているサイモンの御者と従僕に見とれた。

「おやまあ。あれをご覧くださいまし」ヘッジが言い、サイモンはこのとき初めて、下男の口調に敬意らしきものを感じた。「ほら、あれこそ男がすべき格好だ。銀モールにスミレ色の上着。もちろん、金モールのほうがずっといいに決まっていますがね。それでも、一部の人たちが部下にさせる格好よりはずっといい」

「部下だと？」大佐は激怒しているように見える。「おまえは部下ではない。片手間仕事をしている下男だ。さあ、荷物を運ぶのを手伝いなさい。部下とはけしからん」それから足を踏み鳴らしながら家に入っていったが、そのときもまだぶつぶつ文句を言っていた。

ヘッジは反対方向に歩いていったが、彼もやはりぶつぶつとつぶやいている。

「ぼくは気に入られていないようですね」クリスチャンがささやいた。

「大佐にか？」サイモンは若い友人と家に向かって歩きだした。「いや、いや、あの人は絶対、きみを大いに気に入っている。実はあれが大佐の言い方なのだ。目がいたずらっぽくきらきらしていたのを見ただろう？」

クリスチャンがあいまいな笑みを浮かべた。相手の言葉を額面どおりに受け取っていいものかどうかよくわからないといった感じで。サイモンは一瞬、胸が痛んだ。こんなに若くして世の中に出てしまったのか。まるで卵からかえったばかりのヒヨコだ。まだ羽が濡れているというのに、自分より大きな、優しさに欠ける鳥たちに囲まれ、見えないところで待ち伏せをしているキツネの脅威にさらされているのだから。

しかし次の瞬間、サイモンはふとあることを思い浮かべ、顔をしかめた。「わたしが今にも死にそうだという噂はどこで聞いた？」

「先日の夜、ハリントン邸の舞踏会でその話が出ていましたし、翌日の午後にも、行きつけのコーヒーハウスで耳にしました。しかしアンジェロのところで話を聞くまで、あまり真に受けてはいなかったのです」クリスチャンは肩をすくめた。「それに、当然のことながら、

「あなたはいつもの試合に現れなかった」

サイモンはうなずいた。ドミニコ・アンジェロ・マレヴォルティ・トレマモンドは――パトロンたちには単にアンジェロで通っている――今、たいへん人気のあるフェンシングの達人だ。貴族階級の多くの紳士たちが、このイタリア人の指導を受けにきたり、単に練習をするために、ソーホーにある彼の道場にやってきたりする。実はサイモンは数カ月前、この師匠の道場でクリスチャンと出会ったのだった。年下の男はサイモンの技術を手放しで称賛した。そしてどういうわけか、これがきっかけで毎週クリスチャンとフェンシングの試合をするようになり、サイモンはこの弟分にフォームに関する助言を与えることになったのだ。

「いったい何があったのです?」二人は玄関に入った。日の光を浴びたあとなので、家の中がとても暗く見える。クリスチャンはしゃべりながら、大またですたすた歩いている。サイモンにとって、体が弱っていることを見せずに歩調を合わせるのは一苦労だった。「ヘンリーは知らないようでしたし」

「刺されたのだ」大佐はすでに居間におり、二人が入ってきた際、話をちょうど耳にしたに違いない。「子爵は背後から刺された。肩甲骨をやられたのだ。傷は左のほうまで続いていたが、肺には達していなかった」

「では、幸運だったのですね」クリスチャンは、このあとどうすべきかよくわからないかのように突っ立っている。

「そのとおり。幸運だったのだ」大佐は二人を歓迎する素振りはまったく見せなかった。

「肺の傷で死んでいく人間を見たことがおありかな？　ん？　息ができんのだよ。自分の血で窒息してしまうのだ。死に方としてはかなりひどい」

サイモンは長椅子に座り、肩の痛みは無視してゆったりと脚を組んだ。「大佐の表現には妙に心を惹かれますね」

「ほお」大佐は肘掛け椅子に腰を下ろし、ぞっとするような笑みを浮かべた。「わたしが心惹かれるのは、そもそも、そなたがなぜ襲われたのかということだ。どうなのかね？　嫉妬深い夫の恨みでも買ったのか？　誰かを侮辱したのか？」

一人突っ立ったままのクリスチャンがあたりに目を走らせると、長椅子の隣に木の椅子があった。そこに身を沈めたが、椅子が不気味にきーっと鳴り、彼は凍りついてしまった。

「侮辱しましたね。ええたしかに、生まれてこのかた、多くの人を侮辱してきた」サイモンは大佐に笑みを返した。年上の男の洞察力を見くびるべきではない。「嫉妬深い夫に関しては、わたしの分別が、何も言ってはならぬと申しておりますので」

「はっ！　分別など――」

しかし大佐の言葉は中断された。娘が入ってきたのだ。あとからミセス・ブロディもお茶のトレーを持って入ってきた。

サイモンとクリスチャンが立ち上がる。大佐もいったん腰を上げたが、立ち上がったとほぼ同時に再び腰を下ろした。

「我がいとしのレディ」サイモンは彼女の手を取って身をかがめた。「あなたがやってくると、わたしはその輝きで圧倒されてしまう」姿勢を正し、あなたは今日わたしを避けていたのかと言おうとしたが、彼女の目は隠れていて、何を考えているのか見抜くことができない。

急に欲求不満がこみ上げてきた。

天使の唇が曲線を描く。「気をつけたほうがよろしいですよ、イズリー閣下。あなたの華やかなお世辞のおかげで、わたしはいつか、すっかりうぬぼれてしまうかもしれません」

サイモンは片手で胸を叩き、よろよろと後ずさりした。「やられた。命中です」

彼女はサイモンのおどけた仕草にほほえんだが、トパーズ色の目をクリスチャンに向けてしまった。「こちらは、どなた？」

「しがない准男爵の息子にすぎません。おまけに赤毛だ。あなたの神々しい注目を浴びる価値があるとはとても申せません」

「あきれた」彼女はたしなめるような目でサイモンを見つめ――これが妙に効果的だった――クリスチャンに手を差し出した。「わたしは赤毛が好きなのです。しがない准男爵の息子さん、お名前は何とおっしゃるの？」

「クリスチャン・フレッチャーと申します、ミス……？」年下の男は魅力的な笑みを浮かべ、お辞儀をした。

「クラドック＝ヘイズです」彼女も膝を曲げたお辞儀をする。「父にはもうお会いになりましたのね」

「ええ、おっしゃるとおりです」クリスチャンが彼女の手を取って口元へ持っていき、サイモンは彼を絞め殺したい衝動を無理やり抑え込んだ。

「イズリー卿のお友達でいらっしゃるの？」

「わたしは――」

しかし、もはや彼女の意識がほかに向けられていることが耐えられなかった。「クリスチャンは、仲間の中でいちばん大切な男だ」このときばかりは、自分が本音を口にしたのか、嘘をついたのかわからなかった。

「まあ、そうですか」彼女がまたまじめくさった顔をする。

ちくしょう、わたしの話を真に受けている。誰もそんなことはしないのに。言った本人でさえ怪しいと思っている。

彼女はしとやかに長椅子に腰を下ろし、紅茶を注ぎ始めた。「ミスター・フレッチャー、イズリー卿とお知り合いになって長いのですか？」

若者は笑顔でティーカップを受け取った。「ほんの数カ月です」

「では、子爵が襲われた理由はご存じではありませんのね？」

「ええ、残念ながら」

「あら、そう」サイモンに紅茶を差し出したとき、彼と目が合った。

サイモンはほほえみ、カップを受け取るついでにわざと彼女の手を指でさすった。彼女は目をぱちぱちさせたが、視線は落とさなかった。勇気のある、かわいい天使だ。「あなたの好奇心を満たしてあげられたらいいのだが、ミス・クラドック＝ヘイズ」

「えへん！」娘の隣に座っている大佐が突然、大きな咳払いをした。

クリスチャンはトレーからスコーンを一つ取り、椅子に深く座り直した。「まあ、襲ったのが誰であれ、子爵を知っている人物に違いありません」

サイモンはぴたっと動きを止めた。「なぜ、そんなことを言う？」

若者は肩をすくめた。「襲ったのは三人だったのでしょう？　ぼくはそう聞いています」

「それで？」

「つまり、あなたが剣の達人だった……いや、達人だと知っていたことになります」クリスチャンはスコーンをむしゃむしゃ食べた。相変わらず、開けっぴろげで無邪気な顔をしている。

「剣の達人？」ミス・クラドック＝ヘイズはサイモンとクリスチャンを交互に見た。「まったく存じませんでした」サイモンの目の表情を探っているようだ。

ちくしょう。何もばれないといいのだが……。サイモンはにこっとほほえんだ。「クリスチャンの話は大げさで――」

「おや！　知らなかったなあ。あなたでも謙遜することがあるんですね」年下の男は面と向かって笑った。「お嬢さん、ぼくが保証しますよ。彼が通りかかると、体格で勝る男たちもびくびくしてしまうんですよ。決闘を申し込んでやろうなどという人間は一人もおりません。ああ、そうだ、つい先日――」

なんてこった。サイモンはしーっと制止した。「まさか、そんな話をレディの耳に入れるつもりではないだろうな」

クリスチャンは顔を赤らめ、目を大きく見開いた。「ぼくはただ――」

「でも、わたしは、レディの繊細な耳には不向きな話も楽しんでおりますわ」ミス・クラドック＝ヘイズは穏やかに言った。その目は挑むようにサイモンを見つめており、魅惑的な美女がこう呼びかけるのが聞こえてきそうだった。教えて。教えて。本当のあなたを教えて。

「ミスター・フレッチャーに続きを言わせないおつもりなの？」

しかし過保護な父親が割って入ってくれたおかげで、サイモンはこれ以上ばかなまねをしなくて済んだ。「娘や、およし。哀れな男のことは放っておきなさい」

天使は頬を赤らめたが、視線が揺れることはなく、そのときサイモンは悟った。ここにこれ以上長居をしたら、あのトパーズ色の瞳に溺れてしまう。たとえ屈するのがこれで三度目だとしても、神々にこの幸運を感謝することになるだろう。


「裸？　まったく何も着ていなかったの？」古い長椅子に座っていたパトリシア・マッカローは身を乗り出し、膝に置いたレモンビスケットの皿を危うくひっくり返すところだった。

パトリシアは丸顔だった。血色のいいつやつやした肌と、ふっくらした深紅の唇と、金色の巻き毛のおかげで、見た目は絵に描かれた退屈な田舎娘といった感じだ。だが実のところ、そんな見た目とは裏腹に、性格はむしろ地元の肉屋で一心に値切っている主婦に近い。

「そういうこと」ルーシーはビスケットを口に放り込み、幼なじみに穏やかに笑いかけた。

二人はクラドック＝ヘイズ邸の奥にある小さな部屋にいる。壁を彩る明るい薔薇色と、窓枠のアップルグリーンが夏の花壇を思わせる。居間ほど広くはないし、家具もあまりそろっていないものの、そこは母親のお気に入りの部屋だった。こぢんまりしていて、パトリシアのような大事な友人をもてなすにはうってつけの場所だ。裏庭に臨む窓から、外にいる紳士たちがよく見える。

パトリシアは椅子に深く座り直し、眉をひそめて、窓の外にいる子爵とその友人をしげしげと眺めた。一一月で冷え込んでいるというのに、若いほうの男はシャツ姿だ。片手に剣を持ち、あたりを突いている。真剣にフェンシングの練習をしているのは間違いないが、ルーシーにはそのステップが少し滑稽に見えた。イズリー卿はそばに腰を下ろし、アドバイスをして友人を励ますか、酷評してしおれさせるか——こちらの傾向が強いようだ——のどちらかだった。

昨日、ミスター・フレッチャーがうっかり言いかけた話は何だったのだろう？　なぜ子爵はあれほどむきになって、わたしの耳に入れまいとしたのだろう？　答えが何らかのスキャンダラスな情事であることはわかりきっている。たいてい、その手の情事は若い未婚女性が耳にすべきではない、とても下劣なことと見なされている。とはいえ寝室での武勇伝でわたしに——それとお父様に——とてつもないショックを与えることなど、イズリー卿が気にするとは思えない。きっともっとひどい話なのだろう。子爵が恥ずかしく思っているほど。

「わたしはそんな目に逢うことはないわね」とパトリシアが言い、ルーシーは現実に引き戻された。

「何？」

「家に帰ろうと歩いていて、道ばたで裸の紳士を発見するなんてねえ」パトリシアは物思わしげにビスケットを少しかじった。「わたしなら、ジョーンズ家の誰かが酔っ払って溝に落ちているのを見つけるのが関の山ね。しかも服は全部着ている状態で」

ルーシーは身震いした。「わたしは、そのほうがましだと思う」

「たしかにね。それでも、寒い冬の晩、孫に聞かせてやる思い出話ができるじゃない」

「こんなことに出くわしたのは初めてよ」

「うーん。彼は仰向けだった？　それとも、うつ伏せ？」

「うつ伏せ」

「残念ね」

二人のレディは再び窓のほうに目を向けた。リンゴの木の下で、子爵が石のベンチにもたれかかった。長い脚を前に伸ばし、短い髪が日の光を浴びてきらめいている。ミスター・フレッチャーが何やら口にしたことに、にやっと笑い、大きな口が曲線を描いた。まるでブロンドの牧神のよう。あとは、ひづめと角さえあれば……。

残念ね。

「子爵はメイデン・ヒルで何をしていたんだと思う？」パトリシアが尋ねた。「ここには場違いな人よね。肥やしの山に咲いた金ぴかのユリってところだわ」

ルーシーは眉をひそめた。「メイデン・ヒルが肥やしの山だなんて、言い過ぎよ」

パトリシアは動じない。「そんなことない」

「彼の話によれば、襲われて、ここに置き去りにされたらしいわ」

「メイデン・ヒルに？」まったく信じられないといった様子で、パトリシアは大げさに目を丸くしてみせた。

「そう」

「さっぱり理由がわからない。人一倍引っ込み思案な追いはぎにでも襲われたというのなら、まだわかるけど」

「うーん」もちろん、ルーシーも個人的には同じ疑問を抱いていた。「ミスター・フレッチャーは、とても感じのいい紳士のようね」

「ええ。でもどうしてイズリー卿とお友達になったのかしらって思っちゃう。あの二人はクラッシュド・ベルベットと黄麻布《バーラップ》ぐらいお似合だわ」

ルーシーは鼻を鳴らさないように頑張ったが、うまくはいかなかった。

「それに男性の場合、赤毛はまったく問題なしってわけにはいかないでしょう？」パトリシアがそばかすだらけの鼻にしわを寄せると、顔がいつもよりいっそうかわいらしくなった。

「意地悪ね」

「あなたが優しすぎるのよ」

ミスター・フレッチャーがとりわけ大げさに、剣で切りつける動作をした。

パトリシアは彼をじっと観察した。「ただ、背が高いってことは認めざるを得ないわね」

「背が高い？　彼のいいところはそれだけだっていうの？」ルーシーは紅茶を注ぎ足した。

「ありがとう」パトリシアがカップを手に取る。「背の高さを軽んじてはいけないわ」

「わたしは、あなたより背が高いけど、男勝りの女傑《アマゾン》なんかじゃないわよ」

パトリシアがビスケットを振り、金色の巻き毛に絡まりそうになった。「わかってる。でも悲しいかな、これが現実。わたしは自分よりずっと背の高い男性に妙に惹かれてしまうのよ」

「もしそれが基準なら、ミスター・フレッチャーは、あなたが出会いそうな男性の中ではいちばん背が高い部類に入るわ」

「たしかに」

「あなたを夕食に招いたほうがいいわね。そうすれば、ミスター・フレッチャーとお近づきになれるかもしれないでしょう」

「そうこなくっちゃ。何と言っても、あなたはメイデン・ヒルで唯一、好ましい独身男性を自分のものにしているんですものね。つまり、ジョーンズ家の息子でも、どうしようもないおばかさんでもない独身男性ってこと」パトリシアはいったん言葉を切り、紅茶をすすった。

「そういえば――」

「お湯をもっと持ってきてもらわないと……」ルーシーはあわてて話をさえぎった。

「そういえば」パトリシアはルーシーににじり寄った。「この前、ユースタスと馬車で出かけるのを見たけど。どうなの？」

「どうって？」

「とぼけないで」パトリシアは、怒った赤茶毛の子猫のような顔をしている。「彼は何か言わなかったの？」

「もちろん言ったわよ」ルーシーはため息をついた。「教会の屋根の修理や、ミセス・ハーディの足首や、雪が降るかどうかについて長々としゃべっていたわ」

パトリシアが目を細める。

わかったわ、降参よ。「でも、結婚の話は何も出なかった」

「さっき言ったこと、取り消すわ」

ルーシーは眉をすっと上げた。

「ユースタスはどうしようもないおばかさんに分類すべきね」

「ねえ、パトリシア――」

「三年よ！」友人は長椅子のクッションを叩いた。「あなたを馬車で迎えに来て、家まで送り届けて三年、彼はメイデン・ヒルじゅうを走り回ってきたの。馬はもう、眠ってたって道がわかるでしょうね。彼が通る道には実際にわだちができているはずよ」

「ええ、でも――」

「それで、プロポーズはしてくれたの？」

ルーシーは顔をしかめた。

「まだなのね」パトリシアが自分で答えてしまった。「なぜしないの?」

「さあ」ルーシーは肩をすくめた。正直なところ、彼女にもそれは謎だった。

「あの人、お尻に火がつかないとだめなのね」パトリシアは勢いよく立ち上がり、ルーシーの前を行ったり来たりし始めた。「牧師であろうとなかろうと、彼が意を決してプロポーズするころには、あなたは白髪になってるわ。それじゃ何にもならないでしょう? 子供が産めなくなってしまうわよ」

「産みたいと思わないかも」

こっそり言ったので、彼を痛烈にこき下ろしている友人には聞こえていないと思ったが、パトリシアは急に言葉を切り、ルーシーをじっと見つめた。「子供が欲しくないの?」

「ええ」ルーシーはゆっくり言った。「もうユースタスと結婚したいのかどうかもよくわからないわ」

それが自分の本音だと悟った。ほんの数日前は、彼と結婚するのは当然のこと、よいことだと思えた。けれど、今はもう新鮮味がなくなって、ほとんど不可能なことに思える。この先ずっと、メイデン・ヒルが差し出せるものだけを受け入れて生きていくなんて我慢できるのかしら? 外の広い世界には、もっとたくさんのものがあるのではないかしら? ほとんど無意識のうちに、ルーシーの目は再び窓のほうに引き寄せられた。

「でもそうしたら、残りはもうジョーンズ家の息子たちだけだし、本当に……」パトリシアはルーシーの視線を追った。「あら、やだ」

友人は再び腰を下ろした。

ルーシーは自分の顔が赤くなるのがわかり、急いで目をそらした。「ごめんなさい。あなたはユースタスのことが好きなのよね。たとえ――」

「違うわ」パトリシアが首を横に振り、巻き毛がはずんだ。「問題はユースタスじゃない。わかってるんでしょう。あの人が問題なのよ」

窓の外で子爵が立ち上がり、フェンシングの手本を示した。腕を前に伸ばし、優美な手を腰に当てている。

ルーシーはため息をついた。

「何を考えているの？」パトリシアの声が割り込んできた。「たしかに彼はハンサムだし、あのアイスグレーの瞳を見たら、普通の未婚女性は気絶してしまうわ。もちろんあの体つきも魅力的よね。どうやら、あなたは裸の状態で見てしまったみたいだけど」

「わたしは――」

「でも、彼はロンドンの紳士なのよ。アフリカにいるクロコダイルみたいな男に決まってる。じっと待ち伏せをして、運悪く水際まで近づいてしまった人間を襲って、すっかり食べ尽くしてしまうんだわ。パクッとね！」

「彼はわたしを食べたりしないわ」ルーシーは再びカップに手を伸ばした。「わたしには興味がないし――」

「どうして――」

「わたしも彼には興味がないもの」

パトリシアが眉を吊り上げた。明らかに疑っている。

ルーシーはできる限り彼女を無視しようとした。「それに、彼は別世界の人よ。ロンドンに住んでいて、おしゃれなレディと情事を楽しむ俗っぽい紳士の仲間なの。でも、わたしは……」成す術《すべ》もなく、肩をすくめる。「わたしは田舎のネズミ」

パトリシアはルーシーの膝を軽く叩いた。「うまくいかないわよ」

「わかってる」ルーシーはもう一枚、レモンビスケットをつまんだ。「そして、いつかユースタスがプロポーズをして、わたしは彼を受け入れることになる」きっぱりと言って作り笑いを浮かべたが、心のどこかで重圧感が高まっているのがわかった。

そして視線は、やはり窓のほうへそれていった。

「お邪魔しても構わないかな?」その晩遅く、サイモンは尋ねた。

彼は家の中をうろつき、ミス・クラドック＝ヘイズがこもっている奥の小さな部屋へ入ってきた。妙に落ち着かない。クリスチャンは自分の宿に戻ってしまったし、クラドック＝ヘイズ大佐は何か用事でもできたのか、姿が見えないし、ヘンリーはと言えば主人が着る物をこまごまと用意していた。おそらく、ベッドに入って引き続き回復に努めるべきなのだろう。しかしサイモンはベッドに入るどころか、上着をつかんでうまくヘンリーの目を盗み――近侍は主人に徹底的に身ごしらえをさせたかったのだ――天使の居場所を突き止めてやってきたのだった。

「まったく構いませんわ」彼女は用心深く彼を見た。「どうぞおかけになって。わたしを避けているのかと思い始めていたところでした」

一瞬、サイモンはひるんだ。たしかに避けていた。だが、それと同時に彼女から離れていることもできなかった。実を言うと、完全には回復していないとしても、旅ができる程度には体調はよくなっていた。荷物をまとめて潔くこの家から立ち去るべきだ。

「何をスケッチしているのです？」サイモンは彼女の横に座った。近すぎるかな。ふっと糊のにおいが漂ってきた。

彼女は絵が見られるよう、黙って大きな帳面をひっくり返した。木炭で描かれたクリスチャンが架空の敵を相手に、剣を突き刺したりフェイントをかけたりしながら、ページの上で躍っている。

「すごくよく描けている」実にありふれたほめ方をしてしまい、たちまち自分がばかみたいに思えてきたが、そのとき彼女がにっこり笑い、今や珍しくもなくなった効果をもたらした。サイモンは上体をそらすと、上着の裾を素早く下腹部にかぶせ、両脚を広げた。用心しなくては。

彼女が顔をしかめ、まっすぐな眉を思いっきりひそめた。「あなたは肩を痛めているのですよ」

「紳士の弱点に目をつけてはいけない。男のプライドが取り返しのつかないほど傷つく可能性があるのでね」

「ばかげています」彼女が立ち上がり、枕を持ってきた。「体を前に倒して」

サイモンは言われたとおりにした。「それと、男をばか呼ばわりすべきではない」

「本当におばかさんでも？」

「だとすれば、なおさらだ」彼女が背中に枕を当ててくれた。「男のプライドにとって、まさしく破壊的影響を及ぼすことになる」ああ、このほうがずっと楽だ。

「ふん」彼女の手が肩を軽く滑っていく。それから彼女は戸口に向かい、家政婦を呼んだ。

サイモンは彼女が暖炉に移動し、残り火をかき回して燃え上がらせる様子を見守った。

「何をなさっている？」

「ここで夕食を食べようと思いまして。あなたが賛成してくだされればですけど」

「あなたが賛成することなら、何でも賛成いたしましょう、麗しのレディ」

彼女は鼻にしわを寄せて彼を見た。「それはイエスと解釈いたします」

家政婦が現れ、二人の女性が何やら話し合ったのち、ミセス・ブロディが再びせわしなく出ていった。

「父は今夜、フリーモント先生と食事をしておりますの」サイモンの天使が言った。「二人は政治談議をするのが好きなのです」

「おや、本当に？　わたしの傷を診てくれた、あのドクターかな？」大佐とやり合うとは、優秀な医師は手ごわい論客に違いない。サイモンはドクターの幸運を祈った。

「ええ」

ミセス・ブロディとメイドが一人、料理を載せたトレーを持って戻ってきた。サイドテーブルに食事を並べるのに少し時間がかかったが、やがて二人は出ていった。

「父は、以前はよくデイヴィッドと素晴らしい議論を交わしておりましたの」ミス・クラドック＝ヘイズがゲーム・パイ（狩猟や釣りで獲れる動物の肉を使ったパイ）を切り分ける。「デイヴィッドがいなくなって、寂しいのでしょう」と言って皿を渡してくれた。

サイモンの頭に恐ろしい考えがよぎる。「ご家族を亡くされたとか？」

一瞬、彼女はパイの上に手を浮かせたまま、ぽかんと相手を見つめたが、次の瞬間、笑いだした。「あら、そうじゃありません。デイヴィッドは海に出ているのです。父と同様、海軍の軍人をしております。〝ニュー・ホープ号〟の大尉ですわ」

「失礼をお許し願いたい」サイモンが言った。「ふと気づいたのだが、わたしは弟さんのことを何も知らない。部屋を使わせてもらっているにもかかわらず」

彼女が下を向き、自分用にリンゴを選んだ。「デイヴィッドは二二で、わたしより二歳年下です。航海に出て、一カ月になります。よく手紙を書いてくれますのよ。もっとも、わたしたちはまとめて受け取るんですけどね。弟は船が寄港したときしか投函できませんから」彼女は膝の上に皿を置き、目を上げた。「父は手紙の束を受け取ると、一度に読んでしまうのですが、わたしは大事にしまっておいて、週に一、二通ずつ読むのが好きなのです。そうすれば、長く楽しめますでしょう」そして、後ろめたそうにほほえんだ。

このデイヴィッドという男を見つけて、もう一〇〇通、姉に手紙を書かせたい。サイモンは急にそんな願望に駆られた。手紙をプレゼントすることができれば、彼女の足元に座ってその唇に笑みが浮かぶのを眺められるのに。ばかだな、わたしは。

「ごきょうだいはいらっしゃるの？」彼女は悪気もなく尋ねた。

サイモンはパイを見下ろした。部屋の暗さと、彼女のまっすぐな眉と、口元の真剣な表情に惑わされたせいか、気をゆるめてしまった。「悲しいかな、女性のきょうだいはおりません」ぼろぼろ崩れやすいパイにナイフを入れる。「からかえる妹でもいたらいいだろうにとずっと思っておりました。もっとも妹というものは、大きくなると仕返しに兄をからかうようになるらしいですが」

「では、男のごきょうだいは？」

「兄が一人」フォークを手に取ったが、自分の指が震えているのを見て驚いてしまった。くそっ。なんとか気力で震えを止める。「亡くなりました」

「それはお気の毒に」彼女はほとんどささやくように言った。

「ちょうどよかったのです」サイモンはワイングラスに手を伸ばした。「兄がぴんぴんしていたら、わたしがこの爵位を手にすることはなかった」赤ワインをごくりと飲み込む。一口が多すぎた。流れていくとき、喉が焼けるように熱くなった。グラスを置き、右手の人差し指をさする。

彼女は何も言わず、トパーズ色の目が真剣すぎるほどの眼差しでじっとこちらを見つめている。

「それに」サイモンは続けた。「兄はイーサンというのですが、相当頭の堅い男で、自分がやるべきことをしているかどうか、わたしが家名に恥じない生き方をしているかどうかと心配ばかりしていた。もちろん、わたしが期待を裏切っていたことは言うまでもない。兄は年に一、二度、わたしを一家の屋敷に呼びつけ、悲しげな目でこちらを見ながら、弟が犯したたくさんの過ちや仕立屋の請求額を数え上げるのです」ぺらぺらとよけいなことをしゃべっていると気づき、言葉を切った。ちらっと目を走らせ、彼女がついにあきれて自分を追い払うかどうかたしかめようとした。彼女はじっと見返しているだけで、顔には哀れみの表情が浮かんでいる。恐ろしい。恐ろしい天使だ。

サイモンはパイのほうに目を移したが、食欲はもう失せていた。「先日のおとぎ話、まだ完結していませんでしたね。貧しいアンジェリカとヘビの王子の話ですよ」

ありがたい。彼女がうなずいてくれた。「不思議な横穴と銀色のヘビが登場したところまでいきましたわ」

「そうでした」サイモンは深呼吸をし、胸を締めつける思いを追い払った。もう一口、ワインを飲み、頭を整理した。「銀色のヘビは、アンジェリカがかつて目にしたどんなヘビよりもずっと大きかった。頭だけでも彼女の前腕ぐらいあったのだ。じっと観察していると、ヘビはとぐろをほどき、アンジェリカの哀れな子ヤギを丸飲みにしてしまった。そして、ゆっくりと体を滑らせ、暗闇に消えていった」

ミス・クラドック＝ヘイズが身震いをする。「まあ、ひどい」

「たしかに」サイモンは一息つき、パイをかじった。「アンジェリカはできるだけ音を立てないようにしながら岩の割れ目から這い出ると、小さな丸太小屋に戻り、じっくり考えてみた。というのも、恐ろしくて仕方なかったからだ。巨大なヘビがわたしのヤギを食べ続けたらどうなるのだろう？　もっと柔らかい肉を求めてわたしを食べようとしたらどうなるのだろう？」

「本当に気持ち悪いわ」彼女がつぶやいた。

「いかにも」

「彼女はどうしたのですか？」

「どうもしない。巨大なヘビを相手に、結局、何ができるというのです？」

「そうですけど、きっと彼女は――」

サイモンはぴくっと眉を動かし、怖い顔をしてみせた。「このままずっと話の邪魔をするつもりですか？」

彼女は笑いを押し殺そうとするかのように唇をぎゅっと結び、リンゴの皮をむき始めた。サイモンはほのぼのした気持ちに包まれた。こうして彼女と一緒に座って冗談を言っていると、とても心が安らぐ。あらゆる心配事も、犯した罪も、いまだ果たしていない虐殺も忘れてしまうほどくつろいでしまう。

サイモンは一息つき、そのような考えを振り払った。「ヤギたちは一頭また一頭と消えていくようになり、アンジェリカは途方に暮れた。たしかに彼女は独りで暮らしているが、遅かれ早かれ、王様の家令がヤギの数を数えにやってくる。そうなったら、残りわずかになってしまったヤギについてどう説明すればいいのだろう?」ここで言葉を切り、ワインを一口飲む。

しかつめらしいまっすぐな眉をひそめ、彼女は小さなナイフとフォークでリンゴの皮をむくことに集中していた。指でつまんだような眉の表情でわかる。アンジェリカには不屈の精神が欠けていると文句を言いたいのだ。

サイモンはワイングラスで笑みを隠した。「ある晩遅く、貧しい行商の老婆がやってきて、丸太小屋の扉を叩いた。女が広げた商品は、リボンが何本かと、レースが少しと、色あせたスカーフが一枚。アンジェリカは気の毒になり、女に告げた。〝わたしはお金を一文も持っていないのです。でも、ヤギのミルクを一杯差し上げますので、リボンと交換していただけませんか?〟年老いた女は喜んで取引に応じ、アンジェリカに言った。〝あんたは優しい心の持ち主だから、ちょっといいことを教えてあげよう。ヘビの皮を手に入れれば、あんたはあの生き物を思いのまま操ることができる。ヘビの命を握ることができるのだよ〟行商の老婆はそう言い残し、アンジェリカがミルクのおかわりはどうかと尋ねる間もなく、よろよろした足取りで立ち去った」

目の前のレディは、リンゴの皮をむくのをやめ、疑うような目で彼を見つめた。サイモンは眉をすっと上げ、ワインを飲みながら待った。

彼女が沈黙を破る。「行商のおばあさんは突然現れたのですか？」

「ええ」

「何の前触れもなく？」

「いけませんか？」

「ときどき、このお話は、あなたが出まかせで作っているような気がするのですが」彼女はため息をつき、首を横に振った。「続けてください」

「本当によろしいのかな？」サイモンは大まじめな口調で尋ねた。

彼女が思いっきりひそめた眉の下から彼を見る。

サイモンは笑いそうになったが、咳払いをしてごまかした。「その晩、アンジェリカはあの横穴にこっそり入っていった。じっと見ていると、例の巨大なヘビが、大きな洞窟の奥のほうからするするとやってきた。そして青い炎を放つ火の周りをゆっくりと回っていたかと思うと、銀色の髪をした裸の男が現れた。アンジェリカが腹ばいになって近づくと、男の足元に大きなヘビの皮が落ちている。勇気が萎えてしまわぬうちに彼女は前に飛び出し、皮をひっつかんで腕に抱えた」サイモンはパイを一口食べ、ゆっくりと嚙みながら風味を楽しんだ。

顔を上げると、ミス・クラドック＝ヘイズがいぶかしむように、こちらをじっと見つめていた。「それで？」

サイモンは何もわかっていないかのごとく目をしばたたいた。「それでとおっしゃいますと?」

「じらすのはやめてください」彼女はきっぱりと言った。「どうなったのですか?」

じらすという言葉に下半身が反応し、彼はみだらな想像をしてしまった。ミス・クラドック=ヘイズがベッドに長々と裸で横たわり、彼の舌が彼女の乳首をじらす様子を。ちくしょう。

サイモンはまばたきをし、顔に笑みを張りつけた。「もちろん、これでヘビの王子はアンジェリカの思いのままだ。彼女は火鉢の炎を目指して走った。ヘビの皮を火に投げ込み、この生き物を殺してしまうつもりだったが、男の言葉で立ち止まった。〝お願いだ、美しき乙女よ。どうか命だけは助けてくれ〟アンジェリカはそのとき初めて、男が鎖をつけていることに気づき――」

彼女が鼻を鳴らした。

「そこには小さなサファイアの王冠がぶら下がっていた」サイモンはあわただしく続きを言い終えた。「何です?」

「前はヘビだったのでしょう」いかにも我慢していますといった感じで言う。「ヘビに肩はありません。どうやってネックレスをしていたのですか?」

「鎖だ。男はネックレスはしない」

ミス・クラドック=ヘイズは、そんなの信じられないという顔でただ彼をじっと見ている。

「男は魔法をかけられていた」サイモンが言った。「魔法がずっと続いていたのだ」

彼女はあきれ顔で天を仰ぎかけたが、急に思いとどまった。「それで、アンジェリカは彼の命を助けてあげたのですか?」

「もちろん」サイモンは悲しげにほほえんだ。「それが天上人の常。その生き物が助けるに値しようがしまいが、助けてやる」

彼女は皮をむいたリンゴを注意深くわきに置き、手をふいた。「でも、そのヘビには救われる価値がないのではありませんか?」

「ヘビだったから助かったのです。ヘビは暗闇と悪の象徴だ」

「そんなの、信じません」彼女はあっさり言った。

サイモンは笑いだした。それも大声で勢いよく。「ミス・クラドック=ヘイズ、よしてください。あなたも聖書をお読みになっているはずだ。ヘビがアダムとイヴをだましたことぐらいご存じでしょう」

「よしてください、子爵様」彼女はからかうように小首をかしげた。「世の中、そんなに単純ではないことぐらい、あなたもご存じでしょう」

彼は眉を吊り上げた。「意外なことをおっしゃいますね」

「なぜ、そう思うのですか?」どうしたことか彼女はサイモンに腹を立てている。「わたしが田舎で暮らしているから? わたしの友人に貴族や洗練された人がいないから? この世の目に見えないものを探求できる知性を持ち合わせているのは、ロンドンで暮らしている人間だけだと思ってらっしゃるの?」

どうして、こんな議論をするはめになったのだろう？　「わたしは――」

ミス・クラドック＝ヘイズは身を乗り出し、猛烈な勢いで言った。「わたしを田舎者だと思ってらっしゃるんでしょう。わたしのことなど何もご存じないくせに。いいえ、あなたはわたしのことがわかっていると思い込んでいる。実は何もわかっていないくせに」

彼女は、あ然として何も言えずにいるサイモンの顔をもうしばらく見つめていたが、やがて立ち上がり、急いで部屋を出ていった。

痛いほど下半身を硬くしている彼を独り残して。

5

「遅い！」翌日の晩、父親が文句を言った。マントルピースの上にある時計をにらみつけてから、その目を部屋にいるほかの人々にも向けた。「ロンドンでは時間という認識がないのか？　え？　ふらふら歩き回って、気が向いたときに姿を現すのか？」

ユースタスはルーシーの父親に同情してチッと舌を鳴らし、首を横に振ったが、これはかなり偽善的な態度だった。それというのもユースタス自身、ときおり時間を忘れることがあったからだ。

ルーシーはため息をつき、あきれた顔をした。全員が居間に集まってイズリー卿を待っている。彼が来れば夕食を始められるのに。実のところ、ルーシーは子爵にどうしてもまた会いたいとはそれほど思っていなかった。ゆうべはばかなまねをしてしまったし。どうして突然、怒りを爆発させたのか、いまだによくわからない。本当に突然のことで。でもあの怒りは本物だった。わたしはただの娘でも、村の世話焼きでもない。それ以上の存在だ。心の奥底ではわかっている。けれども、小さなメイデン・ヒルの町では自分がなりたいものにはけっしてなれないだろう。自分がなれそうなものは漠然としかわからない。でも、この土地で身動きが取れずにいたら、絶対に自分を見つけることはできない。それはわかっている。

「きっとすぐに下りてきますよ、大佐」ミスター・フレッチャーが言った。残念ながら、その言い方にはちっとも自信が感じられない。イズリー卿の友人は咳払いをした。「呼びに行くべきかもしれないですね……」

「実に素晴らしい仲間ではないか」戸口でイズリー卿の声がした。

全員が振り返り、ルーシーはもう少しで口をあんぐり開けてしまうところだった。子爵は堂々としていた。それ以外にぴったりな言葉が見つからない。身につけた銀の錦織《ブロケード》の上着には袖の折り返しと裾、前身ごろの合わせ目に銀と黒の刺繍が施されていた。その下に着ているサファイア色のベストにも、つる状の葉や色とりどりの花が全面に、たっぷりと刺繍されている。シャツも袖口と首周りにレースのひだ飾りがついており、頭には純白のかつらをかぶっている。

子爵は居間にぶらりと入ってきた。「まさか、皆さんでわたしをずっと待っておられたわけではないでしょうな」

「遅い！」父親が感情を爆発させた。「夕食に遅れるとは！　我が家では、七時きっかりに食卓に着くことになっておる。もし、それができないなら……」声がだんだん小さくなり、父親の目は子爵の足元に釘づけになった。

ルーシーがその視線を追う。子爵は上品なパンプスを履いていたのだが——。

「赤いヒール！」父親が叫んだ。「けしからん。おいっ、ここを売春宿とでも思っておるのか？」

そのころにはもう子爵はルーシーの隣に来ており、父親が早口でまくし立てている中、けだるそうに彼女の手を取って口元へ持っていくと、頭を下げたまま彼女を見上げた。その瞳の色は純白のかつらより、ほんの少し暗いだけ。じっと見つめていると、子爵がウインクをし、ルーシーは魅了された。彼の温かい濡れた舌が指のあいだに入り込んでくるのがわかる。

はっと息を吸い込んだが、子爵はルーシーの手を放し、何事もなかったかのようにくるりと向きを変え、父親と顔を合わせた。子爵がしゃべっているあいだに、ルーシーはスカートの中に手を隠した。

「売春宿？　とんでもない。実を申しますと、大佐のお宅を売春宿と間違えたことは一度もございません。ところで、壁にいくつか絵が飾られていますが――」

「食事にしましょうか？」ルーシーは甲高い声で言った。

皆の同意は待たなかった。この調子では、食事が始まりもしないうちに完全な交戦状態になってしまう。そうなるよりはとルーシーは子爵の腕をつかみ、無理やり引っ張って食堂へ向かった。もちろん、イズリー卿を力ずくで行きたくもない場所へ連れていくことはできない。しかし、幸運にも子爵は喜んで彼女に案内をさせてくれるようだ。

食堂へ入る際、子爵はルーシーの顔の近くまで頭をかがめた。「あなたがこれほどわたしと一緒にいたがっているとわかっていたら――」と言って、彼女のために椅子を引く。「ヘンリーをののしって、下着のまま下りてきたのに……」

腰を下ろした。

「ばかなこと、おっしゃらないで」ルーシーはつぶやき、腰を下ろした。

ほほえんでいた子爵は、さらに口元をにやっとほころばせた。「我が天使よ」

それから、彼は不承ぶしょうテーブルの反対側に回り、ルーシーの正面に腰を下ろした。ほかの人々が全員、自分の席に着くと、ルーシーは小さなため息をついた。ひょっとすると皆、礼儀をわきまえていてくれるかもしれない。

「ロンドンのウェストミンスター寺院を訪ねてみたいと思うことはよくあるのですよ」ユースタスがもったいぶった話し方で語るあいだに、ベッツィがジャガイモとポロネギのスープをよそい始めた。「やはり、詩人や文壇の巨匠たちの墓は見てみたいですからね。しかし残念ながら、イングランドの素晴らしい都へ旅をする時間がまったくありません。いつも教会のことで忙しくて。イズリー卿、よろしければ、あの壮大な寺院の印象をお聞かせいただけないでしょうか？」

食卓にいる全員の顔がくるっと子爵のほうを向く。

子爵がワイングラスを指でもてあそび、アイスグレーの目の際に刻まれたしわが深みを増した。「申し訳ない。あいにく、ほこりっぽい古びた霊廟に入る理由がまったくなかったものので。そういうことは、どうも性《しょう》に合わない。おそらく、わたしのほうが道徳的にひどく堕落しているのでしょう」

ルーシーには、父親とユースタスが心の中で同感だと言い合っているのが聞こえてきそうだった。ミスター・フレッチャーが咳払いをし、ワイングラスに顔をうずめた。

ルーシーはため息をついた。父親がユースタスを夕食に招いたとき、客がもう一人いれば、牽制役になってくれるだろうからありがたい、と思ったのだ。ミスター・フレッチャーは感じのいい人だけど、父の容赦のない詰問に対抗できず、前日の昼食が終わるころにはもう真っ青になっていた。子爵のほうは、露骨に嫌味を言う父親に負けていない。ただちょっとやりすぎだ。おかげで父親は真っ赤な顔をしてわけのわからないことをまくし立てている。ユースタスが仲を取り持ってくれると期待していたのに。どう見ても、そうはなっていない。さらに悪いことに、ルーシーは自分が着ている暗いグレーのドレスがまったくさえない代物に感じられた。仕立てはいいのだがあまりにも地味で、子爵の華やかな装いと並ぶとほとんどどぼろきれのようだ。もちろん、田舎で派手に着飾る人など、ルーシーの知り合いでは一人もいない。イズリー卿は自分が実に場違いな格好をしていることをしっかり意識しているにきまっている。

そう思ったルーシーは挑むようにワイングラスを掲げ、正面に座っている子爵をじっと見つめた。一瞬、彼の顔に当惑の色が浮かんだが、再びいつもの物憂げな表情に戻ってしまった。

「ヴォクス・ホール（テムズ川南岸の地域）の庭園でのお楽しみなら、目に浮かぶようにご説明してさしあげますが」イズリー卿は思いを巡らすように言い、ユースタスが持ち出した話題を続けた。「もう思い出せないくらい幾日となく出かけていきましたよ。思い出したくもない大勢の人たちと一緒に、ありとあらゆることをして楽しんだ。まあ、ここまで言えばおわかりいただけるでしょう。しかし、これはご婦人もおられる席にふさわしい話かどうか……」

「はっ。ならば、しなければよかろう」父親が低く響く声で言った。「いずれにせよ、ロンドンの名所に興味があるわけではない。イングランドの田園地方は世界でいちばん素晴らしい場所だ。わたしにはわかる。若いころ、世界中を旅してきたのでな」

「まったく同感です、大佐」とユースタス。「イングランドの田園風景ほど美しいものはありません」

「というわけで」父親は身を乗り出し、客人に鋭い眼差しを向けた。「今夜の気分はいかがかな、イズリー卿？」

ルーシーは危うくうめき声を上げそうになった。父親はますます露骨に、子爵はロンドンへ帰るべきだとほのめかすようになってしまった。

「ご心配いただきまして」イズリー卿は自分でワインを注ぎ足した。「肩が刺すように痛むのと、残念ながら右手の感覚がないのと、立ち上がったときに頭がくらくらして、ちょっと吐き気がするのを除けば、ぴんぴんしております」

「うむ。よくなられたようだ。では、近いうちに出ていかれるのだな？　ん？」父親は、ふさふさした白い眉の下からにらみつけた。「ひょっとして明日とか？」

「お父様！」ルーシーは、父親が今夜出ていけと客に言いだす前に言葉を挟んだ。「すっかりよくなったわけではないと、イズリー卿がおっしゃったばかりでしょう」

ミセス・ブロディとベッツィがやってきてスープの皿を下げ、次の料理を出した。居心地の悪そうな一同の顔を見渡し、家政婦はため息をついた。そしてルーシーと目が合うと、お察し申し上げますとばかりに首を横に振り、部屋を出ていった。皆がローストチキンと豆を食べ始める。

「ウェストミンスター寺院には一度、行ったことがあります」ミスター・フレッチャーが言った。

「迷子にはならなかったのかね？」イズリー卿が丁寧な口調で尋ねた。

「まったく。母も姉も妹も建築に目がないものですから」

「姉妹がいたとは知らなかった」

「実は、三人」

「それは驚いた《グッド・ゴッド》。おっと、失礼、牧師様」

「姉が二人」ミスター・フレッチャーがくだけた調子で言った。「妹が一人」

「祝辞を贈らせてもらおう」

「それはどうも。というわけで、わたしたちはウェストミンスター寺院をあちこち見て回りました。もう一〇年ほど前の話ですが、その前後には、セント・ポール大聖堂とロンドン塔にも行きましたよ」

「まだ幼かったきみは、多感な時期をそんなふうに過ごしていたわけだ」子爵は悲しそうに首を横に振った。「年長者のせいで、若者がこの手の道楽にふけっているという話を聞くのは実に嘆かわしい。イングランドはどうなってしまうのかと案じられる」

ルーシーの隣で父親が大きな音を立てて舌打ちすると、イズリー卿がテーブルの向こうから彼女にウインクをした。ルーシーはワイングラスを持ち上げ、子爵に眉をひそめてやろうとしたが、どれほどひどい振る舞いをされようと、この人をとがめるのはなかなか難しいと悟った。

ユースタスはいつもどおり、茶色のブロードクロスの上着に膝丈の半ズボン《ブリーチ》、ベストという格好だった。堂々たる子爵と並ぶと、ほこりをかぶったスズメだ。もちろん、ユースタスは茶色がとても似合っているし、人は田舎牧師が銀のブロケードで歩き回るとは思っていない。それはあるまじきことだし、そんな豪華な服を着ていたら愚か者だと思われるだけだ。だとすれば、どうして子爵は華美な服装をしてもばかみたいだと思われず、危険きわまりない人物に見えるのだろう？

「ウェストミンスターの身廊の真ん中に立って口笛を吹くと、見事にこだまするんですよ。ご存じでしたか？」ミスター・フレッチャーがテーブルを見回した。

「実に心惹かれる話だ」子爵が言った。「覚えておこう。そこを訪ねて、口笛を吹きたい衝動に駆られることがあるかもしれないからな」

「ええ。でも、女性の親戚が見ているところで試してはいけません。わたしは横っ面を叩かれました」ミスター・フレッチャーは思い出しながら頬をさすった。

「ああ、女性は我々が道を誤らないようにしてくれますからね」ユースタスがグラスを上げ、ルーシーを見た。「女性の導きがなかったら、男は何をしでかすかわかりません」

ルーシーは眉を吊り上げた。ユースタスを導いたことがあったかどうかよくわからないけれど、それは別の問題のような気がする。

イズリー卿も彼女に向かってグラスを掲げた。「乾杯、乾杯。わたしの切なる願いは、我がレディの仰せのまま謙虚にひれ伏すことのみ。眉をひそめた彼女の厳しい顔を見ると、わたしは震えてしまう。とらえどころのない笑顔を見るとわたしは硬くなり、恍惚のあまりぶるぶる震えてしまうのだ」

ルーシーは目を丸くした。と同時に、乳首がきゅっと硬くなる。恥知らず！

ミスター・フレッチャーがまた咳払いを始めた。

父親とユースタスは顔をしかめたが、最初に口を挟んだのはユースタスのほうだった。

「あの……それはちょっと際どい表現かと……」

「わたしはまったく構いませんが——」ルーシーが言いかけたが、子爵も牧師も聞いていなかった。さっきまで美辞麗句を並べていたにもかかわらず。

「際どい？」子爵がグラスを下ろした。「どこが際どいのです？」

「それは……〝硬くなる〟ですよ」牧師の顔が赤くなる。

ああ、お願いだからやめて！　ルーシーは口を開いたものの、ひとこと言う間もなく、さえぎられてしまった。

「硬くなる？　硬くなる？　硬くなる？」イズリー卿は同じ言葉を繰り返した。ものすごくばかみたいに聞こえる。「申し分のない英語ですよ。写実的でわかりやすい。あらゆる名家で使われている言葉だ。国王ご自身が使われるのを耳にしたこともある。実際、今のあなたの態度を正確に言い表している言葉ではありませんか、ミスター・ペンウィーブル」

ミスター・フレッチャーが体を二つに折り、赤くなった顔を両手で覆っている。ルーシーは彼が笑い死にしないことを願った。

ユースタスは見ているほうが心配になるほど顔を紅潮させた。「では子爵、〝恍惚〟はどうなんですか？　あなたがこれをどう正当化するのか、おうかがいしたいですね」

子爵は居ずまいを正し、かなり高い自分の鼻を見下ろした。「わたしが思うに、牧師であれ、国教会の兵士たる伝道者であれ、学者であれ、卓越した論理家であれ、我らが主、キリストを通じてのみ手にできる神の救済を求める魂であれ、皆、〝恍惚〟が極めて正当かつ宗教的な言葉であると理解できるはずだ」イズリー卿は一息つき、チキンを一口食べた。「ほかにどんな意味があると思われたのですか？」

テーブルを囲む紳士たちが一瞬、子爵に向かって目をむいた。ルーシーはいらいらしながら四人の顔を見比べた。本当に、毎晩こんな舌戦をするなんて。だんだんうんざりしてきたわ。

そのとき、父親が口を開いた。「〝神への冒瀆〟かもしれんな」そしてくっくっと笑い始めた。

ミスター・フレッチャーも息をこらえるのをやめ、一緒に笑った。ユースタスも顔をしかめたものの、やがて静かに笑った。といっても、相変わらず不愉快そうではあったけれど。

イズリー卿はにこっとほほえむと、グラスを掲げ、その縁越しにアイスグレーの瞳でルーシーをじっと見つめた。

彼は罰当たりで、不適切なことばかり口にしたけれど、わたしは気にしていない。ルーシーは唇を震わせた。彼を見ているだけで息が苦しくなってしまう。

そして、ほほえみを返さずにいられなかった。

「待ってくれ！」翌朝、サイモンは肩の痛みも顧みず、あわてて玄関の階段を下りた。ミス・クラドック＝ヘイズのトラップが私道を進み、ほとんど視界から消えかけている。「ああ、待って！」肩が焼けるように痛む。走るのをやめるべきだ。彼は身をかがめて膝に手を置き、頭を垂れてはあはあ息をした。一週間前ならこれしきのことで息切れなどしなかっただろうに。

背後では、クラドック＝ヘイズ邸の玄関のそばでヘッジがぶつぶつ言っている。「子爵だろうがそうでなかろうが、ばかな若造だよ。肩を刺されるのもばかだし、田舎の娘を追いかけるのもばかだ。いくらミス・ルーシーのような娘さんであってもな」

サイモンは心から同意した。こんなにしつこく迫っていくなんて滑稽だ。はたして女性を追いかけたことなどあっただろうか？　だが、彼女とどうしても話す必要がある。ゆうべの紳士らしからぬ振る舞いを弁解しなくては。いや、それは口実かもしれない。ただ彼女と一緒にいたくてたまらないだけなのかも。時が砂のように、指のあいだからどんどんこぼれ落ちているのはわかっている。もうじき平穏なメイデン・ヒルに滞在する口実は底をつく。もうじき、わたしの天使に会うことができなくなってしまう。

ありがたいことに、彼の叫び声はミス・クラドック＝ヘイズの耳に届いたようだ。私道が雑木林の中へ消えていく直前で彼女は馬を止め、座ったまま身をひねって彼を振り返った。それから馬の頭を引いて、ぐるっと向きを変えさせた。

「何をなさってるの？　わたしを追いかけてきたのですか？」馬車が彼のわきに並ぶと、彼女が尋ねた。ちっとも心を動かされていないようだ。「傷がまた開いてしまいますよ」

サイモンは姿勢を正し、ぼろぼろに弱って見えないように努めた。「おお、麗しのレディよ、あなたの時間を頂戴できるなら、たいしたことではございません」

サイモンの背後でヘッジが大げさに鼻を鳴らし、玄関の扉をばたんと閉めた。しかしルーシーは彼にほほえんだ。

「町へ行かれるのですか」

「ええ」彼女が首をかしげる。「ここは小さな村です。あなたの気を引くようなものは見つからないと思いますけど」

「いやあ、あなたも驚きますよ。金物屋、広場の十字路、古びた教会、どれもこれもわくわくする代物だ」彼女の隣に飛び乗り、馬車が揺れる。「わたしが手綱を握りましょうか？」

「結構です。ケイトならうまく操れますから」ルーシーががっしりした小柄な馬に向かって――たぶん、これがケイトだろう――チッチッと舌を鳴らし、馬車ががくんと前に傾いた。

「わたしを溝から救い出してくれたあなたの思いやりに対し、感謝の言葉は申し上げただろうか？」

「だと思います」彼女はサイモンにちらっと視線を投げかけたが、また顔を道のほうに戻してしまい、帽子のつばのせいで表情は見ることができなくなった。「最初にあなたを見たとき、死んでいるのかと思ったという話、しましたっけ？」

「いいえ。ご心痛をおかけして申し訳ない」

「死んでいなくてよかったわ」

ああ、彼女の顔を見ることができたら……。「同感です」

「わたし、思いましたの……」声がだんだん小さくなったが、ルーシーは再びしゃべりだした。「あなたを見つけるなんて、本当に不思議な経験だったなって。わたしはとても平凡な毎日を送っていたのに、ふと見下ろしたらあなたがいたんですもの。最初は自分の目が信じられませんでした。わたしがいる世界であなたはものすごく場違いな感じがしたのです」

今もそうだ。しかし、サイモンは思ったことを口には出さなかった。

「魔法の生き物を発見したみたいな気がして」ルーシーは静かに言った。

「では、あなたの失望はさぞ大きかったでしょうね」

「というと？」

「わたしが土から作られた人間（聖書にある記述）にすぎないとわかったから」

「ああ、そうですわね！　日記に書いておかなくちゃ」

馬車がわだちの上をがたがた進み、サイモンは体を揺さぶられてルーシーにぶつかった。

「なぜ？」

「十一月九日」彼女は抑揚をつけ、まじめくさった口調で言った。「昼食直後。イズリー子爵がご自分について、謙虚な発言をされた」

サイモンは彼女を見て、ばかみたいににっこり笑った。「参った《トウシェ》」

ルーシーは顔をこちらに向けなかったが、笑みを浮かべたのか、頬が曲線を描くのがわかった。サイモンは突然、ある衝動に駆られた。彼女の手から手綱を引ったくって、馬を道のわきに導き、この粘土のごとき腕で我が天使を抱きしめたい。彼女には、できそこないの怪物を人間らしいものに変えてくれる魔力があるのかもしれない。

ああ、でも、そんなことをしたら、天使を堕落させてしまう。

だからサイモンは衝動には屈せず、冬の太陽を仰ぎ見た。日差しは弱いものの、たしかに太陽は出ている。風は冷たいが、外にいると気持ちがいい。彼女の隣に座っていると気分がいい。肩の痛みもやわらぎ、なんとなくずきずきする程度になっていた。運がよかったな。結局、傷も開かずに済んだ。彼は天使を観察した。背中をしゃんと伸ばし、ほとんど感情を見せずに手綱を上手に操っている。知り合いのレディたちとは大違いだ。紳士を馬車で送っていくとき、あのご婦人たちは女優のように芝居がかった態度を取りがちなのに。彼女は飾りのない麦わら帽子をかぶり、左耳の下でひもを結んでいた。明るめのグレーのドレスを着て、その上にグレーのケープを羽織っている。サイモンはふと思った。彼女がほかの色を身につけているのを一度も見たことがない。

「グレーの服ばかり着ているのは理由があるのですか?」

「え?」

「あなたのドレス」サイモンは彼女の服装を手で示した。「いつもグレーだ。かわいらしいハトみたいですよ。喪に服しているわけでもないなら、なぜそんな色ばかり着るのです?」

ルーシーが顔をしかめた。「レディの服装にあれこれ言うなんて、紳士がすべきことではないと思いますけど。ロンドンでは社会的慣習が違うのですか?」

しまった。今日の天使はさえているな。

サイモンは再び座席にもたれ、彼女の背後で肘を突っ張った。こんなに近くにいると、胸に彼女の温もりが伝わってきそうだ。「ええ、実は違うのです。たとえば、トラップで紳士を送っていくレディは、その男と思いっきりいちゃつくのが礼儀上、必要なたしなみと見なされている」

ルーシーが唇を突き出した。相変わらず彼を見ようとしない。

だが、それは彼の気持ちをあおっただけだった。「この慣習に従わないレディは、容赦なく眉をひそめられるのです。良家の年長のご婦人たちが、そういう世間知らずの哀れなレディに対してかぶりを振る姿をしょっちゅう目にすることになる」

「ひどい人ね」

「残念ながら」サイモンはため息をついた。「しかし、今は未開の田舎にいるので、あなたにそのルールを無視する許可を与えよう」

「未開？」ルーシーがぴしゃっと手綱を鳴らし、ケイトが馬具をがたがた鳴らす。

「未開という点は譲れない」

ルーシーがちらっと目を向けた。

サイモンは、彼女のまっすぐ伸びた背筋を指でなでた。彼女はいっそう身を硬くしたが、意見は口にしなかった。ゆうべ舌に触れたルーシーの指の味を思い出し、彼のほうも体のあまり上品とは言えない場所が硬くなった。彼女が触れさせてくれたことは、ほかの女性がこれ見よがしに自分を誇示するのと同じくらいエロチックに感じられた。「わたしを責めることはまず無理だ。というのも、都会にいたとすれば、あなたはわたしの赤くなった耳元で、思わせぶりな言葉を口にせざるを得なくなるでしょうからね」

ルーシーはため息をついた。「もう、ばかげたことばかりおっしゃるから、さっき何を訊かれたのか忘れてしまいました」

野暮な態度とはいえ、サイモンはにんまりしてしまった。最後にこんな楽しいときを過ごしたのはいつだったか思い出せない。「なぜグレーしか着ないのです？　グレーが悪いと言っているわけじゃない。グレーのおかげで、あなたには魅惑的な聖職者のような雰囲気があ
る」

「修道女みたいだとおっしゃるの？」彼女がきつく眉をひそめた。

トラップが別のわだちの上をがたがた進み、サイモンの肩が彼女の肩を激しく押した。

「そうではない。実は遠回しに、いささかあいまいに、あなたはわたしの罪を裁くべく天国から遣わされた天使だと申し上げているのですよ」

「グレーを着るのは、汚れが目立たない色だからです」ルーシーが彼をちらっと見た。「どんな罪を犯してこられたのですか？」

サイモンが秘密を打ち明けるかのように身を傾けると、ふっと薔薇の香りがした。「グレーについて、〝色〟という言葉を使うのには異議を唱えます。グレーは色でない。むしろ色が欠けていると申し上げておきましょう」

ルーシーが目を細めたのは不吉な兆候だ。

サイモンは体を引き、ため息をついた。「お嬢様、わたしの罪に関して言えば、天使の前で口にできる類のことではございません」

「それなら、どうやって罪を裁けとおっしゃるの？　それに、グレーはれっきとした色です」

サイモンは笑った。腕を大きく広げたい気分だった。歌でも歌ってしまおうか。こんな気持ちになるのはきっと田舎の空気のせいだ。「わかった。負けを認めよう。あなたには、練りに練った議論をする才能がある。ソフォクレスだって打ち負かせただろう。というわけで、グレーは立派な色だ」

ルーシーはわざとらしく咳払いをした。「それで、あなたの罪は？」

「わたしはおびただしい数の罪を犯していて、救いようがない」ペラーが必死に手を伸ばし、サイモンの剣がそれを切りつけ、血と指がきらきらしながら宙を舞っていたあのイメージが一瞬、頭に浮かんだ。目をしばたたき、口元に作り笑いを浮かべた。「わたしの罪を知る人たちは――」彼は陽気に言った。「皆、わたしを見るとぞっとして後ずさりをする。まるでわたしの鼻が落ち、耳が腐り、はやり病にかかっているとわかったかのように」

彼女はサイモンをじっと見つめた。とてもまじめな、とても無邪気な目つきで。男の悪臭とは無縁の、勇気あるかわいい天使だ。彼女の背中を再びなでずにはいられなかった。慎重に、こっそりと。彼女が目を丸くする。

「それも無理はない」サイモンは続けた。「一つ例を挙げれば、わたしは帽子もかぶらず出かける男として知られていた」

ルーシーが眉をひそめた。彼は今も帽子をかぶっていない。

「ロンドンではということだ」サイモンはその点をはっきりさせた。

しかし、彼女が気にしていたのは帽子のことではなかった。「どうして、自分は救いようがないなどとお思いになるの？　人は皆、罪を悔い改めれば、神の恩寵を受けることができるのです」

「主の天使はかく語りき」ルーシーのほうに身を傾け、平たい麦わら帽子の下で再び彼女の髪から漂う薔薇の香りをかぐ。彼の下腹部がぴくっと引きつった。「だが天使よ、わたしが地獄からやってきた悪魔で、あなたの世界に住む者ではないとしたらどうなる？」

「わたしは天使ではありません」彼女が顔を上げた。

「いや、天使だ」彼はささやきかけた。唇が彼女の髪をかすめ、その瞬間、彼女にキスをしてしまおうか、自分のいまわしい唇でこのレディを堕落させてしまおうかと考えた。しかし、カーブにさしかかって馬車が揺れ、彼女は馬に注意を向けるべく顔を背けてしまい、魔が差したようなひと時は過ぎ去った。

「あなたは実に自立している」サイモンはつぶやいた。

「田舎の女性はそうでなくてはならないのです。どこかへ行きたければ、自分で行く必要がありますす」彼女は少し厳しい口調になった。「わたしが一日中、家で繕い物をしているとでも思ったのですか？」

ああ、これは危険な話題だ。二日前の晩、二人はこの手の話をし、彼女はわたしに腹を立てたのだ。「とんでもない。あなたが持ち合わせているたくさんの仕事と才能についてはわかっている。とりわけ、それが村の恵まれない人々を助ける役に立っているということはね。あなたなら立派なロンドン市長になれる。間違いない。しかし、そのためにはこのすてきな村を離れる必要があるし、あなたがいなくなったら、この村の人たちがやっていけないのは明らかだ」

「本当にそう思ってらっしゃるの？」

「ええ」サイモンは心から言った。「あなたは違うのかな？」

「皆、わたしがいなくても、やっていけると思います」ルーシーは少々冷めた口調で言った。

「きっと、ほかの女性がすぐにわたしの代わりをしてくれますわ」

サイモンは眉をひそめた。「自分をそんなに低く評価しているのですか？」

「そうじゃありません。わたしがここでしている慈善活動は、誰にでもできるというだけのことです」

「ふむ」サイモンは彼女の美しい横顔を見つめた。「このメイデン・ヒルであなたを頼りにしている人たちを全員見捨てることになったとして、何をなさるつもりですか？」

彼女は唇を開き、訊かれたことをじっくり考えている。サイモンは彼女のほうに身を傾けた。ああ、この無垢な人を誘惑できたらどんなにいいか！「紫の靴を履いて、ロンドンの舞台で踊るのですか？　シルクの帆を張った船ではるかアラビアまで旅するのですか？　機知と美しさを兼ね備えていると評判の、社交界のレディになるのですか？」

「わたしは本当の自分になります」

サイモンは目をしばたたいた。「もうなっているでしょう。あなたは美しくも厳格な人だ」

「わたしが？　あなた以外、誰も気づいていませんわ」

そのときサイモンは、真剣なトパーズ色の目をのぞき込んだ。何か言いたい。言葉が喉から出かかったが、なぜかしゃべることができなかった。

ルーシーが目をそらす。「もうすぐメイデン・ヒルに着きます。あそこに教会の塔が見えますでしょう？」と言って、塔を指差した。

サイモンは素直にそちらに目を向け、平穏なひと時を取り戻そうとした。もう、ここを去らなくては。これ以上留まれば、わたしはますますこの乙女を誘惑したい気持ちに駆られるだろう。生まれてこのかた、誘惑に勝てたためしがないのは証明済みだ。くそっ、それどころか、自ら誘惑に身を任せてしまうこともある。だが、今度はそうはいかない。この女性にそんなことをしてはならない。サイモンは彼女をじっと見た。眉間にしわを寄せ、小さなトラップを町に向かって走らせている。黒い髪が一房こぼれ、恋人の手のように彼女の頬を愛撫する。もしわたしが誘惑に屈したら、誠実で善良なものを壊してしまうことになる。このどうしようもない世界において、ほかの場所ではけっして見出せなかったものを壊してしまうことになる。

もしそうなったら、わたしは荒れ果てた廃墟で生きていけるとは思えない。

ルーシーはため息をつき、風呂の湯に沈み込んだ。腰湯に浸かっているだけなので、もちろん深くは沈めないが、それでもすっかりぜいたくな気分になっている。今いるのは、家の奥にある小さな部屋。かつては母親の部屋だった。ヘッジはルーシーの〝不自然な〟入浴に使う湯を運びながら、例によってさんざん文句を言ったうえ、なかなか階段を上ろうとしなかった。奥の部屋はキッチンから階段をほんの数段上ればいいだけだし、沐浴をするにはとても都合がよかったのだ。これが済んだら、また湯を片づけなければならないが、ヘッジとベッツィには、明日の朝やればいいからと伝えてあった。そうすれば二人は休めるし、ルーシーも召使たちがじれったそうにうろうろするのを気にすることなく、湯に浸っていることができる。

ルーシーは高さのある風呂桶の背もたれに首を載せ、天井を見上げた。暖炉の火が古い壁にゆらゆらと影を投げかけており、とてもくつろいだ気持ちにさせてくれる。今夜、父親はドクター・フリーモントと一緒に食事をしている。おそらく、まだ政治や歴史談議に花を咲かせているのだろう。イズリー卿は、町の宿に泊まっているミスター・フレッチャーに会いに出かけた。だからわたしは今、家を独り占めしている。召使を数に入れなければだけど、三人はもう床に就いてしまった。

あたりには薔薇とラベンダーの香りが漂っている。ルーシーは片手を持ち上げ、指先から垂れる水滴をじっと見つめた。なんて不思議な一週間だったのだろう。イズリー卿と出会ってからというもの……。この数日間ほど、自分がどれだけ自分らしく生きているか、結局のところ自分の人生をどうしたいのか、ということをじっくり考えたことはなかった。わたしは父の家を切り盛りし、あちこちで慈善活動をし、ユースタスに誘われるだけの存在ではない、自分にはそれ以上の何かがあるのかもしれないなどと、これまで思い浮かべたこともなかった。牧師の妻になる以外のことを、どうしてこれまで考えなかったのだろう？　自分がそれ以上のものに憧れているなんて、気づいてさえいなかった。ほとんど夢からさめた気分だ。わたしの前に突然、あの華やかな男性が現れた。これまで出会った男性とはまったく違う。雰囲気や美しい服は女性的と言ってもいいけれど、それでいて動作や、わたしを見つめるときの様子はとても男らしい。

彼は何かにつけてわたしにちょっかいを出し、悩ませた。おとなしく言いなりになるのではなく、それ以上のもの、わたしの反応を求めた。わたしを元気にさせてくれたし、自分がこんなに生き生きした気持ちになれるなんて思ってもみなかった。まるで、彼がやってくる前の人生は夢遊状態で過ごしていただけ、という気がする。朝目覚めると、彼と話したい、わたしを笑わせたり怒らせたりするたわごとを発する、あの太くて低い声を耳にしたいと思ってしまう。彼のことが知りたい。ときどきアイスグレーの瞳を悲しげな表情にさせるものは何なのか、彼がばか話でごまかしていることは何なのか、どうすれば彼を笑わせることができるのか知りたい。

それだけじゃない。わたしは彼に触れてほしいと思っている。夜、狭いベッドの中で眠れそうで眠れずにいると、彼がわたしに触れる夢を見てしまう。あの長い指がわたしの頬をたどる夢、彼の大きな口がわたしの唇をふさぐ夢を。

ルーシーは震える息を吸い込んだ。こんなことを考えちゃいけない。それはわかっている。でも、どうにもできない。彼女は目を閉じ、想像した。もし彼が今ここにいたら、どんな感じがするだろう？　イズリー卿……。

サイモン……。

濡れた手を湯から引き上げると、水滴がぽたぽたと湯船に垂れた。これはサイモンの手だというふりをしながら、鎖骨に沿って両手を滑らせる。ルーシーは身震いをした。喉に鳥肌が立ち、湯から少しだけのぞいている乳首がぴんと立った。指をさらに下のほうに滑らせる。なんて柔らかい肌なんだろう。水に濡れて、ひんやりしている。豊かで重みのある乳房を囲むように下側の曲線を左右の中指の先でたどってから、その上にある乳輪の小さな突起へと指を導いていく。

ルーシーはため息をつき、落ち着かない様子で脚を動かした。もし今、サイモンが見つめているとしたら、わたしが興奮していること、湿った肌に鳥肌が立っていることがわかるだろう。裸の乳房とぴんと立った乳首を目にするだろう。彼の視線にさらされていると思っただけで、唇を嚙んでしまう。爪でゆっくりと乳首をはじくと、その刺激で太ももをぎゅっと閉じてしまった。もし彼が見ていたら……。親指と人差し指で乳首を挟み、ぎゅっとつまんでみる。ルーシーはうめき声を上げた。

そのとき、突然気づいた。永遠とも思える一瞬、彼女は凍りつき、ゆっくりと目を開けた。彼が戸口にいる。目が彼女に釘づけになっている。興奮した飢えた目。ものすごく男性的な視線。それから彼は目を伏せ、慎重に、じっくりと彼女を眺めていく。紅潮した頰から、捧げ物のように両手で包まれたままの裸の乳房へ、その下の、かろうじて水で隠れている部分へ。むき出しの肌に彼の視線がじかに感じられるようだ。彼の鼻孔がふくらみ、頰骨に赤みが差した。彼が再び顔を上げ、二人の目が合った。彼の表情には救いと破滅の両方が見て取れる。その瞬間ルーシーにとって、そんなことはどうでもよかった。彼が欲しかったのだ。だが、彼は向きを変え、部屋を出ていった。

サイモンは階段を二段抜かしで駆け上がった。心臓が激しく鼓動し、呼吸が荒くなり、下腹部が痛いほどいきり立っている。くそっ！　こんなにその気になったのは、従僕がくすくす喜ぶメイドの体をまさぐっているところをのぞき見して以来のことだ。あのときは一四で、肉欲のかたまりだった。朝も昼も夜も、どうすれば女性と交わることができるのかと、そればかり考えていた。

寝室に飛び込み、後ろ手で扉をばたんと閉める。そこに頭をもたせかけ、呼吸を整えようと胸を上下させながら、ぼんやりと肩をさすった。昔から大勢の女性とベッドをともにしてきた。身分の高い女性もいたし、低い女性もいた。さっさと済ませたこともあれば、関係が長く続いたこともある。女性がお相手するわと目で合図をすれば、わかるようになったし、女性の肉体のちょっとした目利きになっていた。というより、そう思っていた。それが今、まるで一四歳の少年に戻ってしまった気分だ。あのころと同じように興奮して、不安にさいなまれている。

目を閉じ、それまでのことを思い出してみる。とても食べられたものではない夕食をクリスチャンとともにして戻ってくると、家の中はしんとしていた。皆、床に就いてしまったのだろうと思った。下男のヘッジさえ、彼を出迎えるべく寝ないで待っていてはくれなかった。もっとも、ヘッジのことはよくわかっているから驚きもしなかったが。実は、階段の一段目に足を置いた瞬間、彼は躊躇したのだった。奥の小部屋に引き返した理由はわからない。ひょっとすると雄《オス》の動物的勘で、あそこで何を発見するか、何を目にするかわかったのかもしれない。にもかかわらず、口もきけないほどびっくりしてしまった。ロトの妻のように塩の柱と化してしまった。

というより、彼の場合、純然たる肉欲の柱と化したのだ。

ルーシーが風呂に入っていた。透き通るような肌が湯気で濡れ、こめかみにかかる髪がカールしていた。彼女は頭を後ろに倒し、唇が濡れて、少し開いていた……。

サイモンはうめき、目を閉じたままブリーチの前立てのボタンをはずした。

彼女は首をそらしていて、喉が脈打つ様子が目にできるのではないかと思った。とても白くて柔らかそうな喉だった。二枚貝に宿った真珠のように、水滴が鎖骨のくぼみにたまっていた。

彼は硬くなった下腹部を片手で包み、ぐっと握りしめた。指に押されて皮膚にひだが寄る。輝くばかりの裸の乳房。白くて、釣鐘のような形をしていた。彼女は小さな手でそれをつかんで……。

上から下へ、自身を刺激する動きがどんどん速くなり、漏れてきた精液で手が濡れていく。彼女は指で円を描くように、ぴんと立った赤い乳首をさすっていた。まるでそれをもてあそび、独り寂しく風呂に入りながら自分を興奮させるかのように。

左手で睾丸をつかんで転がすと同時に、右手を強く素早く握りしめる。

それからじっと見つめていると、彼女は乳首を指先で挟み、あのかわいらしい小さな塊を絞ったり、引っ張ったりしていた。そして――。

「ああっ!」彼はびくんと体を引きつらせ、何も考えられなくなって腰を激しく上下させた。

彼女は悦びのうめき声をあげていた。

サイモンはため息をつき、首を回して頭を扉にもたせかけ、再び呼吸を整えようとした。自己嫌悪で心が沈まないように努力しながら、ゆっくりとハンカチを取り出して手を拭くと、小さな化粧台のほうへ歩いていき、洗面器に勢いよく水を注いだ。顔と首に水をかけ、ぽたぽた水滴を垂らしたまま、洗面器の上でうなだれる。

理性を失いそうだ。

唇から笑いが漏れ、しんとした部屋に響いた。いや、もう前から失っていたのだ。明日、彼女に何を言うべきか、さっぱりわからない。入浴中だったところをじろじろ眺めてしまい、プライバシーを侵害してしまったというのに、わたしの天使に何を言えばいいのだろう？

サイモンは苦しげに体を起こすと、顔を拭き、服も脱がずにベッドに横たわった。

もう、ここを去らなくては。

6

ルーシーは肩にかけたグレーのウールのマントをさらにしっかりと引き寄せた。今朝は身を切るような風が吹いている。風は氷のように冷たい指をスカートの下に勢いよくもぐり込ませ、骨までまとわりついてきた。普通なら、こんな日にあえて出かけたりはしなかっただろう。徒歩でとなればなおさらだ。しかし、ルーシーには独りで考える時間が必要だったし、家は男性だらけだった。男性だらけと言っても、いるのは父親とヘッジとサイモンだけだったが、そのうちの二人とは話したくなかったし、ヘッジはいちばんましな状況にあるときでさえいらいらさせられる。そんなわけで、田舎道をぶらつくのがよさそうに思えたのだ。

ルーシーは道の小石を蹴飛ばした。紳士に裸を見られ、自分の胸を愛撫する姿を見られたばかりだというのに、その人と昼食のテーブル越しに顔を合わせられるわけがないでしょう？　これほど恥ずかしい思いをしていなかったら、パトリシアにどうすればいいか相談するところだけど。彼女なら、きっと何かしら答えてくれるだろう。たとえそれが正しい答えではないにしろ。それにパトリシアなら、このひどい自意識過剰を忘れさせてくれるかもしれない。ゆうべは彼に見られてしまい、最悪だった。最悪ではあったけれど、素晴らしい気分でもあった。大きな声では言えないし、そんなふうに考えるのはみだらなことだけど。彼に見られてうれしかった。正直に白状すれば、あのまま彼がいてくれたらよかったのにと思っていた。彼がずっといてくれて、そして――。

後ろから、あわただしくやってくる重たい足音がした。

ルーシーは突然、この道を歩いているのは自分だけだと気づいた。小さな家一つ見当たらない。メイデン・ヒルはいつだって活気のない集落だけど、そうは言っても……。自分に追いつこうとしている人物と対峙すべく振り返る。

追いはぎではなかった。

追いはぎどころか、もっと悪い。サイモンだ。ルーシーは再び向きを変えかけた。

「待って」彼は声を落として言った。再び口を開いたものの、ほかに何を言うべきかわからないといった様子で、突然、黙ってしまった。

珍しく無口になっている彼を見て、ルーシーは少し気持ちが楽になった。ひょっとして、彼もわたしと同じくらいばつが悪い思いをしているのかしら？　彼は数歩離れたところで立ち止まっていた。帽子もかつらもかぶっておらず、黙って彼女を見つめている。アイスグレーの目で何かを切望している。彼女の何かを必要としているように見えなくもない。

ルーシーはためらいがちに切りだした。「白亜の丘陵地帯《チョーク・ダウンズ》まで散歩をしようと思って。一緒にいかが？」

「ええ、ぜひ。最高に寛大な天使だ」

そして、たちどころにすべてが元どおりになった。ルーシーが再び歩きだし、サイモンは彼女の歩調に合わせて進んだ。

「このあたりの森は、春になるとブルーベルがいっぱい咲きますのよ」ルーシーは周囲の木々を手で示した。「こんな時季にいらしたのは本当に残念ね。何もかも寒々としているんですもの」

「次は夏に来るようにしよう」サイモンがつぶやいた。

「春ですよ、残念ながら」

彼がちらっと見る。

ルーシーは皮肉っぽく笑みを浮かべた。「ブルーベルが咲くのは春です」

「ああ……」

「子供のころ、母はよくデイヴィッドとわたしをここに連れてきてくれました。冬のあいだはずっとうちの中に閉じこもっていますから、春になるとここでピクニックをするのです。もちろん、父は航海に出ていて、ほとんど留守にしていましたけどね。デイヴィッドとわたしは抱えられるだけブルーベルを摘んで、母の膝にどさっと空けていましたわ」

「辛抱強いお母様だったようですね」

「ええ」

「いつ亡くなられたのですか？」サイモンの言葉は穏やかで、親しみがこもっていた。

この男性にいちばん無防備な姿を見られたことをあらためて思い出し、目をまっすぐ前に向けた。「一一年前に。わたしは一三でした」

「親を亡くすには辛い年齢だ」

ルーシーはサイモンを見た。以前、彼が話題にした唯一の家族は兄だった。どうやら自分のことを打ち明けるより、わたしのささやかな歴史を知ることに専念しようと決めたらしい。

「あなたのお母様はお元気でらっしゃるの？」子爵の称号を受け継いでいるのだから、彼の父親が亡くなっているのははっきりしている。

「いや。数年前に亡くなり、そのあと……」彼はそこで口をつぐんでしまった。

「そのあと？」

「兄のイーサンが亡くなった。母よりあとで本当によかった」サイモンは首をそらした。頭上の、葉を落とした木の枝をにらみつけているように思えるけれど、まったく違うものを見ているのかもしれない。「イーサンは母にとてもかわいがられていた。母の最大の成果であり、母が世界でいちばん愛している人物だった。兄は、相手が若者であれ年寄りであれ、喜ばせる術《すべ》を心得ていたし、人の上に立てる男でしてね。地元の農夫がつまらないけんかの相談によく来ていた。人から嫌われることがけっしてなかったのです」

ルーシーはサイモンを見守った。兄の話をする声には感情がこもっていなかったが、彼は腰のところで手をひねり回していた。彼は自分がしている動作に気づいてさえいないのではないかしら？「その口ぶりだと、お兄様は模範的な方だったようね」

「ええ。でも、それだけではなかった。それ以上だ。イーサンは考えるまでもなく、一点の疑いもなく、善悪の判断ができる人物はめったにいない」サイモンがうつむいた。自分が右手の人差し指を引っ張っていたことに気づいたらしく、腰の後ろで両手を握りしめた。

ルーシーは何か声を出したに違いない。

サイモンがちらっと彼女を見た。「わたしが知る限り、兄は誰よりも道徳的な人間だった」

ルーシーは、この非の打ちどころのない亡き兄のことを思い浮かべて眉をひそめた。「お兄様はあなたと似てらっしゃったの？」

サイモンがはっとしたように見えた。

ルーシーは眉をすっと上げ、待った。

「実は、少し似ていた」サイモンはかすかに笑みを浮かべた。「イーサンのほうが若干――まあ、二センチちょっとだが――背が低かった。でも横幅と体重は兄のほうがあったな」

「髪の色は？」ルーシーは、ほとんど色のない彼の頭髪を見た。「お兄様も金髪？」

「ええ」彼は手のひらで頭をさすった。「だが、もっと色が濃くて、巻き毛だった。髪を伸ばしていて、かつらも髪粉もつけてないときている。髪に関しては、ちょっとうぬぼれていたのでしょう」サイモンはいたずらっぽく笑いかけた。

ルーシーも笑みを返す。人をからかい、屈託のない様子を見せる、こういうサイモンが好きだ。だが、そのとき突然気づいた。気取りのない態度を取っているにもかかわらず、彼が心からくつろいでいることはめったにない。

「兄は澄んだ青い目をしていた」彼が続けた。「母はよく、大好きな色だと言っていました」

「わたしはアイスグレーのほうが好きです」

サイモンは大げさにお辞儀をしてみせた。「これはこれは、光栄の至り」

ルーシーはお返しに膝を曲げてお辞儀をしたが、すぐに真顔になって尋ねた。「お兄様はどうして亡くなられたのですか？」

サイモンが足を止めた。ルーシーも立ち止まらざるを得なくなり、彼の顔をじっと見上げた。

彼は何か葛藤しているらしく、あの美しいアイスグレーの目の上で眉根を寄せている。

「わたしは――」

虫が一匹、ルーシーの頭上をブーンと通りすぎたかと思うと、続けて大きな銃声がした。サイモンは彼女を乱暴につかんで溝に押し込んだ。ルーシーは尻もちをつき、全身に痛みと衝撃が走った。次の瞬間、サイモンが転がり落ちてきて、ルーシーはうつ伏せで泥と枯葉の中に押し込まれてしまった。息を深く吸おうと顔を横に向ける。背中に馬が座っているような感じがする。

「動いてはだめだ。くそっ……」サイモンはルーシーの頭に手を置き、押し戻した。「誰かがわたしたちを狙って撃っている」

ルーシーは枯葉を吐き出した。「わかってます」

妙なことに、サイモンは耳元でくっくっと笑った。「驚くべき天使だ」彼の息は紅茶とミントの香りがする。

もう一発、飛んできた。ルーシーの肩から数十センチのところで、枯葉が爆発したように舞い上がる。

サイモンはかなり派手に、ののしりの言葉を口にした。「弾を詰め替えてるな」

「どこにいるかわかるの?」ルーシーは小声で尋ねた。

「道の反対側のどこかだ。正確な位置はわからない。静かにして」

ルーシーは、息ができないことはさておき、自分が今にも非業の死を遂げるかもしれないという事実に気づいた。サイモンが自分の上に乗っているのはむしろ喜ばしい。彼はとても温かくて、ものすごくいいにおいがする。たいていの男性はタバコのにおいがするけれど、これは違う。何か異国的なにおいだ。もしかして、サンダルウッド? 彼の腕に抱かれていると安心できる気がする。

「よく聞いて」サイモンがルーシーの耳元に口を持っていき、言葉を発するたびに唇が軽く触れた。「次に銃声がしたら、走って逃げるんだ。相手はライフルを一つしか持っていないから、弾を詰め替える必要がある。やつが――」

ルーシーの顔の数センチ先の地面に弾が食い込んだ。

「今だ!」

指示を頭に叩き込む間もなく、サイモンがルーシーを引っ張って立ち上がらせた。ルーシーは今にも次の弾が飛んできて、肩甲骨のあいだに命中するかもしれないと覚悟しつつ、あえぎながらついていく。弾を詰め替えるにはどれくらいかかるのだろう？　ほんの数秒に違いない。呼吸が荒くなり、胸がぜいぜい言っている。

そのとき、サイモンが自分の前にルーシーを押し出した。「さあ、森に逃げるんだ！　止まってはいけない！」

彼を置いていけというの？　ああ、どうしよう、彼が死んでしまう。「でも――」

「やつが狙っているのはわたしだ」サイモンは険しい表情でルーシーの目をにらみつけた。

「あなたが一緒にいたら、わたしは自分の身を守れない。さあ、行くんだ！」

最後のひとことを発したと同時に、またもう一発、発射された。ルーシーは向きを変え、走った。振り返る勇気も、立ち止まる勇気もなかった。一度だけしゃくり上げたが、すぐに森が彼女を覆い隠し、ひんやりした暗闇の中に包み込んでくれた。ルーシーは下ばえにつまずきながら、思いっきり走った。木の枝がマントにひっかかり、恐怖と苦悩の涙が頰を伝っていく。サイモンがあそこへ戻ってしまった。武器も持たず、銃を手にした相手に立ち向かおうとしている。ああ、どうしよう！　戻りたい。でも戻れない。わたしが邪魔をしなければ、とにかく彼にも勝ち目がある。

背後で重たい足音がした。

心臓が喉まで飛び出しそうなほど激しく鼓動する。ルーシーは敵と向き合うべく振り返った。こぶしを振り上げ、弱々しく抵抗の姿勢を取る。

「静かに。わたしだ」サイモンが苦しげに上下する自分の胸にルーシーを抱き寄せ、荒い息が彼女の顔にかかった。「しぃっ、もう大丈夫。あなたは実に勇気のある人だ」ルーシーは彼の胸に頭を置き、心臓が鼓動する音を耳にした。両手で彼の服をつかんでいる。「生きてるのね」

「もちろん。わたしのような男はけっして――」

サイモンは言葉を切った。ルーシーがしゃくり上げていて、涙を止められずにいたからだ。

「すまない」彼は先ほどより重々しい口調でささやいた。ルーシーの顔を上げさせて胸から離し、手のひらで涙をぬぐってくれたが、心配そうな、疲れきったような、何かためらっているような表情をしている。「どうか泣かないで。わたしにはそんな価値はない。本当に」

ルーシーは顔をしかめ、とめどなく流れる涙を抑えようとまばたきをした。「どうしていつも、そんなことをおっしゃるの？」

「事実だからだ」

ルーシーは首を横に振った。「わたしにとって、あなたはとてもとても大切な人だし、あなたのために泣きたいと思えば、わたしは泣きます」

サイモンは優しくほほえみ、口元が曲線を描いたが、彼女の愚かな発言をからかったりはしなかった。「あなたの涙はわたしを謙虚にさせる」

ルーシーは顔を背けた。彼に見つめられるのは耐えられない。「銃を撃ってきた人は……？」

「行ってしまったと思う」サイモンがささやいた。「さっき、背骨の曲がった葦毛《あしげ》の馬に引っ張られて、かなりガタのきた農夫の荷車が通りかかった。荷台は労働者でいっぱいだったから、敵も恐れをなして逃げたのだろう」

ルーシーは噴き出した。「ジョーンズ家の息子たちだわ。あの人たちも一生に一度だけ、役に立ったというわけね」それから、ふと思い出し、体をそらして彼を見た。「お怪我は？」

「してない」サイモンはルーシーにほほえんだが、目の表情から、心ここにあらずであることがわかった。「もう、うちに戻ったほうがいい。あなたを送り届けたら……」

ルーシーは待った。だがサイモンの声はしだいに小さくなり、彼はまた考え込んでしまった。

「送り届けたら？」ルーシーは答えを促した。

サイモンが顔を背けたので、唇が頬をかすめ、危うく彼の言葉を聞き逃すところだった。

「わたしはここを去らねばならない。あなたを守るために」


「銃で狙われただと！」一時間後、クラドック＝ヘイズ大佐が怒鳴った。

三〇年間、船上で部下を指揮してきた男の厳しさがたちまち顔を出す。今にもひし形に仕切られたガラスががたがた揺れ、鉛の窓枠からはずれてしまうのではないかとサイモンは思った。二人はクラドック＝ヘイズ邸の正式な居間にいる。窓を美しく飾っているカーテンは、暗褐色とクリーム色の縞模様。同じような色合いの長椅子があちこちに置かれ、マントルピースにはなかなかすてきな陶磁器の時計が飾ってあったが、サイモンは家の奥にあるルーシーの小さな居間のほうが好きだった。

　といっても、選択肢が与えられているわけではない。

「わたしの娘が。若い盛りの娘が。おとなしくて、言いつけをよく守る娘が……」大佐は言葉を強調するように腕をばたつかせ、がにまたの脚でどしんどしんと床を踏み鳴らしながら、部屋の隅から隅まで歩き回っている。「世間のことは何も知らず、これまでずっと、世の荒波から守られて生きてきたのだ。子供のころから、家から一キロと離れたことはなかったのだ。まったく！　この四半世紀、メイデン・ヒルで殺人など起きたことがなかった。二五年なかったのだ！　きさまが現れるまではな」

　海軍関連の骨董品が飾られたテーブルセットとマントルピースのあいだで立ち止まり、大佐は思いきり息を吸い込んだ。「この悪党め！」サイモンの眉を吹き飛ばさんばかりの勢いで大声で張り上げる。「ごろつき！　女たらし！　恥ずべきイングランド人の敵！　それに……」言葉を探し、唇を動かしている。

「娘っこの敵」ヘッジが助け舟を出す。

　先ほどお茶を運んできたのは、ベッツィでもミセス・ブロディでもなくヘッジだった。どうやらこの下男は、サイモンに女性陣の同情を買わせてなるものかと思っているらしい。銀食器をいじり回しながら、それを口実にこそこそ居座り、一生懸命、耳を傾けている。

　大佐がにらみつけた。「レディだ」それから、その怖い顔を今度はサイモンに向けた。「こんな悪事は聞いたこともない。おいっ！　何か言うことはないのか？　え？　どうなんだ？」

「まったく大佐のおっしゃるとおりです」サイモンは長椅子にぐったりともたれた。「ただし、〝おとなしくて、言いつけをよく守る〟という部分は別にしてですが。大佐、まことに失礼ながら、ミス・クラドック＝ヘイズにはいずれの傾向も認められません」

「きさまのせいで娘が危うく死ぬところだったのに、よくもそんなことを！」大佐はサイモンに向かってこぶしを振り回した。顔が紫色になっている。「まったく。手遅れにならんうちに、荷物をまとめてこの家から出ていってもらおう。もう我慢ならん。ルーシーはこの村の心のよりどころなのだ。わたしだけでなく、多くの人々が彼女を愛している。きさまを追放してやる。必要とあらば、熱したタールを塗って鳥の羽根を貼りつけてやるからな（私刑の一種）！」

「そいつは、すげえ！」ヘッジが不意に口を挟んだ。大佐の言葉に興奮しているのは一目瞭然。もっとも、ルーシーが好きだから言ったのか、貴族階級の人間が追放されるところを見られると期待して言ったのかは見分けがつかなかったが。

サイモンはため息をついた。頭が痛くなってきた。今朝は、これまで感じたこともない、骨まで凍りつくほどの恐怖を味わった。一発の銃弾が自分の下にいるかけがえのない人を殺してしまうのだろうか。そんなことになったら、頭がおかしくなるに違いないと思い知り、彼女を救えないかもしれないという恐怖に襲われた。もう二度と、他人の命のためにどうしようもない恐怖を感じたりはしたくない。ただ、言うまでもないだろうが、わたしはあのとき、地面に直接横たわっていたのではない。体と地面のあいだにはルーシーの柔らかな手脚が割り込んでいた。あれは心臓が止まるほど、とてつもなく素晴らしいことではなかったか？　あんな感触はもう味わえまいと断言できる。彼女の顔がすぐそばにあり、尻が下腹部にぴたりと当たっていた。こうなったのはすべて自分のせいだ、わたしの存在が彼女の命を危険に陥れたという恐怖の最中にあったというのに……、二人のあいだにイングランド製の上等な布地が幾重にも重なっていたというのに……、そんなときでさえ、わたしの体は彼女に反応していた。それにしても、今回のことでよくわかった。もしわたしが一〇日間死んだふりでもしたら、天使はわたしを怒らせてでも生き返らせようとするのだろうが、それが宗教や信仰とは関係ない行動であることは疑いようもない。

「大佐、お嬢さんを危険な目に遭わせてしまい、心よりお詫びいたします」サイモンはようやく言った。「今さらこんなことを申し上げても仕方ないと存じておりますが、もしお嬢さんを危険にさらすことになると気づいていたら、わたしはお嬢さんが傷つくのを見るよりも、むしろ自分の手首を切っていたと断言いたします」

「フーッ」ヘッジがあざけるような声を出した。ちゃんとした言葉を発したわけでもないのに、妙に効果があった。

大佐はしばらくのあいだ、サイモンをただじっとにらんでいた。「まったく」それからようやく口を開いた。「きれいごとを並べおって。だが、冗談ではなさそうだな」

サイモンは驚いたが、ヘッジも同じくらいびっくりした顔をしている。

「それでも、この家からは出ていっていただきたい」大佐はうなるように言った。

サイモンは頭を下げた。「すでにヘンリーに荷造りをさせておりますし、宿にいるミスター・フレッチャーにも伝言をいたしました。一時間のうちにおいとまいたします」

「それは結構」大佐は椅子に腰かけ、サイモンをじっと見つめた。

ヘッジがあわてて紅茶を出す。

大佐は手を振って下男を追い払った。「そんなまずいものはだめだ。ブランデーを持ってこい」

ヘッジはうやうやしく食器棚を開け、琥珀色の液体が半分入ったカットガラスのデカンターを取り出した。二つのグラスに酒を注いで運んできたが、そこに突っ立ったまま、もの欲しそうにデカンターを見つめている。

「ああ、おまえもやりなさい」大佐が言った。

ヘッジはほんのちょっぴり酒を注ぎ、グラスを掲げて待った。

「女性に」サイモンが乾杯の音頭を取った。

「やれやれ」大佐はぼやいたが、酒を飲んだ。

ヘッジはブランデーを一気に飲み干し、目を閉じてぶるっと震えた。「こいつぁ、素晴らしい」

「そのとおり。沿岸のある密輸業者と知り合いでな」大佐が小声で言った。「そなたが出て行っても、娘は危険なのか？」

「いいえ」サイモンは頭を倒し、長椅子の背にもたせかけた。ブランデーは上等だったが、頭痛を悪化させただけだった。「やつらが追っているのはわたしです。ジャッカルみたいな連中ですから、わたしが去れば、においをたどってここから出ていくでしょう」

「例の殺し屋を知っていると認めるのだな?」

サイモンはうなずき、目を閉じた。

「そなたを死んだものとして置き去りにしていった、あの連中かね?」

「あるいは、その連中が雇った暴漢です」

「これは、いったいどういうことなのだ? ん?」大佐がうなるように言った。「話してみなさい」

「復讐です」サイモンは目を開けた。

大佐はまばたきもしない。「そなたの復讐なのか? それともやつらの復讐なのか?」

「わたしの復讐です」

「理由は?」

サイモンはグラスをのぞき込み、ブランデーをぐるぐる回しながら、琥珀色の液体が内側に打ちつけられていく様子をじっと見つめている。「兄を殺されました」

「いやはや」大佐はグラスを掲げた。「そういうことであれば、幸運を祈るとしよう。よそでやっていただきたいがな」

「ありがとうございます」サイモンはブランデーを飲み干し、立ち上がった。

「復讐について、昔から言われていることは、もちろんご存じであろう」

「何でしょう?」サイモンは大佐のほうを向いて尋ねた。そうすることを期待されていたからだ。それに、大佐が思いのほか情け深い言葉をかけてくれたせいもある。自分にはそんなことを望む資格はなかったのに。

「復讐には用心すべし」大佐は邪悪な老トロールのようににやっと笑った。「回り回って、自分のほうが尻を食われることもある」


ルーシーは狭い寝室の窓辺に立って私道を見下ろし、ミスター・ヘッジとサイモンの近侍が、堂々たる黒い馬車に荷物を運び込む様子を見守った。二人はかばんの積み方を巡って言い争っているようだ。ミスター・ヘッジは興奮して大げさな身振りになっており、近侍はまれに見るほど形のいい唇に皮肉な笑みを浮かべ、荷物を実際に持っている従僕がそのそばでよたよたしている。どうやら、荷物の積み込みはすぐには終わりそうにないけれど、事実は変わらない。サイモンが行ってしまう。いつかこの日が来るとわかっていたのに、なんとなくそうはならないのではないかと思っているところがあった。いざこうなってみると、わたしは……何を感じているのだろう?

誰かが扉をノックし、ルーシーの混乱した思考は中断された。

「どうぞ」ガーゼ地のカーテンを下ろし、振り向いた。

サイモンが扉を開けたが、そのまま廊下に立っている。「少し話したいことがある。よろしいかな?」

ルーシーは黙ってうなずいた。

サイモンは一瞬、躊躇した。「庭を一回りできたらと思ったのだが」

「そうしましょう」ここで彼と二人きりで話すのはよくないだろう。ルーシーはウールのショールをつかみ、サイモンの先に立って階段を下りた。

彼がキッチンの扉を押さえ、ルーシーは冬の日差しの中へ出た。この時季、ミセス・ブロディのキッチンガーデンは寂しい様相を呈していた。硬い地面は枯らし霜にうっすらと覆われ、茎だけになったケールが傾いたまま不規則に並んでいる。その隣では、黒ずんでもろくなった薄いタマネギの葉が地面に凍りついており、剪定を済ませた葉のない木の枝には、摘み取りの時期を逃したしなびたリンゴがいくつかしがみついていた。死んだように眠っている庭は一面、冬に覆い尽くされている。

ルーシーは体に腕を巻きつけ、気持ちを落ち着けようと息を吸い込んだ。「お発ちになるのですね」

サイモンがうなずいた。「ここに居座って、これ以上あなたやご家族を危険な目に遭わせるわけにはいかない。今朝はあわやというところだった。もう少しで命を落とすところだった。もし暗殺者が一発目をはずしていなかったら……」彼は顔をしかめた。「わたしが自分のことしか考えず、うぬぼれていたせいで、こんなに長居をしてしまった。この一週間、ぐずぐずしていてはいけなかったのだ。連中はどんなことでもするとわかっていたのだから」

「では、ロンドンに戻られるのですね？」ルーシーは彼を見ることも、平然とした態度を取り続けることもできず、風でかたかた鳴っている木の枝をひたすらじっと見つめていた。

「ロンドンにいたら、見つかってしまうのではありませんか？」

サイモンが声を上げて笑い、耳障りな音が響いた。「我が天使よ、問題はそれよりも、わたしがやつらを見つけられるか、ではないかな」

ルーシーはちらっとだけ彼を見た。苦々しい表情をしている。それに寂しそう。

「なぜ、そんなことをおっしゃるの？」

サイモンはためらい、思いを巡らせているように見えたが、ようやくかぶりを振った。

「わたしに関しては、あなたにわからないこと、これからもけっしてわからないことがたくさんある。わたしのことをよくわかっている人間はほとんどいない。それにあなたの場合、わからずにいてくれたほうがいい」

答えてくれるつもりはないのね。ルーシーは急に、わけがわからないほど激しい怒りを覚えた。彼はやっぱり、わたしのことをガーゼで包まなければいけないガラスの小像だと思っているの？　それとも、秘密を打ち明けるほどわたしに敬意を抱いてはいないだけ？

「わたしがあなたのことをわからずにいるほうがいいと本気で思っているのですか？」ルーシーは彼と向き合った。「それとも、世慣れた人間だと思われるように、うぶな女性と出会うたびにそんなことをおっしゃるの？」

「思われるように？」彼は口元をゆがめた。「今のはぐさっときた」

「あなたはたわごとばかり言って、うまくはぐらかしているのだわ」

サイモンはまばたきし、ひっぱたかれたかのように頭を上げた。「たわごとなど――」

「たわごとです」怒りで声が震えていたが、落ち着かせることができそうにない。「ふざけているのでしょう。そうすれば真実を話さずに済むから」

「真実なら、今、話したばかりだ」彼もさすがにいらいらしてきたようだ。まあ、いいわ。わたしもいらいらしているから。「それがあなたの望んでいる生き方？　独りぼっちで生きたいの？　誰のことも受け入れずに生きていきたいの？」強く迫るべきではない。それはわかっている。二人が顔を合わせるのはこれが最後かもしれないのだから。

「望む望まないの問題ではない……」サイモンは肩をすくめた。「変えられないものもあるのだ。それに、わたしにはそういう生き方が合っている」

「そんなの、ものすごく孤独な生き方に思えます。それに満足のいく生き方とは思えません」ルーシーはゆっくりと言った。言葉を慎重に選び、戦いに臨む戦士のように狙いを定めた。「一生、信頼できる本当の友人もなく生きていくなんて。安心して自分をさらけだせる相手が必要です。あなたの欠点や弱さもわかっていて、それでもあなたを思ってくれる人、違う自分を演じる必要のない相手が必要です」

「あなたはときどき、言葉にならないほどわたしをぞっとさせる」サイモンがささやき、アイスグレーの瞳がきらりと光った。この目の表情を読み取れたらどんなにいいか……。「親しくつきあう気もないのに、いつまでも男を誘惑してはいけない」

「あなたが残ってくれたら……」そこで言葉を切り、息を継がねばならなかった。胸が締めつけられる。このわずかな時間にルーシーは大きな望みをかけた。説得力のある言い方をしなくては。「もし残ってくれたら、わたしたち、もっとわかり合えるのではないかしら。わたし、あなたの親友になれるかもしれない。親しくおつきあいのできる友達になれるかもしれません」

「あなたをこれ以上、危険な目に遭わせるわけにはいかない」しかし、彼のまなざしにはためらいの表情が浮かんでいる、とルーシーは思った。

「わたし――」

「それに、あなたが望んでおられるものについてだが――」サイモンは顔を背けた。「わたしは持ち合わせていないので、差し上げられない」

「わかりました」ルーシーは自分の手をじっと見下ろした。つまり、わたしの負け。

「もし誰かが――」

ルーシーは声を上げ、早口で彼の言葉をさえぎった。哀れみなんか聞きたくない。「あなたは、あわただしい都会の人、わたしは田舎で暮らしている地味な淑女にすぎません。ちゃんとわかっています」

「それは違う」サイモンが再び顔を向けて一歩近づき、二人を隔てる距離はほんのわずかになった。「わたしたちのあいだにあるものを、田舎と都会の道徳観や習慣の違いにおとしめてはいけない」

風が吹きつけ、ルーシーは震えた。サイモンは体を移動させ、身をもって彼女を風から守った。「この一週間半、これまで味わったこともないほどの感情を覚えた。あなたはわたしの心の中の何かをかき立てる。わたしは……」ルーシーの頭越しに曇り空をじっと見つめている。

ルーシーは待った。

「何と言ったらいいか……。自分が感じていることがうまく表現できない」サイモンは彼女を見下ろし、かすかにほほえんだ。「あなたももうわかっているだろうが、わたしにはとても珍しいことだ。わたしに言えるのは、あなたに会えてよかったということだけだ、ルーシー・クラドック＝ヘイズ」

涙が出そうで目頭がちくちくする。「わたしも、あなたに会えてよかった」

サイモンは彼女の手を取ると、指をそっと伸ばし、葉が花を取り囲むように自分の手のひらで彼女の手を包んだ。「あなたのことは一生、忘れない」そうつぶやく声はとても低く、ほとんど聞き取れなかった。「それが喜ぶべきことか、恨むべきことかわからないが」彼が二人の手のひらの上に身をかがめた。唇がルーシーの冷たい手をかすめ、温かい感触が伝わっていく。

彼の頭を見下ろすと、あふれてくる涙が一粒、髪の上に落ちた。

彼は体を起こした。そしてルーシーを見ることなく「さようなら」と言い、立ち去った。

ルーシーは一度しゃくり上げたが、気持ちを抑えた。そして、去っていく馬車の車輪の音が聞こえなくなるまで庭にずっと立っていた。

サイモンは馬車に乗り込み、赤い革の座席に腰を下ろした。天井を軽く叩いて合図をすると、クラドック＝ヘイズ邸が窓の外で遠ざかっていくさまを見られるよう体をそらした。ルーシーの姿は見えないが――そのとき、彼女は相変わらず庭におり、白い石膏像のごとくじっと立っていた――この家を彼女の代わりということにしよう。馬車は揺れながら進んでいく。

「あなたがこんな田舎の村にいつまでも留まっていたなんて、信じられない」正面に座っているクリスチャンがため息をついた。「ものすごく退屈しているだろうと思っていたのですが。一日じゅう、何をしていたのです？　読書ですか？」

御者のジョンが鞭を鳴らし、馬たちが私道を速歩《はやあし》で走っていく。馬車が揺れた。クリスチャンの横に座っているヘンリーが咳払いをし、目を天井に向けた。

クリスチャンが不安げにヘンリーをちらっと見る。「もちろん、クラドック＝ヘイズ家のもてなしは素晴らしかったし、あれやこれや世話になりました。いい人たちですよ。食事のあいだは恐ろしかったですけどね。ミス・クラドック＝ヘイズはぼくのことをたいへん気にかけてくれました。あの自慢屋の父親からぼくを守ろうとしてくれたという気がします。とても親切だった。あのペンウィーブルと結婚したら、牧師のよき妻となるでしょうね」

サイモンは顔をしかめそうになったが、すんでのところで自分を抑えた。少なくとも、自分ではそう思っていた。ヘンリーが騒々しく咳払いをしたものだから、サイモンはそんなに激しく咳をしたら内臓の位置がずれてしまうのではないかと心配になった。

「いったいどうした?」クリスチャンが近侍を見て顔をしかめた。「カタルにでもかかったのか? 虫の居所が悪いときの父にそっくりだ」

家はもうおもちゃのように小さくなってしまった。オークの木が立ち並ぶ私道に囲まれた田園の風景だ。

「わたくしの健康状態は問題ございません」ヘンリーは冷ややかに言った。「案じていただき、恐縮です。イズリー様、ロンドンに戻られたら何をなさろうと思っておられたのですか?」

「うむ」馬車がカーブを曲がった。もう、あの家は見えない。サイモンはしばらく目を凝らしていたが、彼の人生を彩った一幕は消え去っていた。彼女が消えてしまった。本当に、何もかも忘れてしまうのがいちばんだ。

それができるのならば。

「いつもの場所を一巡りするのでしょう」クリスチャンは陽気にぺちゃくちゃしゃべっている。「アンジェロの道場で最新のゴシップを仕入れ、賭博場に出向き、評判のよろしくない売春宿で高級娼婦と楽しむというわけだ」

サイモンは姿勢を正し、窓の日よけを下ろした。「実は、狩りに行こうと思ってな。地面をかぎ回り、聞き耳を立て、仕事熱心なブラッドハウンドのごとく、わたしを襲った連中を追い立ててやる」

「しかし、相手は追いはぎではなかったのですか？」クリスチャンが当惑した顔をする。

「つまり、ロンドンの犯罪者を追い詰めるのは相当難しいということです。なにしろ犯罪者だらけですからね」

「連中の正体については、かなり見当がついている」サイモンは左手で右手の人差し指をさすった。「それどころか、犯人はわたしの知り合いだとほぼ確信している。というより、やつらを雇ったのがわたしの知り合いであることだけはたしかだ」

「本当ですか？」クリスチャンは目を見張っている。このとき初めて、自分は何か見落としていると気づいたのかもしれない。「それで、犯人を追い詰めたらどうするつもりなのですか？」

「もちろん、決闘を申し込む」サイモンは歯を剝いた。「決闘を申し込んで、殺してやる」

7

「……それに、聖具室の屋根の修理ですが、今度こそ長持ちすると思います。トマス・ジョーンズが、息子にやらせるとへまをするからやらせない、自分で修理すると約束してくれましてね」ユースタスは教会の修繕について論じていたが、いったん言葉を切り、馬を慎重に導いてわだちを越えさせた。

「それはよかったわ」ルーシーはその隙に言葉を挟んだ。

この前の火曜日と同様、太陽が顔を見せている。二人はユースタスがいつも通る道を進んでメイデン・ヒルへ入っていった。例のパン屋に差しかかると、この前と同じ年配の女性が二人、主人を相手に値切り交渉をしていた。ご婦人たちは先週と同じように振り返って手を振ってくれた。何も変わっていない。サイモンがあまりにも突然、自分の人生に舞い降り、再び飛び去っていったことが嘘のように感じられる。

ルーシーはわけもなく叫びたい衝動を覚えた。

「ええ。でも身廊については、あまりたしかなことは言えません」ユースタスが答えた。教会の問題リストに新たな項目が加わった。「身廊がどうかしましたの?」

ユースタスが顔をしかめ、普段はなだらかな眉間にくっきりとしわが刻み込まれた。「その屋根も雨漏りが始まったのです。たいした量じゃありません。今のところ、天井にしみができる程度です。でも、あそこは丸天井になっていますからね。雨漏りしている箇所までたどり着くのがたいへんなんですよ。トマスのいちばん上の息子だって、喜んで修理してくれるかどうか……。給金をよけいに払わなきゃいけないかもしれませんね」

もう我慢できない。ルーシーは首をのけぞらせて笑った。ばかみたいに大笑いをしてしまい、その声は澄んだ冬の空気に響き渡らんばかりだった。ユースタスはきまり悪そうに中途半端な笑みを浮かべた。ジョークの意味が今ひとつわからないときに人がよくするような笑い方だ。先ほどの年配のご婦人たちが草地を早足で横切り、何事かと見にやってきたし、鍛冶屋とその息子も店から顔をのぞかせた。

ルーシーは心を落ち着けようとした。「ごめんなさい」

「いいんです。謝らないでください」ユースタスがちらっと彼女を見た。コーヒーブラウンの目がはにかんだ表情をしている。「陽気な笑い声を耳にできてうれしいですよ。あなたはめったに笑いませんからね」

当然のことながら、そう言われても罪悪感が増しただけだった。

ルーシーは目を閉じた。突然、悟ったのだ。こんな関係はとっくの昔に終わりにするべきだった。「ユースタス――」

「わたしは――」彼も同時に話しだし、二人の言葉がぶつかった。彼が口を閉じ、にこっと笑う。「どうぞ」先に言いなさいということね。

しかし、すでに最悪な気分になっていたルーシーは、間違いなく気まずい議論になるであろう話を切り出す気にはなれなかった。「いえ、すみません。何をおっしゃるつもりだったの？」

ユースタスが息をつき、目の粗い茶色いウールの上着の下で、広い胸をふくらませた。

「ここしばらく、あなたに大事なことをお話ししたいと思っていたのです」彼が教会の裏手に馬車を回し、二人は急に人目から切り離された。

ルーシーはひどくいやな予感がした。「わたしは――」

しかし、このときに限ってユースタスは話を譲ってくれず、彼女を無視してしゃべり続けた。「わたしがどれほどあなたに敬服しているか、お伝えしたかったのです。あなたと過ごすこのひと時を、わたしがどれほど楽しんでいることか。二人で馬車で出かけると、とてもくつろげる。そう思いませんか？」

ルーシーは再び話をさえぎろうと試みた。「ユースタス――」

「いけません。最後まで言わせてください。長いおつきあいですから、わたしがあなたの前で緊張などするわけないと思われるでしょうね……」ユースタスは息を吸い、勢いよく吐き出した。「ルーシー・クラドック＝ヘイズ、わたしの花嫁になってくださいませんか？　やれやれ、やっと言えた」

「わたし――」

ユースタスにいきなり引き寄せられ、しゃべりかけたルーシーはきゃっと悲鳴を上げた。彼の広い胸にそっと押しつけられると、巨大枕にくるまれている感じがした。不愉快というわけではないけれど、ものすごく心地がいいわけでもない。目を上げると彼の顔がぬっと現れ、次の瞬間、その顔が下りてきて彼女にキスをした。

ああ、お願いだからやめて！　かっと怒りが押し寄せ、かんしゃくを起こしそうになる。これはハンサムな若い男性にキスされたときに感じるはずの気持ちではない。絶対に。公平を期して言えば、ユースタスのキスはかなり……よかった。重ねられた唇は温かく、彼女に悦びを与えるように動いている。ペパーミントのにおいがする——キスに備えて噛んできたに違いない——と思った途端、ルーシーのいらだちは甘い同情に変わった。

ユースタスは急にキスをやめた。自分にとても満足しているように見える。「お父様にお話ししましょうか？」

「ユースタス——」

「しまった！　先にお父様のお許しをもらうべきだったのに」彼は茶色の眉をひそめ、じっと考え込んだ。

「ユースタス——」

「でもまあ、びっくり仰天されることもないですよね？　あなたとは、もうずっとおつきあいをしているわけですし。村の人たちは、わたしたちがもう結婚したものと思っているんじゃないでしょうか？」

「ユースタス！」

彼はルーシーの声の大きさに少しびくっとした。「どうしました？」

ルーシーは目を閉じた。大声を出すつもりはなかったけれど、このままでは彼がしゃべり続けてしまう。彼女は頭を振った。最後までちゃんと言いたいなら、気持ちを集中させなくては。「敬意を表してくださって、心から感謝しています。でもわたしは……」ここで彼の顔を見るという過ちを犯してしまった。

ユースタスはそこに座っており、茶色の髪が一房、風に吹かれて頰に当たっていた。何もわかっていない顔をしている。「何です？」

ルーシーは一瞬たじろいだ。「あなたとは結婚できません」

「できますとも。本当は、大佐が反対するとは思っていません。賛成できないなら、今ごろとっくにわたしを追っ払っているはずです。それに、あなたは法的に結婚ができる年齢をとうに過ぎている」

「それはどうも」

ユースタスは顔を赤らめた。「つまり――」

「おっしゃりたいことはわかっています」ルーシーはため息をついた。「でも……ユースタス、あなたとは本当に結婚できないのです」

「どうして？」

ルーシーは彼を傷つけたくなかった。「その話は、これぐらいにしておきません？」

「だめだ」ユースタスは妙に威厳を示し、居ずまいを正した。「申し訳ないが、わたしの気持ちをはねつけるつもりなら、せめて理由ぐらい教えてくれてもいいでしょう」

「いいえ、申し訳ないのはわたしのほうです。あなたをだますつもりはありませんでした。ただ――」ルーシーは自分の手を見下ろして眉根を寄せ、言葉を見つけようとした。「何年もおつきあいしているうちに、これが習慣みたいになってしまって、もう疑問を持たなくなっていたのです。でも、持つべきでした」

馬が首を振り、馬具ががちゃがちゃ鳴った。

「わたしは習慣ですか？」

ルーシーはたじろいだ。「そういう意味では――」

ユースタスは大きな手を膝に置いて握りしめた。「今までずっと、わたしたちは結婚するものと思っていました」手にさらに力が入る。「あなたもそれを期待していた。まさか、違うなんて言わないでしょうね」

「ごめんなさい――」

「今になって、ほんの気まぐれで、結婚をあきらめろと言うのですか？」

「気まぐれではありません」ルーシーは心を落ち着かせようと息を吸い込んだ。泣いて同情を買うのは卑怯なやり方だろう。ユースタスにはもっと誠実に向き合うべきだ。「この数日間、考えに考えました。わたしたちはお互いどんな存在なのだろうと考え、ものすごく悩んだのです。この関係は十分とは言えません」

「なぜ？」ユースタスは静かに尋ねた。「なぜ、二人が手にしているもの、二人が協力してやっていることに疑問を持たなければいけないのです？　わたしには申し分のない関係に思えます」

「でも、それだけでしょう」ルーシーは彼の目をのぞき込んだ。「申し分ないでは物足りないのです。わたしはそれ以上のものが欲しい。それ以上のものが必要なのです」

彼はしばらく黙っていた。わずかに残っていた木の葉が風に吹き飛ばされ、教会の扉に当たっている。「あのイズリーという男のせいですか？」

ルーシーは顔を背けて深く息を吸ったが、吐き出すときはため息になってしまった。「ええ、そうだと思います」

「彼は戻ってこないとわかっているのでしょう」

「ええ」

「だったら、どうして――」ユースタスは突然、太ももを強く叩いた。「どうして、わたしと結婚できないのですか？」

「あなたに対してフェアではないからです。あなたもわかってらっしゃるはずです」

「その判断はわたしに任せるべきでしょう」

「そうかもしれません」ルーシーはしぶしぶ認めた。「でも、それなら、わたしにとって何がフェアなのかの判断は、わたしに任せていただく必要があります。妥協して生きること、申し分のない結婚をして生きていくことは、わたしにはもう耐えられないのです」

「なぜなんです？」ユースタスの声はかすれ、今にも泣きそうになっている。ルーシーは自分の目がうるんで、ちくちくしてくるのがわかった。こんないい人をこれほど落ち込ませてしまうなんて。

「あの男を愛しているのですか？」

「わかりません」ルーシーは目を閉じた。それなのに涙があふれてくる。「わたしにわかるのは、今まで存在することすら知らなかった、まったく新しい世界への扉を、あの人が開いてくれたということだけです。わたしはその扉を通ってしまいました。もう戻れません」

「しかし――」

「わかっています」ルーシーは片手で振り払う動作をした。「彼が戻ってこないことも、彼とはもう二度と会ったり話したりできないこともわかっています。でも、それは関係ありません。わかるでしょう？」

ユースタスが首を振った。一度振りだしたら止まらなくなったらしく、頑固そうに、クマのように首を左右に振っている。

「まるで……」ルーシーはお願いだから聞いてとばかりに両手を上げ、たとえを考えようとした。「まるで、生まれつき目が見えなかったのに、ある日突然、見えるようになったみたいで……。見えただけではなくて、光り輝く太陽が青い空に昇るところを目の当たりにできたような感じがするのです。黒みがかったラベンダー色と青がだんだん明るくなってピンクと赤に変わり、光が地平線上に広がって、ついに地球全体が照らされるのを見たというか……。その光を見てまばたきをし、畏敬の念でひざまずかざるを得なくなった感じです」

ユースタスは動かなくなり、口がきけなくなったかのようにルーシーをじっと見つめた。

「わかっていただけないかしら？」ルーシーは小声で言った。「次の瞬間、また目が見えなくなったとしても、自分は何を見られなくなったのか、そこに何が存在するのかわかっているし、ずっと覚えているはずでしょう」

「だから、わたしとは結婚しないのですね」ユースタスが静かに言った。

「ええ」ルーシーはもうくたくたで、すっかりしょげかえった様子で手を下ろした。「あなたとは結婚しません」


「くそっ！」給仕の少年がまた一人、ひゅっと通り過ぎていき、第五代スウォーティンガム伯爵エドワード・デラーフが怒鳴った。大きな腕を振って合図をしているのに、少年はなぜかそれを見ないようにしている。

サイモンはため息を押し殺した。ここロンドンでお気に入りのコーヒーハウスに腰を下ろし、新しい赤いヒールのパンプスを履いて近くの椅子に両足を載せているが、一週間以上前に立ち去った小さな町のことが頭から離れない。

「どんどんサービスが悪くなると思わんか？」またしても合図を見落とされ、連れが尋ねた。

給仕の少年は目が見えないに違いない。そうでなければ、わざと見ないようにしているのだ。デラーフが立ち上がった。身長一八五センチを超える、がっしりした体の持ち主。青白い顔には天然痘の痕が残り、印象的な真っ黒な髪を大ざっぱに編んで後ろに垂らしている。このとき彼は、コーヒーのクリームも固まってしまうほど怖い表情をしていた。ほかの客に紛れて給仕の目につかないはずはないのだが……。

「いや」サイモンは物思いにふけりながら自分のコーヒーをすすった。連れよりも先に来ていたので、もう注文した飲み物は届いている。「サービスがひどいのは昔からだ」

「なら、どうしてここに来なければならない？」

「そうだな、わたしは絶品のコーヒーを求めてここに来る」サイモンは天井の低い薄汚れたコーヒーハウスをちらっと見回した。ここは農業協会が会合を開く場所。協会は、多方面の会員がゆるやかに結びついた団体で、農業に興味がある者、というのが唯一の入会条件だった。「それに言うまでもないが、この店にはあかぬけた雰囲気がある」

デラーフは滑稽なほど憤慨した眼差しを向けた。

店の片隅でけんかが勃発した。ピンクの髪粉を振りかけ、テールを三本垂らした嘆かわしいかつらをかぶった伊達男と、泥だらけの革の長靴を履いた田舎地主が争っている。給仕の少年がまたしても小走りで通り過ぎていき——デラーフも今度は手を上げる暇さえなかった——ハリー・パイがコーヒーハウスに入ってきた。獲物を追う猫のような身のこなしで、優雅に音もなく進んでくる。おまけに彼の外見は目立たない。身長も顔つきも人並みで、いつもさえない茶色の服を好んで着ており、存在に気づく者がいるとすれば奇跡だ。サイモンは目を細めた。パイなら身体を巧みに操り、非常に優れた剣術使いになれただろうに。しかし彼は平民だから、剣を握ったことはないに違いない。剣を身につけられるのは貴族だけなのだ。ただし、そんなことはおかまいなしに、彼は左のブーツの中に危険な短剣を忍ばせている。

「ごきげんよう、両閣下」パイはサイモンたちのテーブルに残っている椅子に腰を下ろした。

デラーフは、じっと耐えるようにため息をついた。「何度言ったらわかる。わたしのことはエドワードかデラーフと呼べ」

パイはおなじみのセリフを耳にし、そうでしたね、とばかりにかすかな笑みを浮かべたが、実際に話しかけた相手はサイモンだった。「お元気そうで何よりです、閣下。殺されかけたとうかがったものですから」

サイモンは難なく肩をすくめてみせた。「かすり傷だ。安心しろ」

デラーフが顔をしかめた。「わたしはそうは聞いていない」

少年がパイのわきにコーヒーが入ったマグをどんと置いた。

デラーフがぽかんと口を開ける。「どうやって注文した？」

「は？」パイは視線を下ろし、伯爵の前の何も置かれていない空間を見た。「今日は召し上がらないのですか？」

「わたしは――」

「コーヒーは絶つことにしたそうだ」サイモンがよどみなく言葉を挟んだ。「性的衝動《リビドー》によろしくないそうだからな。最近、ハンティントンがそれについて論文を書いている。知っていたかね？　中年に近づいている者にはとりわけ影響が出るらしい」

「そうなのですか」パイが目をしばたたいた。

デラーフの顔が真っ赤になった。「まったく、ばかなことばかり――」

「わたしの場合、影響を受けている兆候は見受けられない」サイモンは素っ気なくほほえみ、コーヒーをすすった。「しかし、デラーフはわたしよりかなり年がいっている」

「嘘をつけ――」

「しかも最近、結婚したからな。そっちの方面は勢いが衰える運命にあるはずだ」

「おい、何だそれは――」

パイの口元が引きつった。よく見ていなかったら、サイモンも見落としていただろう。

「しかし、わたしも結婚したばかりです」パイは穏やかに口を挟んだ。「そのような兆候というか、問題は見受けられません。きっと年齢のせいですね」

サイモンは自分だけ孤立していることに気づき、突然、胸が痛んだ。それからパイとともに、伯爵に顔を向けた。

伯爵は興奮してまくし立てた。「見下げ果てた、下劣な嘘つきめ――」

給仕の少年がまたしても勢いよく通り過ぎた。デラーフが必死で腕を振る。「ああ、ちくしょう！」

少年は振り向きもせず、厨房へ姿を消した。

「神聖な煎じ物をあきらめたのは正解だな」サイモンはにやにやした。

そのとき、片隅でがしゃんと音がした。店の客がくるりと顔をそちらに向ける。田舎地主が、かつらの取れた伊達男を仰向けにしてテーブルに押しつけており、そばには壊れた椅子が二脚転がっていた。

パイが顔をしかめた。「あれはアーリントンですか？」

「そうだ」サイモンが答えた。「あのおぞましいかつらがないと、なかなかやつだとわからんだろう？　なぜピンクにしたのか想像もつかん。田舎地主がやつをぶちのめしている理由はきっとあのかつらだ。おそらく、嫌悪感を克服できなかったのだろう」

「あの二人は、豚の飼育を巡って議論していたのだ」デラーフが首を横に振る。「豚の分娩用の檻に関し、アーリントンはいつも、少々道理をわきまえないことを言っているからな。あれは親譲りだ」

「助けてやるべきでしょう？」パイが尋ねた。

「いや」給仕を探してあたりを見回すデラーフの目が怒りできらりと光った。「殴られて恩恵を被る可能性もあるだろう。あいつの頭に分別が叩き込まれるかもしれない」

「それは怪しいところだ」サイモンは再びマグを掲げたが、店の戸口でためらっている、みずぼらしいやせた男が目に入るとマグを下ろした。

男は店内を見渡し、サイモンを見つけるとこちらに向かって歩きだした。

「ちくしょう！」デラーフが隣で叫ぶ。「わざとわたしを無視している」

「頼んでさしあげましょうか？」パイが尋ねた。

「結構だ。何としても自分で注文してやる」

男はサイモンの前で足を止めた。「ほとんど丸一日かかっちまったよ、旦那。でも、やつを見つけましたぜ」そう言って、汚い紙切れを差し出した。

「ごくろう」サイモンは男に金貨を一枚やった。

「どうも」小柄な男は前髪をぐいと引っ張り、姿を消した。

サイモンは紙を開き、中を読んだ。〝一一時以降、デヴィルズ・プレーグラウンド〟と書かれたメモを丸め、ポケットに押し込む。そのとき初めて、ほかの二人が自分をじっと見ていることに気づいた。サイモンは眉をすっと上げた。

「今のは何だ？」デラーフが低い響く声で尋ねた。「また決闘の相手を見つけたのか？」

不意をつかれ、サイモンは目をしばたたいた。決闘の件はデラーフとパイには秘密にしておいたつもりだった。口出しをされたり説教をされたりしたくなかったのだ。

「我々が知っていて、驚いたか？」デラーフがふんぞり返ると、木の椅子は今にも壊れそうにきしんだ。「きみがこの二カ月ほど、どう過ごしていたか探り出すのはさほど難しいことではなかったぞ。特にハートウェルと剣を交えた、あの決闘のあとはな」

この大男は何が言いたいのだ？「きみには関係ない」

「関係あります。決闘のたびに、あなたの命が危険にさらされるのなら」パイは伯爵の意見も代弁して答えた。

サイモンは二人をにらみつけた。

両者ともまばたきもしない。

おせっかいなやつらだ。サイモンは目をそらした。「あいつらはイーサンを殺した」

「兄上を殺したのはジョン・ペラーだ」デラーフは言葉を強調するように、大きな指でテーブルをこつこつ叩いた。「それに、やつはもう死んだ。きみがあいつを剣で突き刺したのは二年以上前の話ではないか。なぜ今になってまた始めたのだ？」

「ペラーは陰謀に加担していたにすぎない」サイモンがまた目をそらす。「地獄がもたらしたいまわしい陰謀だ。数カ月前、イーサンの書類を調べていて初めてわかった」

デラーフは椅子に深く座り直し、腕を組んだ。

「わたしは事実を知り、その直後、ハートウェルに決闘を申し込んだ」サイモンは右手の人差し指をいじり回した。「陰謀にかかわった人間は四人いる。残りは二人、どちらも責めを受けるべきだ。これが自分の兄弟だったら、きみはどうする？」

「たぶん同じことをするだろうな」

「ほら見ろ」

デラーフが顔をしかめた。「決闘をするたびに、きみが殺される可能性が増えていく」

「今のところ、どちらの決闘にも勝っているではないか」サイモンが再度目をそらす。「なぜ次は勝てないと思うのだ？」

「最高の剣の達人といえども、うっかりよろけることもあれば、一瞬、注意をそらすこともある」デラーフはいらだっているように見える。「一瞬のミス、それでおしまいだ。きみが言ったセリフだぞ」

サイモンは肩をすくめた。

パイが身を乗り出し、声を落とした。「せめて一緒に行かせてください。介添人をやらせていただきたい」

「だめだ。介添なら、もう別の人間を考えている」

「アンジェロのところできみの練習相手をしている男か？」デラーフが口を挟んだ。

サイモンがうなずく。「クリスチャン・フレッチャーだ」

パイの視線が険しくなる。「その男のことはどの程度ご存じなのですか？　信用できるのですか？」

「クリスチャンか？」サイモンが笑った。「たしかに若造だ。だが、剣の腕はなかなかいい。それどころか、わたしとほとんど変わらないくらいだ。稽古ではわたしを一、二度負かしたこともある」

「しかし、いざというときにきみを守れるのか？」デラーフは首を横に振った。「ごまかしを見抜かねばならないこともわかっているのか？」

「そのような事態にはならない」

「まったく――」

「それに――」サイモンは二人を交互に見た。「二人とも幸せな結婚生活を送っているのだろう。最初の結婚記念日を迎える前に、わたしがきみらの奥方に死んだ夫をプレゼントしたがっていると思うのか？」

「サイモン——」デラーフが言いかけた。

「だめだ。もう放っておいてくれ」

「勝手にしろ」大男が立ち上がり、危うく椅子が倒れそうになった。「次に会うときは、死んでいないといいがな」そしてどしんどしんと足音を立て、コーヒーハウスから出ていった。

サイモンは顔をしかめた。

パイは黙ってコーヒーを飲み干し、「おかげで妻のことを思い出しましたので、わたしも帰ったほうがよさそうです」と言って立ち上がった。「イズリー閣下、もしわたしの助けが必要でしたら、伝言をお送りくださるだけでいいですからね」

サイモンはうなずいた。「情け深い友情をいただければ十分だ」

パイはサイモンの肩に触れ、デラーフに続いて出ていった。

サイモンは自分のコーヒーを見た。すっかり冷めて、表面には脂の膜が浮いていたが、おかわりは注文しなかった。今夜一一時、兄を殺したもう一人の男を追い詰め、決闘を申し込んでやる。それまでは、これといってやることがない。わたしの帰りを待つ人はいない。刻々と心配を募らせる人もいない。わたしが姿を現さなくても嘆き悲しむ人はいないのだ。

まずそうなコーヒーを少し飲み、顔をしかめる。自分に嘘をつく男ほど哀れなものはない。わたしが死んだら誰も悲しまないわけではない。たった今、パイとデラーフがまさにそうほのめかしたではないか。でも、悲しむ女性は一人もいない。いや、わたしはまだ嘘をついている。ルーシー。ルーシーは悲しんではくれないだろうか？　サイモンは彼女の名を口にし、指でマグをこつこつ叩いた。わたしはいつ、妻子のいる普通の生活を送る資格を失ったのだろう？　イーサンが死に子爵の称号と、それが象徴するあらゆる責任を突然押しつけられたときからだろうか？　あるいはその後、最初のかたきを殺したときからか？　ジョン・ペラー。サイモンは身震いした。今も夢にペラーの指が出てきて悩まされる。切断され、開花したばかりのぞっとする花のごとく、露に濡れた草の上に落ちてきたあの指。

ああ……。

耐えられるさ。身の毛もよだつ悪夢に耐えてみせる。何と言っても、あの男はたった一人の兄を殺したのだ。だから死なねばならなかった。悪夢を見る頻度は低くなりかけてさえいたのに。それも、殺すべき相手がもっといるとわかるまでの話だった。

サイモンはマグを口元へ運んでから、空になっていたことを思い出した。ハートウェルと決闘をしたあとでさえ、夜になるといまだにペラーとあの指の夢を見る。不思議だ。頭が気まぐれを起こしているに違いない。普通の気まぐれでないことはたしかだ。わたしの頭はもう普通ではないのだから。人を殺しても変わらずにいられる者もいるだろう。しかし、わたしはそのような人間ではない。そう思ったら、再び正気が戻ってきた。ルーシーを残して立ち去ったのは正しかった。何も考えず、普通の男のように生きたいという誘惑があるにせよ、妻をめとることに固執するまいと決めたのも正しかった。もう、そのような人生は望めない。

復讐をすると決めたときから、その選択肢は失ったのだ。

「クリスチャン、そのイズリーとかいう紳士は、いいお友達とは言えないと思いますよ。子爵であろうがなかろうが」マチルダは、四人いる子供のうち唯一の息子であるクリスチャンをまっすぐ見てパンを渡した。

サー・ルパートは顔をしかめた。妻の赤毛は長年にわたる結婚生活で色合いがやわらぎ、白いものが増えたせいで明るくなっていたが、気性がやわらぐことはなかった。妻は今や零落した旧家の出身で、ある准男爵の一人娘だった。彼女と出会う前、貴族の女性は皆しおれたユリと大差はないと思っていた。だがマチルダは違った。優美な外見の下に鉄の意志が隠れているとわかったのだ。

サー・ルパートはグラスを持ち上げ、この夕食時の衝突がどう展開していくのかたしかめるべく、じっと観察した。普段のマチルダはとても甘い母親で、友人にしろ、趣味にしろ、子供たちに好きなように選ばせている。しかしこのところ、イズリーとクリスチャンのことで妙な考えに取りつかれているのだった。

「なぜですか、母上？　彼のどこがいけないとおっしゃるのです？」クリスチャンは母親に向かって魅力的な笑みを見せた。息子の髪は、二〇年前の母親の髪と同じような色合いの赤褐色をしている。

「あの紳士は放蕩者です。それに感じのいい方でもありません」マチルダは、家で家族といるときしかかけない半月形の眼鏡越しに息子を見た。「決闘を二回もして、そのたびに人を殺したそうじゃないの」

　クリスチャンがパンの入ったバスケットを落とした。

　気の毒に。サー・ルパートは心の中でかぶりを振った。適当にごまかすという術をまだ身につけていないのだな。幸い、クリスチャンはすぐ上の姉に救われた。

「イズリー卿は、ものすごくそそられる殿方だと思うわ」ベッカことレベッカはダークブルーの目に反抗の色を浮かべて言った。「そんな噂があったって、あの方の魅力が増すだけよ」

　サー・ルパートはため息をついた。ベッカは二番目の子供だ。古典的な顔立ちの持ち主で、一家自慢の美人だが、一〇年前に一四歳の誕生日を迎えてからというもの、母親と仲たがいをしている。もう大人になったのだから、いい加減に反抗的な態度は改めてもらいたいところだが……。

「ええ、わかってますとも」娘の作戦にはとっくの昔に慣れっこになっているマチルダは、わざわざ挑発に乗ろうとはしなかった。「そんな下品な言い方をしないでもらいたいですけどね。〝そそられる〟だなんて、付け合わせのベーコンみたいに聞こえるじゃないの」

「あら、お母様――」

「ベッカ、あなたが、彼のどこがいいと思っているのかわからないわ」いちばん上の娘ジュリアがローストチキンを見下ろし、顔をしかめた。

　サー・ルパートはずっと前から、長女は母親の近視を受け継いでいるのではなかろうかと思っていた。しかし、自分は実際的な人間と思っているにもかかわらず、ジュリアには見栄っ張りなところがあり、眼鏡をかけてはどうかと言われると、ひどく腹を立ててしまうのだ。

ジュリアが続けた。「あの人のユーモアはいつも気持ちがいいとは限らないし、すごく変な目で人を見るでしょう」

クリスチャンが笑った。「ジュリア、いかにもそのとおり」

「わたし、イズリー子爵には会ったことがないわ」父親にいちばんよく似ている末娘サラが言い、茶色の目で分析するようにきょうだいを見回した。「わたしが出席する舞踏会に呼んではもらえないのかしら。子爵はどんな方なの？」

「陽気で、立派な人だ。とても愉快で、超一流の剣の使い手でもある。型をいくつか教えてくれたし……」クリスチャンは母親の表情に気づき、突然、豆に興味を持ちだした。

ジュリアがそのあとを引き受けた。「イズリー卿の身長は平均よりちょっと高いかしら。でもクリスチャンほど高くはないわ。すらっとしていて、ハンサムで、ダンスの名手と見なされているの」

「素晴らしいダンスを披露するのよ」ベッカがいきなり言葉を挟んだ。

「そうね」ジュリアが几帳面に肉をさいの目に切り分けた。「でも、未婚の女性とはめったに踊らないのよ。自分だって独身なんだから、妻にふさわしい相手を探すべきなのに」

「彼が結婚に無関心だからって、恨むわけにはいかないだろう」クリスチャンが異議を唱えた。

「目が不自然なアイスグレーなの。しかもその目で人をじっと見るんだけど、ぞっとしちゃ

べた。

「でも、ぼくは彼が好きだ。目が不自然であろうとね」クリスチャンは自分の目を大きく見開き、姉を見た。

ベッカが手で口を隠してくすくす笑い、ジュリアは鼻を鳴らしてクリームポテトを一口食べた。

「どうして彼を好きになる人がいるのかわからない」ジュリアは切り分けたチキンを一切れ口にぽんと入れ、弟に向かって眉を吊り上げてみせた。

「ジュリア——」

「うわ」

「ふーん」マチルダが息子をしげしげと見た。子供たちの話に影響は受けていないようだ。「イズリー卿について、お父様の意見をまだうかがってなかったわね」

全員の目が、ささやかな一家の長に向けられ、サー・ルパートは思った。わたしは本当に危ないところでこの家族を失うところだったのだ。債務者監獄送りになり、家族は離散し、親戚のわずかばかりの同情にすがるところだったのだ。二年前、イーサンはその点をまったく理解してくれず、人の道がどうのこうのと陳腐な決まり文句を並べ立てた。まるで言葉が食べるものや着るものを家族に与えてくれるかのように。あるいは、言葉のおかげで子供たちがまともな家に住むことができ、娘たちがまともに結婚できると言わんばかりに。だからイーサンは始末されたのだ。

しかし、それも今となっては過ぎたこと。というより、そうでなくてはならない。「クリスチャンも他人の人格を判断できる年だと思うがね」

マチルダは口を開いたが、すぐに閉じた。よき妻であるから、たとえ自分の意見と一致しなくとも夫の結論は尊重すべきだと心得ている。

サー・ルパートは息子に笑いかけた。「イズリー卿はどうしている？」召使が持っている皿からチキンをもう一切れ取る。「おまえがあわててケント州へ出かけていったとき、怪我をしたと言っていただろう」

「襲われたのです」クリスチャンが言った。「殺されかけたのですよ。といっても、本人は当然、そうは言いたがらないですけど」

「なんてこと！」とベッカ。

クリスチャンは顔をしかめた。「どうやら、襲った連中のことはわかっているようです。妙な話ですね」

「賭博でお金を失ったのかも」サラが言った。

「まあ、この子ったら」マチルダが怖い目で末娘をにらんだ。「そんなこと、あなたに何がわかるっていうの」

サラが肩をすくめた。「ちょっと耳にしたことしか知らないわ。残念ながら」

マチルダが顔をしかめ、口元の柔らかい皮膚にしわが寄る。母親は口を開いて何か言いかけた。

「でも、もうよくなりました」クリスチャンはあわてて言葉を差し挟んだ。「そういえば、今夜は用事があると言ってたなあ」

サー・ルパートは喉が詰まり、ワインをすすってごまかした。「そうなのか？　おまえの最初の話では、回復にもっとかかりそうに思えたが」

せめてあと一週間はかかってほしかったのだが。今夜、ジェームズとウォーカーはどこにいるのだろう？　気をつけろと言ってやれるだろうか？　どのみち、これもあの二人の運命だ。ジェームズは最初にイズリーを襲ったときにへまをやらかしたし、ウォーカーはやつの腕をピストルで狙ったが、それさえ失敗したのだから。妻にちらっと目をやると、心配そうにこちらを見ていた。さすがマチルダだ。何一つ見逃さない。しかし今は、その抜け目のなさを発揮されては困るのだ。

「いいえ、イズリーは元気ですよ」クリスチャンはゆっくりと言った。当惑した目で、父親をじっと見つめている。「相手は誰だか知りませんが、彼に追われるなんてまっぴらごめんですね」

わたしもだ。サー・ルパートはベストのポケットにあるシグネットリングを触った。硬くて重みがある。わたしもまっぴらごめんだ。

8

「あなたは頭がどうかしてる」パトリシアが断言した。

ルーシーは手を伸ばし、ピンク色のターキッシュ・ディライト（粉砂糖をまぶしたトルコの一口菓子）をもう一つつまんだ。このお菓子はものすごく不自然な色をしていて、とても食べられそうなものには見えない。それでも、やっぱりこれが好き。

「ねえ、どうかしてるわよ」友人が大声を出し、膝の上で丸くなっていた灰色のトラ猫、プスを動揺させた。プスは膝から飛び下り、むっとしながら気取った足取りで去っていった。

二人はお茶を飲んでいたのだが、パトリシアはルーシーの恋愛が失敗に終わったことに驚き、声を上げたのだった。パトリシアも皆と同じね。ここ数日、父を除けば皆が悲しげな目でわたしを見守っている。ヘッジでさえ、わたしが通りかかるとため息をつくようになってしまった。

パトリシアは、未亡人となった母親と一緒に二階建ての小さな家で暮らしている。その日の午後は、表側の居間に日がよく当たっていた。ミスター・マッカローが亡くなって以来、家計が悲惨な状況にあることはルーシーも知っている。でもこの居間を見る限り、誰もそんなことには気づかないはずだ。パトリシアの思いつきで、壁には彼女が描いた水彩スケッチが並んでいるので、縞模様の黄色い壁紙に色のあせていない部分があったとしても、かつてそこに油絵がかかっていたことを思い出す人はほとんどいないだろう。二脚の長椅子には、黒と黄色のクッションがさりげなく、それでいてエレガントに置かれている。なので、クッションに隠れた部分は少し擦り切れているかもしれない、などと気づかれることはなさそうだった。

パトリシアは愛猫の逃走を無視した。「あの人、三年もあなたとおつきあいしていたのよ。勇気を奮い起こして、あなたに直接話しかけるまでの時間も入れるとすれば、五年だわ」

「わかってる」ルーシーはもう一つお菓子をつまんだ。

「毎週火曜日、一日も欠かさず迎えに来てくれてたでしょう。村にはね、通りかかる牧師さんの馬車を時計代わりにしていた人たちもいたのよ。知ってた?」パトリシアが眉根を寄せ、唇をきゅっととがらせて、かわいらしいふくれっ面をした。

ルーシーは首を横に振った。口いっぱいにべたべたした砂糖菓子をほおばっている。

「本当なんだから。これからミセス・ハーディはどうやって時間を知ればいいの?」

ルーシーは肩をすくめた。

「三、年、間もよ」後ろでまとめたパトリシアの髪から金色の巻き毛がほつれ、言葉を一つずつ強調するように弾んだ。「それに、ユースタスはついに、やっとのこと、聖なる結婚の申し込みをしようと思ってくれたんでしょう。どうするの?」

ルーシーは口の中のものを飲み込んだ。「お断りしたわ」

「お断りしたわ」パトリシアはルーシーが何も言わなかったかのように同じ言葉を繰り返した。「どうして？　何を考えてたの？」

「わたしが考えたのは、これから五〇年以上、教会の屋根の修理の話を聞くのは耐えられない、ということ」それに、サイモン以外の男性と親密に暮らすのかと思うと耐えられない。

まるでルーシーが鼻先に生きたクモを掲げ、食べてごらんと言ったかのように、パトリシアは後ろにのけぞった。「教会の屋根の修理？　この三年間、気づかなかったわけじゃないでしょう？　ユースタスはいつも、そんな話ばかりしてるじゃない。教会の屋根の修理とか、教会のよくない噂とか――」

「教会の鐘とか」ルーシーが口を挟んだ。「教会の墓地とか――」

パトリシアが顔をしかめる。

「教会の墓地の墓石よ」ルーシーが指摘する。

「教会の管理人、教会の信徒席、教会のお茶」パトリシアはルーシーを言い負かした。身を乗り出し、青磁色《チャイナブルー》の目を大きく見開いている。「彼は牧師でしょ。いまいまし《ブラッディ》い教会の話題で、皆をこれでもかというほどうんざりさせることになってるのよ」

「教会を血塗《ブラッディ》られたなんて言い方をしたら、ばちが当たると思うけど。それと、わたしはもうこんなの耐えられないの」

「今さら？」パトリシアは怒ったシジュウカラみたいだ。「わたしがやっていることを試してみたら？　彼が話しているあいだ、帽子や靴のことを考えるのよ。ときどき〝ええ、そうね〟と相づちを打っていれば、彼はすごく満足してくれるわ」

ルーシーはもう一つターキッシュ・ディライトをつまみ、歯で二つに嚙み切った。「だったら、あなたがユースタスと結婚すればいいじゃない？」

「ばかなこと言わないで」パトリシアが腕を組み、目をそらした。「わたしはお金のために結婚しなくちゃいけないのに、ユースタスは……そうねえ、教会のネズミ並みに貧乏でしょう」

口の前に食べかけのターキッシュ・ディライトが残っていたため、ルーシーはいったんしゃべるのをやめた。ユースタスとパトリシアだなんて、これまで一度も考えたことがなかった。まさかパトリシアは本当に牧師を愛しているわけではないわよね？　「でも――」

「わたしの話をしてるんじゃないの」友人はきっぱりと言った。「あなたが結婚できる見込みを考えるとぞっとする、という話をしてるのよ」

「どうして？」

パトリシアはルーシーをやり込めた。「彼とつきあって、娘盛りをもう五年も無駄にしてしまったのよ。あなたは……いくつだったかしら？　二五になったんだっけ？」

「二四よ」

「同じことじゃない」友人は甲にくぼみのできたぽっちゃりした手で、まる一年分を払いのけた。「もう一からやり直すわけにはいかないのよ」

「わたしは――」パトリシアは声を張り上げた。「わたしがものすごく間違ってましたって、彼に伝えなきゃだめ。メイデン・ヒルでほかに結婚できそうな年の男性といったら、ジョーンズ家の長男しかいないし、彼が夜になると家に豚を入れているのはほぼ確実だと思う」

「そんなの、あなたのでっちあげでしょう」ターキッシュ・ディライトを噛んでいたので、言葉がはっきりしない。ルーシーはお菓子を飲み込んだ。「じゃあ、あなたはいったい誰と結婚するつもりなの？」

「ミスター・ベニング」

お菓子を飲み込んでおいて正解だった。そうでなければ今ごろ窒息していたかもしれない……。ルーシーはまったく淑女らしからぬ大声で笑いだし、友人を見た。そして相手が大まじめなのだと悟った。

「頭がどうかしているのは、あなたのほうよ」ルーシーはあえぎながら言った。「あの人は、あなたの父親と言ってもおかしくない年じゃないの。奥さんを三人亡くしているのよ。ミスター・ベニングにはお孫さんがいるのよ」

「ええ、それに……」パトリシアは指を折りながら話した。「素晴らしい荘園屋敷《マナーハウス》と、馬車を二台と、馬を六頭持っているの。メイドは二階用に二人、一階用に三人。それに、耕作可能な土地が三六万四二〇〇平方メートルあって、そのほとんどに借り手がついてるんだから」彼女は手を下ろし、黙って自分のカップに紅茶を注ぎ足した。

ルーシーがぽかんと口を開けて友人を見る。

パトリシアは長椅子に深く座り直し、まるでボンネットのスタイルについて語り合っているかのように眉を吊り上げた。「どう？」

「あなたってときどき、本当にぎょっとさせてくれるわね」

「そう？」パトリシアはうれしそうな顔をしている。

「ええ」ルーシーはまた菓子に手を伸ばした。

すると、友人はその手をぴしゃっと叩いて払いのけた。「そんなのがつがつ食べていたら、ウエディングドレスが入らなくなっちゃうわよ」

「あら、パトリシア」ルーシーはかわいいクッションの山に身を投げかけた。「ユースタスであれ、ほかの人であれ、結婚するつもりはないわ。変わり者のオールドミスになって、あなたとミスター・ベニングの子供たちの面倒を見てあげようと思っているの。一階にメイドが三人もいる素晴らしいマナーハウスでね」

「二階にも二人いるわ」

「そう、二階にも二人」オールドミス用のモブキャップをすぐにかぶったほうがよさそうね。

「あの子爵のせいなんでしょう？」パトリシアは禁断のターキッシュ・ディライトを一つつまみ、上の空でちびちびかじった。「あなたを見ているときの彼の様子を目にした途端、これは厄介なことになるとわかったわ。窓辺で鳥を見ているときのプスと同じ目つきをしてたもの。彼は女性を食いものにする人ね」

「ヘビよ」ルーシーは穏やかに言い、サイモンがグラス越しに自分を見て、目だけでほほえむ様子を思い出した。

「え？」

「あるいはサーペント。そちらのほうがお好みなら」

「何わけのわからないことを言っているの？」

「イズリー卿のこと」ルーシーはもう一つターキッシュ・ディライトを食べた。どうせもう結婚しないのだし、ドレスなんか入らなくなったって構うもんですか。「あの人を見ていると、銀色の大蛇を連想してしまうのよ。ちょっとぴかぴかしていて、かなり危険なヘビという感じ。彼の目のせいだと思う。父まで同じ連想をしていたのよ。といっても、あまりいいとらえ方はしていなかったけど。つまりイズリー卿のことをね」ルーシーはうなずき、べたべたする菓子を食べた。

パトリシアはルーシーをじろじろ見た。「興味深いわね。たしかに気味が悪いけど、興味深いわ」

「わたしもそう思う」ルーシーは首をかしげた。「それと、彼が戻ってこないことは教えてくれなくても結構よ。その話はもうユースタスとしたから」

「嘘でしょ」パトリシアが目を閉じた。

「残念ながらしたわ。話を持ち出したのはユースタスのほうだし」

「話題を変えればよかったのに」

「だって、ユースタスは知る資格があるもの」ルーシーはため息をついた。「ユースタスは、彼を愛してくれる女性と一緒になってしかるべきなのよ。でも、わたしは愛せない」

ルーシーは少しむかむかした。ターキッシュ・ディライトの最後の一つがいけなかったのかもしれない。あるいはこの先、一生サイモンに会えないまま生きていくのだと気づき、ついに体にきてしまったのかもしれない。

「そうね」パトリシアはティーカップを置き、ありもしない砂糖のくずをスカートから払う仕草をした。「ユースタスは愛される資格があるかもしれないけど、それはあなたも同じでしょう。あなたも愛される資格があるのよ」

サイモンは地獄への階段に立ち、浮かれ騒いでいる大勢の人々を見渡した。

デヴィルズ・プレーグラウンドはロンドンでいちばん新しい、はやりの賭博場で、開店してまだ二週間しか経っていない。シャンデリアがきらめき、ドリス様式の円柱の塗装は乾いたばかり、大理石の床はまだ光沢を保っている。もう一年もすれば、シャンデリアは煙やほこりで黒ずみ、円柱には無数の人々が脂で汚れた肩をすりつけた染みができ、床は砂がたまって、つやがなくなるのだろう。しかし今夜は違う。今夜は女たちも陽気で美しく、テーブルに群がっている紳士たちもほぼ一様に興奮した表情をしている。十数人が同時にしゃべっており、テーブル全体に低い声が響く中、ときどきそれをかき消すように、勝利の叫びや、狂ったようなやかましい笑い声が起きる。汗と、燃えているろうそくと、すえた香水と、夜が明ける前に大金をせしめるか、ピストルを頭に押しつけるかの運命にある男たちの放つ体臭が立ち込め、部屋の空気はその毒気でむっとしていた。

時刻は一一時を回ったばかり。大勢の人間がいるこの場所のどこかに獲物が隠れている。

サイモンは階段をぶらぶら下りて、大広間へ入っていった。通りかかった給仕が水で割ったワインを載せたトレーを差し出した。酒はただで振る舞われる。客は酔えばますます金を賭けるものだし、一度始めてしまえば、延々と賭け続けるものなのだ。サイモンが首を横に振ると給仕は立ち去った。

ずっと右のほうの片隅で、金髪の紳士がテーブルに身を乗り出し、背中を向けている。サイモンはよく見ようと首を伸ばしたが、黄色いシルクの布地に視界をさえぎられ、柔らかい女性の体が肘にぶつかった。

「ごめんなさい《パルドン・モア》」高級娼婦の発音はなかなかよかった。本物のフランス人らしく聞こえる。

サイモンは女を見下ろした。

ふっくらした薔薇色の頬と、露に濡れたような肌と、青い瞳を見る限り、フランス語の知識などまったくなさそうだ。髪に緑色の羽根を挿している。彼女は狡猾そうにほほえんだ。

「お詫びにシャンパンを持ってきてさしあげますわ。よろしいでしょう？」年はせいぜい一六といったところだろう。ヨークシャーの農場で牛の乳搾りをしているほうがお似合いだ。

「いや、結構だ」サイモンがつぶやいた。

相手ががっかりした顔をしたものの、次の瞬間、男の欲望をそそるべく、身につけた術を発揮しようとした。サイモンは彼女が言葉を返す間もなくその場を離れ、部屋の隅に再び目を走らせた。金髪男の姿はもうない。

　サイモンはどっと疲れを感じた。

　皮肉な話だ。一一時を回ったばかりだというのに、ベッドに入って独りになりたいと思っている。遅くまで起きていると肩がずきずき痛むとは、いつから年寄りになってしまったのだ？　一〇年前なら、夜はこれからという時間だったろう。先ほどの若い娼婦の誘いに応じていただろうし、彼女の年齢に気づきもしなかっただろう。自分がもらった財産の半分を賭け事で失ったって、ひるみもしなかっただろう。言うまでもないが一〇年前は二十歳《はたち》だった。ようやく居を構えたころで、年齢は今の自分よりも、あの娼婦のほうにずっと近かった。一〇年前は怖いという感覚がなかった。恐れや孤独を感じたことがなかった。一〇年前の自分は不死身だった。

　そのとき、左のほうに金色の頭が現れた。その人物が向きを変え、かつらをかぶった、整った顔立ちが目に入った。サイモンはゆっくりと人込みをかき分け、奥の部屋に向かって進んでいく。そこは、とことん金遣いの荒いギャンブラーが集う場所だ。

　デラーフとパイは、わたしが怖いもの知らずで、考えることもやることも相変わらず青二才のようだと思っているらしい。だが実際にはまったく逆だ。決闘をするたびに恐れは激しくなり、死ぬかもしれないという認識が現実味を増していく。ある意味、恐怖に駆られ、前に進んでいると言ってもいい。この戦いをやめ、兄を殺したやつらが生き延びるのを許してしまったら、自分はどんな人間に成り下がるのか？ いや、あきらめはしない。恐怖が氷のような冷たい指で背骨をなで上げるたび、恐怖がセイレーンのごとく、あきらめなさい、放っておきなさいと呼びかけるたび、わたしは決意を強めているではないか。

さあ、現れたぞ。

金色の頭が黒いビロード張りの扉をひょいとくぐっていった。男は紫のサテンの服を着ている。獲物のにおいをたしかめ、サイモンはそちらに向かって進んでいく。

「やっぱり、ここでしたね」後ろからクリスチャンの声がした。

サイモンはぱっと振り向いた。胸から飛び出さんばかりに心臓がどきどきしている。すっかり不意をつかれたことを悟り、ぞっとする。この若者に肋骨の透き間からすっと短剣を突き刺され、自分でも気づかないうちに死んでいたかもしれない。年を重ねると別の問題も出てくる。反応が鈍るのだ。「どういうわけだ？」

「え？」若者は赤いまつ毛をぱたぱたさせている。

サイモンは一息ついて声の調子を整えた。クリスチャンに腹を立てても仕方ない。「どうして、わたしがここにいるとわかった？」

「ああ、それはですね……あなたのうちに寄って、ヘンリーに訊きました。で、ご覧のとおりというわけです」クリスチャンは手品を披露する道化師のように両腕を広げた。

「なるほど」自分でも声がいらだっているのがわかる。クリスチャンが思いがけないところで姿を現すのは――性病と似ているな――習慣となりつつある。サイモンは深呼吸をした。

よく考えてみれば、この若者を一緒に連れていくのはさほど悪いことではないだろう。少なくとも、あまり孤独を感じなくて済む。それに人から崇拝されると、多少は慰めになるものだ。

「さっきの女、見ましたか？」クリスチャンが尋ねた。「緑の羽根をつけてた女ですよ」

「あれは若すぎる」

「ええ、あなたにはね」

サイモンは相手をにらみつけた。「一緒に来るのか、来ないのか？」

「まいります。もちろんお供しますよ、師匠《オールド・マン》」クリスチャンは弱々しくほほえんだ。そもそもサイモンの居場所を突き止めることが妥当だったのかどうか考え直しているのだろう。

「その呼び方はよせ」サイモンは黒いビロードの扉を目指して歩きだした。

「すみません」クリスチャンが背後でつぶやく。「どこへ行くのですか？」

「狩りをする」

二人は部屋の入り口にやってきた。サイモンは歩みをゆるめ、室内の薄暗さに目が慣れるのを待った。テーブルは三つだけ。それぞれのテーブルに四人のプレーヤーが座っている。新参者のほうを振り向く者は一人もいない。金髪男は、いちばん奥のテーブルでこちらに背中を向けていた。

サイモンは急に足を止め、息をついた。胸の中で肺がしっかりふくらんでくれず、空気を吸い込めない感じがした。背中とわきの下がじっとりと汗ばんでくる。そのとき突然、ルーシーのこと、彼女の白い乳房、真剣そうなトパーズ色の瞳が頭に浮かんできた。彼女を残してくるとは、なんてばかなことをしたのだろう。

「せめてキスをしておくべきだった」サイモンがつぶやいた。

クリスチャンの耳はそれを聞き逃さなかった。「緑の羽根の女ですか？　あなたには若すぎるのかと思ってましたけど」

「あの女ではない。気にするな」サイモンは金髪男をじっと観察した。ここからではわからない……。

「誰を捜しているんですか？」クリスチャンにも声を潜めて訊くだけの分別はあるのだな。

「クインシー・ジェームズ」サイモンが小声で言い、ゆっくりと進んでいく。

「なぜ？」

「決闘を申し込む」

クリスチャンがじっと見つめているのが感じられる。「何のために？　彼が何をしたのですか？」

「知らんのか？」サイモンは振り返り、連れの澄んだ眼差しと遭遇した。

ハシバミ色の瞳は本当に途方に暮れているように見える。それでもなお、サイモンはときどきいぶかしく思うのだった。クリスチャンと出会ったのは、人生の正念場とも言える時期だった。この若者は短期間のうちにずいぶんなれなれしくなったし、わたしのあとをついて回る以外に、ろくにやることもなさそうだ。だがひょっとすると、わたしは過度に恐れを抱いているのかもしれないな。人目につかない暗がりに入るたびに、敵が潜んでいるのではないかと想像ばかりしているから……。

二人は奥のテーブルまでやってきた。サイモンが金髪男の背後に立つ。今や恐怖が彼を抱き、凍てついた唇で彼の口を吸い、冷たい乳房を彼の胸にこすりつけている。明日の夜明けを迎えてもまだ生きていたら、ルーシーのもとに戻ろう。あの乙女の唇を味わうことなく、日の出とともに死んでしまったら、勇ましい騎士を演じたところで何になるというのだ？わかったぞ。もうこんなことばかりしてはいられない。自分の最も残忍な一面を奮い起こしているとはいえ、わたしに人間性が備わっていることを再び確認し、それを維持するには、根幹の部分に彼女がいてくれないと困る。正気を保つにはルーシーが必要なのだ。

サイモンは顔に笑みを張りつけ、その男の肩を叩いた。隣でクリスチャンが激しく息を吸い込んだ。

男が振り向く。サイモンはしばらくばかみたいに男を見つめていたが、脳はようやく、目がすでに伝えてあった情報をきちんと認識した。そしてサイモンは向きを変えた。

人違いだ。

ルーシーは一方に首を傾け、帳面に描き始めた漫画をじっと見つめた。鼻がちょっと違うかしら。「動かないで」顔を上げるまでもなく、ヘッジがまたこっそり逃げ出そうとしているのがわかった。

ヘッジはモデルになるのがいやなのだ。「ああ、もう。やることがあるんですよ、ミス・ルーシー」

「たとえば？」うん、このほうがいいわ。ヘッジは本当に、まれに見る変わった鼻の持ち主ね。

二人は奥の小さな居間にいる。午後はここがいちばん日当たりがよく、縦仕切りのある高い窓越しに、何にさえぎられることもなく光が差し込んでくる。ヘッジは暖炉の前に置かれた腰掛けに座っていた。いつものしわくちゃな上着とブリーチを身につけ、今日はおまけに水玉模様のついた紫のネッカチーフを首に巻いている。いったいどこで手に入れたのかしら？　想像もつかないわ。お父様なら、こんなものを巻くぐらいなら死んだほうがましだと思うでしょうね。

「老いぼれケイトに餌をやって、身づくろいをしてやんなきゃいけません」下男がぶうぶう文句を言う。

「今朝、お父様が済ませました」

「そんじゃあ、馬小屋を掃除しませんと」

ルーシーは首を横に振った。「昨日、ミセス・ブロディがジョーンズさんの息子にお金を払って、ケイトの馬小屋をきれいにしてもらったばかりなの。あなたがやってくれるのを待つのにうんざりしてしまったんですって」

「なんと無礼な！」ヘッジは憤慨しているらしい。ケイトを何日もほったらかしにしたわけじゃないと言わんばかりだ。「今日やるつもりだったことは知ってたはずなのに」

「ふーん」ルーシーは、ヘッジの髪に慎重に影をつけた。「先週もそう言ったでしょう。ミセス・ブロディが、勝手口からでも馬小屋のにおいがわかると言ってたわ」

「あんなでっかい鼻をしているからわかるだけだ」

「すねに傷を持つ者は他人のことをとやかく言ってはいけないのよ」ルーシーは鉛筆を取り替えた。

ヘッジが眉間にしわを寄せる。「すねって、どういうことです？　わたしはあの人の鼻の話をしてるんですよ」

ルーシーはため息をついた。「気にしないで」

「ふん」

ヘッジが気を取り直し、しばらくのあいだ、ありがたい静寂が訪れた。ルーシーはヘッジの右腕のスケッチを始めた。父親は出かけているし、ミセス・ブロディはキッチンでパンを焼くのに忙しいし、今日は家の中がひっそりしている。もちろんサイモンが去った今となっては、いつもひっそりしているように思えるけれど。この家には活気がほとんどなくなってしまった。サイモンは刺激をもたらし、気の合う話し相手となってくれたけれど、彼がいなくなって初めて、自分が寂しく思っていることに気づいたのだ。今は部屋に入っていくと、足音が反響してしまう。ふと気がつくと、落ち着かない様子で部屋から部屋へとさまよい歩いてしまう。まるで無意識に何かを捜しているかのように。

あるいは誰かを捜しているかのように。

「デイヴィッド坊ちゃん宛の手紙を出すのはどうですかね?」ヘッジが彼女の思考をさえぎった。「大佐に出しておくようにと頼まれたんですよ」と言って立ち上がる。

「ちゃんと座って。手紙は、お父様がドクター・フリーモントのところへ行く途中で投函したわ」

「ちぇっ」

そのとき、誰かが玄関をドンドン叩いた。

ヘッジがぎょっとした。

ルーシーは帳面から目を上げ、ヘッジが行動を起こす間もなく彼をにらんでその場に釘づけにした。下男がどさっと腰を下ろす。ルーシーは右腕を描き終え、続けて左腕を描き始めた。あわてて玄関に向かうミセス・ブロディの足音が聞こえてくる。かすかに人の声がしたかと思うと、足音が近づいてきた。面倒ね。わたしももう少しでスケッチが終わるところなのに。

家政婦が扉を開けた。ひどくうろたえているように見える。「ああ、お嬢様。びっくりなさいますよ。いったいどなたが――」

ミセス・ブロディをよけてサイモンが現れた。

ルーシーは鉛筆を落とした。

サイモンがそれを拾い、彼女に差し出す。氷のような目がためらっている。「少しお話ししてもかまわないかな？」

彼は帽子をかぶっておらず、上着にはしわが寄り、ブーツは馬に乗ってきたのか泥だらけだった。かつらは取っていて、髪が前より少し伸びている。目の下にくまができているし、口の両わきにはしわがくっきりと刻まれている。この前と同じくものすごく疲れている様子だけど、この一週間ロンドンで何をしていたの？

わたしの手はこんなに震えている。どうか気づかれませんように。ルーシーは鉛筆を受け取った。「ええ、もちろん」

「二人きりでも？」

ヘッジは勢いよく立ち上がり、「ああ、承知しました。では、わたしはこれで」と言って、部屋を飛び出していった。

ミセス・ブロディはいぶかしげにルーシーを見たが、下男に続いて部屋を出ると、後ろ手に扉を閉めた。突然、子爵と二人きりになったルーシーは、膝の上で手を組み、彼を見守った。

サイモンは窓辺までゆっくりと歩いていき、この家の庭を一度も見たことがないかのように外をじっと眺めた。「この一週間……ロンドンでやるべき仕事があった。とても大事な、かなり前からわたしの心を悩ませてきた仕事だった。ところが集中できない。なすべきことに集中できないのだ。ずっとあなたのことばかり考えていた。だからここに来た。二度とあなたに迷惑はかけないと誓ったにもかかわらず」彼は肩越しに彼女を見た。業を煮やしているようでもあり、困惑しているようでもあり、ルーシーにはその表情を解釈する勇気が出なかった。それでも、彼が入ってきたときからすでにどきどきしていた心臓がさらに高鳴った。息を吸い、声を落ち着かせる。「おかけになったら？」

サイモンは思案するかのように一瞬ためらった。「ありがとう」

それからルーシーの正面に座って片手で頭をさすったが、またいきなり立ち上がった。

「わたしは去るべき人間だ。あの扉から出て歩き続け、あなたとは一〇〇キロ、いや、ひょっとすると海一つ分、距離を置くべきかもしれない。もっとも、それだけ離れていても十分なのかどうかわからない……。わたしは、あなたの邪魔はするまいと誓ったのだ」彼は冷ややかに笑った。「それなのに、こうしてあなたの足元に舞い戻り、ばかなことを言っている」

「お会いできてうれしいわ」ルーシーはささやいた。こんなの夢みたい。もう二度と会えないと思っていたのに、彼がわたしの小さな居間で、いらいらしながら目の前を行ったり来たりしているなんて。彼がやってきた理由はあえて考えないようにしよう。

サイモンは振り返り、突然、動かなくなった。「うれしい？　本当に？」

彼は何を言ってるの？　意味がよくわからなかったが、ルーシーはとにかくうなずいた。

「わたしは、あなたにふさわしい男ではない。あなたはあまりにも純粋で、あまりにも多くのことを理解している。わたしは結局あなたを傷つけてしまうかもしれない。もしわたしが……」サイモンは首を横に振った。「あなたは、純朴で善良な人と一緒になるべきだ。わたしはそのどちらでもない。なぜあの牧師と結婚しないのだ？」眉をひそめて彼女を見つめており、その言葉にはとがめるような響きがあった。

ルーシーは力なく首を横に振った。

「口をきいてくれないし、答えてもくれないのだな」声がしゃがれている。「わたしをあざけっているのか？　かわいい天使よ、あなたはときどき夢の中でわたしをあざけるが、夢を見ていないときまで……」サイモンはルーシーの前でがくっと膝をついた。「あなたはわたしのことをよく知らない。わたしがどんな人間なのかわかっていない。我が身を大事になさい。わたしをこの家から放り出すべきだ。さあ、今のうちに。なぜなら、わたしは決意も、意志も、名誉さえも失ってしまったからだ。そんなものはもうほとんど残っていない。わたしは自力では、あなたのもとを去ることができないのだ」

サイモンはわたしに警告している。それはわかっているけれど、出ていけなんて言えるわけがない。「あなたを追い返したりはしません。そんなこと、わたしに頼まないでください」

長椅子の上で、サイモンの手がルーシーの両わきに置かれた。彼女を挟んではいるが、触れてはいない。彼が首をうなだれ、刈り込まれた淡い色の髪のてっぺんしか見えなくなった。

「知ってのとおり、わたしは子爵だ。イズリー家の歴史はかなり古くまでさかのぼれるが、子爵の称号を手に入れたのは五代前のことにすぎない。残念ながら王室絡みの争いになると、我が一族は間違った側についてしまう傾向があるらしい。家は三軒持っている。ロンドンにタウンハウスが一軒、バースに一軒。それにノーサンバーランドに一軒。これは、わたしが目覚めた最初の日に話した家だ。ほったらかしにされた地所だと言ったのは、まあ、嘘ではないのだが、荒涼としていながら、なかなか美しいところでもある。もちろん収益のある土地だ。しかしあなたが望まないのなら、そこへ行く必要はない。わたしには執事が一人と、召使が大勢いる」

涙で目がかすむ。ルーシーは声を押し殺してしゃくり上げた。彼の言い方はまるで……。

「あと、鉱山もある。銅か錫《すず》のどちらかだな」サイモンはルーシーの膝を見つめたまま続けた。わたしの目を見るのが怖いの？「いつもどっちだったか思い出せないのだが、それはたいした問題ではない。というのも鉱山は代理人に任せてあるのだ。しかし、儲けはかなりのものだ。馬車は三台ある。ただし一台は祖父の物で、だんだん流行遅れになってきた。もしお望みなら新しい馬車を作らせても――」

ルーシーは震える手でサイモンのあごをつかみ、アイスグレーの瞳が見えるよう顔を自分のほうに向けた。なんて不安そうな、孤独な目をしているのだろう。彼の唇に親指を当て、とめどなく流れてくる言葉をせき止めると、彼女は涙が頬を伝うのもそのままに笑みを浮かべようとした。「もう黙って。ええ、わかりました。あなたと結婚します」

指に彼の鼓動が伝わってきた。温かくて生き生きしたその鼓動が、自分の胸の激しいときめきに共鳴している気がする。今までこれほどの悦びを感じたことがなかったルーシーは、急に激しい思いに襲われた。主よ、どうかこの悦びがいつまでも続きますように。この瞬間を忘れることがありませんように。

だが、サイモンは彼女の目を探るように見つめている。勝利に酔っているわけでもなく、幸せそうでもない。ただ、ひたすら待っている。「本当に？」そう言いながら、彼の唇が親指を愛撫した。

ルーシーはうなずいた。「ええ」

心の底からほっとしたのか、彼は目を閉じた。「ああ、よかった」

ルーシーは身をかがめ、サイモンの頬にそっとキスをした。ところが体を引こうとしたそのとき、彼が顔を動かし、二人の唇が触れ合った。

サイモンはルーシーにキスをした。

唇を愛撫され、じらされ、誘惑され、ルーシーはとうとう口を開いてしまった。サイモンがうめき、彼女の下唇の内側をなめる。と同時に彼女も舌を出し、彼の舌に絡ませた。こういうやり方でいいのかどうかわからない。こんなキスをするのは初めてだけど、胸の鼓動が耳の中で響いているし、手足が震えるのをどうすることもできない。サイモンは両手で彼女の頭を挟み、自分の顔を傾けて、さらに濃厚なキスをした。これはユースタスの紳士的なキスとは違う。もっと謎めいた、むさぼるようなキスだ。ぞっとすると言ってもいい。ルーシーは今にも落ちていきそうな気がした。いや、体がばらばらになって、もう二度と元どおりにできない気がする。サイモンが彼女の下唇を噛んでもてあそんだ。痛みを感じてもおかしくなかったし、少なくとも不快感を覚えていいはずだったのに、体の芯で感じたのは悦びだった。ルーシーはうめき、体を前に押し出した。

ガシャン！

ルーシーが飛び退き、サイモンが彼女の肩越しに音がしたほうを見た。彼の顔は緊張し、額が汗で光っている。

「まあ、たいへん！」ミセス・ブロディが叫んだ。足元にトレーが落ちている。食器は粉々、ケーキはぐちゃぐちゃ、紅茶が水たまりになっている。「大佐が何とおっしゃるか」

それはいい質問、とルーシーは思った。

9

「詮索するつもりはありませんのよ、ミス・クラドック＝ヘイズ」サイモンの義理の姉ロザリンドが言った。婚約してから一週間近くが過ぎていた。「でも、ずっと不思議に思っておりましたの。あなたは、どういういきさつで義理の弟と出会ったのかしらって」

ルーシーは鼻にしわを寄せた。「ルーシーと呼んでください」

ロザリンドははにかんだようにほほえんだ。「ありがとう。もちろん、わたしのこともロザリンドと呼んでくれなくちゃだめよ」

ルーシーも笑みを返し、このか弱そうな女性に、溝の中で裸で死にかけていたサイモンを見つけたと話したら、彼は気を悪くするかしらと考えてみた。二人はロザリンドの優美な馬車の中にいる。そして、サイモンにはテオドラという姪がいることが判明した。その子も馬車に乗っており、一行はロンドンの通りをごとごとと進んでいるところだった。

サイモンの義理の姉、すなわち、彼の兄イーサンの未亡人は、勇敢な騎士が助けにきてくれるのを待ちながら、石塔から外をじっと見つめているに違いないと思わせる人だった。きらきら輝くまっすぐな金髪をなでつけ、頭のてっぺんで一つにまとめている。顔はほっそりしていて、肌はなめらかで白く、淡いブルーの瞳の持ち主だ。もし〝証拠〟が隣に座っていなかったら、とても八歳の子供がいるとは思えなかっただろう。

この一週間、ルーシーはサイモンとの結婚に備え、未来の義姉の家で過ごしていた。父親は娘の相手に満足はしていなかったが、ぶつぶつ文句を言ったり少々大声を上げたりしたのち、しぶしぶ結婚を認めてくれた。ロンドンにいるあいだ、ルーシーはロザリンドと一緒に、途方に暮れてしまうほど実に様々な店を訪れていた。サイモンが、嫁入り衣装や道具はすべて新調しなくてはだめだと言って聞かなかったのだ。すてきな服をたくさん買えるのはもちろんうれしい。でもそれと同時に、自分はサイモンにふさわしい子爵夫人になれないのではないかという、つまらない心配を抱いてしまう。わたしは田舎の出身。レースや刺繡飾りのついたシルクで着飾ったところで、地味な女性であることに変わりはない。

「わたしのうちはケント州にあるのですが、サイモンとは、自宅からほど近い小道で出会いました」ルーシーは言葉をにごした。「彼が事故に遭われたので、家にお連れして、手当てをしてさしあげたのです」

「まあ、ロマンチック」ロザリンドがささやいた。

「サイ叔父様は酔っ払っていたの？」隣にいる少女は興味津々だった。母親よりも濃い金髪。それに巻き毛。サイモンが、兄の髪は巻き毛だったと言っていたことをルーシーは思い出した。テオドラは髪に関しては明らかに父親似だ。でも、大きな青い目は母親に似ている。

「テオドラ、おやめなさい」ロザリンドが眉根を寄せると、普段はなめらかな額にくっきりとした線が二本刻まれた。「きちんとした言葉遣いをしましょうと、前に話し合ったはずよ。ミス・クラドック＝ヘイズにどう思われるかしら？」

　少女は座席に深く沈み込んだ。「ルーシーと呼んでいいんでしょう？」

「いいえ、いけません。洗礼名で呼んでもいいというのは、わたしにおっしゃってくださったの。子供がそういう呼び方をするべきではありません」ロザリンドはルーシーにちらりと視線を投げかけた。「ごめんなさい」

「もうすぐテオドラの叔母になるのですから、ルーシー叔母さんと呼んでいただくのはどうかしら？」ルーシーは少女に向かってにこっとほほえんだ。義理の姉となる人の機嫌を損ねたくはなかったが、未来の姪にも同情してしまったのだ。

　ロザリンドが唇の端を噛んだ。「本当によろしいの？」

「ええ」

　テオドラが座ったまま体を少しくねらせた。「じゃあ、わたしのことはポケットと呼んでね。サイ叔父様もそう呼んでくれるから。わたしがサイ叔父様と呼ぶのはね、レディがみんな、叔父様を見てため息《サイ》をつくからなの」

「テオドラ！」

「だって、乳母《ナニー》がそう言ってるもの」少女が弁解をする。

「召使に噂話を禁じるのはなかなかたいへんで」ロザリンドが言った。「耳にしたことを子供に言わないようにさせるのも難しくてね」

ルーシーはほほえんだ。「どうしてサイ叔父様はあなたをポケットと呼ぶの？　あなたがポケットに入ってしまうから？」

「そうよ」テオドラがにっこり笑うと、急に叔父そっくりな顔になった。少女が母親をちらっと見る。「あとは、叔父様がうちに来ると、わたしがポケットの中をのぞくから」

「彼はこの子を甘やかしてしょうがないの」ロザリンドはため息をついた。

「ときどきポケットにお菓子が入っていて、叔父様はそれをわたしにくれるの」テオドラが打ち明けた。「一度、すごくかわいいブリキの兵隊さんが入っていてね、お母様は女の子が兵隊ごっこなんかするもんじゃありませんって言ったんだけど、サイ叔父様が、この子は女の子じゃなくてポケットなんだから、いいだろうって言ってくれたの」少女は一息つき、母親に再び目を走らせた。「でも、叔父様はわたしが本当は小さな女の子だってわかっているから、からかって言ったのよ」

「なるほどね」ルーシーが笑いかける。「そういうことをするから、レディは叔父様を見てため息をつくのかもしれないわ」

「そうね」ポケットは再び体をくねらせた。母親が太ももに手を置くと、少女は動きを止めた。「叔母様もサイ叔父様を見て、ため息をついたの？」

「テオドラ！」

「何、お母様？」

「着きましたわ」ルーシーが言葉を挟んだ。

馬車は活気あふれる通りの真ん中で止まっていた。数々の馬車、大型の荷車、行商人、馬に乗った人、歩行者でごった返しているため、道の片側に寄ることができないのだ。こうした光景を初めて目の当たりにしたときは、驚いて息を呑んでしまった。なんて大勢の人！皆、叫んでいるし、走っているし、生命力に満ちている。荷車を引いている男たちは歩行者に悪態をつき、行商人は売り物の名を叫び、お仕着せを着た従僕たちは見事な馬車を通すべく道を空けさせており、少年たちが馬に踏まれそうになりながらふざけ回っている。こうしたもののすべてをどう受け入れればいいのか、ルーシーにはわからなかった。感覚が圧倒されてしまったのだ。都会へ来てからほぼ一週間が経ち、少し慣れてはきたが、それでも毎回、絶えることのないにぎわいが耳や目を活気づけるのがわかる。これからもずっとそうなのかもしれない。ロンドンを退屈だと思う人なんているのかしら？

従僕の一人が扉を開けて踏み段を下ろし、馬車から降りるレディたちに手を貸してくれた。店に向かうあいだ、ルーシーは裾が地面に着かないようにスカートを持ち上げて歩いた。先頭に立つ筋骨たくましい若い従僕は、レディたちを守る役目と、帰りに買い物の荷物を運ぶ役目を担っている。背後で馬車がその場を離れていった。御者はもっと遠くで馬車を止める場所を見つけるか、一回りしてまた戻ってくるかしなければならないのだろう。

「ここはとてもすてきな帽子屋なの」ロザリンドが言い、三人は店内に入った。「装飾用の材料もあって、あなたにも気に入っていただけると思うわ」

ルーシーは目をしばたたき、床から天井まで届く棚に陳列された色とりどりのレース、組みひも、帽子、装飾材料を見た。圧倒される思いだったが、顔には出さないように努めた。メイデン・ヒルに一軒だけある店とは大違い。あの店は棚一つ分の装飾品しか置いていなかった。グレーのドレスを着回す生活を何年も続けてきたあとだけに、様々な色を見ていると目が痛くなりそうだった。

「お母様、これ買ってもいい？」ポケットが金モールを掲げ、自分の体に巻き始めた。

「だめよ。でも、それはルーシー叔母様にぴったりかもしれないわね」

ルーシーは唇を嚙んだ。自分が金モールを着けている姿はあまり想像できない。「あのレースがいいかと思ったのですが」

ロザリンドは目を細め、ルーシーが示したベルギーレースを見た。「そうね、わたしもいいと思うわ。今朝注文したローズピンクのサックドレスによく合いそう」

三〇分後、ルーシーはその店を出た。ロザリンドに案内してもらってよかった。か弱そうに見えるかもしれないが、彼女はわたしに似合うファッションがわかっていたし、ベテランの家政婦のように値段の交渉をしてくれた。それから三人は通りで待っている馬車を見つけた。荷馬車の御者が馬車の御者に向かって、これじゃ通れないじゃないかと怒鳴っている。

三人はあわてて馬車に乗り込んだ。

「あらあら」ロザリンドはレースのハンカチで顔を軽く押さえた。娘に目をやると、やはり子供だ。すっかり疲れてしまったらしく、座席で横になっている。「うちに戻って、お茶にしたほうがよさそうね」

「うん」ポケットは心からの賛同の声を出した。そして、馬車はがたがた揺れるし、外もやかましいというのに、座席の上で体を丸めるとすぐに眠ってしまった。ルーシーはほほえんだ。この子はきっと、都会やその習慣に慣れているのだろう。

「サイモンが結婚すると言ったとき、お相手を想像したのだけど、あなたはわたしが思ったような人ではないわ」ロザリンドは穏やかに言った。

ルーシーはいぶかしげに眉をすっと上げた。

ロザリンドが下唇を噛んだ。「侮辱するつもりはないのよ」

「そんなふうに思っておりませんわ」

「ただ、サイモンがおつきあいするレディはいつも似たような雰囲気だったのでね」ロザリンドは鼻にしわを寄せた。「立派な方ばかりではなかったけれど、たいがい、とても都会的な女性だったわ」

「でも、わたしは田舎の出身」ルーシーは悲しそうに言った。

「そういうこと」ロザリンドがほほえんだ。「彼の選択に驚いたわ。でもいい意味でね」

「ありがとうございます」

馬車が止まった。何かで道が混雑しているらしい。外で男たちが怒って叫ぶ声がする。

「ときどき、歩いたほうが楽だと思うことがあるわ」ロザリンドがつぶやいた。

「たしかに、そのほうが速いですね」ルーシーは彼女を見てにこっとほほえんだ。

二人は外の騒ぎに耳を傾けた。ポケットは動じる様子もなく、軽く寝息を立てている。

「実は……」ロザリンドは口ごもった。「こんなこと、お話しするべきではないのだけど、あの二人、つまりイーサンとサイモンと出会ったころ、わたしが最初に惹かれたのはサイモンのほうだったのよ」

「そうなのですか？」ルーシーは顔色を変えないようにした。ロザリンドは何を言おうとしているのだろう？

「ええ。サイモンは陰のある人でね。イーサンが亡くなる前からそうだったの。たいがいの女性はそこに魅力を感じるんだと思うわ。あとは彼のしゃべり方と機知ね。あれがときとして、人の心をとらえるのよ。わたしも夢中になってしまったわ。もっとも、兄のイーサンのほうがハンサムだったけど」

「何があったのですか？」サイモンも、このか弱そうな女性に夢中だったのかしら？　ルーシーは一瞬、激しい嫉妬を感じた。

ロザリンドが窓の外に目をやった。「彼のことが怖くなったのよ」

ルーシーは息を呑んだ。「どうして？」

「ある晩、舞踏会があって、会場の奥の部屋で彼を見かけたの。あれは書斎か居間だったわ。かなり小さな部屋で、装飾はシンプルだったけど、壁に豪華な鏡がかかっていてね、彼は独りきりでそこに立って、ただじっと見ていたの」

「何を？」

「自分自身」ロザリンドはルーシーに顔を向けた。「鏡の中の自分。そこに映っている自分の姿をただ……見つめていたの。といってもほかの男性がするように、かつらや服を見ていたんじゃないわ。自分の目をじっとのぞき込んでいたの」

ルーシーは顔をしかめた。「それは妙ですね」

ロザリンドがうなずく。「そのとき気づいたわ。彼は幸せではないのだと。彼に陰の部分があるのは演技ではない、あれが本当の姿だとわかったのよ。何かがサイモンをかき立てている。彼がそれから解放されることがあるのかどうか、わたしにはわからない。わたしには絶対に彼を救うことはできなかった」

ルーシーの心に不安がよぎった。「それで、あなたはイーサンと結婚した」

「ええ。後悔をしたことは一度もなかったわ。イーサンは素晴らしい夫だった。優しくて思いやりのある人だったわ」ロザリンドは眠っている娘を見た。「それに、テオドラを授けてくれた」

「どうしてわたしに、こんな話をなさったのですか?」ルーシーは静かに尋ねた。言葉は穏やかだったが、心の内で怒りが湧き上がるのを感じた。自分が疑問を抱いているからって、ロザリンドにサイモンのことを断じる権利はないでしょう。

「あなたを怖がらせるためじゃないわ」ロザリンドはルーシーを安心させるように言った。「わたしはただ、強い女性でなければサイモンとは結婚できないと思っていたの。だから、彼の選択に感心しているのよ」

今度はルーシーが窓の外を見る番だ。馬車はようやく走りだしたところだった。間もなくあのタウンハウスに到着し、そこでエキゾチックな食べ物をずらりと並べて昼食を取ることになるのだろう。お腹はぺこぺこだったが、ルーシーの心はロザリンドの最後の言葉に舞い戻っていた。強い女性。わたしは生まれてからずっとあの田舎で暮らしてきたし、あそこでは自分の力を試されるようなことは一度もなかった。ロザリンドはサイモンの正体を目にし、慎重に身を引いたのだ。サイモンと結婚するなんて、わたしの衝動には傲慢な部分があるのかしら？　わたしはロザリンドよりも少しは強い女性なのかしら？

「ノックしてよろしいですか？」メイドが尋ねた。

ルーシーはメイドを連れてサイモンのタウンハウスを訪れ、玄関の階段に立っていた。家は五階建てで、白い石壁が午後の日差しを浴びて輝いている。そこはロンドン一の高級住宅街。こんなところでおろおろしながら立っていたら、きっとばかみたいに見えるだろう。でも、もうずいぶんサイモンと二人だけで会う機会がなかったし、どうしても彼と一緒にいなくてはいけないと思ったのだ。彼と話して、たしかめなくちゃ……。ルーシーは不安げに小声で笑った。そうよ、彼がメイデン・ヒルにいた人と同じ人物なのかどうか見極めておくべきでしょう。だから昼食のあと、ロザリンドの馬車を借りてここに来たんじゃないの。

ルーシーは新しいドレスを手でなでつけ、メイドにうなずいた。「ええ、お願い。ノックしてちょうだい」

メイドが重たいノッカーを持ち上げ、扉を叩く。ルーシーは期待をして待った。サイモンに会っていないというわけではない。少なくとも一日に一回、彼はロザリンドのタウンハウスで必ず食事をするようにしている。しかし、二人きりになれる時間はまったくなかったのだ。もし――。

扉が開き、とても背の高い執事がわし鼻越しに二人を見下ろした。「何か?」

ルーシーは咳払いをした。「イズリー様はいらっしゃいますか?」

執事は信じられないくらい横柄な態度で、もじゃもじゃの眉を吊り上げた。きっと毎晩、鏡の前で練習しているのだろう。「旦那様は来客には応じません。名刺をいただければ――」

ルーシーはにこっと笑い、前に進み出た。こうすれば、あなたは後ろに下がるしかないの。さもなければ、わたしをお腹にぶつけることになるわよ。「ミス・ルシンダ・クラドック=ヘイズと申します。婚約者に会いにまいりました」

執事は目をぱちぱちさせた。ジレンマに陥っているのは一目瞭然。間もなく女主人となる女性がやってきて中に入れろと迫っているが、サイモンからは邪魔をするなと言われているのだろう。でも、どうやら目の前の悪魔に屈することにしたようだ。「どうぞお入りください」

ルーシーは執事を見つめ、満足そうにかすかな笑みを浮かべた。「ありがとう」

三人は大きな広間に入った。ルーシーはもの珍しそうに、ゆっくりとあたりを見回している。サイモンのタウンハウスに入るのはこれが初めてだった。床は黒の大理石。ぴかぴかに磨かれていて鏡のようだ。壁も大理石で、黒と白の羽目板が交互に並び、その境目は金箔で描かれた渦巻き模様や蔓模様で縁取られている。それに天井は……。ルーシーはふーっと息を吐き出した。全面が白と金色に彩られ、雲とケルビム（翼のある子供の姿をした天使）が描かれている。天使たちは、天井の真ん中にぶら下がっているクリスタルのシャンデリアを支えているように見える。そこここに置かれたテーブルや彫像は、どれもこれもエキゾチックな大理石や木でできており、そのすべてに金箔で豪華な装飾が施されていた。ルーシーの右側には黒の大理石のマーキュリー像が立っている。かかとに翼があり、頭には兜《かぶと》をかぶっていて、目は金色だ。実のところ、〝壮麗〟という言葉では、この広間をうまく表現しているとは言えない。〝けばけばしい〟という言葉のほうが適切だろう。

「旦那様は温室におられます」執事が言った。

「では、そこまでまいります」ルーシーは言った。「メイドを待たせておける場所はありますか？」

「従僕に言って、キッチンに案内させましょう」執事は、廊下で気をつけの姿勢で立っている従僕の一人に向かって指をぱちんと鳴らした。その男はお辞儀をし、メイドを連れて出ていった。それから、執事はルーシーのほうに向き直った。「こちらへどうぞ」

ルーシーがうなずく。執事は彼女を案内して廊下を進み、屋敷の奥へ向かった。やがて廊下の幅が狭まり、二人は短い階段を下りて大きな扉にたどり着いた。執事が開けようとしたが、ルーシーは引き止めた。

「わたし一人で行きます。もし構わなければ」

執事がお辞儀をした。「どうぞ、お好きになさってください」

ルーシーが首をかしげる。「お名前をうかがっておりませんでしたわね」

「ニュートンと申します」

ルーシーはほほえんだ。「ありがとう、ニュートン」

執事は彼女のために扉を押さえ、「ほかにご用がありましたら、遠慮なくお呼びください」と言って立ち去った。

ルーシーはとてつもなく大きな温室をのぞき込んだ。「サイモン？」

今こうして自分の目で見ていなかったら、都会の真ん中にこんな建物がひそかに存在するなんて信じられなかっただろう。ベンチの列が温室の奥に消えていく。地面という地面に植物が植えられ、鉢植えが置かれている。足元はレンガの小道になっていて、なんとなく温かい。肩の位置にあるガラスは水滴で濡れていた。ガラスは腰の位置から始まり、頭の上をアーチ状に覆っている。見上げると、ロンドンの空はもう暗くなりかけていた。

ルーシーは何歩か前に進み、湿っぽい空気の中へ入っていった。誰の姿も見えない。「サイモン？」

耳を澄ましたが、何も聞こえない。でも温室はものすごく大きいし、わたしの声が聞こえていないのかもしれない。彼は、この熱いじめっとした空気を閉じ込めておきたいはず。ルーシーは後ろにある重たい木の扉を閉め、温室の探険に出かけた。通路は狭く、木々の葉が上にせり出しているため、緑のカーテンを押しのけて進まざるを得ない。蒸気が水滴となって無数の葉を流れ落ち、ぽたぽた垂れる音が聞こえてくる。空気は重く、どんよりしていて、コケと土のにおいのせいか、かび臭いような気がした。

「サイモン？」

「ここだ」

やっと返事が聞こえた。ただ、前方から声はするけれど、密生する植物にさえぎられ、彼の姿を見ることができない。頭より大きな葉をはねのけながら進むと、突然、何十本ものろうそくに照らされた、開けた空間に出た。

ルーシーは足を止めた。

そこは円形の空間だった。ガラスの壁がせり上がり、ロシアの絵画で見たような小型のドームを形作っている。中央では大理石の噴水が静かに水をたたえており、外側には薔薇が置かれたベンチが並んでいる。冬に薔薇が咲いているなんて。ルーシーは声を上げて笑った。赤、ピンク、クリーム色、純白の薔薇の濃厚な香りがあたり一面に立ち込め、驚きと悦びの感覚を満たしていく。サイモンは自分のお屋敷の中におとぎの国を持っている。

「見つかってしまったな」

再び歩きだし、声がする方向をじっと見つめたルーシーは、目にした光景に心臓が高鳴った。サイモンがシャツ姿でベンチのところに立っている。ベストが汚れないように緑色の長いエプロンをつけ、まくり上げた袖から金色の毛でうっすら覆われた前腕があらわになっている。

サイモンが作業着を着ている。そう思ったら、顔に笑みが浮かんだ。これは今まで目にしたことがなかった彼の一面であり、ルーシーは興味をそそられた。ロンドンに来てからというもの、サイモンはいつもとても洗練された、いかにも上流階級の人間らしい格好をしていたのだ。「ご迷惑じゃなかったかしら。ニュートンが案内してくれましたの」

「まったく構わんさ。ロザリンドはどこにいる?」

「独りで来ました」

サイモンはぴたりと動きを止め、何とも解釈しがたい目つきで素早くルーシーを見た。

「独りで?」

彼の心配はそれだったのね。ロンドンにやってきた最初の日に、絶対に独りで出かけてはならないと言い渡されていたけれど、一週間が経つうちにその指示をほとんど忘れていた。というのも、わたしの知る限り何事も起こらなかったから。彼が今も自分を襲った敵のことを心配しているのは明らかだ。「まあ、御者と従僕とメイドは別にして、ということですけど。ロザリンドの馬車を借りてきました」ルーシーはすかさず彼に笑いかけた。

「ああ、なるほど」サイモンは肩の力を抜き、エプロンを脱ぎ始めた。「そういうことなら、お茶でもどうかな?」

「わたしのために、作業を中断することはありませんわ」ルーシーは言った。「つまり、ここにいてもお邪魔でないなら」

「かわいい天使よ、きみはわたしの邪魔をしてばかりだ」サイモンはエプロンのひもを結び直し、再び作業用のベンチに向かった。

彼は忙しい。それはわかるけれど、わたしたちはあと一週間もしないうちに結婚するのよ……。心の片隅である考えがこっそり耳打ちをし、つまらない不安を抱いてしまった。彼はもうわたしにうんざりしてきたのかもしれない。いいえ、もっと悪い。気が変わったのかもしれない。ルーシーは彼のわきまで歩いていった。「何をなさっているの？」

サイモンが緊張したように見えたが、声は普通だった。「薔薇の接ぎ木をしている。あまりわくわくする作業でもないが、見学は大歓迎だ」

「本当に構いませんの？」

「ああ、もちろんだとも」サイモンはベンチのほうにかがみ込んでおり、ルーシーのことは見ていない。おそらく薔薇の一部なのだろう、とげだらけの枝を体の前に掲げ、先端をしかるべき位置まで慎重に切り落としている。

「この数日、二人きりになれなかったから、ちょっと話せたら……と思って……」彼が半分顔を背けているところへ話しかけるのはなかなか難しい。

サイモンの背中はこわばっていて、まるで心の中でわたしを押しのけているかのよう。でも彼はそんな素振りはまったく見せなかった。「それで？」

ルーシーは唇を噛んだ。「こんな遅い時間に訪ねるべきでなかったのはわかっています。でも、お買い物やら衣装の調達やらで、ロザリンドが一日中、解放してくれなくて……。今日の午後は、もう信じられないくらい通りが混雑していました。家に戻るのに一時間かかってしまいましたわ」わたしはくだらないことをしゃべっている……。ルーシーはそばにあったスツールに腰かけ、息をついた。「サイモン、気が変わったの？」

その言葉が彼の注意を引いた。顔を上げ、眉根を寄せる。「何だって？」

ルーシーは欲求不満を示すように、ぴくりと体を動かした。「あなたはいつも、ほかのことで頭がいっぱいみたいだし、プロポーズをして以来、わたしにキスもしてくれないでしょう。ひょっとするとわたしとの結婚について考え直し、気が変わったのではないかしらと思って」

「まさか！」サイモンはナイフを放り出すと、腕をまっすぐ伸ばしてベンチに手をつき、頭を垂れた。「それは違う。すまなかった。わたしはきみと結婚したい。心からそう思っているし、その気持ちはこれまで以上に強い。本当だ。二人がいよいよ結ばれる日を指折り数えている。きみを妻としてこの腕に抱くことを夢見ている。きっとわたしはその日が待ち遠しくて心が乱れているか、頭がおかしくなっているに違いない。これはわたしの問題だ」

「問題って？」ルーシーはほっとしたが、正直なところ混乱していた。「話してください。そうすれば一緒に解決できるわ」

サイモンはため息をつくと、首を横に振り、ルーシーのほうを向いた。「それはどうかな。これはわたしが自ら招いた問題であって、それをどうにかするのはわたしが背負うべき十字架に違いない。だが、ありがたい。それもあと一週間もすれば消え去るだろう。結婚の神聖なる誓いを立て、二人が結ばれるときが来たら」

「わざと謎めいた言い方をなさるのね」

「実に好戦的だな」サイモンは優しく言った。「きみが火のついた剣を持ち、反抗的なヘブライ人や、信仰心のないサマリア人に一撃を加えるところが目に浮かぶ。きみの険しいしかめっ面と、怖そうな眉を目にしたら、彼らも縮み上がってしまうだろう」それから声を押し殺して笑った。「とりあえず、きみのそばにいるのに、触れることができず苦労しているとだけ言っておこう」

ルーシーが笑みを浮かべた。「婚約しているのですよ。触れても構いません」

「いや、それができないのだ」サイモンは姿勢を正し、小さなナイフを再び手に取った。「もしきみに触れたら、自分を抑えられなくなると思う」身をかがめ、薔薇をじっと見つめながら、先ほどと同じように茎を慎重に切り取っていく。「それどころか、抑えようともしないに決まっている。きみのにおいと、その白い肌の感触にきっと酔ってしまうだろう」

ルーシーは頰が熱くなるのがわかった。今わたしの頰が白いかどうか、はなはだ疑問だわ。それにしても、彼はメイデン・ヒルにいたときもほとんどわたしに触れなかった。あのとき自分を抑えていられたのだとすれば、きっと今もそうなのね。「わたしは――」

「だめだ」サイモンは息をつき、頭をはっきりさせようとするかのように首を横に振った。「わたしは考える間もなくきみを押し倒し、下品な男のようにスカートを肩までまくり上げ、じっくり思い直す間もなくきみの中に入ってしまい、一度始めたら二人が天に昇りつめるまで絶対にやめないだろう。ひょっとすると、昇天してもやめないかもしれない」

ルーシーは口を開いたものの、何も言葉が出てこなかった。天に昇りつめるって、サイモンは目を閉じてうめいた。「なんてこった。信じられない。きみにこんなことを言ってしまうなんて」

「そうね」ルーシーは咳払いをした。彼の言葉を耳にしたら体が震え、熱くなってしまった。「でも、そんなふうに思っていただいて、もちろん光栄ですわ」

「本当に？」サイモンがルーシーをちらりと見た。頬骨のでっぱったところが赤くなっている。「動物的本能を抑える能力が欠けている婚約者のことを、好意的に解釈してもらえてよかった」

あらまあ……。「もう、おいとましたほうがよさそうね」ルーシーは立ち上がった。

「だめだ。ここにいてほしい。頼む。ただ……わたしに近づかないでくれ」

「わかりました」彼女は再び腰を下ろし、背筋を伸ばして膝の上で手を組んだ。

彼は口の片側を少しゆがめた。「きみに会えなくて、寂しかった」

「ええ、わたしも」

二人が笑みを交わし、サイモンはあわてたように再び顔を背けたが、今度は理由がわかっていたので心をかき乱されることはなかった。ルーシーは、彼が薔薇の茎をわきに置き、小さな切り株のようなものが植わった鉢を手に取る様子を見守った。背後で噴水が笑いだしたように噴き上がり、ドームの上方では、空いっぱいに星がまたたき始めた。

「例のおとぎ話、ちっとも最後までたどり着きませんのね」ルーシーが言った。「ヘビの王子のことです。残りを聞かせていただかないと、絵が仕上がりません」

「ずっと描いていたのか？」

「もちろん」

「どこまで話したか覚えていない」サイモンは不格好な切り株を見ながら顔をしかめた。

「もうずいぶん、ごぶさただったからな」

「わたしは覚えています」ルーシーはスツールにしっかりと座り直した。「アンジェリカはヘビの王子の皮を盗み、燃やしてしまうと脅したのに、結局、彼のことがふびんになって命を助けてやる、というところまででした」

「ああ、そうだった」サイモンは慎重な手つきで、切り株の先端にV字形に切り込みを入れた。「〝ヘビの王子はアンジェリカにこう言った。〝麗しき乙女よ、あなたはわたしの皮を手に入れたのだから、我が命はその手に握られている。あなたは何でも好きなことを口にすればいい。わたしが願いをかなえてあげよう〟」

ルーシーは顔をしかめた。「彼はあまり頭がよろしくないようね。アンジェリカが自分にどんな力を及ぼしているかなんてことは言わずに、ただ皮を返してくれと頼むだけでよかったのではありませんか？」

サイモンはひそめた眉の下からルーシーをちらっと見た。「彼女の美しさに心を奪われていたのではないかな？」

ルーシーが鼻を鳴らす。「大間抜けな人でない限り、あり得ません」

「まいったな。なんてロマンチックな人なんだ。さて、続けても構わないかね？」

ルーシーはきゅっと口を閉じ、無言でうなずいた。

「よろしい。アンジェリカはふと、とてもいいことを聞いた、と気づいた。ついにこの土地の王子様に会えるかもしれないと思ったのだ。そこで、ヘビの王子にこう言ってみた。〝今夜、王室の舞踏会があります。城壁まで連れていっていただけませんか？　そうすれば、王子様や取り巻きの人たちが通りかかるのを見られるかもしれませんから〟すると、ヘビの王子は銀色に輝く目で彼女を見つめて言った。〝それより、もっといいことをしてあげよう。約束する〟」

「でも、ちょっと待って」ルーシーが口を挟んだ。「ヘビの王子はこのお話の主人公ではないのですか？」

「ヘビ男が？」サイモンは切り株に入れておいた刻み目に先をとがらせた枝を挿し込み、両方を細長い布きれで巻いた。「どうしてまた、ヘビ男が素晴らしい主人公になるなどと思ったのだ？」

「でも、彼は全身、銀色なんじゃありません？」

「いかにも。だが丸裸でもある。普通、物語の主人公は、もっと自分の財産を持っているものだろう」

「でも――」

サイモンは顔をしかめ、批判的な目つきでルーシーを見た。「話を続けてほしいのか？」

「はい」とおとなしく答える。

「よろしい。ヘビの王子は青白い手を振った。すると突然、アンジェリカのさえない茶色のぼろ服が、きらきら輝く銅色のドレスに変わってしまった。髪は銅やルビーなどの宝石で飾られ、足には刺繍を施した銅の履き物を履いていた。すっかり変身した自分に大喜びし、アンジェリカはくるくる回りながら叫んだ。〝ラザフォード王子がわたしを見るまで待っていてくださいね！〟」

「ラザフォード？」ルーシーは片眉を吊り上げた。

サイモンがじろっとにらむ。

「ごめんなさい」

「ラザフォード王子。金髪で巻き毛の王子だ。ヘビの王子は答えてくれず、アンジェリカはそのときになってようやく気づいた。彼はあの火鉢のわきでがっくり膝をついており、青い炎の勢いが弱くなっていた。ヤギ飼いの娘の願いをかなえたせいで、力を使い果たしてしまったのだ」

「愚かな人ね」

サイモンは目を上げてルーシーにほほえんだが、どうやらその瞬間、初めて空が暗くなっていることに気づいたようだ。「たいへんだ。こんなに遅くなっていたのか？　なぜ言ってくれなかった？　すぐにロザリンドのタウンハウスに戻らなくてはだめだ」

ルーシーはため息をついた。ロンドンで暮らす、洗練されたわたしの婚約者は、このところ嘆かわしいくらい退屈なことを言うようになってしまった。「わかりました」

彼女は立ち上がり、スカートのほこりを払った。「次はいつ会えますか?」

「朝食のときに寄らせてもらおう」心ここにあらずといった口調だ。

落胆が胸を貫いた。「だめだわ。ロザリンドに言われてるんです。明日は早い時間に出て手袋を作りにいき、お昼も出かけるって。お友達にわたしを紹介する約束をしてくださったそうで」

サイモンは顔をしかめた。「馬には乗れるのか?」

「ええ。でも乗る馬がありません」

「馬ならわたしが何頭か持っている。朝食の前にロザリンドのタウンハウスに迎えにいくから、そのあと公園で馬乗りをして、手袋職人のところへ出かける時間に間に合うように戻ってくることにしよう」

「ええ、喜んで」ルーシーはサイモンを見た。

彼もじっと見返している。「くそっ。きみにキスすることもできないとは。さあ、もう行きなさい」

「おやすみなさい」ルーシーはほほえみ、通路を引き返した。

背後でサイモンが悪態をつく声がした。

「わたしも仲間に入れてもらえるかな?」その晩サイモンは、カードゲームをしている人々に向かって、片方の眉をぴくりと動かした。

サイモンに背中を向けていたクインシー・ジェームズが振り向き、目を見張った。右目の下が痙攣を始めている。ジェームズはビロードの深紅の上着にブリーチといういでたちだった。ベストはオフホワイトで、上着に合わせて赤い刺繡が施されている。こん棒状に束ねた金色の髪とあいまってなかなかの見物だ。サイモンは自分の口元がほころび、満足げな笑みが浮かぶのがわかった。

「もちろん」時代遅れのフルボトム（白い縮れ毛が肩まで垂れている）のかつらを着けた紳士がうなずいた。

紳士は生涯を賭博に費やしてきた人間らしい、すさんだ顔をしていた。紹介をされたことはなかったが、サイモンは以前その男を見たことがあった。カイル卿だ。テーブルに着いているあとの三人とは面識がない。そのうちの二人は中年の男で、両者ともほぼ同様に白い髪粉を振ったかつらをかぶり、酔って赤い顔をしていた。残りの一人が唯一の若者で、頰にはまだにきびができている。キツネの穴に入ってしまったハトだ。母親は、安全な家に息子を閉じ込めておくべきだったな。

だが、こっちの知ったことではない。

サイモンは誰も座っていないジェームズの隣の椅子を引き、腰を下ろした。哀れなやつめ。おまえにわたしを止める術は一つもない。ゲームは参加自由。入れてくれとやってきた紳士が拒まれることはない。おまえの負けだ。サイモンは一瞬、自分を祝福した。デヴィルズ・プレーグラウンドに足しげく通い、年若い売春婦の誘いをかわし、恐ろしくまずいシャンパンを飲み、うんざりしながら賭博台から賭博台へと粘り強く渡り歩いて週の大半を過ごした末、ついにジェームズが姿を現してくれた。追跡は行き詰まってしまったのではないかと不安になってきたところだったのだ。結婚の準備に専念しているあいだ、追跡は先延ばしにしていたのだが、ようやくジェームズを捕まえた。

さっさとやってしまいたい衝動に駆られた。これが終われば眠りにつけるし、朝はしゃきっとした顔をしてルーシーを迎えにいき、馬乗りに出かけられるかもしれない。しかし、そうはならないだろう。獲物は用心深いやつで、ようやく危険を冒して隠れ家から出てきたところなのだ。あせってはいけない。慎重に。すべての駒を正しく配置すること、わなが作動する前に獲物が逃げてしまう可能性をゼロにしておくことが極めて重要だ。網に見落とした穴があって、そこから獲物がすり抜けてしまうことがあってはならないのだ。

誰がディーラーになるか決めるべく、カイル卿がカードをめくって各プレーヤーの前に置いていく。サイモンの右側にいる男が最初にジャックを引き当て、カードをかき集めた。ジェームズは自分のところにカードが配られるたびに、それをひったくるようにつかみ、そわそわしながらテーブルの端を指で叩いている。彼らはファイブ・カード・ルー（参加者が台札より強いカードを出していき、最も強いカードを出した者がトリック＝点を獲得 一トリックも取れなかった敗者は掛け金のほかに罰金を払う）をしており、サイモンは五枚のカードがすべて配られるのを待ってから、持ち札を手に取ってちらりと見下ろした。悪い手ではないな。しかし、それはたいした問題ではない。賭け金を置き、ディーラーの左隣にいる者の権利として、台座となる最初のカード、ハートの八を出した。ジェームズが迷ったのち、ハートの一〇を叩きつける。ゲームはテーブルを一巡し、ハトが札を選んだ。そして、この若者はスペードの三で再びゲームをリードした。

そこへ飲み物のトレーを持った従僕が一人、入ってくる。ここはデヴィルズ・プレーグラウンドの人目につかない奥の部屋。室内は薄暗く、扉には黒いビロードの布が張られていて、大賭博場のどんちゃん騒ぎがくぐもって聞こえてくる。この部屋でプレーをする男たちは皆真剣で、高額の金を賭け、必要なこと以外ほとんどしゃべらない。ここは紳士の社交の場ではなく、カードで生きるか死ぬかの勝負をする場なのだ。サイモンはつい先日、ある男爵がまず有り金をすべて失い、続いて相続人が限定されていない財産を失い、娘たちのために用意しておいた結婚持参金まで失うさまを目撃していた。その翌日、男爵は死んだ。自ら頭を銃で撃ち抜いたのだ。

ジェームズはトレーからグラスを引っつかみ、酒を一気に流し込んだ。おかわりをしようとまたグラスに手を伸ばしたそのとき、サイモンの視線をとらえた。サイモンがにやりと笑う。ジェームズは目を見開いた。二杯目の酒をがぶ飲みし、ふてぶてしくサイモンをにらみつけながら彼の肘のわきにグラスを置いた。ゲームは続く。次の勝負ではサイモンが敗者となり、罰金を払うことになった。ジェームズがにたにた笑っている。それから、彼は最高の切り札となるクラブのジャックを出し、またしてもトリックを獲得した。

ろうそくが今にも消えそうになり、従僕が戻ってきて火を灯した。

目下、クインシー・ジェームズが勝っており、グラスのわきに硬貨がどんどん積まれていく。彼はくつろいだ様子で、眠そうに青い目をしばたたいた。いちばん若い男は有り金が銅貨数枚になってしまい、絶望的な顔をしている。運がよければ、次の回まで持たず勝負を下りるだろう。運が悪ければ誰かが金を貸し、そうなれば債務者監獄行きの運命だ。そのとき、視界の片隅で、クリスチャンがこっそり部屋に入ってきた。サイモンは顔を上げなかったが、クリスチャン・フレッチャーが部屋のわきにある椅子を見つける様子を確認した。あそこからだと距離がありすぎてカードは見えないだろうな。若い友人の姿を目にし、心の中で何かが緊張を解くのがわかった。

ジェームズが再び勝利した。さて、後ろに味方も来てくれたことだし……。

口元をゆがめ、勝ち誇ったようにせせら笑いながら、掛け金をかき集めている。

サイモンは勢いよく腕を伸ばし、その手をつかんだ。

「何をする？」ジェームズはもがいて逃れようとした。

サイモンがテーブルにどんと腕を叩きつけると、ジェームズの手首を飾るレースからクラブのジャックが一枚、落ちてきた。テーブルを囲んでいたほかのプレーヤーたちが凍りつく。

「クラブのジャック」ずっとしゃべっていなかったので、カイル卿の声はかすれていた。

「ジェームズ、自分のしていることがわかっているのか？」

「わ、わ、わたしのカードではない」

サイモンは椅子の背にもたれ、右手の人差し指をものうげにさすった。「おまえの袖口から落ちた」

「きさまだな！」ジェームズが跳び上がり、椅子が後ろにひっくり返った。サイモンに殴りかかりそうに見えたが、考え直したらしい。

サイモンは片方の眉をすっと上げた。

「は、は、はめたな。きさまがカ、カ、カードを滑り込ませたのだ！」

「わたしは負けていたのだぞ」サイモンはため息をついた。「ジェームズ、人を侮辱するのだな」

「違う！」

サイモンは落ち着き払って続けた。「この勝負は明け方、剣に託すことに――」

「だめだ！　とんでもない！」

「承諾してもらえるな？」

「なんてこった！」ジェームズが自分の頭をぐっとつかみ、美しく束ねた髪がリボンからこぼれた。「こんなの、おかしいだろう。わ、わ、わたしは、あんなカードは持っていなかった」

カイル卿がカードを集めた。「続ける方はおられるかな？」

「ああ、どうしよう……」若者が小声で言った。すっかり血の気が失せ、今にも吐きそうな顔をしている。

「こんなこと、ゆ、ゆ、許さん！」ジェームズが叫んだ。

サイモンが立ち上がる。「ではまた明日。少し眠っておいたほうがいいだろうな？」

カイル卿がうなずいた。すでに次のゲームに気が向いているようだ。「おやすみ、イズリー」

「わ、わたしも、そろそろ失礼させていただいてよろしいでしょうか……？」ハトは逃げるように部屋を出ていった。

「やってない！ わたしは無実だ！」ジェームズは声を上げて泣き始めた。

サイモンはへきえきした顔をして部屋を出た。

大賭博場でクリスチャンがサイモンに追いついた。「あなたが……？」

「うるさい」サイモンは若者をしかった。「ここで言うな、大ばか者」

ありがたいことに、若者は通りに出るまでずっと黙っていてくれた。サイモンは自分の御者に合図を送った。

クリスチャンがささやいた。「あなたがやったのですね？」

「そうだ」ああ、もうくたくただ。「乗っていくか？」

クリスチャンは目をしばたたいた。「それはどうも」

二人が乗り込み、馬車は出発した。

「今夜じゅうにやつの介添人を見つけ、決闘の準備をしたほうがいい」サイモンはひどい倦怠感を覚え、ぐったりしていた。だが目には不屈の闘志がみなぎり、手が震えている。夜明けはさほど遠くない。そのときが来たら、殺《や》るか殺られるかだ。

「何ですって？」クリスチャンが尋ねた。

「クインシー・ジェームズの介添人だ。誰がやるのか突き止め、落ち合う場所と時間を決めてきてくれ。それだけのことだ。この前と同じようにやればいい」サイモンはあくびをした。

「わたしの介添人をするつもりではないのか？」

「わたしは——」

サイモンは目を閉じた。もしクリスチャンに断られたら、どうしたものか？「違うのであれば、あと四時間でほかの介添人を見つけんとな」

「違います」若者はうっかり口を滑らせた。「つまり、やりますということで……。もちろん、介添人をやらせていただきます」

「よし」

馬車の中に沈黙が漂い、サイモンはうとうとした。

だが、クリスチャンの声で目が覚めた。「あそこに通っていたのはジェームズを捜すためだったのですね？」

サイモンは目を開けようともしなかった。「そうだ」

「女性絡みですか？」相棒は真剣に頭を悩ませているらしい。「あいつがあなたを侮辱したとか？」

危うく笑ってしまうところだった。そのようなばかげた理由で決闘をする男たちがいることをすっかり忘れていた。「そんなつまらぬ理由ではない」

「それにしても、なぜ？」クリスチャンの声には切迫した様子がうかがえる。「なぜ、あのようなまねをするのです?」

いやはや! 笑うべきか嘆くべきかわからんな。自分にはこれほどどうぶだったときが、はたしてあっただろうか? サイモンは気持ちを落ち着け、男の魂に宿る闇の部分について説明を試みた。

「ギャンブルがやつの弱点だからだ。わたしがゲームに加われば、やつは自分を抑えられなくなる。やつがわたしの申し出を断ったり、うまく逃れたりすることはまずない。やつはそういう男で、わたしはこういう男なのだ」サイモンはようやく、恐ろしく若い友人に目をやり、声をやわらげた。「これがきみの知りたかったことか?」

クリスチャンは難解な数学の問題を解くかのごとく眉をひそめた。「今まで気づきませんでした……。あなたが敵に決闘を申し込むときに居合わせたのは、これが初めてでしたので。ものすごく不当なやり方に思えます。立派な人間のすることではありません」そう言ってから、これこそ侮辱ではないかと悟ったかのように、突然目を大きく見開いた。

サイモンは笑いだした。だめだ、笑いが止まらない。おかしくて涙が出てくる。ああ、世の中どうなってるんだ!

サイモンはようやく、あえぎながら言った。「どうして、わたしが立派な人間だなどと思ったのだ?」

10

夜明け前のもやが灰色の経帷子《きょうかたびら》のごとく地面に横たわり、うごめいている。両者合意による決闘場所へと進んでいくと、もやがまとわりついて革やリネン地を染み通り、サイモンの脚を芯まで凍えさせた。彼の前でヘンリーがランタンを掲げ進路を照らしていたが、もやが光を覆い隠し、不穏な夢の中を歩いているかのようだ。隣を歩いているクリスチャンは妙に口数が少ない。一晩じゅうジェームズの介添人と連絡を取ったり、話し合いをしたりしていたので、眠る時間があったとしてもほんのわずかだったのだろう。行く手にもう一つ、ぼんやりと明かりが見え、夜が明けていく中、四人の男の影が現れた。それぞれの吐く息が後光のように頭を覆っている。

「イズリー卿か?」そのうちの一人が声をかけてきた。ジェームズの声ではない。ということは、きっと介添人だな。

「そうだ」自分の吐く息が目の前で大きくうねり、冷たい朝の空気に散っていく。

男が近づいてきた。中年で、眼鏡をかけ、ぼさぼさのかつらをかぶっている。いかにもだらしのない風貌にふさわしく、身につけている上着とブリーチはかなり流行遅れで、どう見ても擦り切れている。彼の背後には背の低い男が一人、気が進まない様子で立っており、その隣には男がもう一人いる。断髪のかつらをかぶり、黒いかばんを持っているところからして、きっと医者に違いない。

最初の男が再び口を開いた。「貴殿に与えたであろう侮辱に対し、ミスター・ジェームズは謝罪を申し出ておられる。これを受け入れ、決闘を回避していただけないだろうか？」

腰抜けめ。ジェームズは介添人を送り、自分は来なかったのか？「だめだ。謝罪は受け入れられない」

「じ、じ、地獄へ落ちろ、イズリー」

つまり、やつはここにいるのだな。「おはよう、ジェームズ」サイモンはかすかに笑みを浮かべた。

返事の代わりにまた別の悪態が聞こえてきたが、ひとこと目と同様、ちっとも独創性が感じられない。

サイモンはクリスチャンにうなずいてみせた。クリスチャンとジェームズの介添人が、決闘をする場所にしるしをつけにいく。ジェームズは、手足を温めるためなのか、緊張のせいなのか、霜で枯れ果てた地面の上を行ったり来たりしていた。前の晩と同じ深紅の上着を着ているが、今はもうしわだらけで汚れている。髪の毛は汗をかいているかのようにべたついて見える。サイモンが観察していると、ジェームズは髪に指を突っ込み、頭をぼりぼりかいた。下品な癖だ。シラミがいるのか？　夜更かしをして疲れているに違いないが、やつは根っからのギャンブラーだ。夜更かしには慣れている。それに、わたしより若い。サイモンはジェームズをに注意を払った。決闘しているところは見たことはないが、アンジェロの道場で耳にした話によれば、わたしの相手は剣の達人だ。驚くことでもない。顔面チック症で吃音があるものの、ジェームズは筋骨たくましく、体格に恵まれている。背もわたしとたいして変わらない。腕が届く範囲は二人とも同じくらいだろう。

「剣を拝見させてもらえますかな？」眼鏡の男が戻ってきて、手を差し出した。

もう一人の介添人がやってきた。眼鏡の男よりも背が低く、年も若い。濃い緑色の上着を着て、びくびくしながら目を凝らし、絶えずあたりをうかがっている。もちろん決闘は違法行為だ。しかし、この場合、法はほとんど強制力を持たない。サイモンは剣を鞘から抜いて眼鏡の男に渡した。数歩離れたところでは、クリスチャンがジェームズの剣を預かった。双方の介添人は律儀に剣の刃の長さを測り、念入りに点検してから持ち主に返した。

「シャツを開いて」眼鏡の男が言った。

サイモンが片眉を吊り上げる。この男が形式にこだわる頑固な人間であることは明らかだ。

「わたしがシャツの下によろいを身につけていると本気で思っているのか？」

「閣下、お願いします」

サイモンはため息をつき、肩をすくめてシルバーブルーの上着とベストを脱ぎ、クラヴァットを取り、レースの縁取りが施されたシャツのボタンを上から半分まではずした。ヘンリーがあわてて駆け寄り、落ちてきたものを受け止める。

ジェームズはクリスチャンに見せるためシャツのボタンをはずした。「くそっ。寒くてたまらん」

サイモンはシャツの前をはだけた。むき出しになった胸に鳥肌が立つ。

介添人がうなずいた。「ありがとうございました」無表情な顔。ユーモアのなさそうな男だ。

「どういたしまして」サイモンはあざけるようにほほえんだ。「では、さっさとやらせてもらおうか？　まだ朝食を済ませていないのだ」

「お、お、終わったって、食えるものか」ジェームズが剣を構え、前に進み出た。

サイモンの笑みが消える。「人殺しにしては、勇ましい発言だな」

その瞬間、サイモンはクリスチャンの視線を感じた。こいつは知っているのか？　イーサンのこと、決闘をする本当の理由については話したことはなかったのだが。サイモンは剣を掲げ、敵と向かい合った。もやが二人の脚にまとわりついている。

「始め《アレ》！」クリスチャンが叫んだ。

サイモンが突き、ジェームズがかわし、二人の剣がすさまじい戦いの歌を奏でている。サイモンは自分の顔が引きつり、陰気な笑みが浮かぶのがわかった。隙を突いたが、ジェームズは土壇場で攻撃を逃れてしまった。その後サイモンは守勢に立ち、次々と切りつけられるたびに剣先をかわしてはいたが、じりじり後退していった。ふくらはぎの筋肉が緊張し、熱を持っている。ジェームズは機敏だし、手強い。真剣に対峙すべき相手だ。しかし死に物狂いで無鉄砲に攻撃していることも事実だった。サイモンの血管をどくどくと流れる血は液状の炎と化し、神経を活気づけた。これほど生き生きとした感覚と、それと矛盾する死が迫っている感覚を同時に味わえるのは、決闘をおいてほかにない。

「ああ！」

ジェームズがサイモンの防御を破り、胸を狙って襲いかかった。サイモンがすんでのところで剣をかわす。二つの剣がきーっと音を立ててこすれ合い、両者は柄《つか》と柄を合わせて、互いの息がかかるほどの距離でにらみ合った。ジェームズは全身の力を込めて体を押しつけてくる。サイモンは上腕の筋肉をふくらませ、一歩も引き下がるものかと足を踏ん張った。相手は目を血走らせ、恐怖に満ちた臭い息を吐き出している。

「血だ」介添人の一人が叫び、そのときようやく、サイモンは腕にひりひりする痛みを覚えた。

「やめますか？」クリスチャンが尋ねた。

「まさか」サイモンは肩にぐっと力を込め、ジェームズを押し返した。自分の中で、暗く動物的な何かがわめいている。今だ！　やつを殺せ！　だが慎重にやらなくては。傷を負わせるだけでは、ジェームズに決闘をやめる権利を与えてしまう。そうなれば、こんなばかげたまねをまた繰り返さねばならなくなるのだ。

「そこまでする必要はない」介添人の一人が叫んでいる。「お二人とも剣を下ろしなさい。これで体面は保たされる！」

「体面など、どうでもいい!」サイモンは剣を突き、振りかざし、敵を攻めた。右肩に刺すような痛みが走り、腕まで伝わっていく。

二人が草地を踏みつけるたびに、剣の刃がかちんかちんと音を立てる。生温かいものが背中を伝っていくのがわかったが、それが汗なのか血なのかはわからなかった。ジェームズが目を大きく見開いた。真っ赤な顔を汗で光らせながら、死に物狂いで防御している。ベストを見ると、わきの下の部分が黒く染みになっていた。サイモンは高い位置でフェイントをかけた。

突然、ジェームズが向きを変え、剣を突いて脚の裏側を切りつけてきた。サイモンは膝の裏に激痛を覚えた。恐怖が体を貫いていく。もしジェームズに腱を切られたら、脚の自由がきかなくなり、立つことも自分を守ることもできなくなってしまう。しかしジェームズは胸を無防備にさらしていた。相手の脚に再び切りつけるべく彼が体を引いたそのとき、サイモンはくるりと回転し、全身の力を込めて腕を前に突きだした。剣がジェームズの胸を貫いていく。刃が骨に当たってぎりぎりと音を立て、衝撃が腕に伝わってきた。わきの下のすぐ上で肩が焼けつくように痛む。ジェームズを見ると、彼は自らの死を悟り、目を大きく見開いていた。立会人の一人が悲鳴を上げるのが聞こえ、死人が失禁し、つんとくる悪臭が漂ってきた。

敵は地面に崩れ落ちた。

サイモンは一瞬身をかがめ、肺にめいっぱい息を吸い込んだ。それから死体の胸に片足を置き、剣を引き抜いた。ジェームズの目は相変わらず開いているものの、もう何も見ていない。

「なんてこった」クリスチャンが血の気の失せた唇に片手をあてがった。

サイモンは刃をぬぐった。両手が少し震えており、彼はそれを止めようとして顔をしかめた。「やつの目を閉じてもらえるかな?」

「ああ、たいへんだ、たいへんだ」背の低い男は取り乱し、ほとんど飛び跳ねていたが、次の瞬間、前かがみになって嘔吐し、吐いたものが靴にはねた。

「目を閉じてもらえるか?」サイモンはもう一度頼んだ。なぜ、そんなことがこれほど気にかかるのかわからない。ジェームズはもう、自分が闇に目を凝らしていることなど気にもしていないというのに。

小男はまだ吐いていたが、眼鏡の男がジェームズの目に手を滑らせた。

医者がやってきて、落ち着いた様子で死体をじっと見下ろした。「死んでいる。殺してしまった」

「ああ、わかっている」サイモンは肩をすくめ、上着をはおった。

「なんてこった」クリスチャンがささやいた。

サイモンはヘンリーに合図をし、向きを変えて戻っていった。もうランタンは必要ない。すでに日が昇り、もやを蒸発させ、クインシー・ジェームズが二度と目にすることのない新しい一日の到来を告げている。サイモンの両手はまだ震えていた。

「出かけている？　どうしてこんな時間に出かけるのですか？」ルーシーはニュートンをじっと見つめた。

夜明けの空を染めていたピンク色が消えたばかりだというのに。道路の掃除人たちが、丸石を敷き詰めた道の上で荷車をごろごろ押して家に戻っていく。隣の家でメイドが扉をばんと開け、使用人用の階段を力を込めて拭き始めた。ルーシーは朝早く公園で馬乗りをするため、サイモンのタウンハウスにやってきたのだった。当初の約束どおりロザリンドの家で待っていればよかった。しかし、ゆうべ食事の席で、ロザリンドから明日はものすごく早起きをして、新しい料理人と一緒に魚市場へ行ってくると告げられた。料理人が二晩続けて鮮度の落ちた魚を出したので、ロザリンドは新鮮なフエダイの選び方を教えなくてはいけないと思ったらしい。ルーシーはこのチャンスに飛びつき、一人で馬に乗って、少し早めにサイモンに会いにきたのだった。

それなのに、今はこうして、王様の前にやってきた哀れな嘆願者のように玄関に突っ立っている。この場合、王様は執事のニュートンだ。こんな早い時間にもかかわらず、ニュートンは銀と黒のお仕着せと、美しいことこの上ないかつらで見事に着飾っていた。古代ローマ人なら誇りに思ったであろうわし鼻越しに、ルーシーをじっと見下ろしている。

「わたくしには申し上げられません」普段は死人のように青ざめている執事の頬が二カ所、真っ赤になった。

ルーシーは疑わしそうにその頬を見た。自分の顔も熱くなってきた。まさかサイモンはほかの女性と一緒にいるのではないでしょうね？　もちろん、そんなはずはない。わたしたちは一週間もしないうちに結婚するのよ。そう思ったにもかかわらず動揺した。わたしはサイモンのことをほとんど知らない。もしかすると、わたしが思い違いをしていたのかも。彼が〝夜が明けたら〟と言ったのは、上流階級ならではのたとえで、本当は一〇時という意味だったのかもしれない。あるいはわたしが曜日を間違えたか――。

そのとき、大きな黒い馬車ががたがた音を立ててやってきて、物思いはさえぎられた。振り返って見ると、馬車にはイズリーの紋章がついている。従僕が飛び下り、踏み段を置いた。現れたのはヘンリーとミスター・フレッチャー。ルーシーは眉をひそめた。どうして……？それからサイモンが降りてきた。ルーシーの背後でニュートンが声を上げる。こんな寒い朝だというのに、サイモンはシャツ姿だ。片方の袖には血の筋がついており、上腕に当てている布に血が染み込んでいた。胸の部分には赤い線が数本、細く弧を描いている。血だらけの姿とは妙に対照的だったのは、彼が着けている真っ白なかつらだ。

ルーシーは息が詰まった。胸いっぱいに息を吸い込めそうにない。彼はどれほどひどい怪我をしているのだろう？　彼女はよろよろと階段を下りた。「どうなさったの？」

サイモンが立ち止まり、青白い顔で彼女をじっと見つめた。まるで見覚えのない人間を目にしたかのように。「くそっ《メルド》」

しゃべれることだけはたしかね。「ニュートン、お医者様を呼んで！」

執事が命令に従ってくれたかどうか、わざわざたしかめはしなかった。もし目をそらしたら、サイモンが倒れてしまうのではないかと思ったのだ。通りにいる彼のもとにたどり着いて手を差し出したものの、これ以上傷つけてはいけないと思うと、実際に触れるのはためらわれた。

「どこを怪我なさったの？　おっしゃって」声が震えた。

サイモンはルーシーの手を取った。「大丈夫だ――」

「出血しています！」

「医者は必要ないし――」

「子爵はジェームズを殺した」出し抜けにミスター・フレッチャーが言った。

「何ですって？」ルーシーは若いほうの男を見た。

彼は惨事を目撃したかのように、ぼう然としている。いったい何があったの？

「通りでそんな話はするな。信心深い人々がこぞって、隣人の噂話をしてやろうと聞き耳を立てているというのに。やめてくれ」サイモンが言った。疲労困憊しているのか、語尾を引き伸ばすような話し方をしている。「じっくり話して決着をつけよう。その必要があるのなら、居間でな」ルーシーの手首をつかんでいる指が血でべたべたしている。「中へ入ってくれ」

「腕が――」

「ブランデーがあればすぐによくなる。できれば口から摂取したいがね」サイモンはルーシーを引っ張って階段を上らせた。

二人の背後でミスター・フレッチャーが大声で言った。「帰らせていただきます。もうたくさんだ。申し訳ない」

サイモンは階段の途中で足を止め、ちらっと振り返った。「おお、さすがに若者は立ち直りが早いな」

ミスター・フレッチャーがものすごい勢いで向きを変える。「あなたは彼を殺した！　なぜ殺さねばならなかったのです？」

まあ、なんてこと。ルーシーは目を見張り、口もきけないままサイモンの若い友人を見た。恐怖が胸を満たし、身がすくむ。

「クリスチャン、あれは決闘だ」サイモンはほほえんだが、声は相変わらずざらついている。

「わたしが楽しくガボットを踊るつもりだったとでも思っていたのか？」

「まったく！　おっしゃっていることの意味がわかりません。あなたのことがわかっているとも思いませんけどね」ミスター・フレッチャーは首を横に振り、立ち去った。

わたしも同感だと言うべきかしら？　サイモンは人を殺したことをたしかに認めた。胸についた血痕は彼の血ではないと悟り、ルーシーは恐ろしくなった。一気にほっとすると同時に、もう一人の人物の死を喜んでいる自分に罪悪感を覚えたのだ。サイモンはルーシーを連れて扉を通り、玄関広間へ入った。三階上の天井に描かれた古代の神々は、下界の大騒ぎにも動じることなく雲の周りをぶらついている。サイモンはルーシーを引っ張って廊下を進み、両開きの扉を通り抜けて居間に入った。

二人の背後でニュートンが不満げな声で言った。「旦那様、白い長椅子はおやめください」

「長椅子がどうなろうと知るか」サイモンはルーシーを引き寄せ、染み一つないその長椅子の自分の隣に座らせた。「ブランデーはどうした?」

ニュートンはクリスタルのグラスにブランデーを勢いよく注ぐと、ぶつぶつ言いながら主人のもとへ運んだ。「血がついたら、絶対に落ちないのですよ」

サイモンはグラスの半分を飲み干して顔をしかめ、長椅子の背に頭をもたせかけた。「張り替えさせよう。それでおまえの気が済むならな。さあ、ニュートン、もう出ていけ」

ヘンリーが部屋に入ってきた。水が入ったたらいとリンネルの布を何枚も持っている。

「ですが、旦那様、腕が――」執事が言いかけた。

「出ていけ」サイモンは目を閉じた。「おまえもだ、ヘンリー。包帯を巻いて、薬を飲ませて、母親のように世話を焼きたいなら、あとにしてくれ」

ヘンリーはルーシーを見て、眉をすっと上げた。それから黙ったまま彼女のわきにたらいと包帯を置き、部屋を出ていった。サイモンはまだルーシーの手首をつかんでいる。彼女は空いているほうの手を伸ばし、切り裂かれたシャツの袖を慎重に引き上げた。布地の下で、細い傷口から血がにじみ出ている。

「ほっといてくれ」サイモンがつぶやいた。「ほんのかすり傷だ。見た目がひどいだけで、たいしたことはない。本当だ。出血多量で死んだりはしないさ。少なくとも今すぐには」

ルーシーは唇をとがらせた。「わたしは執事ではありません。それを言うなら、近侍でもありませんけど」

「もちろんそうだ」サイモンはため息をついた。「ああ、忘れていた」

「では、これからもずっと忘れないようにしてください。あなたの生活において、わたしはまったく別の役割を――」

「そのことではない」

「え？」

「今朝、馬乗りに出かけることになっていたのを忘れていた。ばかだな、わたしは。きみは、だからここにいるのだな？」

「ええ。ごめんなさい。ロザリンドと一緒に早く家を出てしまって……」

「ロザリンド？　彼女はどこにいる？」サイモンの言葉は不明瞭だった。疲れ果てて、ろくにしゃべることもできないといった感じだ。

「魚市場です。もう黙って。そんなこと、どうでもいいでしょう」

彼は聞いていない。「取り返しのつかないことをしてしまった。それでもきみは、わたしを許してくれるだろうか？」

ばかばかしい。涙がこみ上げ、目がちくちくした。どうしてこんなばかげた言葉でわたしの怒りをそらせてしまえるのだろう？　「何を許すのです？　気になさらないで。何であれ、わたしはあなたを許します」ルーシーは片手で布を水に浸した。「手を放していただいたほうが楽なのですが」

「だめだ」

ルーシーはぎこちない手つきで血をぬぐった。本当は袖を全部、切り離してしまうべきなのに。咳払いをし、声を落ち着けてから訊いてみた。「本当に人を殺したの？」

「ああ。決闘でな」サイモンは相変わらず目を閉じている。

「それで、相手の攻撃を受けて怪我をしたのね」ルーシーは布を絞った。「何が原因で決闘をなさったの？」声の調子が乱れないように気をつける。ちょっと時間でも尋ねているかのように。

沈黙。

ルーシーは包帯に目をやった。こんなふうに手首をつかまれたままでは、彼を介抱することができない。「両手が使えないと、包帯が巻けません」

「だめだ」

ルーシーはため息をついた。「サイモン、いつかは手を離さなければいけないでしょう。それにあなたの腕は絶対、消毒をして包帯を巻くべきだと思います」

「容赦のない天使だ」サイモンはようやく目を開けた。アイスグレーの瞳が真剣な表情をしている。「約束してくれ。きみの母上の思い出に懸けて、もし天使の翼を返しても、わたしのもとを離れないと約束してほしい」

ルーシーは目をしばたたいて言われたことについて考えたが、結局、これ以外の答えは本当に出てこなかった。「約束します」

サイモンが身を傾けてきた。ここまで近づくと目の中の氷のかけらが見えるようだ。「ちゃんと言ってくれ」

「母の思い出に懸けて約束します」ルーシーがささやいた。「わたしは、あなたのもとを離れません」

「ああ、神よ」

今のが悪態だったのか、祈りだったのかわからなかったが、彼の唇が下りてきてルーシーの唇にきつく重なった。彼女の唇を噛み、なめ、吸っている。まるで彼女を食い尽くし、吸い込んでしまおう、そうすれば彼女はけっして自分を見捨てることはないだろうと思っているかのように。ルーシーは猛攻撃を受け、うめいた。頭が混乱し、すっかり夢中になっている。

サイモンは頭を傾け、舌を差し込んできた。ルーシーが肩をぎゅっとつかむと、彼女を長椅子に押し倒して上に乗り、がっしりした太ももで彼女の脚を押し広げていく。そのままじっと動かなくなり、幾重にもなったスカートの上からでも彼の硬くなったものを感じ取ることができた。ルーシーは背を弓なりにそらし、サイモンに体を押しつけた。息もできないほどあえいでおり、空気をちゃんと吸えないようだ。サイモンが彼女の乳房を手で包んだ。彼の手はとても熱く、胴着《ボディス》越しにその熱が伝わって、今までどの男性からも愛撫されたことのない場所に焼き印を押している。

「天使よ」サイモンは唇を離し、ルーシーの頬にささやきかけた。「きみを見たい。きみに触れたい」それから、彼女の頬に開いた唇を這わせた。「ドレスを下ろさせてくれ。きみの姿を見せてくれ。頼む」

ルーシーは身震いした。サイモンは彼女の体に指を這わせ、なでたり、もんだりしている。乳首がつぼみのようにすぼまるのがわかり、ルーシーはそこに触れてほしい、触れてくれなきゃだめ、と思った。二人の素肌を隔てるものはいっさい脱ぎ捨てて、裸で触れ合いたい。

「ええ、わたしも――」

誰かが扉を開けた。

サイモンは怒りをあらわにし、部屋に入ってきた人間を長椅子越しににらみつけた。「出ていけ！」

「旦那様」ニュートンの声だ。

今この場で消えてしまえたらいいのに……。ルーシーは長椅子の上であたふたした。

「今すぐ出ていけ！」

「義理のお姉さまがお見えですが。レディ・イズリーは、旦那様の馬車が家の前にあるのをご覧になったようで、どうしてまだミス・クラドック＝ヘイズと馬乗りに出かけていないのかと心配しておられます」

消えてしまえないのなら、屈辱で死んでしまうかもしれない……。

サイモンは静かになり、苦しそうに息をしている。「知るかっ」

「承知いたしました」執事は無表情で答えた。「青の間にご案内いたしましょうか？」

「ニュートン、おまえの目は節穴か！　ここ以外ならどこでもいい」

扉が閉まった。

サイモンはため息をつき、ルーシーに額を重ねた。「何もかも、わたしが悪い」彼の唇が彼女の唇をかすめた。「ロザリンドに見られる前に、わたしは姿を消したほうがいい。ここにいなさい。ヘンリーにショールを持ってこさせよう」彼は立ち上がり、大またで扉に向かった。

ルーシーは自分を見下ろした。ボディスに血の手形がついている。


「あら」ロザリンドのタウンハウスの三階にある小さな居間の戸口にポケットが立っていた。ルーシーを見て一歩一歩近づいてくる。「ここにいたのね」

「ええ」ルーシーは握りこぶしで支えていた額を上げ、笑みを浮かべようとした。昼食のあと、今朝の出来事について考えようと思い、この部屋にやってきたのだ。ロザリンドは頭痛がすると言って床に就いてしまったが、それも仕方のないこと。サイモンは、せっかく訪ねてきたロザリンドに挨拶もしなかった。怪我を見られぬよう、自分の部屋に隠れていたのだ。彼女は何かおかしいと思ったに違いない。おまけにロザリンドのタウンハウスに戻る道中、ルーシーはほとんど黙っていたので、二人は結婚を取りやめようとしていると思ってしまったのだろう。とにかく午前中はたいへんだった。

「構わなかったかしら？」今度はルーシーがポケットに尋ねた。

少女はその質問について考えているかのように顔をしかめた。「と思う」廊下の向こうのほうから人の声がすると振り返り、急いで部屋の中に入ってきた。それから持ってきた木の箱を下に置き、とても慎重に扉を閉めた。

その途端、ルーシーはこれは怪しいと思った。「お勉強の最中じゃないの？」

少女は冷たい色合いの青いドレスを着ており、完璧な巻き毛のおかげで天使のように愛らしかったが、そんな外見とは裏腹に、ちゃっかりした表情の目をしていた。「ナニーはお昼寝中なの」明らかに、質問をはぐらかす叔父のやり方を習得している。

ルーシーはため息をつき、ポケットがつづれ織りの敷物のところまで箱を運び、スカートを引き上げ、あぐらをかいて座る様子を見守った。掃除をしたばかりだというのに、この奥の居間には打ち捨てられた雰囲気が漂っている。客をもてなすには狭すぎるうえ、タウンハウスの三階に位置し、下の階の寝室と、上の階の子供部屋に挟まれている。それでも窓からは裏庭が見渡せ、午後の太陽が差し込んでくる。二脚ある肘掛け椅子の一つは茶色で、片方の肘掛けの部分がなくなっており、もう一脚は薔薇色のビロードがはげかかっていたが、どちらも大きくて座り心地がいい。それに、あせた薔薇色や茶色に加え、敷物の緑色が心を落ち着かせてくれる。独りになって考え事をするには申し分のない場所だと思ったのだ。

間違いない、ポケットもそう思ってやってきたのだろう。

少女が箱を開けると、中には彩色を施したブリキの兵隊が並んでいた。サイモンからもらった禁断の贈り物だ。立っている兵隊もいれば、ひざまずいている兵隊もいる。皆、肩にライフルを担いで、発射の態勢を整えている。馬に乗っている兵隊、大砲を構える兵隊、背嚢《はいのう》を背負っている兵隊、銃剣を持っている兵隊もいる。これだけ勢ぞろいしたブリキの兵隊は見たことがなかった。明らかに高級なおもちゃの軍隊だ。

ルーシーは小さな兵隊を一つ手に取った。気をつけの姿勢で立ち、横にライフルを置いており、頭に背の高い軍帽をかぶっている。「よくできてるわね」

ポケットは射すくめるような目でルーシーを見た。「それはフランス人。敵よ。青い軍服でしょう」

「ああ」ルーシーは兵隊を返した。

「二四個あるの」少女は敵側のキャンプを設営しながら続けた。「前は二五個だったんだけど、ピンキーが一個持っていって、頭を嚙み切ってしまったのよ」

「ピンキーって？」

「お母様の子犬。ほとんどお母様のお部屋にいるから、まだ見てないのね」ポケットは鼻にしわを寄せた。「あの子、臭いのよ。それに、息をするとき、くんくん言うし。鼻がぺしゃんこなの」

「ピンキーのことが好きじゃないのね」

ポケットが激しく首を縦に振る。「ほら、これ……」と言って、頭のないブリキの兵隊を差し出した。残った体にぞっとするような歯形がついている。「サイ叔父様が〝戦いの犠牲者〟だって」

「そうね」

　ポケットが頭の取れた兵隊を絨毯の上に置き、二人でそれをじっと見つめた。「砲撃のせい」ポケットが言った。

「え？」

「砲撃のせい。この兵隊さんは、大砲の弾《たま》で頭を吹き飛ばされたの。サイ叔父様は、おそらく弾が飛んでくるのも見えなかったんだろうって言ってた」

　ルーシーは眉を吊り上げた。

「イギリスをやりたい？」ポケットが尋ねた。

「何ですって？」

　ポケットに悲しげな目を向けられ、ルーシーは自分の地位がピンキー、すなわち兵士をむさぼり食う犬のレベルまで落ちてしまったのではないかと思って気が滅入った。「イギリス軍をやってもらえる？　わたしがフランス軍をやるから。フランス人《フロッグ》になりたいっていうなら別だけど」ポケットは、あなたはそこまでばかなのと言いたげに尋ねた。

「いいえ、イギリス軍をやるわ」

「よかった。じゃあ、そこに座って」ポケットが自分の正面を示し、ルーシーは、これは床に座ってやる遊びなのだと気づいた。

　とがめるような少女の目に監視されつつ、ルーシーは敷物の上にしゃがみ込み、赤いブリキの兵隊を並べた。実のところ、こうしているといくぶん心がなごんだ。考え事を一休みする必要がある。今日はずっと、サイモンと結婚すべきかどうか思いを巡らせていた。今朝、彼が見せた暴力的な一面はぞっとするものだった。彼に傷つけられるかもしれないと思ったからではない。どういうわけか、絶対にそんなことはしないとわかっている。わたしを不安にさせるのは、サイモンのあんな一面を見てしまったにもかかわらず、彼に惹かれる気持ちが依然、衰えていないこと。彼は自分が殺した男の血にまみれていたのに、わたしは彼と一緒に長椅子で転げ回ってさえいたのだから。血まみれであろうが、どうでもよかった。今もそう思っている。もし彼が今部屋に入ってきたら、また屈してしまうかもしれない。おそらく、それが本当の問題なのだろう。わたしは彼が及ぼすであろう影響を恐れている。彼のせいで、これまで学んできた善悪の判断を投げ捨ててしまうかもしれない。自分を失ってしまうかもしれない。ルーシーは身震いした。

「そこじゃないわ」

ルーシーは目をしばたたいた。「何？」

「大尉の位置」少女が派手な帽子をかぶった兵隊を指差した。「大尉は部下の前にいなきゃだめ。優秀な大尉は常に部下の先頭に立って戦いに臨むんだって、サイ叔父様が言ってる」

「そうなの？」

「うん」ポケットはきっぱりとうなずき、ルーシーの兵隊を前に出した。「こういうふうにね。準備はいい？」

ーの兵隊を滅ぼした。


「うーん……」何の準備？「と思うけど」

「大砲の用意」少女が低い声で言った。それから、ブリキの大砲を前に転がし、そのわきにこぶしを置いた。「発射!」親指ではじくと、ビー玉が敷物を横切って飛んでいき、ルーシーの兵隊を滅ぼした。

　ポケットがはやしたてる。

　ルーシーは口をぽかんと開けた。「そんなことしていいの?」

「これは戦争よ」ポケットが言った。「騎兵隊の攻撃!」

　ルーシーは、このままではイギリス軍が負けてしまうと気づいた。「大尉の命令だ、全員、配置につけ!」

　二分後、戦場は大虐殺の場と化していた。もはや立っている兵士は一人もいない。

「さあ、あとはどうするの?」ルーシーは息を切らしながら言った。

「埋葬するのよ。勇敢な兵隊さんは皆、ちゃんとお葬式をしてあげなくちゃ」ポケットは戦死した兵士を並べた。

　この遊びは、どこまでサイ叔父様の指示どおりにやらなければいけないのだろう、とルーシーは思った。

「主の祈りを唱えて、賛美歌を歌うの」少女は兵隊たちを優しくなでた。「お父様のお葬式のときにもそうしたわ」

　ルーシーが顔を上げた。「そうなの?」

ポケットがうなずく。「主の祈りを唱えて、棺の上に土をかぶせたわ。でも本当は、棺の中にお父様はいなかったの。だから、お父様が土で押しつぶされてしまう心配はしなくても大丈夫なのよ。サイ叔父様がね、お父様は天国にいて、わたしを見守っているんですって」

兄の墓地のそばで、自らの悲しみは抑えてこの少女を慰め、彼女の父親が土の中で窒息することはないと子供にもわかる言葉で説明していたサイモンを想像し、ルーシーは心が静まった。なんて思いやりのある振る舞いなのだろう。サイモンのこの新たな一面を、どう考えればいいのだろう？　彼が単に人殺しをする人間であるなら、冷淡で思いやりのない人間であるなら、話はもっと簡単なのに。でも彼はそういう人じゃない。優しい叔父であり、ガラスの大聖堂で自ら薔薇の栽培をする人よ。わたしを必要としているかのごとく振る舞い、あなたのもとを離れませんと約束させた人。

あなたのもとを離れません。

「もう一回、やりたい？」ポケットがルーシーを見つめ、じっと答えを待っている。

「ええ」ルーシーは兵隊を集め、きちんと立たせた。

「よかった」ポケットが自分の兵隊の配置に取りかかる。「あなたが叔母様になってくれてうれしいわ。兵隊ごっこをしてくれるのは、あとサイ叔父様だけなんだもの」

「わたし、兵隊ごっこをしてくれる姪が欲しいなって、ずっと思っていたのよ」ルーシーはポケットを見上げてほほえんだ。「結婚したら、あなたを招待するから一緒に遊びましょう」

「約束してくれる？」

ルーシーはきっぱりとうなずいた。「約束する」

11

「緊張しているのか？」デラーフが尋ねた。

「してない」サイモンは手すりまでゆっくりと歩いていき、くるりと向きを変えて、またぶらぶら戻ってきた。

「緊張しているように見えるから訊いたのだ」

「緊張などしていない」サイモンは頭を傾け、身廊のずっと先を目で探った。彼女はいったいどこにいる？

「たしかに、緊張されているようですね」今度はパイが妙な目つきで彼を見る。

サイモンは意識して自分を落ち着かせ、深呼吸をした。結婚式の日の朝、時刻は一〇時を回ったばかり。正装用のかつら、綾織の黒い上着、刺繍を施した銀色のベスト、赤いヒールのついた靴という装いで、彼は指定された聖なる教会に立っていた。友人と温かい家族――まあ、とにかく、義理の姉と姪はいる――に囲まれて。ポケットは前の席で跳びはねており、ロザリンドが娘を静かにさせようとしていた。その後ろの列にいるクリスチャンはぼんやりした顔をしている。サイモンは眉をひそめた。あの決闘以来、彼とは話をしていない。時間がなかったのだ。あとで話をしないといけないな。牧師ももうここにいる。名前も忘れかけている若い男だ。デラーフとハリー・パイまでやってきた。デラーフは泥だらけのブーツを履いていて田舎地主のようだし、地味な茶色の服を着ているパイは、教会の管理人と間違えられるかもしれない。

いるべきところにいないのは花嫁だけだ。

サイモンは通路を突進し、正面の扉から外をうかがいたい衝動を抑えた。さながら、ウナギを届けにくる魚屋を不安げな顔で待つ料理人といったところだ。ああ、彼女はいったいどこにいる？　あれからもう一週間近く経つが、ジェームズとの決闘から戻ったところを見られて以来、彼女と二人きりになる時間はなかった。ほかの人たちが一緒にいるとき、彼女は満足しているように見えたし、笑いかけてくれたが、この病的な不安を払いのけることができない。彼女は心変わりをしたのだろうか？　肩から血をしたたらせ、不名誉のしるしのごとく胸に死んだ男の血痕をつけていたにもかかわらず、彼女を抱こうとして不快な思いをさせたのだろうか？　サイモンは首を横に振った。たしかに、厳しい道徳観を持つ我が天使をうんざりさせたことは言うまでもない。きっと、ぞっとさせてしまったのだ。彼女が約束を反故《ほご》にするほどひどい行いだったのだろうか？　約束してくれたのに。母上の思い出に懸けて、わたしのもとを離れないと。

それほどひどいことだったのか？

サイモンは、一五メートル上の丸天井に向かってそびえ立つみかげ石の柱まで歩いていった。二列に並んだ円柱ははるか頭上で天井を支えており、ピンク色のみかげ石には、彩色を施した四角い装飾がはめ込まれている。それぞれの四角は金箔で縁取られ、まるで見る者に輝く来世が待ち受けているであろうことを思い出させるかのようだ。わきに目をやると、セント・メリーズ教会の礼拝堂の中をのぞくことができた。静かに足元を見下ろす、年ごろの聖女マリアの彫像が立っている。美しい教会だ。ただし、美しい花嫁が欠けている。

「あいつはまたうろうろしている」デラーフが言った。本人は声を落としたつもりだったのだろう。

「緊張されていますね」パイが答える。

「緊張などしていない」サイモンは歯を食いしばって言った。指輪があった場所をさすり、それがなくなってしまったことを思い出す。向きを変えてゆっくり戻ってくると、パイとデラーフが意味ありげに視線を交わしているところを見てしまった。素晴らしい。友人たちは、いよいよわたしの頭がおかしくなったと思っている。

教会の正面入り口のほうからきーっという音がし、誰かが大きなオーク材の扉を開けた。サイモンがくるりと向きを変える。父親にエスコートされ、ルーシーが入ってきた。薔薇色のドレスをまとい、スカートの前の部分が後ろに引っ張られて、淡い緑色のペチコートがのぞいていた。ドレスの色が肌を輝かせ、目元、眉、完璧にまとめられた髪が陰を帯びて見える。暗い色の葉に囲まれた一輪の薔薇のようだ。ルーシーが彼を見てほほえんだ。美しい。ただただ美しい。

彼女に駆け寄り、腕をつかみたい。だがサイモンは姿勢を正し、デラーフの隣に移動した。近づいてくる彼女を見守り、辛抱強く待つ。もうすぐだ。もうすぐ彼女はわたしのものになる。もう、彼女を失うのではないか、彼女がわたしを見捨てるのではないかと心配しなくていい。ルーシーが彼の曲げた腕のくぼみに手を添えた。彼はもう一方の手で、そこをしっかり握りしめたい衝動を抑えた。大佐が彼をにらみつけ、ゆっくりと娘の腕を解放する。面白くないのだな。結婚の許しを求めたとき、わたしにはわかっていた。もしルーシーがもっと若いか、娘はあまり愛されていないと見なされれば、父親にたちまちおっぽり出されてしまうだろう、と。しかし予想に反し、我が天使の決意は、きっぱり反対する父親をも圧倒してしまったのだ。サイモンは父親に向かってほほえむと、衝動に屈して彼女の手をつかみ、自分の腕に押しつけた。これで彼女はわたしのものだ。

大佐はその仕草を見逃さず、赤ら顔が険悪になった。

サイモンは頭をかがめ、ルーシーに顔を近づけた。「来てくれたのだね」

彼女は大まじめな顔をしている。「当たり前です」

「あの朝以来、来てくれるのかどうか確信が持てなかった」

「そうなのですか？」ルーシーは不可解な目で彼をじっと見ている。

「ああ」

「約束したでしょう」

「そうだな」彼女の顔を探ってみたが、それ以上の表情は読み取れない。「ありがとう」

「よろしいですか？」牧師があいまいな笑みを浮かべる。

サイモンは体を起こし、うなずいた。

「親愛なる皆様——」牧師が語り始める。

サイモンはルーシーと自分を結びつける言葉に意識を集中させた。これでようやく、彼女を失うのではないかという不安も消え去ってくれるかもしれない。あの不安は葬り去られるかもしれない。彼女がわたしにまつわることで何を発見しようと、わたしがどんな恐ろしい過ちを犯そうと、この先どんな重大な罪を犯そうと、わたしの天使は主人のもとに留まっていなければならないのだ。彼女はわたしのものだ。今も、これからもずっと。


「奥様、メイドをお手伝いに上がらせますので」その晩、ルーシーの背後でニュートンが抑揚をつけた口調で言った。

ルーシーは目をしばたたき、ちらっと振り返った。「ああ、そうね……。ありがとう」

執事がそっと扉を閉める。ルーシーは向き直り、その部屋に、自分の部屋に、ぽかんと見とれた。それまでロザリンドのタウンハウスの寝室は素晴らしいと思っていたけれど……。壁はダマスク織の薔薇色のクロスで覆われており、心を落ち着かせる温かな色合いのおかげで、包み込まれるような親しみが感じられる。足元に広がる柄物の絨毯はとても厚く、靴のヒールが埋まってしまう。上を見ると、天井にはキューピッドか天使が描かれているが、夕暮れ時の薄明かりでは見分けがつかない。もちろん、天井の縁は金箔で彩られている。

そして部屋の中央には、高さのある二つの窓に挟まれてベッドが置かれていた。

でもこの家具をベッドと呼ぶのは、セント・ポール大聖堂を教会と呼ぶようなもの。ルーシーがこれまで目にした中ではいちばん派手で、大きくて、贅を尽くしたベッドだ。マットレスは床から優に九〇センチは高い位置にあり、片側に踏み段がついている。おそらくベッドに登るためだろう。四隅に立っているがっしりした支柱は彫刻と金箔の装飾が施され、金色のロープでまとめられた赤紫のビロードのカーテンがかかっており、その下からピンク色のガーゼ地のカーテンがのぞいていた。実際のベッドリネンには亜麻色のサテン地が使われている。ルーシーはためらいがちに指で触れてみた。

そのとき、誰かが扉を叩いた。

ルーシーはくるっと振り返り、目を見張った。サイモンはノックをするかしら？「どうぞ」

扉の向こうからモブキャップがのぞいた。「ミスター・ニュートンに言われてまいりました。奥様、お着替えをお手伝いいたしましょうか？」

「ありがとう」ルーシーはうなずき、小柄な女性が急ぎ足で部屋に入ってくる様子を見守った。そのあとを追って、もっと若い女の子も入ってきた。

年上のメイドは、さっそく衣装戸棚の中をかき回し始めた。「レースのシュミーズがよろしいですよね、奥様？初夜ですものね？」

「ああ、そうね」ルーシーはみぞおちのあたりがそわそわした。

メイドはそのシュミーズを持ってくると、ドレスの背中のホックをはずし始めた。「下のキッチンでは、今朝の結婚披露宴の話で持ちきりなんですよ。なんて立派だったのでしょう。旦那様の近侍をしているヘンリーでさえ感心していましたからねえ」

「ええ、とてもすてきだったわね」ルーシーは緊張をゆるめようと努めた。ロンドンに来て二週間が過ぎたというのに、相変わらず、かしずかれることには慣れていない。五歳のときから、人に着替えを手伝ってもらったことはなかったのだ。ロザリンドは自分のメイドの一人にルーシーの身の回りの世話をやらせていたのだが、ルーシーがサイモンの妻となった今、メイドは二人必要だと思ったらしい。

「イズリー様はとても素晴らしいセンスをお持ちでいらっしゃいます」年上のメイドはうっと声を上げ、身をかがめて最後のフックをはずした。「それに披露宴のあと、旦那様はご婦人方をロンドン巡りにお連れしたんですってね。お楽しみになられましたか？」

「ええ」ルーシーはドレスをまたいで脱いだ。その日はほとんどサイモンと一緒にいたが、二人きりになることはなかった。ようやく結婚して儀式も終わったのだから、これからはともに過ごせる時間が増え、お互いを知ることができるかもしれない。

メイドは手早く衣類を集め、年下のメイドに渡した。「さあ、ちゃんと点検するのよ。染みを一つも残したくないのでね」

「かしこまりました」少女が甲高い声で言う。せいぜい一四ぐらいにしか見えないし、年上のメイドを畏れ敬っているのは明らかだ。もっとも、背はその子のほうがずっと高い。

ルーシーが深く息を吸い、メイドがコルセットをはずす。ペチコートとスリップが素早く脱がされ、頭からシュミーズがかぶせされた。それからメイドは、もう我慢できないと思うほど強く髪にブラシをかけた。この大騒ぎのおかげで、今夜これから起こることについて、たっぷり心配する時間ができてしまった。

「ありがとう」ルーシーはようやく言った。「今夜はもうこれでいいわ」

メイドは膝を曲げてお辞儀をし、部屋を出ていった。いきなり独りきりになったルーシーは、暖炉のそばにある椅子の一つに崩れ落ちるように腰かけた。わきにあるテーブルにはワインのデカンターが置かれている。彼女は考え深げに、しばらくそれをじっと眺めていた。ワインは感覚を鈍らせてくれるかもしれない。でも、緊張した気持ちを静めてはくれないのはわかりきっている。それにわたしは感覚を鈍らせたいとは思っていない。たとえどんなに緊張しているとしても。

扉をそっと叩く音がした。廊下側の扉ではなく、もう一つの扉から。おそらくその向こうは続き部屋になっているのだろう。

ルーシーは咳払いをした。「どうぞ」

サイモンが扉を開けた。ブリーチと長靴下とシャツを身につけたままだが、ベストと上着は脱いでおり、かつらはかぶっていない。彼は戸口で一瞬、立ち止まった。ルーシーは彼の表情を見極めるのにしばらくかかってしまった。彼はどうすべきかわからないようだ。

「そこはあなたのお部屋なの？」ルーシーは尋ねた。

サイモンは顔をしかめ、ちらりと振り返った。「いや、ここは居間だ。実はきみの居間なのだよ。見てみるかい?」

「ええ、ぜひ」ルーシーは優美なレースのシュミーズの下が裸であることを思いきり意識しながら立ち上がった。

サイモンが後ろに下がると、薔薇色と白で彩られた部屋が目に入った。いくつかの長椅子と肘掛け椅子があちこちに置かれていて、奥の壁に扉が一つある。

「あの向こうがあなたのお部屋?」ルーシーは奥の扉をあごで示した。

「いや。あそこはわたしの居間だ。残念ながらかなり暗い部屋でね。内装をさせたご先祖は陰気な人間で、茶色以外のいかなる色もよしとしなかったらしい。きみの部屋のほうがずっといい」サイモンは指で戸枠を軽く叩いた。「居間の隣は衣装部屋。そこも同じく陰気な部屋だ。で、その向こうが寝室になるが、幸いなことに、そこは自分の好きな色で装飾することができた」

「あらまあ」ルーシーは眉をすっと上げた。「はるばる遠くからいらしたのね」

「そのとおり。わたしは――」サイモンは突然笑いだし、片手で目を覆った。

ルーシーはかすかに笑みを浮かべたが、何がおかしいのかわからなかった。それどころか、二人がついに夫婦となり、自分たちの部屋で二人きりになった今、彼と何をすればいいのかわからない。すべてがぎこちなくて困ってしまう。「何なの?」

「すまない」サイモンが手を下ろすと、頬が赤くなっているのがわかった。「結婚初夜にこんな会話をするとは思っていなかったのだが」

彼は緊張している。それに気づいたことで、ルーシーの不安はいくぶんやわらいだ気がした。彼女は向きを変え、自分の寝室に戻った。「では、どんなお話ならいいのかしら?」

彼が扉を閉める音がした。「もちろん、ロマンチックな話を雄弁に語り、きみを感動させるつもりだった。きみの額の美しさには動じないようにしようと思っていたのだが」

ルーシーは目をしばたたいた。「わたしの額?」

「そう。きみの額を見ると、わたしは怖じ気づいてしまうという話はしたことがあったかな?」サイモンが背後にやってくると、背中に彼の温もりが感じられた。だが、ルーシーに触れてはいない。「とてもなめらかで、白くて、広い額だ。その境目は、何でもわかっているような、まっすぐな眉毛で終わっている。まるで判決を宣告するアテナの女神像だ。もし戦いの女神がきみのような額をしていたのなら、古代人がその女神を崇拝し、恐れたのも無理はない」

「たわ言です」ルーシーがつぶやいた。

「たしかに、たわ言だ。結局わたしは、たわ言しか言えないのだ」

ルーシーは顔をしかめ、その言葉を否定すべく振り返ったが、彼も一緒に動いてしまい、その顔を見ることができなかった。

「わたしは、たわ言の君主」サイモンはルーシーの耳元でささやいた。「茶番劇の王、無意味の皇帝」

彼は本当に自分をそんなふうに見なしているの？「でも――」

「わたしがいちばん得意とするのは、たわ言だ」彼の顔はやはり見えない。「きみのトパーズ色の瞳とルビー色の唇について、たわ言を言いたい」

「サイモン――」

「きみの頬は完璧な曲線を描いている」彼はすぐそばでつぶやいた。

彼の息がうなじの毛を揺らすと、ルーシーは息が詰まった。サイモンは愛の行為について語ることで、わたしの心を乱そうとしている。その作戦は成功しているわ。「よくしゃべるのね」

「そう、わたしはしゃべりすぎる。そこがきみの夫の欠点だから、これから耐えてもらわねばな」耳元で彼の声がする。「ただ、きみの唇の形と、その柔らかさと、内側の温もりについてざっと説明するにも、かなりの時間を費やさねばならないだろう」

ルーシーは体の芯が締めつけられる気がした。「それでおしまい？」声が低く震えていることに自分でも驚いてしまった。

「まさか。唇のあとは、きみの首に移る」サイモンの手が近づき、喉から数センチ離れたところの空気をなでている。「なんと気品のある、なんと優美な首なのだろう。どれほどそこをなめてみたいことか」

ルーシーの肺は胸いっぱいに息を吸おうとあえいでいた。サイモンは声だけでわたしを愛撫している。彼が手を使ったら、わたしは耐えられるのかしら？

サイモンの言葉が続く。「それに、きみの肩。とても白くて柔らかい」彼はルーシーの肩の上で手を浮かせている。

「それから？」

「きみの乳房を描写したい」声が低く荒くなる。「だが、まずはこの目で見なくては」

ルーシーは震える息を呑み込んだ。彼が耳元で呼吸をしている。彼の存在が体を取り囲んでいるけれど、わたしに触れる素振りは見せない。ルーシーは片手を上げ、喉元のリボンをつかんだ。それをゆっくりと引っ張ると絹の布地がするりとほどけ、静寂の中、たまらないほど親密な衣擦れの音を立てた。シュミーズの合わせ目が開き、胸の上半分の斜面があらわになると、彼の呼吸が乱れた。

「とても美しい。とても白い」彼がつぶやいた。

ルーシーはつばを飲み込み、布地を引っ張って肩に滑らせた。指が震えている。こんなふうに自ら進んで他人に自分をさらけ出そうとしたことは一度もなかったが、彼の荒くなった呼吸の音に駆り立てられていた。

「柔らかそうな小山、陰ができた谷間が見える。だが、かわいらしい先端が見えないな。天使よ、それを見せてくれ」サイモンの声は震えていた。

この人を身震いさせることができるのかと思うと、ルーシーの中で、何か女性らしい、原始的な感情が躍り上がった。彼に自分をさらしたい。わたしの夫に。彼女は目を閉じ、シュミーズをひき下ろした。ひんやりした空気に触れ、乳首がつんと立つ。

サイモンは息を止めた。「ああ、覚えているぞ。あの晩きみに背を向けることが、わたしにとってどんな仕打ちになったかわかるかい？」

ルーシーは喉が詰まり、首を横に振った。わたしも覚えている。むき出しの乳房に彼の熱い視線を感じ、ふしだらにも、彼を激しく求めてしまった。

「去勢されたも同然の気分だった」サイモンは乳房の上に両手を浮かせ、触れることなく曲線をたどっている。「きみに触れてみたくてたまらなかった」

彼の手のひらは肌のすぐそばにあり、体温が感じられそうだったが、触れてはくれなかった。まだ、だめなの？　気がつくと彼の手のほうに強く引き寄せられ、初めての触れ合いを心待ちにしていた。シュミーズの袖から腕を抜いたが、布地は腰に引っかかり、下に落ちてくれない。

「きみが自分でここを触っていたのを覚えている」サイモンは彼女の乳首の上で、空気をつかむように手を丸めた。「触れてもいいのか？」

「わたし……」ルーシーは震えた。「ええ、お願い」

サイモンの両手が下りてきて、胸にそっと触れるさまを見守る。温かい指がルーシーを取り囲んで曲線を描いた。彼女は背中をそらし、乳房を彼の手のひらに押しつけた。

「ああ」サイモンはささやくように言い、円を描きながら乳房をなでた。

ルーシーが自分を見下ろすと、長い指をした大きな手が自分の肌に触れているのが目に入った。たまらないほど男らしい手。たまらないほど独占欲の強そうな手。彼は両手を乳首の先端に持っていき、そこを親指と人差し指で挟んで、優しく、それでいてしっかりとつまんだ。あまりに衝激に、ルーシーは息を吸い込んだ。

「気持ちがいいのかい?」サイモンは彼女の髪に唇を当てて尋ねた。

「わたし……」ルーシーはごくりと喉を鳴らした。答えることができない。気持ちがいいという言葉では足りなかったのだ。

しかし、サイモンにはその反応だけで十分だったらしい。「ほかも全部見せてくれ。頼む」彼の唇がルーシーの頰をかすめ、手のひらは乳房を持ったまま、あやすように揺らしている
「妻よ、どうか見せてくれ」

ルーシーが握りしめていたこぶしを開き、シュミーズが床に落ちた。彼女は裸になった。サイモンが一方の手を素早く動かして引き寄せたので、裸の尻がブリーチの生地をかすめた。彼の体温でブリーチは温かかった。いや、熱いと言ってもいいくらいだ。体を押しつけられ、男性の長くて硬いものが当たっているのがわかる。ルーシーはどうすることもできずに震え始めた。

サイモンは耳元でくっくっと笑った。「言おうと思っていたことはもっとあったが、もう言えない」ルーシーをしっかり抱き寄せ、うめき声を上げる。「死ぬほどどきみが欲しい。わたしは言葉を失ったのだ」

サイモンの腕にいきなり抱き上げられ、ルーシーは彼の銀色に輝く目を見ることができた。彼のあごの筋肉が収縮する。彼がルーシーをベッドに横たえ、片方の膝を彼女のわきに置く

と、マットレスが沈んだ。「最初は痛いものなんだ。わかっているだろう?」左右の腕を後ろに持っていき、頭からシャツを脱ぐ。

むき出しになった胸を目の当たりにして、ルーシーはひどく取り乱し、訊かれたことがほとんど耳に入っていなかった。

「できるだけゆっくりやってあげよう」サイモンの体は引き締まっている。腕と肩に走る筋肉が動き、彼がベッドによじ登ってきた。乳首が立っているが、それと驚くほど対照的なのはなめらかな肌だ。褐色で、平らで、まったくの裸。胸の中央には、ひし形に短い金髪の胸毛が生えている。「あとで嫌われたくないからな」

ルーシーは手を伸ばし、サイモンの乳首に触れた。彼がうめき、目を閉じる。

「あなたを嫌ったりしません」ルーシーはささやいた。

次の瞬間、サイモンはルーシーの上にいた。両手で彼女の顔を挟み、激しくキスしている。ルーシーはくすくす笑いたくなった。もし口の中に彼の舌がなかったら笑っていただろう。こんなふうに彼に求めてもらえるなんて素晴らしい。両手で彼の後頭部をそっと抱き、短く刈られた髪の毛の感触を手のひらでたしかめた。サイモンが腰を沈め、二人の腰が重なると、ルーシーのあらゆる思考はたちまちどこかへ飛び去った。彼は熱かった。乳房の上を滑っていくその胸は汗で湿っていた。ブリーチに包まれたままのがっしりした太ももが、彼女の脚を少しずつ押し開いていく。ルーシーは脚を開き、彼の体の重みを、いや、彼を喜んで迎え入れようとしている。いちばん無防備な部分に彼の体が押しつけられ、ルーシーは一瞬、当惑した。彼女は濡れており、彼のブリーチに染みをつけてしまったに違いない。彼は気にするかしら？　そのとき、彼の下腹部が押し当てられ、ルーシーは思った。

素晴らしい……。

とてつもなく素晴らしい。自分で触れるときよりもはるかに。この体の感覚。いつもこんなに気持ちがいいものなの？　きっと違う。彼のおかげ、わたしの夫のおかげ。ルーシーはこのような男性と結婚できたことを感謝した。彼が再び自分を押しつけてくる。今度は体を上下に滑らせながら。ルーシーはため息をついた。

「すまない」サイモンが唇を離した。顔が引きつっていてユーモアが感じられない。

彼は二人の体のあいだで何やら手探りをしており、ルーシーは悟った。きっと自身を解放しているところなんだ。頭を斜めに傾けてみたが、たしかめる間もなく彼が覆いかぶさってきた。

「すまない」彼が再び言った。このとき口にした言葉には鋭さがあり、少し取り乱しているように聞こえた。「この埋め合わせはする。約束するよ。ただ――」何かがわたしをつつている。「これが終わりさえすれば……。ああ……」サイモンが痛みに耐えるかのように目を閉じた。

そして、中に侵入してきた。彼女を押し広げながら。熱く燃えながら。

ルーシーは体がすくんだ。

「すまない」彼が再び言う。

叫び声を上げないよう、ルーシーは唇の内側を嚙んだ。と同時に、彼の詫びの言葉に妙に心を打たれてしまった。

「すまない」彼がまた同じ言葉を繰り返す。

何かが裂けるのがはっきりとわかり、ルーシーは息を吸い込んだが、声は出さなかった。

サイモンが目を開けた。苦しげな、興奮しているような、激しく怒っているような表情をしている。「ああ、愛しい人、次はもっとよくしてあげると約束する」彼はルーシーの口の端にそっとキスをした。「約束する」

ルーシーは息を整えることに意識を集中させ、彼が早く終わらせてくれることを祈った。

彼の気持ちを傷つけたくないけれど、この行為はもう気持ちがいいとは思えない。

サイモンは口を開き、ルーシーの下唇をなめた。「すまない」

彼の手が入ってきて、二人の体がつながっている部分を軽く愛撫した。ルーシーは思わず痛みを覚悟した。でも、痛くない。気持ちがいい。次の瞬間、それを超える感覚が訪れた。

体の中心から熱いものがあふれ出す。彼が侵入してきたときはこわばったように曲がっていた両脚が、ゆっくりと緊張を解いていく。

「すまない」そうつぶやく声は太く物憂げだ。

彼の親指がルーシーの内側の小さな突起をさする。彼女は目を閉じ、ため息をついた。

彼は円を描いている。「すまない」

ルーシーの中で体を上下に滑らせながら、とてもゆっくり動いている。これなら……まあまあかしら。

「すまない」サイモンがルーシーの口に舌を入れ、彼女はそれを吸った。脚を開き、もっと入りやすいようにしてあげると、彼は口の中でうめき、支離滅裂なことを口走った。すると急に、素晴らしい感覚が再び訪れた。ルーシーはあの親指を出迎え、もっと強く押してほしいとばかりに腰をそらし、彼の肩の筋肉に指を沈めた。サイモンがそれに応え、動きを速める。彼がキスをやめたので、ルーシーはあの目を見ることができた。懇願するような、それと同時に人を魅了するようなアイスグレーの瞳。ルーシーはほほえみ、彼の腰に両脚を巻きつけた。その動きに彼は目を見開き、うめいてからまばたきをして、まぶたを閉じた。次の瞬間、彼は背中をそらし、見えないゴールに到達すべく腕の腱と首を思いきり突っ張らせていた。叫び、波打つように体をうねらせている。ルーシーは彼を見守った。このたくましい、歯に衣着せぬ人を無力にし、言葉にできないほどの悦びを与えている。わたしの体が。このわたしが。

サイモンはルーシーのわきに崩れ落ちた。相変わらず胸を激しく上下させ、目を閉じたまま、呼吸が落ち着くまでそこに横たわっていた。眠ってしまったのだろう、とルーシーは思ったが、彼は手を伸ばして彼女を抱き寄せた。

「すまない」その言葉はひどく不明瞭で、彼がもう一度繰り返さなかったら、何を言ったのかわからなかっただろう。

「しぃっ」ルーシーは彼の湿ったわき腹をなで、ひそかにほほえんだ。「おやすみなさい、わたしの愛しい人」

「なぜ、こんなところに呼び出した？」サー・ルパートは不安げに公園を素早く見回した。まだ朝のとても早い時間で、死ぬほど寒い。見える範囲に人の姿はなかったが、だからといってウォーカーがつけられていないとは限らないし、社交界に出入りしているどこかの小貴族が馬乗りにやってこないとも限らない。サー・ルパートは用心のため帽子のつばを引き下ろした。

「やつが次の行動に移るのを待つわけにはいきません」ウォーカーがしゃべると、息が蒸気となった。

ウォーカーは乗り方をきちんと仕込まれた人間のように馬に乗っているし、実際そうなのだ。六代にわたり、地元では狩りでウォーカー家の人々の右に出る者はいなかった。一家は狩りの達人が多いことで有名だ。たぶんこの男も、歩行練習用のひもにつながれてよちよち歩きができるようになる前から馬にまたがっていたのだろう。

サー・ルパートは自分が乗っている去勢馬の上で体を動かした。彼の場合、馬に乗れるようになったのは大人になってからのことで、それは乗り方を見ればわかる。追い討ちをかけているのが、この不自由な脚。本当に乗り心地が悪くてたまらない。「どうしろというのだ？」

「我々がやられる前にやつを殺すのです」

サー・ルパートはたじろぎ、再び周囲を見回した。ばかめ。もし人に聞かれたら、少なくとも脅迫材料を与えてしまうことになる。だが、もしウォーカーがわたしに代わってこの問題を解決できるとしたら……。「もう二度も試みて、失敗したではないか」

「ならば、またやればいい。三度目の正直と言うでしょう」ウォーカーは相手を見て、牛のような目をしばたたいた。「若い雄鶏じゃあるまいし、夕食用に首をひねられるのをじっと待っているつもりはありません」

サー・ルパートはため息をついた。これは微妙なところだな。わたしが知る限り、イズリーは例の陰謀にわたしが一枚嚙んでいたことにまだ気づいていない。陰謀にかかわった最後の一人はウォーカーだと思っている可能性が高い。もしイズリーに真相を見破られないようにすることができるのなら、もし彼の復讐が例によってウォーカーとの血まみれの決戦に持ち込まれるのだとしたら、こちらとしては好都合だ。結局のところ、ウォーカーはわたしの人生において、さほど重要な人物ではない。いなくなったところできっと困りはしない。それにウォーカーが消えてくれれば、イーサンを死に導いた陰謀とわたしを結びつける生き証人はもういなくなる。そう考えれば心惹かれるものがあるな。これでわたしも安心できるし、ぜひともそうなりたいものだ。

しかし、イズリーがわたしにたどり着く前に、ウォーカーがわたしのことを話してしまったら、いや、もっと悪いのは、イズリーがわたしを捜し出してしまったら、そのときは万事休すだ。本人はわかっていないにしても、実際にはイズリーがわたしを追っていることは言うまでもないのだから。それゆえわたしはこうして、ウォーカーのメロドラマに一生懸命耳を傾け、夜明けの公園で落ち合っているのだ。ウォーカーは、この件で我々が協力関係にあると思っているに違いない。

知らず知らずのうちにベストのポケットに手を突っ込むと、イズリーのシグネットリングがまだそこにあった。とっくに処分していなければいけなかったのに。実は、テムズ川に捨てかけたことが二度あったものの、そのたびに何かがサー・ルパートを思いとどまらせた。筋の通らない話だが、この指輪がイズリーに対する支配力を与えてくれるような気がしたのだ。

「彼は昨日、結婚しました」

「何だって?」サー・ルパートは会話に意識を集中した。

「サイモンのことですよ」ウォーカーは辛抱強く言った。頭の回転が鈍いのはあなたのほうだとばかりの口ぶりだ。「田舎の小娘と結婚したのです。金もない、名もない家の娘と。やつは頭がおかしいのかもしれない」

「そうは思わん。イズリーにはいろいろな一面があるが、頭がおかしいというのは含まれない」サー・ルパートは太ももをさすりたい衝動を抑えつけた。

「あなたがそうおっしゃるなら……」ウォーカーは肩をすくめ、かぎタバコ入れを取り出した。「いずれにせよ、彼女は役に立つかもしれない」

サー・ルパートが困惑して見つめていると、相手はかぎタバコを一服吸い、激しくくしゃみをした。

ウォーカーはハンカチをひらつかせ、大きな音を立てて鼻をかんだ。「やつを殺すために」それから鼻をすすってハンカチでぬぐい、それをポケットに押し込んだ。

「気でも狂ったのか？」サー・ルパートは危うく面と向かって笑ってしまうところだった。「いいかね、そもそもイズリーがこんなことを始めるきっかけとなったのは兄の死だ。今さら新妻を殺したところで、彼を止められる見込みはないと思わんかね？」

「ええ。しかし、妻に怖い思いをさせ、復讐をやめなければ妻を殺すとイズリーを脅せば……」ウォーカーは再び肩をすくめた。「彼はやめるでしょう。とにかく、やってみるだけの価値はある」

「まさか」サー・ルパートは自分の口がゆがむのがわかった。「それは火薬樽に火をつけるようなものだと思うが。彼はあっさりきみを見つけ出してしまう」

「ですが、あなたが見つかるわけじゃない。違いますか？」

「どういうことだ？」

ウォーカーは袖のレースについたかぎタバコを指ではじき飛ばした。「あなたは見つからない。この件には巻き込まれないように手を打ってきたのでしょう？」

「この件に関し、わたしの名は伏せておいて助かっただろう」サー・ルパートは年下の男の目をじっと見つめた。

「そうでしたかな？」ウォーカーは半ば閉じた目で相手を見返した。

常々、ウォーカーの目はいまいましいほど獣に似ていると思っていたが、そこが問題なのではないか？　大柄で動きの鈍い動物の知性はつい見くびってしまいがちだ。サー・ルパートの背筋に冷たいものが走った。

ウォーカーは視線を落とした。「とにかく、わたしの計画はそういうことです。必要とあらば援護していただけるものと期待しております」

「当然だ」サー・ルパートは穏やかに言った。「我々はパートナーだからな」

「よかった」ウォーカーがにやっと笑い、赤い頬が盛り上がった。「あのろくでなしめ、すぐに身動きできないようにしてやる。さあ、もう行かないと。小鳩を居心地のいい巣に残してきてしまいましたのでね。わたしが戻る前に飛び立たれては困る」彼はいやらしくウインクをし、馬をそっと叩いて走らせた。

ウォーカーがもやに飲み込まれるのを見届けてから、サー・ルパートは自分の馬を家のほうへ、家族が待つ方角へ向けた。脚がひどく痛む。馬に乗ってきた代償として、このあと一日じゅう脚を上げておかねばならないだろう。ウォーカーか、それともイズリーか。今の時点で、それはたいした問題ではない。どちらかが死んでくれさえすれば。

12

結婚式の翌日、目が覚めて最初に耳にしたのは低いいびきだった。頭の中はまだ夢うつつだ。ルーシーは目を閉じたまま考えた。誰の呼吸が響いているの？　そのとき胸に手の重みを感じ、完全に目が覚めたが、まぶたは開けなかった。

温かい。今まで、こんなに温かくて気持ちがいいと感じたことがあったかしら？　思い出せないけれど、冬になかったのはたしかだ。

ルーシーの脚は毛で覆われた男性の脚と絡まっており、つま先までぽかぽかしていた。一〇月から三月までのあいだは、つま先がすっかり温まることなど絶対なさそうに思えたのに。まるでわたし専用の暖炉があるみたい。おまけにこの暖炉は肌触りがよくて、体の右側にぴったり寄り添ってくれている。上掛けから立ち上る温かい空気にはかすかなにおいがあった。自分のと、きっと彼のものであろう、異国風のにおいがまじっているのがわかる。なんて原始的なのだろう。二人の体のにおいが溶け合っている。

ルーシーはため息をつき、目を開けた。

カーテンの透き間から太陽がのぞいている。そんなに遅い時間なの？　そう思ったあとすぐ、別の考えが浮かんだ。サイモンは扉に鍵をかけたのかしら？ ロンドンに来て、メイドが朝カーテンを開け、火をおこすという習慣にも慣れてきた。召使たちは、ゆうべサイモンが自分の部屋に戻ったものと思っているかしら？ ルーシーは顔の向きを変え、眉をひそめて扉を見た。

「しぃっ」サイモンは、動いた彼女をしかるように乳房をぎゅっとつかんだ。「寝なさい」ともごもご言い、呼吸がまた一定になった。

ルーシーは彼を見つめた。あごで金髪の無精ひげがきらきら光り、目の下にはくまができ、短い髪の毛が片側に寄っている。ものすごくハンサムで、息を呑んでしまいそうだ。頭を傾けていくと、乳房をぴたりと包んでいる彼の手が見えた。人差し指と中指のあいだから乳首がのぞいている。ルーシーは顔が熱くなった。「サイモン」

「しぃっ」

「サイモン」

「戻って……おやすみ」彼は目も開けず、ルーシーのむき出しの肩に軽くキスをした。

ルーシーは唇をぎゅっと結んだ。これは由々しき問題なのよ。「扉に鍵はかかっているの？」

「うーん」

「サイモン、扉に鍵はかかってる？」

彼はため息をついた。「ああ」

横目でサイモンを見る。彼はまたいびきをかき始めていた。

「あなたの言うことは信じられないわ」ルーシーはベッドから滑り出ようとした。

サイモンが身をよじったかと思うと、いきなり彼女の上にのしかかり、ようやく目を開けた。「田舎のお嬢さんと結婚したとき、こうなることは覚悟しておくべきだった」寝起きで声が低くしゃがれている。

「何ですって？」ルーシーはまばたきをしてサイモンを見上げた。彼の下になり、裸の自分を思いっきり意識する。というのも下腹部の柔らかいところに男性器が当たっていたから。

「きみは早起きだ」サイモンが怖い顔をして眉をひそめた。体の位置をずらしたので、ルーシーの胸に載っていたおもしはなくなったが、彼の腰がさらに強く押しつけられただけだった。

ルーシーは腹部に男性の解剖学的構造が記憶されていくのを無視しようとした。だが、これがなかなか難しい。「でも、メイドが――」

「わたしたちがこの部屋を出る前に入ってきたメイドは、構わずクビにする」

「鍵はかかっているとおっしゃったでしょう」顔をしかめようとしたけれど、唇が間違った方向に曲線を描いてしまったかもしれない。恥ずかしさを感じるべきなのに……。

「そうだったかな？」サイモンは彼女の乳首の形をなぞった。「同じことだ。誰も邪魔はしない」

「そうは思えま――」

サイモンの唇で口をふさがれ、ルーシーは何を考えていたか忘れてしまった。あごをこすっている硬い毛とは対照的に、彼の唇は温かくて優しい。二つの異なる感触はなぜかエロチックだった。

「で、きみは新しい花婿をどう楽しませてくれるつもりなんだ？」サイモンが耳元でささやいた。「わたしを起こしてしまったのだからな。ん？」それから腰を押しつけてきた。

ルーシーは落ち着かない様子で体を動かしていたが、次の瞬間、はっと息を呑んで動きを止めた。かすかな声だったにもかかわらず、彼はそれを聞き逃さなかった。

「すまない」サイモンは彼女の体から飛び退いた。「きっと、わたしのことを飢えたけだものだと思っているのだろう。ひどく痛むかい？　メイドを呼んで、見てもらったほうがいいかもしれない。あるいは――」

ルーシーは彼の唇に手を押し当てた。そうでもしなければ口を挟めそうにない。「しっ。わたしなら大丈夫」

「だが、たしかにきみは――」

「本当よ」目を閉じて上掛けを引っ張り、頭にかぶってしまおうかと思った。結婚した男性は皆これほどざっくばらんに妻に語りかけるものなのかしら？「少しひりひりするだけ」

サイモンが困惑した顔で彼女を見る。

「すごくよかったわ」ルーシーは咳払いをした。彼に戻ってきてもらうにはどうすればいいのだろう？「あなたが隣に横たわっているのが……」

「じゃあ、こっちへおいで」

ルーシーは少しずつ近づいていった。しかし、サイモンと向き合うかと思われたそのとき、そっと向きを変えさせられ、彼の胸が背中に押し当てられた。

「頭をここに載せて」サイモンは腕枕をしてくれた。

さっきより、もっと温かい。わたしは彼の体にすっぽり包まれ、心地よく、守られるように抱きしめられている。彼は自分の脚をルーシーの脚の裏側に持っていき、低くうめいた。いきり立った熱いものが、しつこくせがむように腰に押し当てられている。

「大丈夫？」ルーシーがささやいた。

「だめだ」サイモンはしゃがれた声でくっくっと笑った。「でも、何とか耐えよう」

「サイモン――」

彼はルーシーの胸をつかんだ。「たしかに、ゆうべはきみに痛い思いをさせてしまった」親指が乳首をはじく。「でも、もうあんなふうにはならない」

「そんなことは別に――」

「それを証明したいのだ」

ルーシーは緊張した。証明するって、いったいどういうこと？

「痛い思いはさせない」サイモンが耳元でささやいた。「いい気分になれる。力を抜いてごらん。天国を見せてあげよう。何と言ってもきみは天使《エンジェル》だからな」彼の手が胴をなで下ろし、下腹部をくすぐり、その下の毛にたどり着いた。

「サイモン、そんなこと――」

「しぃっ」彼が茂みを指ですく。ルーシーは身震いした。どこを見ればいいのだろう？　彼と向き合っていなくて助かった。彼女はとうとう目を閉じた。

「愛しい人《スイートハート》、わたしのために脚を開いておくれ」サイモンは低い声で耳打ちした。「きみのこの部分、すごく柔らかい。かわいがってあげたい」

まさか、そんなことしないわよね……？

サイモンはルーシーの太もものあいだに膝を押し込み、脚を開かせた。彼の手が外側のひだをたどっていく。ルーシーは息を止めて待った。

「ここにキスをしたい」サイモンはそこをなで、刺激した。「なめて、舌で触れ、きみの芳しい香りを記憶に留めたい。だが、まだそんなことをする時期ではないな」

ルーシーは想像しようとしたが、脳みそが凍りつき、腰を引いた。

「しぃっ。じっとして。痛くしないから。それどころか――」サイモンは割れ目の先端に触れた。「ものすごく気持ちよくしてあげよう」指先がそこで小さく円を描いている。「わたしを見てごらん」

できない。こんなことをさせるのだって許してはいけないのに。夫婦は普通、こんなことはしないはず。

「エンジェル、こっちを見てごらん」サイモンは優しくなだめるように言った。「きみの美しい瞳が見たい」

ルーシーは仕方なく顔を向け、まぶたを上げた。彼は指を押し当てたまま、じっとこちらを見つめ、アイスグレーの瞳を輝かせている。ルーシーの唇が開く。

「ああ」サイモンはうめき、次の瞬間、ルーシーにキスしていた。舌で彼女の舌を愛撫し、指の動きを速めている。腰を動かしたい。その指が欲しくてたまらない。ルーシーはそうする代わりに背中を弓なりにそらし、彼に体をこすりつけた。サイモンが低い声で何やらつぶやき、彼女の下唇を嚙む。ルーシーは自分がもう濡れているのがわかった。愛液がにじみ出て、彼の指を滑りやすくしている。

サイモンが尻に自分自身を押しつけてきた。

息をつくことも、考えることもできない。こんなの、いけないわ。彼の前でこんな反応をしてしまうなんて。サイモンは彼女の口に舌を差し入れ、下のほうでは容赦なく指で円を描いている。彼はわたしの心を虜にするアイスグレーの目をした魔術師だ。ルーシーは自分を抑えることができなかった。厚みのある彼の舌を吸ったとき、突然、その瞬間が訪れた。背中がさらにそり、快感で体が震えるのがわかる。それからサイモンが動きをゆるめ、顔を上げて彼女をじっと見ていたが、もうそんなことはどうでもよかった。体の中心から熱いものが発散し、全身に広がっていく。たしかにそう。なんて気持ちがいいのだろう。

「サイモン」

「何だい、エンジェル？」

「ありがとう」舌がはれぼったく感じられ、言葉が不明瞭になった。ルーシーは目を閉じてしばらくぼんやりしていたが、ふと考えた。サイモンは相変わらず、彼女の腰に硬くなったものを押しつけている。ルーシーが尻をくねらせると、彼が息を吸い込んだ。痛かったのかしら？

それは当然よね。「わたしが……しましょうか？」顔がかっと熱くなる。どういう訊き方をすればいいのだろう？「お手伝い……しましょうか？」

「大丈夫だ。寝なさい」しかし、彼の声は緊張しており、男性器はルーシーの腰に穴を開けてしまいそうなほど熱くなっている。このままではきっと体によくないわ。

ルーシーは彼の顔が見られるまで体をひねった。恥ずかしくて自分の顔がぱっと赤くなるのがわかった。「わたしは、あなたの妻です。お手伝いしたいの」

サイモンの頰骨に赤みが走る。おかしいわね。自分の欲求を示す段になると、彼は素朴で、それほど洗練されているとは言えないみたい。

彼の様子に、ルーシーは決意を強めた。「お願い」

気持ちを探ろうとしているのか、サイモンは彼女の目をじっとのぞき込み、ため息をついた。「これで、わたしも地獄で焼かれてしまうことになるな」

ルーシーは眉を吊り上げ、彼の肩にそっと触れた。

手をつかまれ、一瞬、押しのけられるのかと思った。だが、サイモンはつかんだ手を上掛けの下に導き、自分の体のほうへ引っ張っていく。ルーシーはいきなり彼をつかみ、目を大きく見開いた。想像していたよりも太い。たわみはまったくなく、表面は妙になめらかだ。

それに熱い。見たくてたまらないけれど、彼が今すぐ応じてくれるかどうかよくわからない。

ルーシーは代わりに、そっと握りしめた
「ああ」彼のまぶたが落ち、顔にぼう然とした表情が浮かぶ。

それを見たら、自分が強くなった気がした。「何をすればいいの？」

「ここだ」サイモンの指に秘部を探られ、ルーシーはびくっとした。それから彼は湿った指を自身に塗りつけた。「こうすればいい……」サイモンがルーシーの手に自分の手を重ね、二人で一緒に、長く硬くなったものに沿って手を上に滑らせた。そして再び下に滑らせる。

さらにもう一度。こうしていると、本当にうっとりしてしまう。「やらせてくれる？」

「ああ、頼む」サイモンは目をしばたたき、手を離した。

ルーシーはほほえみ、サイモンが短い言葉しか返せなくなったことにひそかな悦びを感じた。教わった速さで手を動かしながら、愛しい人の顔をじっと見守る。彼が目を閉じ、眉間に一本、深いしわが刻まれた。上唇がめくれ、顔が汗で光っている。彼を見ていたら、自分の下腹部が再び熱くなってくるのがわかった。しかしそれにも増して感じたのは、自分が主導権を握っているという思いであり、さらに突きつめれば、そこには彼がこんなことをやらせてくれているという打ち解けた気持ちが存在した。彼がわたしに弱みを見せているという実感だ。

「もっと速く」サイモンがうなるように言った。

ルーシーは求めに応じて指を滑らせ、皮膚をつかんだ。手のひらの下にある彼は熱くて、すべすべしている。今や彼は腰を浮かせ、彼女の手に自分をぶつけている。「ああ！」突然目を開けたサイモンの虹彩が暗くなり、青みがかったグレーに変わるのをルーシーは見た。彼は何かに駆り立てられているような険しい顔をしている。苦痛を味わっていると言ってもいいほどの表情だ。次の瞬間、彼は冷ややかな笑みを浮かべたかと思うと、大きな体が痙攣し始めた。ルーシーの手のひらに精がほとばしる。彼が再び体を激しく震わせ、歯を食いしばった。目は相変わらず彼女の瞳にじっと見入っている。ルーシーはその視線をとらえ、太ももをぎゅっと合わせた。

サイモンは衰弱しきったかのように、どさっとベッドに崩れ落ちたが、ゆうべの経験から、ルーシーにはこれが普通なのだともうわかっていた。上掛けから手を引き抜くと、白っぽいものがついていた。指を広げ、不思議そうにそれをよく眺めてみる。これがサイモンの命の種。

彼はルーシーの横でため息をついた。「ああ、信じられないほど品のないことをしてしまった」

「いいえ、それは違うわ」ルーシーは身をかがめ、彼の口の端にキスをした。「あなたがわたしにこういうことをしていいのだとしたら、わたしもあなたに同じことをしていいはずです」

「賢い妻だ」サイモンは顔の向きを変え、キスの主導権を握った。その唇は容赦がなく、独占欲に満ちている。「わたしは最高に幸運な男だな」

サイモンはいつもよりゆったりとした動作でルーシーの手首をつかみ、寝具の端で手のひらを拭いてくれた。それから体の向きを変えさせ、再び彼の胸に彼女の背中を押し当てた。「さあ……」サイモンはあくびをした。「さあ、眠ろう」

彼の腕が巻きつけられ、ルーシーはそのまま眠りについた。

「午後は、馬車で街を巡るのはどうかな?」サイモンはビーフステーキを見て眉をひそめ、一口分、切り取った。「あるいは、ハイドパークの散歩道をぶらつくとか? 退屈そうだが、紳士淑女は毎日あそこへ行くから、きっと楽しいと思っているのだろう。ときどき遭遇する馬車の事故、あれはいつ見てもわくわくする」

散歩の提案をしたものの、ほかにどこへ連れていけばいいのかわからない。悲しいかな、これまでレディと多くの時間を過ごすことはなかったのだ。サイモンは顔をしかめた。少なくともベッドの外では……。結婚した男は、かわいい妻をエスコートしてどこへ行くのだろう? 賭博場や売春宿でないことはたしかだ。それに、農業協会の連中が集まるコーヒーハウスはあまりにもすすけていて、レディ向きではない。あと残っているのは公園のみ。あるいは博物館。サイモンはルーシーにちらっと目を走らせた。まさか教会見物はしたくないだろうな?

「それもいいわね」ルーシーはサヤインゲンをつついた。「あるいは、ずっとここにいてもいいし」

「ここに？」サイモンは目を見張った。彼女をまたベッドに連れていくのはまだ早すぎるが、その考えが手招きをしている。

「ええ。あなたは書き物や薔薇いじりをなさればいいし、わたしは読書やスケッチができますわ」ルーシーはサヤインゲンをわきにどけ、マッシュポテトを一口食べた。

サイモンは椅子に座ったまま、そわそわと体を動かした。「きみは退屈するんじゃないのか？」

「まさか。するわけないでしょう」ルーシーはにっこりほほえんだ。「わたしを楽しませなくてはいけないなんて考える必要はありません。どっちにしろ、わたしと結婚する前、あなたが公園を散歩することに時間を費やしていたとは思えませんもの」

「まあ、そうだな」サイモンは認めた。「しかし、妻をめとったからには、多少、習慣を変える覚悟はできている。つまり……身を固めたのだからな」

「変える？」ルーシーはフォークを置き、身を乗り出した。「もう赤いヒールは履かないとか？」

サイモンは口を開いたが、すぐに閉じてしまった。わたしをやりこめるつもりなのか？

「たぶん、それは違う」

「上着にアクセサリーをつけるのをやめるとか？　あなたの隣にいるとときどき、自分が雌のクジャクになった気分になります」

サイモンは顔をしかめた。「わたしは――」

ルーシーは口元をいたずらっぽくゆがめてほほえんだ。「あなたって、靴下に一つ残らず縁飾りをつけてらっしゃるでしょう？　きっと靴下の請求書はものすごい額になっているはずです」

「それでおしまいか？」

サイモンは怖い顔をしようとしたが、その計画は惨たんたる失敗に終わった。ゆうべのことがあったあとだけに、陽気な彼女が見られてうれしかったのだ。彼女に味わわせたであろう苦痛を思うと、やはりたじろいでしまう。挙げ句の果てに、今朝は売春婦がするように手で男を悦ばせる方法を彼女に教えてしまったし、いい印象は与えていないだろう。わたしはうぶな若い妻を堕落させている。嘆かわしいのは、また機会があれば再び彼女の手に自身を握らせるだろうとわかっていることだ。わたしはあのときものすごく興奮していた。ルーシーのひんやりした小さな手が屹立したものをつかんでいるところを想像しただけで、またずきずきしてしまう。無垢な人間を堕落させるところを想像して硬くなるなんて、いったいどういう男なんだ？

「あなたには何も変えてほしくないと思っています」

みだらなことを考えていたサイモンは目をしばたたき、愛しい妻が何を言っているのか、意識を集中させようとした。そして、妻がもう真剣になっていることに気づいた。

眉がまっすぐで、いかめしい。「ただし、一つを除いて。もう二度と決闘をしてほしくありません」

サイモンは息を吸い込み、ワイングラスを口元へ運んで時間稼ぎをした。ちくしょう、ちくしょう……。わたしの天使をあなどってはいけない。穏やかにこちらを見つめているが、その瞳には、容赦してくれそうな兆しはまったく感じられない。

「きみの心配はもちろん称賛に値する。だが――」

ニュートンが銀のトレーを持って滑るように部屋に入ってきた。ありがたい。「旦那様、郵便が届いております」

サイモンはうなずいて感謝の意を示し、手紙を受け取った。「ああ、大舞踏会に招待されることになるかもしれん」

手紙は三通しかなく、ルーシーが相変わらずこちらをじっと見ていることに気づいた。最初の手紙をちらっと見る。請求書だ。サイモンは口元をゆがめた。「いや、違うな。赤いヒールの靴については、きみの言うとおりかもしれない」

「サイモン」

「何だい?」請求書をわきに置き、二通目を開封する。薔薇好きの仲間からだ。スペインの新しい接ぎ木法などなど……。これもわきに放る。三通目の赤い封ろうには何の紋章も押されておらず、筆跡にも見覚えがない。サイモンはバターナイフで封を開けた。それから文面を目にし、ばかみたいにまばたきをした。

即刻、新妻を愛しているのなら、やめろ。これ以上決闘をしたり、決闘をすると脅したりすれば、妻の死に直面することになる。

まさか連中がわたしを避け、いきなりルーシーを狙ってこようとは思ってもみなかった。自分が一緒にいるとき、彼女が巻き込まれないようにすることで頭がいっぱいだったが、もし自分がいないときに、連中が襲ってきたら……。

「一生、その手紙の後ろに隠れているわけにはいかないのよ」ルーシーが言った。

もし自分のせいで彼女が傷つけられたら？　あるいは殺されたら？　いや、そんなことがあってなるものか。わたしは彼女のいない世界で、彼女の怖そうな眉が見られない世界で生きていくことができるのか？

「サイモン、大丈夫？　どうなさったの？」

彼はようやく目を上げた。「どうもしない。いや、悪かった。何でもない」手のひらで手紙を握りつぶし、暖炉のそばへ行って火の中に放り込む。

「サイモン――」

「きみは、アイススケートをするんだろうか？」

「え？」不意をつかれ、ルーシーは混乱した様子で目をぱちぱちさせて彼を見た。

「テムズ川が凍ったら、スケートを教えてあげるとポケットに約束してるんだ」サイモンはそわそわしながら咳払いをした。なんてばかなことを考えているのだ。「スケートをしないか？」

ルーシーはしばらく、じっと彼を見つめていた。それからいきなり立ち上がり、彼のもとにやってくると、両手で顔を包んだ。「ええ、喜んで。あなたとポケットと一緒にスケートをするわ」そして優しくキスをした。

初めてのキスだ。ささいなことだがふと思ってしまった。彼女が自分からしてくれた初めてのキスだ、と。彼女の肩をつかみ、この腕に抱きしめ、この家のどこか奥の部屋へしまい込んでしまいたい。彼女がずっと安全でいられる場所にしまっておきたい。サイモンはルーシーにキスを返した。唇をそっと優しくかすめながら。

そして考えた。どうすれば彼女を守れるのだろう?

「ヘビの王子のお話の続きを聞かせてくださらない?」その日の夕方、ルーシーが言った。自分が描いたサイモンのスケッチを見ながら、耳の下に親指で赤いパステルを塗りつけている。

今日はサイモンとポケットと三人で、それは楽しい午後を過ごした。サイモンがアイススケートの名手だとわかって驚いたが、よく考えれば意外なことでもなく、自分でも驚いた理由がわからない。彼はルーシーとポケットの周りでぐるぐる円を描き、ポケットは笑い転げていた。陽がかげり、ポケットの鼻がかなり赤くなるまで、三人でスケートをした。今ルーシーは心地よい疲れを感じながら、幸せな気持ちでただ座ってくつろぎ、サイモンをスケッチしている。これこそ、わたしが望んでいた夫婦の暮らし。彼女は独り悦に入り、夫を眺めた。ただ、彼がもっといいモデルになってくれるといいのだけれど……。

じっと観察していると、サイモンは椅子に座ったまま体を動かし、ポーズを崩してしまった。またダだわ。ルーシーはため息をついている自分にふと気づいた。結婚したばかりの夫に、ミスター・ヘッジと同じように、じっとしていなさいと命令するわけにはいかないけれど、こうしょっちゅう体をぴくぴく動かされていては、スケッチをするのは至難の業だ。二人はルーシーの新しい寝室の隣にある居間にいる。クリーム色とローズピンクで統一され、あちこちに椅子が置かれた美しい部屋だ。南向きで、午後になると光がたっぷり差し込み、スケッチにはもってこいの部屋。もちろん、もう夕方なので日差しはなかったが、サイモンは少なくとも十数本のろうそくを灯していた。ルーシーがもったいないからいいわと言ったにもかかわらず。

「何だって?」わたしの言ったことが耳に入っていなかったのね。

彼はいったい何を考えているの? お昼に届いた怪しげな手紙のこと? それとも決闘の件で、わたしが最後通牒を突きつけたこと? 新妻があんな態度を取るのは賢明ではなかったのだろう。でも、決闘のことが気になって気になって、慎重になどなっていられない。

「あのおとぎ話の続きを聞かせてくださいとお願いしたのです」ルーシーはサイモンの肩の輪郭を描いた。「ヘビの王子について。ラザフォード王子の話に入ったところでしたでしょう。その名前、考え直したほうがいいと思いますけど」

「それは無理だ」膝を叩いていたサイモンの指が止まった。「おとぎ話ではその名前になっている。昔からの言い伝えに手を加えてほしいわけではないだろう?」

「うーん」これまでずっと疑っていた。サイモンはその場その場で話をでっち上げているのではないか、と。

「このおとぎ話の挿絵を描いていたのか？」

「ええ」

サイモンが目を上げた。「見ても構わないかな？」

「だめです」袖の部分に濃い影をつけていく。「完成するまでお見せできません。さあ、続きを話してください」

「まあ、いいだろう」サイモンは咳払いをした。「ヘビの王子は、アンジェリカを全身光り輝く銅で装わせた」

「ものすごく重いんじゃありません？」

「大丈夫、羽根のように軽いのだ。ヘビの王子が再び手を振ると、二人はいきなり城のてっぺんに立っていて、客が大舞踏会へ向かって練り歩いていく様子をじっと見ていた。〝ほら〟とヘビの王子が言った。〝これをつけて。一番鶏が鳴くまでに必ず戻ってきなさい〟そして、銅の仮面を渡した。アンジェリカは礼を言うと、その仮面をつけ、ぶるぶる震えながら向きを変え、舞踏場へ入っていった。〝くれぐれも忘れずにな〟ヘビの王子が後ろから声をかけた。〝一番鶏が鳴くまでだ。それより遅れてはならない！〟」

「どうして？　もし間に合わなかったら、どうなるのです？」ルーシーは顔をしかめながらサイモンの耳の輪郭を描いた。耳を描くのはいつも苦労する。

「今にわかる」

「わたし、人にそう言われると我慢なりませんの」

「話を聞きたいのか?」サイモンは高い鼻に沿ってルーシーを見下ろした。わたしをからかって傲慢なふりをしているのね。そのとき突然、彼と過ごすこのような瞬間をとても大切に思っている自分に気づいた。彼にこんなふうにからかわれると、二人にしか理解できない暗号があるかのような気持ちになれる。ばかばかしいことをしているのはわかっているけれど、だからこそいっそう、彼を好きにならずにはいられない。

「はい」ルーシーはおとなしく答えた。

「では。ご想像のとおり、王様の舞踏会はとても豪勢な宴だった。千ものクリスタルのシャンデリアが巨大な広間を照らし、フロアでは、美しいレディたちの首元で金や宝石がきらきら輝いていた。ところが、ラザフォード王子はアンジェリカしか見ていなかった。曲という曲すべて、アンジェリカと一緒に踊り、名前を教えてほしいと頼んだ」

「それで、教えたのですか?」

「いや。名前を告げようとしたちょうどそのとき、夜明けの光が城の窓に当たり、もうじき一番鶏が鳴くとわかったからだ。アンジェリカは舞踏場を飛び出した。そして戸口を横切ったと思った途端、ヘビの王子の洞窟に再び運ばれていった」

「じっとして」ルーシーは彼の目尻をきちんと描くことに集中していた。

「何でも仰せのとおりにいたしましょう、マイ・レディ」

「ふん」

サイモンはにやっと笑った。「アンジェリカはその日はずっとヤギの番をしていたが、一晩じゅう踊ったあとだけに、かなりくたびれていて、ときどき居眠りをしていた。それから夕方になり、彼女はヘビの王子を訪ねていった。〝今度は何をすればいいのかね？〟と王子は訊いた。というのも、こうなることは覚悟していたからだ。〝今夜もまた舞踏会があります〟彼女が答えた。〝新しいドレスを作っていただけないかしら？〟」

「欲張りになってしまったのね」ルーシーがつぶやいた。

「ラザフォード王子の金髪がとても魅力的だったのだ」サイモンは何食わぬ顔で言った。「そして、ヘビの王子は魔法で新しいドレスを出すことを承知した。だが、そのためには、自分の右手を切り落とす必要があった」

「切り落とす？」ルーシーはぞっとして口をぽかんと開けた。「でも、最初のドレスのときはそんな必要はなかったでしょう」

サイモンは悲しげと言ってもいいほどの表情で彼女を見た。「ああ、だが、王子はどのみち死ぬ運命だった。アンジェリカにもう一着ドレスを作ってやるためには、何かを犠牲にしなくてはならない」

ルーシーは不安になり、背筋がぞくっとした。「あなたのおとぎ話、もう聞きたくないような気がしてきました」

「聞きたくない？」サイモンが椅子から立ち上がり、とても危険な表情を浮かべ、こちらにゆっくり歩いてくる。

「ええ」ルーシーはじりじり近づいてくる彼をじっと見つめた。

「悪かった。わたしはきみを喜ばせたいだけなのだ」サイモンは彼女の手からパステルを引ったくり、横に置いてあった箱に入れた。「だが、醜い現実を無視することもできない」頭をかがめ、彼女の喉に唇を滑らせていく。「どんなにそうしたいと思っても……」

「現実を無視してほしくはありませんわ」ルーシーは静かに言った。喉元のくぼみに彼の開いた唇が触れるのを感じ、ごくりとつばを飲み込む。「でも、人生のいやな部分ばかりくよくよ考える必要はないでしょう。いい部分もたくさんあるのですから」

「きみがそう言うなら」サイモンがささやいた。

ルーシーが気持ちを落ち着ける間もなく、サイモンはいきなり彼女を腕に抱き上げた。ルーシーが肩をしっかりつかむと、彼は隣の寝室に入っていき、ベッドに彼女を下ろした。それから彼女に覆いかぶさり、むさぼるようにキスをした。

衝撃が襲い、ルーシーは目を閉じた。彼が食い尽くさんばかりの勢いで、とても激しく、深くキスをしているあいだ、何も考えることができなかった。「サイモン、わたし――」

「静かに。わかっている。まだ痛いのだろう。こんなことはすべきではないし、きみの痛みが引かないうちにこんなまねをしようと考えているなんて、わたしはさかりのついた動物だ。だが、ああ、我慢できない」サイモンが顔を上げた。目が燃えている。どうしてこれまで、この目を冷たいなどと思っていたのだろう？　「いいだろう？」

こんなふうに懇願されて、断れる女性がいるわけない。ルーシーは胸が熱くなり、口元に官能的な笑みを浮かべた。「ええ」

それ以上しゃべる間もなかった。願いに応じた途端、サイモンはルーシーが着ているものを引っ張った。服が破れる音がする。乳房があらわになり、サイモンはその一方に口を押しつけて強く吸った。ルーシーは息を呑み、サイモンの歯がこすれるのを感じながら彼の頭をわしづかみにした。彼はもう一方の乳房に口を移したが、最初に吸ったほうの乳首を親指でさすったり、つまんだりしながらいじめている。ルーシーは息をつくことも、彼が自分に何をしているのか理解することもできなかった。

サイモンは膝をついて体を起こし、ベストをはぎ取るように脱いだ。その直後、シャツが床にはらりと落ちた。

ルーシーはサイモンの裸の胴をじっと見つめた。色は薄く、肌がぴんと張っている。身のこなしに合わせて、ロープの束のような長い筋肉が腕に沿ってうごめいた。息遣いは速くなり、金髪の胸毛が汗できらめいている。こんなにも美しい彼が、まるごとわたしのもの。興奮のさざ波が全身に伝わっていく。サイモンは立ち上がり、ブリーチと靴下を脱ぎ捨てた。今度は下着のボタンをはずしている。

ルーシーは息を殺し、むさぼるように見つめた。これまで全裸の男性を目にしたことがなかったし、その方面については遅れている気がしたのだ。しかしサイモンが体の上に這い上がってきたため、あのいちばん興味深い部分は見る前に隠れてしまった。すると、妙な考えが頭をよぎった。彼は恥ずかしいのかしら？　あるいは、わたしにショックを与えると思って隠しているとか？　目を上げて彼を見返し、思い込みを正してあげようと口を開き、こう言おうとした。何と言っても、わたしはずっと田舎で暮らしてきたの。そこには家畜がたくさんいて……。しかし、サイモンに先を越されてしまった。

「おかげで硬くなってきた。きみがそんなふうにわたしを見るから……」彼の声は荒くなっていて、ほとんどかすれていた。「きみがそばにいれば、立たせるのに手助けなどいらないな」

その言葉に、ルーシーは目を伏せた。彼を味わいたい。ぼんやりとしかわかっていないことだけど、それを彼にしてあげたい。もっと。もっと彼が欲しい。

「きみの中に入りたい」声がしゃがれている。「一晩じゅうきみの中にいたい。きみに包まれたまま一緒に目覚めたい。そして、きみが目を開ける間もなく愛を交わしたい」サイモンは彼女を見下ろしながら膝をついた。その顔は優しいとは言えず、ルーシーは彼に野蛮な一面があることを喜んだ。「いとしい天使よ、できればきみを膝に乗せ、食事のあいだもずっときみの中にいたい。きみにイチゴとクリームを食べさせ、そのままじっとしている。従僕が給仕をしにくるだろうが、きみのすてきな入り江にわたしがずっと入っていることは絶対にわからないさ。きみのスカートが隠してくれるからな。だが、感づかれないように、きみはぴくりとも動いてはいけない」

彼の官能的な言葉を耳にし、ルーシーは欲望が激しく脈打つのを感じた。両脚をぎゅっと合わせ、彼が不道徳な、いけないことを口にしているあいだ、成す術もなく耳を傾けている。

「食事が終わったら」彼がささやいた。「召使に出ていけと命じる。それからきみのボディスをはずし、乳首を吸う。きみが達するまで。きみの愛液がわたしをすっかり濡らすまで。そのあとも、まだきみから離れはしない」

ルーシーは身震いした。

サイモンは彼女の首にそっとキスをした。あからさまな言葉とは相反する優しい愛撫。

「それから、きみをテーブルに寝かせる。ものすごく慎重に。そう、つながった二人がけっして離れないように。そして、二人がともに叫びを上げるまで愛し合う」彼の言葉が肌をかすめていく。「わたしは自分を抑えられないようだ。この気持ちをどうすればいいのかわからない。馬車の中でも、書斎でも、きみと愛し合いたい。ああ、外の日差しの中、緑の草の上に横たわって愛し合いたい。昨日はいつになったらそれができるほど暖かくなるのか、三〇分もかけて計算してしまった」

彼の言葉はとてもエロチックで、ぞっとするほどだった。自分がみだらな女だと思ったことは一度もない。それなのに彼と一緒にいると、体が言うことを聞かなくなる気がする。悦び以外の何も感じられなくなってしまう。サイモンはかがみ込んでスカートをまくり上げた。ルーシーの腰から下がむき出しになり、彼は自分があらわにしたものを見下ろした。

「これが欲しい」サイモンはルーシーの太ももの合わせ目に手を置いた。「いつも思っている。わたしはこうしたいのだ」脚を開かせ、硬くなったものがひだの中に納まるまで腰を落としていく。「いつも……」ルーシーはうめいた。彼はわたしに何をしているの？

「きみも欲しいのか？」サイモンは体を動かした。まだ奥までは入っていかず、濡れた部分を突き、彼女の蕾に体をこすりつけている。

ルーシーはどうすることもできず、背中を弓なりにそらし、すすり泣くような声を上げた。

「欲しいのか？」サイモンはこめかみに向かってささやき、再び腰を押しつけた。

快感が体じゅうを駆け巡る。「わたし――」

「どうなんだ？」彼が耳たぶを噛んだ。

「ああ……」何も考えられない。彼が求めている言葉を紡ぐこともできない。感じることしかできない。

「どうなんだ？」サイモンは両手で左右の乳房を下から支え、乳首をはじくと同時に再び彼女を突いた。

そして、ルーシーは頂点に達した。彼に腰を激しくこすりつけ、まぶたの裏の暗闇に現れた星を見ながら、うめくように支離滅裂な言葉を口にしている。

「ああ、きみは美しい」サイモンが体の位置を定めて突いた。

刺すような、かすかな痛みを感じたが、ルーシーはもうどうでもよかった。彼に入ってきてほしい。できる限り近くまで来てほしい。サイモンは彼女の一方の膝をつかんで引き上げ、再び突いた。ルーシーは脚を開いて彼を迎え入れた。うめき声を上げ、彼の荒い息遣いに耳を傾けている。彼はさらにもう一突きし、彼女の中に勃起したものを根元までうずめた。

サイモンがうめいた。「痛いかい？」

ルーシーは首を横に振った。どうして動いてくれないの？

彼は緊張した表情をしている。頭をかがめ、触れるか触れないかといった感じで軽く唇をかすめながら、そっとキスをする。「今度は痛くしないから」

サイモンがもう一方の膝を引き上げ、ルーシーは彼の下で手足を投げ出す格好になった。彼が腰を回しながら押しつけてくる。ルーシーはうめいた。彼の骨盤があるべき場所にぴたりと収まると、そこはもう天国だった。

サイモンは腰を回し、激しく押しつけてくる。「気持ちがいいのかい？」

「ああ……ええ……」

彼はさらにきつく腰を押しつけ、再び回転させた。それから舌を使って、ゆっくりと、そそるようにキスをし、彼女の口と愛を交わし、そのあいだもずっと強く求めるように腰を押しつけていた。官能的な気分に包まれたルーシーは、その中をぼんやり漂っていた。彼とどれくらい愛し合っているのかわからない。時間は止まってしまったらしく、二人は肉体的な悦びと、気持ちの一体感にぬくぬくと包まれている。ルーシーはサイモンをしっかりと抱き寄せた。この人はわたしの夫。わたしの恋人。

次の瞬間、彼が体をこわばらせたかと思うと、前よりも速く、痙攣するように動きだした。ルーシーは息を呑み、手のひらで彼の顔をつかんだ。そのときが来たらサイモンとつながっていたい。彼が激しく突き、熱い命のしずくが内側に広がっていくのを感じた途端、世界がぐるぐる回り始めた。重なっていた彼の口元がゆるむ。ルーシーはキスをやめず、彼の下唇をなめ、口の中を味わった。

サイモンは体を押し上げようとしたが、ルーシーは彼に腕をきつく巻きつけた。「行かないで」

サイモンがルーシーを見る。

「一緒にいて。一晩じゅう。お願い」

彼は唇をぴくっと動かし、かすかに笑みを浮かべてささやいた。「ずっと一緒にいる」

13

「あなたにとって、ゲームではないのでしょう?」数日後の晩、クリスチャンが尋ねた。声は低かったが、それでもサイモンは落ち着かない様子であたりに目を走らせた。

ドルリー・レーン劇場には、うじがたかってふくれた死体のごとく客が押しかけている。サイモンは、自分とルーシー、ロザリンド、クリスチャンのために、最上級である二階のボックス席を確保していた。役者の白目がわかるほど舞台に近いが、万が一、芝居がつまらなくなった場合、舞台に投げつけられた野菜がひょっこり飛び込んでこない程度の高さに位置している。一階の前方の席にいる人々は比較的、行儀がよかった。そこを稼ぎ場にしている売春婦たちは、乳首がほぼ隠れたドレスを着ている。客席のざわめきはたいしたことはなく、実のところ、かなり老けたハムレットを演じているデイヴィット・ギャリック（18世紀の俳優でドルリー・レーン劇場の支配人）が朗々と語るセリフが聞こえてきてしまう。もちろん、この俳優が魚売りの女のような肺の持ち主であるせいなのだが……。

「ちくしょう」ギャリックがわめいた。「おれは笛よりも操りやすいとでも言うつもりか?」舞台の照明に照らされ、つばがきらきら光る。

サイモンは顔をしかめた。シェイクスピアは劇場で見るより本で読むほうがずっといい。ともかく、今夜はエイヴォンの大詩人をいやというほど堪能しなくてはならないようだ。ルーシーをちらりと見ると、天使は目を細め、口を開き、夢中になって芝居を見ていた。ボックス席の背後は深紅のビロードのカーテンで覆われており、彼女の青白い横顔と暗い髪の色を引き立てていた。彼女はたまらないほど美しい。

サイモンは顔を背けた。「何の話だ?」

クリスチャンが顔をしかめる。「わかっているはずです。決闘ですよ。なぜあの男たちを殺すのです?」

サイモンは目を吊り上げた。「きみはなぜだと思う?」

若者は首を横に振った。「最初は、何らかの名誉のためかと思いました。彼らがあなたと親しい女性を侮辱したのだと思ったのです」ロザリンドにすっと目を走らせ、すぐに向き直った。「噂はいろいろ聞いていましたので……。二年ほど前、つまり兄上が亡くなる前、あちこちでたびたび耳にしました」

サイモンは待った。

「それから、ひょっとすると、あなたは名声が欲しいのかもしれないと思いました。決闘で相手を殺したという栄誉です」

サイモンは鼻を鳴らしたいところをぐっと抑えた。栄誉だと。まったく、何という考えだ。

「しかし、ジェームズとの決闘のあとは……」クリスチャンは困惑した顔で彼を見た。「あのとき、あなたはとても残忍で、とても狂暴だった。あれは個人的な恨みだったに違いないと思ったのです。あの男はあなたに何をしたのですか？」

「兄を殺した」

クリスチャンは口をあんぐり開けた。「イーサンを？」

「しっ」サイモンはロザリンドをちらっと見た。ルーシーほど興味を持っていないのは明らかだったが、相変わらず舞台に目を向けている。サイモンはクリスチャンのほうに向き直った。「そうだ」

「どうして……？」

「その話をここでするつもりはない」サイモンはいらいらして顔をしかめた。いったい、どうしてわざわざ釈明しなければいけないのだ？

「ですが、あなたはもう一人、捜している」

サイモンは一方の手のひらにあごを当て、口を半分隠した。「なぜ知っている？」

金モールを施したビロードの椅子に座ったまま、クリスチャンはもどかしげに体を動かした。

サイモンは舞台に目を走らせた。ハムレットが膝をついて叔父に忍び寄っていく。デンマークの王子は剣を振り上げ、詩をうたい、再び剣を鞘に収めた。またしても復讐の機会を失ったのだ。サイモンはため息をついた。この芝居はいつ見ても退屈だ。王子はさっさと叔父を殺して復讐を果たせばよいではないか。

「ぼくだって、ばかではありません。あなたをつけていました」

「何だって？」サイモンは、隣に座っている男に注意を戻した。

「この数日」クリスチャンが言った。「デヴィルズ・プレーグラウンドにも行かれたし、ほかにもいかがわしい場所へ出入りされたでしょう。あなたは中に入っていっても、酒も飲まず、部屋をぶらついて店の人間に質問し――」

サイモンは長々と続く〝行動リスト〟をさえぎった。「なぜ、わたしをつける？」

クリスチャンは無視して続けた。「あなたが捜しているのは大柄な男。爵位を持つ貴族です。賭け事はするが、ジェームズのようにやらずにはいられないというわけではない。さもなければ、もうとっくに見つかっているはずだ」

「なぜ、わたしをつける？」サイモンは歯を食いしばった。

「その連中は……身分のある良家の人間が、どうしてイーサンを殺したのです？」

サイモンは前かがみになり、顔をクリスチャンの数センチ手前まで近づけた。視界の片隅でルーシーがちらりと目を向けるのがわかったが、気にしなかった。「なぜ、わたしをつけるのだ？」

クリスチャンは素早く目をしばたたいた。「ぼくはあなたの友人ですよ。ぼくは――」

「そうなのか？」自分の言葉が宙ぶらりんになっている気がする。こだましていると言ってもいい。

舞台の上で、ハムレットがポローニアスに剣を突き刺した。ガートルード役の女優が金切り声を上げる。「おお、なんと早まった、むごたらしいことを!」隣のボックス席で誰かが甲高い声で笑った。

「きみは、わたしの真の友なのか、クリスチャン・フレッチャー?」サイモンは小声で言った。「鋭い目を光らせ、忠実にわたしの背後を守ってくれると言うのか?」

クリスチャンは目を伏せ、再び目を上げるとにやりと笑った。「ええ。あなたの友人ですから」

「やつを見つけたら、介添えをしてくれるのか?」

「ええ。それはあなたもおわかりでしょう」

「ありがたい」

「しかし、どうしてこんなことが続けられるのです?」年下の男の目が一心に見つめている。彼が身を乗り出したので、またルーシーの目を引いてしまった。「どうして人を殺し続けることができるのですか?」

「できるできないの問題ではない」サイモンは顔を背けた。ジェームズの開いたままの目、じっと無を見つめていた目が脳裏によみがえる。「肝心なのは成し遂げること、兄のかたきを取ることだ。わかったか?」

「ぼくは……いや、わかりました」

サイモンはうなずき、椅子に背をもたせかけた。そしてルーシーに笑いかけた。「奥様、芝居はお楽しみいただけておりますか?」

「ええ、とても。旦那様」こんなことで彼女はだまされはしない。サイモンとクリスチャンに視線を交互に投げかけると、ため息をつき、再び舞台のほうに目を戻した。

サイモンは観客をざっと見渡した。刺繡が施された深紅のドレスを着た女性が、正面の席からオペラグラスをこちらに向けた。自意識過剰気味に、わざとらしくポーズを取っている。サイモンは顔を背けた。下を見ると、肩幅の広い紳士が人込みをかき分け、売春婦を肘で押しのけた。女が悲鳴を上げて押し返す。紳士が振り向き、サイモンは男の横顔を見ようと身を乗り出した。別の男が立ち上がって口論に加わり、最初の男がわきを向く。

サイモンは緊張を解いた。ウォーカーではない。

脅迫状を受け取ってからの数日間は、イーサンを殺した一味の残る一人を捜して過ごし、ありとあらゆる場所へ出向いた。クリスチャンは夜になると、わたしを追ってあちこちの賭博場へ来ていたのかもしれないが、昼間はつけ回すこともなかったのだろう。わたしはコーヒーハウスや馬のオークション会場へも行ったし、仕立屋など紳士向けの店もうろついた。だが、ウォーカーはどこにもいなかった。そうかと言って、あいつがヨークシャーの邸宅に身を隠してしまったとも思えない。人を雇ってその近辺を探らせたが、ウォーカーが来ているとの報告はいっさいなかった。ほかの州や国外へ逃げてしまった可能性ももちろんあるが、そうは思えない。ウォーカーの家族は今もロンドンのタウンハウスにいるのだから。

舞台では、体格がよすぎるオフィーリアが、恋人に捨てられた絶望を歌っていた。ああ、いやな芝居だ。サイモンは座ったまま体を動かした。これを片づけてしまえたら……。ウォーカーと決闘し、やつを殺して墓に埋めることができたら……。そして、ようやくイーサンを安らかに眠らせてやることができたら……。そのときが来たら、自分の想像であれ現実であれ、ルーシーのとがめるような表情に遭遇することなく、彼女の目を見つめられるようになるかもしれない。目が覚めたら希望がすべて崩壊しているのではないか、そんな恐れを抱かずに眠れるようになるかもしれない。というのも、今のわたしは眠れずにいるから。夜、寝返りばかり打って、ルーシーを起こしてしまっているのはわかっているが、どうすることもできそうにない。寝ても覚めても頭に浮かぶのはルーシーの姿ばかり。危険にさらされるルーシー、傷ついたルーシー、あるいは――ああ、何ということだ！――死んでしまったルーシー。わたしの秘密を見抜き、うんざりして背を向けるルーシーや、わたしのもとを去っていくルーシーも思い浮かべてしまう。さらに言えば、このような悪夢からしばし逃れられても、今度は古い悪夢に悩まされる。助けを請うイーサン、わたしの助けを求めるイーサン、死んでいくイーサン。サイモンはイズリー家のシグネットリングがあるべき場所を指でさすった。指輪をなくしてしまった。わたしが犯したもう一つの失敗だ。

観客がどっと沸いた。サイモンが顔を上げると、ちょうど芝居を締めくくる最後の血の粛清の場面だった。レアティーズの剣さばきはとりわけひどい。それから観客が拍手喝采し、やじを飛ばした。

サイモンは立ち上がり、ルーシーのマントを持って広げてあげた。

「大丈夫？」やかましい人の声に紛れて彼女が尋ねた。

「ああ」サイモンは笑ってみせた。「芝居を楽しんでくれたのならいいのだが」

「それはおわかりでしょう」ルーシーは妻らしく、誰にもわからないように手を強く握ってくれた。これで退屈な夜を我慢した甲斐があったというものだ。「連れてきてくださって、ありがとう」

「どういたしまして」サイモンはルーシーの手のひらを口元へ運んだ。「シェイクスピアの芝居は、一つ残らず連れていってあげよう」

「無駄遣いがすぎますわ」

「きみのためなら」

ルーシーの目が丸くなり、澄んできた。わたしを探っているようにも見える。きみのためならどんなことでもする、それがわかっていないのか？

「ハムレットをどう解釈すればいいのか、さっぱりわからない」後ろでクリスチャンが言った。

ルーシーはちらっと目をそらした。「わたしはシェイクスピアが大好き。でもハムレットは……」と言って、ぶるっと震える。「結末がとても暗いんですもの。かわいそうなオフィーリアを傷つけておいて、ハムレットはまったく気づいていないのだと思います」

「レアティーズともども、オフィーリアの墓穴に飛び込むときの仕草といったら」ロザリンドが首を横に振る。「ハムレットは何よりも、自分を哀れんでいたのでしょう」

「ひょっとすると、男は女性に対して罪を犯しても、それを生きているうちに理解することはけっしてないのかもしれん」サイモンがつぶやいた。

ルーシーが彼の腕に手を添え、二人は扉を目指し、観客の流れに従って進んだ。劇場の入り口までやってくると、冷たい空気が平手打ちのようにサイモンの頬を叩いた。紳士たちは玄関の広い階段に立ち、馬車を呼んでこいと大声で従僕に命じている。皆がいっせいに帰ろうとすれば、当然のことながら、使い走りをしてくれる係員が足りなくなる。冬の風に吹かれてルーシーが身震いをした。あおられたスカートが脚に激しくぶつかっている。

サイモンは顔をしかめた。これ以上外にいたら、彼女が風邪をひいてしまう。「ここでレディたちと一緒に待っていてくれ」とクリスチャンに申しつける。「自分で馬車を呼んでくる」

クリスチャンがうなずいた。

ごった返す人の群れを押し分けながら、サイモンはゆっくりと進んだ。そして、通りにたどり着いたときにようやく思い出した。ルーシーのもとを離れてはいけなかった。そう気づいた途端、心臓が痛いほど激しく鼓動した。サイモンはちらっと後ろを振り返った。クリスチャンが階段のいちばん上で、ロザリンドとルーシーのあいだに立っている。彼が何か言い、ルーシーを笑わせた。危険はなさそうだ。それでも用心するに越したことはない。サイモンは引き返そうとした。

そのとき、ルーシーが突然姿を消した。

ルーシーは、人込みを縫って進んでいくサイモンの背中をじっと見つめていた。何かが彼を悩ませている。わたしにはそれがわかる。

ミスター・フレッチャーの向こう側でロザリンドがぶるっと震えた。「ああ、本当にいやねえ。お芝居が終わったあとのこの人込み」

若者は彼女を見下ろし、ほほえんだ。「サイモンはすぐに戻ってきますよ。従僕が馬車を呼んでくるのより、彼のほうが早いでしょうね」

三人の周りに劇場の客が波のように押し寄せ、流れていく。ある女性が後ろからルーシーにぶつかり、ごめんなさいとつぶやいた。ルーシーは返事の代わりにうなずいたが、相変わらず夫の背中を目で追っている。この数日、サイモンは夜になると姿を消し、遅くなって戻ってきた。こちらが質問をしようとすると冗談ではぐらかし、それ以上問うと、わたしを抱いた。切羽詰まったように。激しく、容赦なく。毎回、これが最後とばかりに。

それに、今夜は芝居の最中、ミスター・フレッチャーとぼそぼそ話していた。何をしゃべっていたのかは聞き取れなかったけれど、彼の表情は険しかった。どうしてわたしに打ち明けてくれないの？　妻が協力し、夫の心配事のいくつかを肩代りしてあげること。それも結婚の一部であるはずでしょう？　彼を不安から解放してあげることは妻の務め。結婚したとき、サイモンとはもっと親密になれると思ったのに。長年連れ添った夫婦に垣間見られる、しっくりした関係を築けるようになるだろうと思っていたのに。それどころか、二人の距離はどんどん広がっていく気がするし、どうすればいいのかわからない。どうすれば溝を埋められるの？　というより、この溝は埋められる類のものなの？　もしかすると、わたしが抱いた結婚の理想は乙女の無邪気な夢にすぎなかったのかもしれない。二人を隔てるこの距離が、結婚の現実なのかもしれない。

ミスター・フレッチャーが身をかがめた。「サイモンにチップをよけいにやったほうがいいですね」

ばかばかしい冗談にルーシーはほほえんだ。返事をしようと振り向いたそのとき、右側からぐいと押されるのがわかった。転んで大理石の硬い階段に膝をついてしまい、キッド革の手袋をしていても手がずきずき痛んだ。誰かに髪の毛をつかまれ、いやというほど後ろに引っ張られた。叫び声がする。でも何も見えない。視界にあるのはスカートと手のひらの下にある汚い大理石。それから、あばらを蹴られた。息が止まったが、次の瞬間、髪の毛が解放された。すぐ上でミスター・フレッチャーがもう一人の男と格闘している。踏みつけられるのではないか、いや、もっとひどい目に遭うのではないかと思い、ルーシーはできるだけ頭を守った。ロザリンドが悲鳴を上げる。それから尻に衝撃を感じ、背中にずしりとした重みがのしかかった。

サイモンだ。上から覆いかぶさられていても、彼のすさまじい叫び声は聞こえてくる。背中のおもしがなくなると、サイモンがルーシーを引き上げた。

「大丈夫か？」彼の顔は死人のように青白くなっていた。

ルーシーはうなずこうとしたが、サイモンが彼女を抱き上げて階段を下りていた。

「やつがどっちへ行ったか見ましたか？」傍らでミスター・フレッチャーが息を切らしている。

「サイモン、あの人、ルーシーを殺すつもりだったのよ！」ロザリンドはショックを受けているようだ。

ルーシーは震えていた。歯ががちがち鳴り、どうすることもできない。誰かがわたしを殺そうとした。劇場の階段に立っていたら、誰かに殺されそうになった。激しく震える手を止めようと、サイモンの肩をぐっとつかむ。

「わかってる」サイモンは険しい表情で言った。ルーシーの背中と脚に当てている手に力が入る。「クリスチャン、ロザリンドを家まで送ってくれるか？　わたしはルーシーを医者に連れていかねばならない」

「ええ、もちろんです」若者がうなずいた。顔のそばかすがくっきりと目立っている。「ぼくにできることなら何でも」

「よし」サイモンは彼をしっかりと見つめた。「それと、クリスチャン？」

「はい？」

「ありがとう」サイモンは低い声で言った。「きみは彼女の命を救ってくれた」

ルーシーがサイモンの肩越しに見ると、ミスター・フレッチャーは目を大きく見開き、はにかんだような笑みを浮かべてから、ロザリンドを連れて立ち去った。この若者からどれほど崇拝されているか、サイモンはわかっているのかしら？

「お医者様は必要ありません」ルーシーは異を唱えようとしたが、ぜいぜいした声になってしまった。これではもちろん説得力がない。

サイモンはルーシーの言葉を無視した。せっかちで横柄な人々を肩で押し分けながら、大またで階段を下りていく。通りにたどり着いたときには、人込みもまばらになっていた。

「サイモン」

彼は足を速めた。

「サイモン、もう下ろしても大丈夫よ。歩けるから」

「黙って」

「でも、抱いていく必要はないわ」

サイモンがちらりとこちらを見た。その目はぎらぎらしており、ルーシーは怖くなった。

「いや、ある」

ルーシーはおとなしくなった。サイモンは速度をゆるめることなく通りをいくつか渡り、馬車までたどり着くと、ルーシーを放り込むように乗り込ませて天井を叩いた。馬車ががたんと揺れ、前に進む。

サイモンはルーシーを抱いて膝に載せ、帽子を脱がせた。「クリスチャンに頼んで、医者をタウンハウスへよこしてもらえばよかった」と言ってマントも素早く脱がせる。「家に帰ったら、医者を呼ばなくては」それから、彼女の向きを変えさせて背中に手を伸ばし、ボディスのボタンをはずし始めた。

まさか、走っている馬車の中で脱がせるつもりじゃないでしょうね？　しかし、彼の顔がものすごく真剣で大まじめだったものだから、ルーシーは穏やかに訊いてみた。「何をなさっているの？」

「どこを怪我したのかたしかめる」

「さっきも言ったでしょう」ルーシーは静かに言った。「わたしは大丈夫です」

サイモンは答えず、ひたすらボタンをはずしている。肩からドレスを引き下ろし、コルセットを開くと、ぴたりと動かなくなった。彼はわき腹を見つめている。ルーシーはその視線をたどった。胸のすぐ下、シュミーズに細い血のあとがついている。ドレスの生地には、血痕と一致する裂け目ができていた。サイモンは少しずつシュミーズのひもをゆるめて引き抜いた。シュミーズの下には切り傷が。それを見てしまったら、途端に焼けつくような痛みを感じた。とにかく、さっきはすっかり混乱していたので痛みに気づいていなかった。わたしは切られたのだ。深い傷ではなかったにしろ。

「あいつは、きみを殺すところだった」サイモンは傷の真下を指でたどった。「数センチずれていたら、心臓を刺していた」声は落ち着いていたが、鼻孔が広がり、両わきに白いへこみができている。ルーシーはそのさまを見るのがいやだった。

「サイモン」

「もし、やつが狙いをはずしていなかったら……」

「サイモン――」

「もし、クリスチャンがあそこにいなかったら……」

「あなたのせいではないわ」

サイモンがようやく目を合わせたとき、ルーシーは彼が涙を抑えきれなかったのだと気づいた。頬にはぬぐったあともなく、涙の筋が二本残っている。彼は気づいていないようだ。

「いや、わたしのせいだ。わたしは今夜、もう少しできみを殺してしまうところだった」

ルーシーは顔をしかめた。「どういうこと？」

わたしを襲った男は、スリか泥棒だろうと思っていた。ひょっとすると、頭がおかしい人だったのかもしれない。でもサイモンの言葉は、あの男がわざわざわたしを狙ったのだとほのめかしている。わたしを殺したかったのだ、と。サイモンは親指でルーシーの唇をなで、優しくキスをした。彼の舌を受け入れ、塩辛い涙を味わっているときでさえ、ルーシーは彼が質問に答えてくれなかったことの意味を実感していた。今夜、何よりも恐ろしかったのはその事実だった。

わかっている。こんなこと、すべきではない。

ルーシーを腕に抱いて家に運んでいくあいだも、サイモンはそう思っていた。心配して叫ぶニュートンを肩で押しのけ、サビニの乙女を略奪するローマ人のごとく、彼女を抱きかかえて階段を上っていく。馬車の中でシュミーズとドレスを引き上げてしまい、背中のホックも全部は留めていなかったので、彼女の体にはショールが巻きつけてあった。本当に医者は必要ないからと説得されたのだ。あざになっているのを除けば、あばらの上の傷はかすり傷にすぎないということはわかった。そうは言っても、誰かが彼女を殺そうとしたのは事実。彼女は動揺し、傷ついている。こんなときに夫の権利を要求するのは下劣な男だけだろう。

　それゆえ、わたしは下劣な男なのだ。

　サイモンはルーシーを抱きかかえたまま寝室の扉を蹴り開け、銀色と黒の絨毯の上を横切り、彼女をベッドにそっと寝かせた。コバルトブルーのカバーの上で、捧げもののように横たわるルーシー。髪がほどけ、シルクの布の上に広がっている。

「サイモン――」

「しゃべってはだめだ」

　上着を脱ぎ捨てるサイモンを、ルーシーはトパーズ色の落ち着いた目でじっと見上げた。

「わたしたち、何が起きたのか話し合う必要があるわ」

　サイモンは足を振って靴を脱ぎ、ベストのボタンをほとんどもぎ取るようにしてはずした。

「悪いがそれはできない。わたしには今すぐ、きみが必要なんだ」

「わたしがどう思うかは関係ないの？」

「今、この瞬間に？」サイモンは自分のシャツをはぎ取った。「はっきり言って、関係ない」

　ああ、そんなことを口にせずにはいられないのね？　人の話をはぐらかしてばかりいるごまかしの達人が、すっかり力を失ってしまったらしい。いつも駆使している洗練された言葉は消え失せ、原始的で本能的な言葉だけが残ってしまったのね？

サイモンはベッドにやってきたが、最大限の自制心を発揮して彼女には触れなかった。

「出ていってほしいなら、そうする」

ルーシーはしばらくサイモンの目を探るように見つめていたが、そのあいだに彼は何度も意気消沈し、一方で下半身はとてつもなく大きくなっていった。ルーシーは無言でリボンを引っ張り、シュミーズを開いた。これこそ彼が求めていたもの。サイモンは飢えた男がヨークシャープディングを目の前にしたかのように、ルーシーの上に倒れ込んだ。しかし切羽詰まっているにもかかわらず、彼は慎重だった。手は震えていたものの、彼女の肩からゆっくりと優しくドレスを引き下ろしていく。

「体を上げて」サイモンは、なぜか声を押し殺している。

ルーシーが腰を上げると、彼はドレスを床に放り投げた。

「それがいくらしたかご存じなの？」ルーシーが面白がっているような言い方をしても、彼は気にしていなかった。

「いや。だが見当はつく」サイモンは彼女の靴と靴下を脱がせた。「あと一〇〇着でも、一〇〇〇着でも買ってあげよう。ありとあらゆる薔薇色の服を。薔薇色をまとっているときのきみに、わたしがどれほど見ほれているか、話したことはあったかな？」

ルーシーは首を横に振った。

「本当にほれぼれする。もちろん、何も着ていないきみのほうがずっとほれぼれするがね。ことによると、もうきみには何も着せないようにするかもしれない。そうすれば高価なドレスを買わずに済むだろう」

「もし、わたしがそんなぞっとする決まりに反対したら？」ルーシーの眉が危険なほど吊り上がった。

「わたしはきみの夫だ」やっとのことシュミーズを取り去ると、白い乳房があらわになった。一瞬、彼女のわき腹についた浅い傷が目に留まり、心が不安で凍りつく。だが全裸の彼女を見ると、鼻孔がふくらんでしまった。声の調子を保とうにも、まったくうまくいかない。

「何でもわたしの言うことに従うと誓ったのだろう。たとえばわたしがキスをしろと命じたら、きみは従わねばならない」

サイモンは身をかがめ、唇でルーシーの口を軽くかすめた。ルーシーはおとなしくそれに応え、彼の下でエロチックに唇を動かしている。そのあいだ、サイモンはずっと彼女の乳房を意識していた。自分のすぐ下にある、白くてむき出しの、無防備な乳房。欲望が湧き上がって筋肉を震わせたが、彼はその欲望を抑え込んだ。自分を律することのできない男だと見なされるのは願い下げだ。本当にさもしい男だと思われたくない……。

「口を開けて」彼の声はほとんどかすれていた。

ルーシーが口を開け、サイモンはせめて、この温かく湿ったくぼみだけでも堪能することにした。だが突然、腕が震えた。体を引いて目を閉じる。

「どうしたの？」ルーシーがささやいた。

サイモンは目を開け、内なる悪魔を隠すべく笑みを浮かべようとした。「きみが欲しくてたまらない」

ありがたいことに、ルーシーはほほえんではいなかった。それどころかしかつめらしいトパーズ色の瞳で彼を見ている。「なら、差し上げます」

その率直でわかりやすい申し出に、サイモンは息を呑んだ。「きみを傷つけたくない。きみは――」目を合わせることができず、顔を背ける。「今夜はもう、傷つくだけ傷ついた」

沈黙。

それから、ルーシーはゆっくりと、そしてきっぱりと言った。「あなたは、わたしを傷つけたりしません」

ああ、これほど信頼してくれるとは。恐ろしい。わたしも同じくらい確信を持てさえすれば……。サイモンは寝返りを打った「おいで」

あの知的な眉が再び吊り上がる。「服を着すぎているんじゃありません？」

ブリーチのことか。「あとで脱ぐ」あるいは、ボタンをはずすだけにしよう。

「やらせていただける？」

サイモンは歯を食いしばった。「いいだろう」

ルーシーが横で肘をついて体を起こし、その動きとともに乳房が揺れた。サイモンの下腹部がびくんと跳ね上がる。彼女は優美な手つきでボタンをはずし始めた。彼女の指に少しずつ引っ張られるたびに、目を閉じて雪を思い浮かべようとする。霜、みぞれ、氷。

静かにため息をつく。

サイモンはぱちっと目を開けた。彼女は自分の上に身を乗り出しており、白い乳房がろうそくの明かりに照らされてまばゆいと言ってもいいほどだ。滑稽なくらいいきり立ったものがブリーチから突き出ており、彼女の視線は、先端の赤くなった部分に釘づけになっていた。こんなエロチックな光景は見たことがない。

「いつ彼に会わせてもらえるのかしらと思っていたの」ルーシーはサイモンの下半身から目を離さない。

「何だって?」彼女の人差し指が先端に触れると、最後の一語はかろうじて絞り出したような声になってしまった。

「たしかに、彼とすれ違ったことはありましたけど、一度もお顔を拝見していませんでした。この方はとても恥ずかしがり屋さんなのね」ルーシーは縁に指を走らせた。

サイモンはもう少しでベッドから落ちるところだった。彼女はショックを受けてしかるべきだろう。うぶな田舎のお嬢さんのはずだ。だが、それどころか……。

「それに、ほら。ここにお連れの方たちが」ルーシーは小さな手のひらで睾丸を握った。

くそっ。彼女はわたしを殺す気だ。

「上げて」

「何だって?」サイモンはぼうっとしたまま、目をしばたたいて彼女を見た。

「服を脱がせてあげられるように腰を上げて」彼に仕える、娼婦の卵が言った。

従うしかないだろう?　ルーシーは彼のブリーチを滑らせるようにして脱がせ、自分と同様、裸にした。

「今度はきみの番だ」ありがたいことに声がもとに戻った。もうこれ以上、耐えられない。

「何をしろとおっしゃるの？」ルーシーが尋ねた。

「こっちへ来るんだ」サイモンは両腕を差し出し、彼女を上に載せようとした。柔らかな内ももで硬くなったものをこすられても、うめき声を上げないように努めた。

ルーシーが慎重に腰を落とした。彼のものはルーシーの目の前で小刻みに揺れ、どくどく脈打つたびに彼女の下腹部に触れる。彼女の中に自分をうずめたい。ただそれだけだ。だが、あせってはいけない。

「乳房をくれ」サイモンはささやいた。

ルーシーが目を丸くした。よかった。少なくとも、動揺したのはわたしだけではなかったな。ルーシーは手で乳房を支えるようにつかんでためらっていたが、やがて体をかがめた。アフロディーテだって、これほど魅惑的ではあるまい。サイモンは彼女の顔をじっと見つめ、ピンク色の乳首を吸った。彼女が目を閉じ、力なく口を開く。下腹部のふくらみが、二人のあいだで脈打っているものに押し当てられた。彼女がぶるぶる震え、サイモンの心の暗い部分が勝利の雄たけびを上げる。

彼は乳首を離した。「またがって」

ルーシーは顔をしかめた。

「頼む」頼んでいるというより命令に近い言い方になってしまったが、もうどうでもいい。

わたしは彼女に包んでもらわないといけないのだ。

ルーシーが体を引き上げた。サイモンは一方の手で彼女を安定させ、もう一方の手で自分の下腹部をつかんだ。彼女がゆっくりと腰を落としていく。

「ずっと脚を開いていてくれ」サイモンはつぶやいた。下劣な男め。おかげで中に入りやすくなり、それと同時に、濡れてサンゴ色に染まった部分をよく見ることができた。

ルーシーはあえぎ、二人の体のあいだを不器用に手探りしている。かわいそうな天使。自分のことしか考えない身勝手な悪魔にそそのかされ、堕落の道に引きずり込まれてしまった。ああ。彼は半分まで中に入った。その通り道はぴったりと彼を包んでおり、温かくて柔らかい。ルーシーの手を取って胸に置かせると、自分の指で彼女のひだを開いた。そのまま狭い通り道を進んでいく。天国だ。もう笑みを浮かべてしまいそうだ。天国に行くことがあるとすれば、これぞまさに天国。わかっている。そんなことを考えるのは神への冒瀆だが、構うものか。わたしは天使と愛を交わしている。明日世界は終わってしまうかもしれないが、今このとき、わたしは濡れた女性の奥深くまで自分をうずめている。わたしの濡れた女性の中にいる。

サイモンが突き、ルーシーが叫び声を上げた。

自分の顔がほころぶのがわかったが、いい笑顔とは言えなかった。目を伏せ、赤くなった皮膚が彼女の肉体の中へ滑り込んでいく様子をじっと見つめる。彼女を持ち上げてぎりぎりまで引き抜くと、彼を包み、濡れてつやつや光る秘部が目に入った。再びぐいと自身を打ち込み、彼女を突き、満たし、求める。きみはわたしのものだ。今も、これからもずっと。わたしのもとを離れてはだめだ。ずっとそばにいてくれ。

今も、これからもずっと。

ルーシーが首を激しく振った。サイモンは彼女の下腹部のふくらみに手をやり、指で探って特別な真珠を探りだした。彼女がうめいているが、容赦はしない。身をうずめ、親指でその真珠をもてあそぶ。彼女はもう持ちこたえられないだろう。サイモンを包んでいる内側の壁がぎゅっと締まり、ルーシーは達した。そして、彼のものにも甘美な悦びを惜しみなく与えてくれた。根元が秘部に当たるまで沈み込むと、体が痙攣し、精が脈打つように彼女を満たしていくのがわかった。

きみはわたしのものだ。

14

ああ、たいへん！

ルーシーははっと目を覚ました。寝室の暗闇の中、聞こえてくるのは、はあはあとあえぐ自分の声。汗で冷たくなった肌に、シーツが経帷子のように張りついている。彼女はぞっとし、ヘビを見て動けなくなったウサギのごとく、じっと横たわって呼吸を落ち着けようとした。生々しく血なまぐさい夢だった。しかし意識がはっきりしてくるにつれ、それも色あせていく。今、思い出せるのは恐怖だけ。それと絶望的な感覚。夢の中で悲鳴を上げているところで目が覚めた。そのとき驚いたのは、自分の声が夢の中と同様、幻覚のように感じられたことだった。

ようやく体を動かしてみたものの、あまりにも長いあいだ緊張状態にあったせいか、筋肉が痛む。ルーシーは手を伸ばし、サイモンを捜した。真夜中でも、底なしの悪夢の中にあっても、命あるものが存在することをたしかめたかったのだ。

しかし、彼はそこにいなかった。

もしかすると、起きてトイレに行ったのかしら？「サイモン？」

返事がない。真夜中を過ぎると襲ってくるばかげた不安を覚えつつ、静寂に耳を澄ます。すべての命が息絶えてしまったのではないかしら？　死に絶えた家で、わたしは独りぼっちになってしまったのではないかしら？

ぶるっと体を震わせて起き上がると、わき腹の傷が引きつり、ルーシーは少したじろいだ。裸足のつま先が冷たい絨毯に触れ、ナイトテーブルにろうそくがあるはずだと片手で空《くう》を叩いているうち、ゆうべはサイモンの寝室で眠ってしまったのだと気づいた。テーブルはベッドの反対側だ。天蓋のカーテンをつかみ、それを頼りに足で床を探りながらベッドの向こう側へ回る。この寝室で過ごしたゆうべの記憶としてあるのは、暗かったこと、銀色と黒と青の地味な部屋だったこと。それと、彼のベッドがわたしのベッドよりずっと大きかったということだけ。そのベッドがわたしを慰めてくれた。

ルーシーはやみくもに手を伸ばし、まず本を、次にろうそくを探り当てた。暖炉では残り火がまだ赤く燃えている。そこに歩み寄り、ろうそくに火を灯した。かすかな炎ではとても部屋全体を照らし出すことはできないが、彼がここにいないのはもうわかっている。劇場に着ていったドレスを再び身につけると、背中のホックを自分で留められないことを隠すためにショールを巻きつけ、素足を靴に突っ込んだ。

サイモンの姿が見えなくても、驚きはしない。この一週間、彼は夜になると出かけて、早朝になってようやく戻ってくるというのが習慣になっていた。ここ数日は夜の散歩がさらに頻繁になっていた気がする。ときにはとても疲れた様子で、タバコの煙と酒のにおいを漂わせてわたしの寝室に入ってくることもあった。でも以前は、わたしのベッドを出ていったりはしなかったのに。わたしと愛し合ったあとはベッドを離れはしなかった。わたしを抱き、二人で眠りに落ちたあとは、そんなことはしなかった。それにほんの数時間前、彼の愛し方はとても激しく、とても必死で、まるでもう二度とわたしを抱く機会はないと言わんばかりだった。実は、途中で怖くなってしまったことが何度かあったほど。彼に傷つけられると思ったわけではない。彼の中にいると、自分の一部が失われるようで怖かったのだ。

ルーシーは身震いした。

二人の部屋は三階にある。まず自分の寝室と居間をたしかめ、それから階段を下りた。図書室にはひとけがなく、ろうそくを掲げても、本の背表紙の列に映る長いぼんやりした影が目に入るばかり。外から吹きつける風で窓ががたがた鳴っている。再び廊下に出て、じっくり考えてみた。朝食用の居間《モーニングルーム》かしら？　その可能性はかなり低いけれど、彼は——。

「奥様、何かお探しですか？」

背後でニュートンの哀歌のような声がしたものだから、ルーシーはきゃっと悲鳴を上げた。ろうそくが床に落ち、熱くなったろうで足の甲をやけどしてしまった。

「たいへん申し訳ございません、奥様」ニュートンは身をかがめてルーシーのろうそくを拾い、自分のろうそくで火をつけ直した。

「ありがとう」ルーシーはろうそくを受け取り、執事の顔を見られるよう高く掲げた。

ニュートンがベッドから出てそのままやってきたことは一目瞭然。はげた頭にナイトキャップをかぶり、寝巻きの上に着古した上着をはおっており、小さな丸い腹部の上で生地がぴんと張っている。足元に目をやると、かなり派手な、つま先がカールしたトルコ風の室内履きを履いていた。ルーシーは一方の足でもう片方の足をさすり、長靴下を履いてくればよかったと思った。

「お手伝いをいたしましょうか?」ニュートンが再び尋ねた。

「イズリー様はどこかしら?」

執事が目をそらす。「それは申しかねます、奥様」

「言えないの? それとも、言うつもりがないの?」

執事は目をしばたたいた。「両方でございます」

ルーシーは眉をすっと上げた。相手が正直に答えたことに驚いたのだ。執事をしげしげと眺める。もしサイモンがいない理由が女性だとすれば、ニュートンは主人のためにいろいろと言い訳をしたに違いない。でも、それはしなかった。ルーシーは肩の力が抜けるのがわかった。自分が緊張していたことにも気づいていなかったのだが。

ニュートンが咳払いをした。「奥様、イズリー様は、夜が明ける前にはきっとお戻りになります」

「ええ、いつもそうですものね」ルーシーはつぶやいた。

「温かいミルクでもお持ちいたしましょうか?」

「いいえ、結構よ」ルーシーは階段まで歩いていった。「寝室に戻ります」

「おやすみなさいませ、奥様」

ルーシーは一段目に足を置き、息を殺した。背後でニュートンの足音が遠ざかり、扉が閉まる。もう少し待ってから回れ右をし、忍び足でサイモンの書斎へ向かった。

この部屋は図書室よりは狭いが、豪華な内装が施されている。空間の大半を占めているのは、どっしりとしたバロック調の机。金箔と渦巻き模様が際立つ、途方もなく美しい家具だ。ほかの男性がこんな家具を持っていたら笑ってしまうところだが、サイモンにはまさにお似合い。暖炉の前にはウイングバックチェアが並べてあり、机の側面には書棚が二つ、座ったままでも手が届くように置かれていて、薔薇に関する本がたくさんあった。サイモンがこの部屋を見せてくれたのはつい先日のこと。ルーシーは大きな学術書に載っている、手描きで彩色した精密な挿絵に魅了された。どの薔薇も完成度が素晴らしく、ひとつひとつ、分類学上の種名が明記されていた。

ここは、とても整然とした世界だ。

暖炉の前に置かれた椅子に腰を下ろす。書斎の扉は開けたままにしておいたので、廊下のほうまで目が届くし、何か動きがあればすべてわかる。サイモンが帰ってきたらここを通りかかるに違いない。彼が戻ったら、夜の散歩について問い詰めてみよう。

今夜のアフロディーテの洞窟は、遠吠えするオオカミどもの洞穴と化していた。

サイモンは娼館の大広間へと進み、あたりを見回した。ルーシーと出会う前から、もう久しくここへは足を踏み入れていなかったが、様子は変わっていない。半裸の娼婦たちが商品を見せびらかし、男を誘惑している。やっとひげが剃れるようになったぐらいの若者もいれば、年で歯が抜けてしまった男もいる。あまり名の知られていない王族が、成金商人や外国の高官と交流してもアフロディーテは気にしない。金色の硬貨をもらえさえすればいいのだ。それどころか、ここには男性と同じくらい女性客もいるという噂だ。もしかすると、アフロディーテは両方から金を取っているのかもしれないな、とサイモンは皮肉っぽく考えた。あたりを見回して女主人《マダム》を捜したが、あの独特の金色のマスクは見当たらない。ちょうどよかった。アフロディーテは自分の店で手荒なまねをされることをよしとしないが、こっちはまさにそれをやってやろうと心に決めているのだから。

「何なんですか、ここは？」クリスチャンが横でささやいた。

この若者と落ち合って巡った娼館はこれで二軒目、いや、三軒目だ。その晩、クリスチャンは早い時間に劇場へ出かけ、外で暴漢と格闘し、その後、二人が前にも行ったことがある賭博場を三カ所訪ね、しかも一軒ごとに、どんどんいかがわしさが増していったというのに、相変わらずさっぱりした顔をしている。自分は掘り返されたばかりの死体のような顔をしているのではないかと、サイモンはとても不安になった。

とにかく、若さというものはいまいましい。「それは考え方しだいだな」そこで行われている競馬のまねごとを巧みによけながら、階段を上り始めた。

短いコルセットと、マスクをつけた女の騎手たちが、胸をはだけた馬に乗っている。鞭で馬を痛めつけている騎手を目にし、サイモンは顔をしかめた。もっとも、スボンのふくらみ方から判断するに、馬役のほうはちっとも気にしちゃいないのだろう。

「というと？」クリスチャンは目を丸くし、一着になったペアが二階の廊下を行ったり来たりする様子をじっと見つめた。騎手は乳房をあらわにしており、元気いっぱいに跳ね上がっている。

「きみが天国と地獄をどう定義するかによる、と思う」サイモンは言った。まぶたの裏に砂が入ってしまったように目がごろごろするし、頭痛はするし、とても疲れている。本当にくたくただ。

サイモンは最初の扉を蹴飛ばした。

後ろでクリスチャンが何か叫んだが、サイモンは無視した。中にいたのは女が二人と、赤毛の紳士が一人。人が押し入ってきたことに気づいてもいない。サイモンはわざわざ詫びを言うこともなく扉を閉め、隣の部屋へ移った。ウォーカーが見つかる望みは薄い。情報源から聞いた話によれば、ウォーカーが過去にアフロディーテの洞窟をひいきにしたことは一度もない。しかし、サイモンはだんだん切羽詰まってきた。ウォーカーを捜し出し、この件を片づけてしまわなければ。ルーシーがまた安全に過ごせるようにしなければいけないのだ。

また別の部屋を開ける。中から悲鳴がした。今度は女が二人。サイモンは扉を閉めた。ウォーカーは結婚しており、その妻に頭が上がらないが、娼館が好きなのだ。ロンドンじゅうの娼館を一つ残らず当たっていけば、最終的にやつは見つかるだろう。というより、そうであってほしい。

「こんなことをしていると、叩き出されてしまうんじゃないですか？」クリスチャンが尋ねた。

「そうだな」ばしん。また扉を蹴る。膝が痛くなってきた。「だが、願わくは、獲物を見つけてからにしてもらいたいがね」

いよいよ廊下の端までやってきた。これが最後の扉だが、たしかにクリスチャンの言うとおりだ。娼館の用心棒がやってくるのは時間の問題だ。ばしん。

サイモンは回れ右をしかけたものの、もう一度見てみた。

ベッドの上の男は、膝をついているサフラン色の髪をした娼婦に男根をうずめていた。女は裸で、顔の上半分を隠すマスクをつけ、目を閉じている。客のほうは邪魔が入ってきたことに気づいていなかったが、それはどうでもよかった。その男は背が低いし、顔は浅黒いし、髪の色も黒い。問題は二人目の男がいたことだ。陰に隠れて二人の行為を見物していて姿はほとんど見えなかったが、ぎゃあぎゃあと文句を言った。よかった。危うく見逃すところだった。

「いったいぜんたい――」

「ああ、ごきげんよう、ウォーカー卿」サイモンは前に進み出てお辞儀をした。「それに、レディ・ウォーカー」

ベッドにいる男がぎょっとして勢いよく振り向いた。といっても、腰は依然として本能的に動いており、女のほうも相変わらず気がついていない。

「イズリー、きさま……何なんだ……?」ウォーカーは、もはや萎えてしまったものをブリーチからだらんとぶら下げたまま、よろよろと立ち上がった。「それは、わたしの妻ではない!」

「妻ではない?」サイモンは首をかしげ、女を吟味するように見つめている。「だが、レディ・ウォーカーによく似ている。特に、そのあざ」尻の上の部分にある、生まれつきのあざをステッキで示す。

女と交わっていた男が目を丸くした。「旦那、こいつは奥方だったんで?」

「まさか! 違うに決まっているだろ」

「おお、そうなのか。しかしわたしはかなり前から、おまえの麗しい奥方と懇意にさせてもらっているのだよ、ウォーカー」サイモンはゆっくりと間延びした口調で言った。「絶対に間違いない。こちらはきみの奥方だ」

大男は突然、頭を後ろに倒して笑いだしたが、声は少々迫力に欠けているように思える。

「きさまのたくらみはわかっている。わたしをだまそうとしたって、その手には――」

「こんなすげえのは初めてだ……」女に乗ったまま種馬男が言った。感謝のつもりなのか、どんどん動きを速めている。

「この女は、わたしの妻では――」

「知人がレディ・ウォーカーとつきあいがあったのだよ。もう何年も前の話だが」サイモンはステッキに体重をかけ、にやっと笑った。「たしかおまえの最初の子供、すなわち跡継ぎが生まれる前のことだったかな？」

「なぜ、おまえは――」

黒髪の男が大声で叫び、女に腰を勢いよく押しつけた。ぶるぶる震えている様子からして、たっぷり種をまいているのは明らかだ。男はため息をつき、女の上に崩れ落ちた。中から姿を現したのは、半分しぼんでいたとはいえ、馬並みの巨根だった。

「すごい」とクリスチャン。

「いかにも」サイモンも同意する。

「あんなもの、どうやって突っ込んだんだ？」若者がつぶやいた。

「よくぞ訊いてくれた」サイモンは弟子に教えるように言った。「レディ・ウォーカーは、そっちの方面での才能に恵まれているのだよ」

ウォーカーがうなり、部屋の向こうから突進してきた。サイモンの気は張りつめ、血が騒いだ。ひょっとすると、今夜で終わりにできるかもしれない。

と思ったと同時に、扉のほうで叫ぶ声がした。「おい、ここだ」

そこにはもう娼館の用心棒が到着していた。サイモンがわきによけ、ウォーカーは待ち構えていた男たちの腕の中に飛び込んでしまった。用心棒たちにつかまれた大男はじたばたもがいたが、無駄だった。

「イズリー、きさまを殺してやる！」ウォーカーがあえぎながら言った。

「それもいいだろう」サイモンはゆっくりと言った。くそっ、もうくたくただ。「では、夜明けにということで」

大男はうなっただけだった。

ベッドにいる女は、よりによってこんなときに寝返りを打ち、特に誰に向かってというわけでもなく言った。「よかったら、試してみない?」

サイモンはにこっと笑い、クリスチャンを促して部屋を出た。階段ではまた競馬遊びが始まっており、二人はその横をすり抜けていく。馬役の男たちは、今度は本物の馬銜《はみ》を口にくわえている。ある男はあごから血を垂らし、ブリーチの前をふくらませていた。

ルーシーのもとに帰る前に風呂に入らなくては。馬糞にまみれてしまったような気分だ。

クリスチャンは玄関の階段を下りてから尋ねた。「あの女は本当にレディ・ウォーカーだったのですか?」

サイモンは出かかったあくびを嚙み殺した。「さあな」

再び目が覚めたとき、ルーシーが耳にしたのはサイモンが書斎に入ってくる音だった。部屋は新しい一日の幕開けを告げる薄暗い灰色に覆われている。サイモンはろうそくを持って入ってきた。それを机の端に置くと、立ったまま紙を一枚引き出して何やら書き始めた。まったく顔を上げてくれない。

部屋の奥の一角はウイングバックチェアの袖で隠れて陰になっているから、サイモンのところからだと、わたしの姿はほとんど見えないに違いない。彼が戻ってきたら声をかけ、どういうことか答えてもらうつもりだったのに。わたしは今、握った手をあごの下に当て、彼をただじっと見つめているだけ。彼は……わたしの夫は疲れた顔をしている。まるで何年も眠れずにいたかのように。着ている物は前の晩と同じ。藍色の上着とブリーチと銀色のベストはもうしわだらけで汚れている。かつらの髪粉も取れてしまった部分があり、薄汚れて見える。信じられない。だって、少なくともロンドンではきちんとした服装をしている彼以外見たことがないのですもの。口元にはくっきりとしわが刻まれているし、目の縁は赤くなっているし、唇は震えを抑えるべく結ばれていたのか、薄くなっている。彼は書き物を終え、インクを乾かすために砂を振りかけると、机の上にその紙をきちんと置いた。が、そのとき、うっかりペンを床に落としてしまった。悪態をつき、老人のようにゆっくりと身をかがめ、ペンを拾って机の上に慎重に置き、ため息をつく。

そして書斎を出ていった。

ルーシーは少し待ってから立ち上がり、階段を踏むサイモンの足音に耳を澄ませた。それから机に歩み寄り、彼が書いたものを見た。まだ部屋が暗すぎて読むことができない。手紙を窓辺に持っていってカーテンを開け、紙を傾けてインクの乾ききっていない文字を読んだ。夜が明けたばかりではあったが、なんとか最初の数行は読めそうだ。

わたしが死亡した場合、わたしの所有する全財産は……。

サイモンの遺書だ。彼はわたしに自分の地所を残そうとしている。ルーシーはもうしばらくその遺書をじっと見つめてから机に置いた。玄関広間から、階段を下りていく夫の声がした。彼女は書斎の入り口に移動し、扉のわきに立った。

「自分の馬で行く」どうやらニュートンに告げているようだ。「御者に伝えてくれ。今朝はもう馬車は必要ない」

「承知しました、旦那様」

玄関の扉が閉まる。

急に怒りがこみ上げてきた。サイモンはわたしを起こそうともしなかった。起こす気があれば、自分のベッドにわたしの姿がないことに気づいただろうに。ルーシーは大またで玄関に向かった。むき出しの足首の周りでスカートがしゅっ、しゅっと音を立てる。「ニュートン、待って」

背を向けていた執事はびくっとし、あわてて振り向いた。「お、奥様、気づきませんで――」

ルーシーは執事の謝罪をはねのけ、単刀直入に尋ねた。「行き先をご存じ？」

「わたくしは……その……」

「もういいわ」ルーシーはいらいらして言った。「あとをつけます」

慎重に玄関の扉を開けると、サイモンの馬車はまだ屋敷の前に止まっており、御者が台の上で眠りかけていた。馬丁が一人、あくびをしながら厩《うまや》に戻っていく。

そして、サイモンが馬に乗って走り去ろうとしていた。

ルーシーは扉を閉め、後ろでおやめくださいと叫んでいるニュートンを無視し、朝の冷え込みに身を震わせながら階段を駆け下りた。「ねえ、起きて」

御者は、髪をほどいた女主人を見るのはこれが初めてとばかりに目をしばたたいた。いや、実際、初めてだったのだ。

「奥様ですか？」

「イズリー様に気づかれないように、あとを追ってちょうだい」

「しかし、奥様――」

「さあ、早く」ルーシーは従僕に踏み段を置いてもらうのを待つことなく馬車によじ登り、中に入ってから再び頭を外に出した。「彼を見失わないで」

馬車が前にがくんと揺れた。

ルーシーは座り直し、膝掛けを巻きつけた。身を切るように寒い。着替えもせず、髪を下ろしたままロンドンの街を走り回るなんて恥ずべきこと。でも、サイモンと対峙するのを慎み深く我慢しているわけにはいかないのよ。彼は何日もまともに寝ていないし、怪我から回復してまだ日が浅い。どうしてわざわざ自分の命を危険にさらし続けるの？　よくも、わたしに気づかれるはずはないなどと思っていられるわね。それどころか、わたしを締め出している。つまり、自分のそのような一面から。わたしを人形だと思っているの？　わたしは遊びたいときに取り出し、ほかにやるべきことができるとまたしまい込んでしまえばいい人形？　そうね、わたしが妻の務めをどう考えているか、とっくの昔に彼と話しておくべきだ

っていると考えているからよ。一つには夫の健康が心配だし、もう一つには夫は妻に隠し事をすべきではないと考えているからよ。ルーシーはわざとらしく咳払いをし、胸の前で腕を組んだ。

ようやく一二月の太陽が姿を現したが、光は弱く、この寒さをどうにかしてくれそうにはなかった。馬車は公園に入っていき、車輪の下が丸石の舗装から砂利道に変わるのがわかった。地面の上にもやが不気味に漂い、経帷子のように木々の幹を覆っている。馬車の小さな窓からだと何の変化も確認できず、ルーシーは御者がずっとサイモンを追ってくれていると信じるしかなかった。

そして馬車が急停車した。

従僕が扉を開き、中をのぞき込む。「これ以上近づきますと、ご主人様に見られてしまうと御者が申しております」

「ありがとう」

ルーシーは従僕の手を借りて馬車を下り、示された方向を見た。一〇〇メートルほど先で、サイモンともう一人の男が、パントマイムをしている人間のように向き合っている。これだけ離れていると、夫を見分ける手がかりは身のこなしだけだったが、もう心臓が止まりそうだった。ああ、どうしよう、今にも始めようとしている。サイモンを説得して、こんな恐ろしい習慣はやめさせようと思ったのに間に合わなかった。

「ここで待っていて」ルーシーは従僕たちに言いつけ、決闘場所に向かって歩きだした。

男は全部で六人いた。ほかの四人は決闘をする二人から離れたところに立っていたが、ルーシーのほうを見ている者は一人もおらず、彼女の存在に気づいてさえいないようだ。皆、死を懸けた男のゲームにすっかり没頭している。サイモンは上着とベストを脱いでおり、相手の男も——一度も見たことがない人物だ——同様だった。灰色の朝もやの中、両者の白いシャツの袖は、幽霊のように見えると言ってもいい。二人とも寒いに違いないが、どちらも震えてはいなかった。それどころか、サイモンは身じろぎ一つせず立っており、もう一人の男は練習をしているのか、剣をしゅっ、しゅっと動かしている。

ルーシーは二〇メートルほど離れたところで止まり、茂みの中に身を隠した。もう素足が凍りついている。

サイモンの相手はとても大柄な男だった。彼より背が高く、肩幅もずっと広い。白いかつらとは対照的な赤ら顔。それに比べると、サイモンの顔は死人のように青白い。彼が疲れていることは家で気づいていたけれど、日の光に照らされると、この距離でも疲れ具合がさらによくわかる。今や二人の男はじっと立っている。それから脚を曲げ、剣を掲げ、絵画の中の人物のように動きを止めた。

ルーシーが口を開く。

そのとき誰かが叫び、彼女はひるんだ。サイモンと大男がともに剣を突く。それに合わせて暴力が高らかな調べを奏で、両者の顔にあざけるような恐ろしい笑みが浮かんだ。静寂の中、剣がかちゃんかちゃんと音を立てる。大男が前に出て剣を突き刺そうとしたが、サイモンは飛び退き、相手の切っ先をかわした。とても疲れているはずなのに、どうしてあんなに素早く動けるのだろう？　ずっとこの調子でいられるの？　ルーシーは駆けだしたかった。戦う男たちに叫びたかった。やめて！　やめて！　やめて！　でもわかっている。わたしが姿を見せただけでサイモンは驚き、守りの構えを崩して殺されてしまうかもしれない。

大男がうっと声を上げ、下を狙って攻めてきた。サイモンがよろめきながら後退し、相手の剣を自分の剣で押し返す。

「血だ！」誰かが叫んだ。

そのときようやく、ルーシーは夫の胴に血がにじんでいることに気づいた。ああ、たいへん。自分が唇を嚙んでいたとも知らず、口の中に銅の味が広がった。彼はまだ動いている。もし突き刺されていれば、今ごろ倒れていたはずでしょう？　でも、倒れていない。後ろに下がり、相手に追われながらも腕を動かし続けている。胆汁が喉にこみ上げてくるのがわかった。ああ、主よ、どうか彼を死なせないでください。

「もう剣を置け」別の男が叫んだ。

ルーシーは声のほうに目をやり、男たちの一人がミスター・フレッチャーであることに気づいた。ほかの三人は戦う二人に向かって叫び、身振り手振りで決闘を終わらせようとしているのに、ミスター・フレッチャーはただ立っているだけで、顔には妙な笑みが浮かんでいる。彼はこんな無意味な戦いをいくつ見てきたのだろう？　わたしの夫が殺した人間を何人見てきたのだろう？

ルーシーは突然、彼の若々しい、無邪気な顔がいやでたまらなくなった。

サイモンの胴に血の染みが広がっていた。今や、腰に深紅のサッシュを巻いているかのようだ。どれくらい出血しているのだろう？　大男はにやりと笑い、前よりも素早く、力を込めて剣を振り回した。サイモンの足の動きが鈍っている。彼は相手の剣を何度も何度も退けていたが、ふらふらとよろめき、危うく足を滑らせそうになった。シャツにもう一つ、血の染みが現れた。今度は剣をつかんでいるほうの手首の上だ。

「くそっ」かすかにサイモンの声がした。とても弱々しくて、疲れ果てた声に思える。

ルーシーは目をつぶった。涙があふれてくるのがわかる。しゃくり上げそうになるのを抑えようと体を揺すった。音を立てちゃだめ。サイモンの気をそらしてはいけない。またしても叫び声がした。サイモンがしゃがれた声で何かののしっているのが聞こえる。ルーシーはほとんど目を開けていなかった。でも開けてみよう。彼は膝をついていた。まるで復讐の神のいけにえになったかのように。

ああ、神様。

相手の顔には、おぞましい勝利の表情が浮かんでいる。男が突き、サイモンを刺すべく剣がきらめいた。わたしの夫を殺そうとしている。だめよ、お願い、やめて。ルーシーは夢中で駆けだした。音を立てないようにしながら。わかってる。絶対に間に合うわけない……。

サイモンは最後の瞬間に剣を振りかざし、敵の右目に突き刺した。

ルーシーは身をかがめ、嘔吐した。裸足のつま先に熱い胆汁が跳ねかかる。大男が絶叫した。生まれてこのかた聞いたこともないような恐ろしい、甲高い悲鳴。ルーシーは再び吐いた。ほかの男たちが彼女には理解できない言葉を叫んでいる。顔を上げると、男の右目があった場所からすでに剣は引き抜かれていた。黒いものが男の頬からぽたぽた垂れている。男はうめき声を上げながら地面に倒れ、髪を剃った頭からかつらが落ちた。医師用の黒いかばんを持った男が、負傷した男の上にかがみ込んだが、首を横に振るばかり。

サイモンの相手は死にかけている。

ルーシーは喉が詰まり、再び吐いた。舌にすっぱい味を感じたものの、ひりひりする喉からは黄色い液体が一筋、現れただけだった。

「イズリー」今にも死にそうな男があえぎながら言った。

サイモンは体を起こしていたが、震えているようだ。ブリーチに血が飛び散っている。ミスター・フレッチャーは、地面に横たわる男から顔をそらし、サイモンのシャツを直したり、包帯を巻こうとしたりしていた。

「何だ、ウォーカー?」サイモンが尋ねた。

「もう一人いる」

夫は急に背筋を伸ばし、ミスター・フレッチャーを押しのけた。表情が険しくなり、頬にくっきりと溝が刻まれる。彼は大またで一歩近づき、倒れた男を見下ろした。「何だと?」

「もう一人」大男の体が震えた。

サイモンは男のわきで膝を落とした。「誰だ?」

男の口が動き、声が漏れる。「フレッチャー」

ミスター・フレッチャーがくるっと振り向いた。顔に混乱の表情が浮かんでいる。

サイモンは死にかけている男から目を離さなかった。「フレッチャーは若すぎる。そう簡単にだませると思うなよ」

ウォーカーがにたっと笑った。傷つけられた目から流れた血が唇にべったりこびりついている。「フレッチャーの――」発作のように咳き込み、言葉が途切れた。

サイモンは顔をしかめた。「水を持ってきてくれ」

介添人の一人が金属の瓶を差し出した。「ウイスキーだ」

サイモンはうなずき、それを受け取った。かたきの唇に酒瓶を当てて支えると、ウォーカーはごくっとウイスキーを飲み込み、ため息をついて目を閉じた。

サイモンが男を揺する。「誰だ?」

倒れた男はじっとしている。もう死んでしまったの? ルーシーは男の魂のために小声で祈りの言葉を口にし始めた。

サイモンは毒づき、男の顔をひっぱたいた。「誰なんだ?」

ルーシーは息を呑んだ。

ウォーカーは目を半分開け、はっきりしない発音で言った。「ちーちーおーやー」

サイモンは体を起こし、クリスチャンを見た。地面に横たわる男は再びため息をついた。喉がぜいぜい鳴っている。

サイモンは男には目もくれなかった。「きみの父親なのか? きみの父親はサー・ルパート・フレッチャーだな？」

「違う」クリスチャンは首を横に振った。「自分が殺した男の言葉を真に受けているわけじゃありませんよね？」

「信じてはいけないのか？」

「こいつは嘘をついてる！」

サイモンは若者をただ見つめている。「きみの父親は、わたしの兄を殺す手助けをしたのか？」

「まさか！」クリスチャンが手を振り上げる。「とんでもない！　あなたの言っていることは筋が通りません。もう帰ります」彼はすたすたと歩み去った。

サイモンはその後ろ姿をじっと見つめた。

ほかの男たちはもう後ろに下がっていた。

ルーシーは手の甲で口をぬぐい、前に進み出た。「サイモン」

夫が振り向き、殺したばかりの男を挟んで彼女と目を合わせた。

15

なんてこった。

ルーシー。

「ここで何をしている?」どうすることもできず、怒ったような声になってしまった。

ここにルーシーがいる。髪を下ろしたまま、ぞっとするほど白い顔をして。彼女はマントをぎゅっとつかんでいた。肩を丸めて縮こまり、あごの下にある指が寒さで青くなっている。恐怖を見たかのような顔をしている。

サイモンはちらっと下を見た。血にまみれた褒美のごとく、ウォーカーの体が足元に横たわっている。目があった場所には大きく穴が開き、口もだらしなく開いている。この男の生命は、もはや穴を閉じていられなくなったのだ。医者と介添人は離れたところにいる。ウォーカーを殺した男がまだそこに突っ立って見下ろしているのに、死体を処理する気にはなれないと言わんばかりに。なんてこった。

彼女は恐怖を見てしまった。

わたしが必死で戦っているところを見てしまった。わたしが目を突き刺し、この男を殺すところを見てしまった。血がほとばしる様子を見てしまったのだ。わたしには血糊が……自分の血と相手の血がべっとりとくっついている。なんてこった。ルーシーが怪物を見るような目を向けているのも無理はない。わたしは怪物だ。もはや隠しておくことはできない。逃げ隠れできる場所はどこにもない。こんな姿は彼女に見られたくなかった。彼女には知られたくなかったのだ。わたしが——。

「ここで何をしている?」サイモンは彼女を追い払おうと、頭の中で繰り返されていた言葉を引き出すべく声を張り上げた。

彼女は……わたしの天使は微動だにしない。血まみれで叫ぶ、頭のいかれた男と向かい合っているにもかかわらず。「何をしたの?」

サイモンは目をしばたたき、剣をつかんだままの手を振り上げた。剣の刃には、赤茶色の濡れた染みがついている。「わたしが何をしたか……」笑ってしまった。

ルーシーがひるむ。

涙が出そうで喉がひりひり痛んだが、サイモンは笑った。「兄のかたきを討った」

ルーシーは、めちゃくちゃになったウォーカーの顔を見下ろして身震いした。「お兄様のために、人を何人殺したの?」

「四人」サイモンは目を閉じたが、まぶたの裏に今も殺した男たちの顔が浮かんでくる。「全部で四人だと思っていた。これで終わったと思っていた。だが、五人目がいるそうだ」

ルーシーは首を横に振った。「だめよ」

「だめじゃない」自分でも、なぜ続けるのかわからない。「もう一人いる」

泣きたい衝動を抑えるためなのか、嫌悪感を抑えるためなのか、彼女は唇をぎゅっと結んだ。「サイモン、そんなことしちゃいけないわ」

泣きたいところだったが、サイモンは愚か者のふりをした。「いけない？ ルーシー、もうやってしまったんだぞ。それに、まだ続けている」そう言って大きく腕を広げる。「誰がわたしを止められるというのだ？」

「自分で止められるでしょう」声が低くなっている。

サイモンは腕を下ろした。「だが、止める気はない」

「自分を破滅させることになるのよ」

「わたしはもう破滅している」真っ黒な魂の奥底で、自分は真実を話していると悟った。

「復讐は神が行うことです」

とても穏やかで確信に満ちた言い方だ。

サイモンは血がついたままの剣を鞘に収めた。「きみは自分の言っていることがわかっていない」

「サイモン」

「もし、復讐は神が行うことだとしたら、なぜイングランドには法廷がある？ なぜ我々は毎日、殺人者をつるし首にしている？」

「あなたは法廷ではありません」

「そのとおり」サイモンは笑った。「法廷はやつらを罪に問おうとはしないだろう」

ルーシーは疲れきったように目を閉じた。「サイモン、あなたが人を殺す責任を引き受けなくたっていいでしょう」

「やつらはイーサンを殺した」

「復讐なんて、間違っているわ」

「わたしの兄、イーサンを殺したのだ」

「あなたは罪を犯しているのよ」

「きみは、やつらが殺しを楽しむのを黙って見ていろ、放っておけと言うのか？」サイモンは声を落とした。

「あなたは誰なの？」ルーシーが目をぱちっと開けた。その声にはヒステリックな怒りがこもっている。「わたしはあなたが誰か、わかっているのかしら？」

サイモンはウォーカーの痛めつけられた遺体をまたぐと、ルーシーの肩をつかみ、身をかがめた。悪臭を放っているに違いない息が彼女の顔をよぎっていく。「妻《マイ・レディ》よ、わたしは、きみの夫だ」

ルーシーが顔を背ける。

サイモンは彼女を揺さぶった。「きみが常に従うと約束した夫だ」

「サイモン――」

「ほかの男はすべて見放し、忠誠を守ると約束した相手だ」

「わたしは――」

「夜、きみが愛を交わす相手だ」

「もうこれ以上、あなたと一緒に暮らせるかどうかわからない」ささやくような言葉だったが、それは彼の頭の中で弔いの鐘のごとく鳴り響いた。

言いようのない不安に襲われ、はらわたが凍りつく。サイモンは彼女の体をぐいと抱き寄せ、唇を重ね、強く押しつけた。血の味がするが、彼女の血であろうと自分の血であろうとどうでもいいし、気にしていない。きみの手を放すものか。放すわけにはいかないのだ。顔を上げ、ルーシーの目をじっとのぞき込む。「だとしたら、気の毒だが、きみにはもはや選択の余地はない」

口についた血をぬぐったとき、ルーシーの手は震えていた。彼女のために、自分の手で血をぬぐってやりたい。わたしが悪かったと言ってやりたい。だが今そんなことをしたら、彼女はおそらくわたしの指に嚙みつくだろう。それに謝罪の言葉はどうしても出てきそうにない。だからただルーシーをじっと見つめた。彼女は汚れたマントの前を合わせ、背を向けて歩み去った。サイモンが見守る中、彼女は草地を横切って馬車に乗り込み、そこから去っていった。

それからようやく、サイモンは自分の上着を拾って馬にまたがった。ロンドンの通りは仕事に向かう人々でいっぱいになっていた。荷車を引く行商人、歩いている少年たち、馬車に乗ったり馬に乗ったりしている貴族や淑女たち。商店の店主に売春婦。大勢の人々が生き生きと新たな一日を始めようとしている。

しかし、サイモンは馬でそこを離れた。

死は、彼を呪われし者の仲間に引き入れていた。残された人間性と自分を結ぶ絆はもう断たれたのだ。


書斎の扉が壁にばんとぶつかった。

サー・ルパートは目を上げ、戸口に立っている息子を見た。髪も服も乱れ、顔が青ざめて汗で光っている。サー・ルパートは机から立ち上がりかけた。

「父上がやったのですか？」身なりとは対照的にクリスチャンの声は低く、穏やかと言ってもよかった。

「やったというと？」

「イーサンを殺したのですか？」

サー・ルパートは再び腰を下ろした。嘘をつけるものなら、ついていただろう。それぐらい平気でやってのける。多くの場合、人をあざむくことが最良の策となると、身を持って知っている。人はしばしば嘘をつかれたいと思うもの。皆、真実が気に入らないからだ。人があっさりだまされてしまう理由をほかにどう説明すればいい？　だが息子の表情は、彼がすでに真実を知っていることを物語っている。殺したのかと尋ねてはいるが、これは確認にすぎない。

「扉を閉めなさい」

クリスチャンは目をしばたたき、言われたとおりにした。

「なんてことだ。父上、やったのですね？」

「座りなさい」

息子は彫刻と金箔が施された椅子にどさっと腰を下ろした。赤毛が汗でもつれており、顔が脂でてかてかしている。しかし、サー・ルパートを困惑させたのは、クリスチャンの疲れた表情だった。息子の顔には、いつからこんなしわができたのだろう？

サー・ルパートは両手を広げた。「イーサンは厄介な存在だった。片づける必要があったのだ」

「ああ」クリスチャンがうなった。「どうして？　人を殺そうと思った理由を教えてください」

「わたしは殺していない」サー・ルパートはいらいらしながら答えた。「自分の父親がそれほど愚かだと思うのか？　わたしは彼が死んでくれるようにお膳立てをしたまでだ。わたしはイーサンとともに、ある投機的事業に携わっていた。参加していたのは、わたしと、ウォーカー卿と――」

「ペラー、ジェームズ、ハートウェル」クリスチャンが言葉を挟んだ。「ええ、知ってますよ」

サー・ルパートは顔をしかめた。「知っているなら、なぜ訊く？」

「ぼくはサイモンから聞いたことしか知りませんし、彼はほとんど何も話してくれませんでした」

「サイモンの話にはおそらく偏見がこもっていたはずだ。どんなに小さな偏見であろうとな」サー・ルパートは言った。「真相はこうだ。我々は茶葉に投資していて、何もかも失いそうな形勢にあった。それで、損失を取り戻す方向で全員の意見が一致していた。つまり、イーサンを除く全員ということだ。彼は――」

「金絡みの話ですか？」

サー・ルパートは息子を見た。クリスチャンは刺繍が施されたシルクの上着を着ている。これを仕立てる金があれば、労働者の一家が三カ月しのげるだけの食べ物と住まいを提供できるだろう。息子は、王様が持っていてもおかしくない、金箔が塗られた椅子に座っている。ロンドンの高級住宅街の一角にあるこの家で。

彼はその点がわかっているのだろうか？「そうに決まっているだろう。まったく。何の話だと思ったのだ？」

「ぼくは――」

サー・ルパートは机にばんと片手を置いた。「わたしがおまえの年には、日が昇る前から夜更け過ぎまで働いていた。夕飯を食べながら、厚板のテーブルに頭をつけて眠ってしまったこともある。そんな生活に戻れると思うか？」

「しかし父上、金を巡って人を殺すなんて」

「金を笑うんじゃない！」サー・ルパートは〝金〟という言葉を強調して声を荒らげたが、その後、再び声を抑えた。「金があるから、おまえは祖父のように働かなくても済んでいるのだ。わたしと同じ目に遭わずに済んでいる」

クリスチャンは髪を手ですいた。ぼう然としているようだ。「イーサンは結婚していて、幼いお嬢さんがいたのですよ」

「わたしが自分の子供よりも、彼の娘の幸せを選ぶとでも思っているのか？」

「ぼくは――」

「家を失っていたかもしれないのだぞ」

クリスチャンが顔を上げた。

「ああ」サー・ルパートはうなずいた。「それくらい悪い状況だった。田舎に引っ込むはめになっていただろうな。おまえの姉や妹は適齢期を棒に振っていただろうし、おまえはわたしが買ってやった、あの新しい馬車を手放さざるを得なかっただろう。母上も宝石類を売らなければいけなかったかもしれない」

「我が家の財政はそれほど逼迫していたのですか？」

「おまえはまるでわかっていないのだ。三カ月ごとにもらっている小遣いがどこから出ているかなど、考えもしないのだろう？」

「たしか投資で――」

「そう、投資だ！」サー・ルパートは再び机を叩いた。「わたしが何を話しているかわかるか？　投資だ。我々の将来はすべて投資にかかっていた。片やイーサンは、一生、一日たりとも働く必要がない男で、ほんの赤ん坊のころ、莫大な財産を楽々と手に入れていた。そのイーサンが、自分の主義主張を貫こうとしたのだ」

「主義主張というと？」クリスチャンが尋ねた。

サー・ルパートは苦しそうに息をした。脚が死ぬほど痛む。酒が必要だ。「そんなことは、どうでもよかろう？　我々は破滅寸前だった。この我が家がだぞ、クリスチャン」

息子はただ、父親をじっと見つめている。

「わたしはほかの仲間に、イーサンを排除すれば計画を進められると告げた。それからすぐ、イーサンがペラーに決闘を申し込むように仕向けた。そして二人は決闘し、ペラーが勝った」サー・ルパートは身を乗り出し、目で息子を釘づけにした。「我々が勝ったのだ。我が家は救われた。母上は、我が家が全財産を失う寸前だったことには気づいてもいなかった」

「わかりません……」クリスチャンは首を横に振った。「父上がこんなやり方で家族を救い、イーサンの娘さんを父親のいない子にしてしまったことを受け入れられるかどうか、ぼくには……」

「受け入れるだと？」脚の筋肉が痙攣した。「ばかを言うな。おまえは母親にぼろを着させたいのか？　わたしを救貧院に入れたいのか？　姉や妹に洗濯仕事をさせたいのか？　息子よ、主義主張も結構だが、それが飯を食わせてくれるわけではないだろう？」

「ええ」しかし、息子は疑わしそうな顔をしている。

「おまえはわたしと同じくらい、この件にかかわっているのだぞ」サー・ルパートはベストのポケットの中を手探りしてから、テーブルの向こうにいる息子に向かって例の指輪を転がした。

クリスチャンがそれを取り上げる。「これは?」

「サイモンの指輪だ。ジェームズが奪ったのだよ。彼が雇った暴漢がサイモンを殺しかけたときにな」

息子がいぶかるような目で父親を見上げる。

サー・ルパートはうなずいた。「取っておけ。それを見れば、自分が誰の側に立っているのか、男が家族のために何をすべきか思い出すだろう」

これまでクリスチャンを紳士として育ててきた。息子には貴族社会で苦労をしてほしくない、エチケット違反をするのではないか、庶民の出だとばれるのではないかと心配してほしくないと思ってきた。というのも、自分が若いころ、そういうことが心配でならなかったからだ。しかし、金の心配はしなくていいと保証して自信を与えることで、息子を弱い男にしてしまったのではないだろうか?

クリスチャンは指輪をじっと見つめた。「今朝、サイモンはウォーカーを殺しました」

サー・ルパートは肩をすくめた。「それは時間の問題だった」

「今度は父上を追うでしょうね」

「何だと?」

「彼は父上のことを知っています。ウォーカーが、父上が五番目の人物だと白状しました」

サー・ルパートは毒づいた。

「どうするおつもりですか？」息子は指輪をポケットにしまった。

「どうもせん」

「どうもしない？　どういうことです？　サイモンはほかの男たちを追い詰めて、無理やり決闘を申し込ませてきたのですよ。父上にも同じことをするはずです」

「さあ、どうかな」サー・ルパートは杖にずっしりと体重をかけ、脚を引きずりながら机の向こう側に回った。「いや、それはとても考えられない」


その晩、サイモンが寝室に入ってきたとき、家の中は静かで暗かった。ルーシーは、はたして彼は帰ってくるのだろうかと思い始めていた。午後は彼を待ちながら本を読んで過ごそうとしたが、努力も空しく、その本の題名さえ覚えていなかった。いつもの夕食の時間になってもサイモンは戻らず、ルーシーは一人で食事をした。それから、彼が本当に戻ってきたら話をしようと心に決め、夫の寝室のベッドに入ったのだった。そして今、彼女は大きなマホガニーのベッドで体を起こし、膝を抱えている。

「どこにいらしたの？」訊くのはよそうと思う間もなく言葉が出てしまい、ルーシーは一瞬たじろいだ。彼がどこにいたかなど、耳にしたくなかったのかもしれない。

「気になるのか？」サイモンは枝付きの燭台をテーブルに置き、肩をすくめて上着を脱いだ。

青いシルクの生地はところどころ灰色になっており、少なくとも一カ所、裂けている。ルーシーは怒りを抑えつけた。怒ったところで、今は役に立たないだろう。「ええ、気になります」それは本当だ。どんなことがあっても、わたしは彼を愛しているし、彼が心配だし、彼が何をしたのか気にかかる。

質問には答えず、サイモンは暖炉のそばに置かれた椅子に腰を下ろしてブーツを脱いだ。それから再び立ち上がり、かつらを取って台に載せると、両手で頭を力いっぱいこすって短い髪の毛を逆立てた。

「ぶらぶらしていた」ベストを脱ぎ、椅子に放る。「農業協会を訪ねたり、書店をのぞいたり」

「ミスター・フレッチャーのお父様を捜しにいったのではないの？」今までずっとそれが心配だったのだ。また決闘のお膳立てをしにいったのではないかしら。

サイモンはちらっとルーシーを見て、シャツを脱いだ。「いや。虐殺の合間には、一日休みを取りたいのでね」

「笑いごとじゃありません」ルーシーがささやいた。

「ああ、笑いごとじゃない」サイモンはブリーチだけの姿になり、たらいに水を注いで体を洗った。

ルーシーはベッドから彼を見つめた。胸が痛い。どうしてこの人が……とてもだるそうではあるけれど、とても優美な動きを見せるこの人が、どうして今朝は別の人間を殺せたのだろう？　どうしてわたしは彼と結婚できたのだろう？　どうして、いまだに彼を好きでいられるのだろう？

「説明していただけないかしら？」ルーシーは穏やかに尋ねた。

サイモンは一瞬ためらい、一方の腕を上げた。それからわきの下と、同じ側のわき腹を洗いながら言った。「彼らは投資家の集まりだった。メンバーは、ペラー、ハートウェル、ジェームズ、ウォーカー、わたしの兄のイーサン」使っていた布をたらいに浸してから絞り、首を拭く。「それに、どうやらクリスチャンの父親も加わっていたらしい。つまり、サー・ルパート・フレッチャーだ」異議を唱えられるのを覚悟するかのように、ルーシーと目を合わせた。

彼女は何も言わなかった。

サイモンは話を続けた。「彼らは、インド茶の積み荷を共同で購入していた。船一隻分ではなく、何隻分もだ。なんてこった、船団まるごと買い取ったのだ。まるで豪商にでもなったかのように。茶の価格は上がっていて、皆それぞれ一財産築けそうな形勢だった。手早く、いとも簡単にな」円を描くように布を胸に滑らせ、血と汗と汚れを拭き取っていく。

ルーシーはサイモンを観察し、耳を傾け、まったく音を立てなかった。話をさえぎってしまうのが怖かったのだ。しかし、心の中では身震いしていた。血がついているにもかかわらず、あまりにも普通に体を洗っている男性に自分が引き寄せられているのがわかる。と同時に、今朝、人を殺したばかりの見知らぬ男性に嫌悪感も抱いている。

サイモンは顔に水をかけた。「唯一の危険は船が沈むこと、つまり、嵐で難破することだったが、いかなる投資にも危険はつきものだ。彼らも少しはその点を考えたのだろうが、危険を度外視した。何と言っても、大金を稼げるからな」汚れた水に目をやり、それを汚水壺に空けてから、再びたらいに水を入れる。

「だが、イーサンの考えることはいつだって正しい。イーサンは船と積み荷の入港に対して保険をかけるよう、仲間を説得した。保険は高いが、それが抜け目のないやり方だ、きちんとしたやり方だと主張した」サイモンはたらいに頭を沈め、髪を洗った。

ルーシーは、彼が手のひらで髪の水気を切って体を起こすまで待った。「何が起きたの？」

「何も」サイモンは肩をすくめると、布を拾い上げ、洗ったばかりの髪をしっかり拭いた。「天候はよかったし、船の状態もよかった。それに、乗組員たちも有能だったのだろうな。最初の船は問題なく入港した」

「それで？」

サイモンは時間をかけて布を慎重にたたんでから、たらいのわきに置いた。「そうこうしているうちに、茶葉の価格が下がってしまった。ただ下がったのではない。暴落だ。市場の気まぐれというやつで、彼らには予測できなかったのだろう。茶葉は突然、供給過多になり、彼らが購入したものは、荷降ろしにかかる費用もまかなえない金額になってしまった」彼が隣の衣装部屋に入っていく。

「では、投資した人たちはお金を失ったの？」ルーシーは大きな声で尋ねた。

「そうなるところだった」サイモンはかみそりを持って戻ってきた。「だが、彼らは保険のことを思い出した。イーサンがかけさせた保険だ。かけたときはばかばかしいと思った保険が、今や唯一の望みになった。船を沈めてしまえば、損失を取り戻せるというわけだ」

ルーシーは顔をしかめた。「でも、お兄様は……」

サイモンはうなずき、彼女にかみそりを向けた。「イーサンはわたしが知る限り、誰よりも高潔な男だ。誰よりも正直で、自分と自分の道徳観念に自信を持っていた。だから兄は拒否した。金を失おうが、仲間を怒らせようが、破滅の可能性があろうが、断固拒否し、詐欺にはどうしても加わろうとしなかった」それから、顔に石けんを塗る。

ルーシーはイーサンの実直ぶりについて考えた。なんてばか正直な人。サイモンのような人にとって、兄に恥じない生き方をするのは、どれほどたいへんだったことか。サイモンの声は単調だった。もしほかの人が話を聞いていたのなら、感情のこもっていないしゃべり方に思えただろう。でも、わたしは彼を大切に思っている女。言葉の陰に隠れた痛みが聞こえてくる。それと怒り。

サイモンはかみそりの刃を喉に当て、まずひと剃りした。「やつらは、イーサンを殺すしかないとの結論に達した。イーサンがいなければ、船を難破させて損失を取り戻せるが、イーサンがいてはすべてを失うことになる。だが相手が子爵では、そう簡単に殺すわけにはいかないだろう？　そこでやつらは、実にいまわしい、とんでもない噂を流した。間違っていると証明することが不可能な、阻止することが不可能な噂を流したのだ」そして、かみそりについた石けんの泡を布でぬぐった。

「お兄様に関する噂？」ルーシーは小声で尋ねた。

「いや」サイモンは手に持っているかみそりをじっと見下ろした。まるで、それが何か忘れてしまったかのように。「ロザリンドに関することだ」

「どんな？」

「ロザリンドの貞節、ポケットの出生にまつわること」

「でも、ポケットはあなたにそっくりだし……」声がだんだん小さくなり、ルーシーは突然、言われたことの意味を悟った。ああ、なんてひどい。

「そのとおり。わたしにそっくりだ」サイモンの唇がゆがむ。「やつらは、ロザリンドを売春婦呼ばわりした。わたしが彼女を誘惑した、ポケットは嫡出子ではない、イーサンは妻を寝取られた男だと言ったのだ」

そのとき、ルーシーはきっと息を呑んだのだろう。

サイモンが彼女のほうを向いた。目の表情が痛々しく、声がかすかに緊張している。「これまでわたしたちが、ロンドンの舞踏会やパーティや音楽会にまったく出席してこなかったのはなぜだと思う？ロザリンドの評判は取り返しがつかないほど傷ついてしまった。完全に傷ついたのだ。彼女はこの三年間、どこからも招待を受けていない。非の打ちどころがないほど貞淑なレディが、街で挨拶もしてもらえなくなった。数えきれないほど密通をはたらいてきた世の奥様方にだ」

ルーシーは何を言うべきかわからなかった。家族に対して、兄弟に対して、なんてひどい仕打ちをされたのだろう。なんて気の毒な、かわいそうなロザリンド。

サイモンは深く息を吸った。「やつらは兄に選択の余地を与えなかった。大騒ぎをして噂を広める役にペラーを選び、兄はそのペラーに決闘を申し込んだ。兄は決闘などしたことがなく、かろうじて剣の構え方を知っている程度だった。ペラーは一分と経たないうちに兄を殺した。子羊を解体するかのように」

ルーシーは息を吸い込んだ。「そのとき、あなたはどこにいたの？」

「イタリアだ」サイモンは再びかみそりを掲げた。「遺跡を見物し、酒を飲んでいた」ひげを剃る。「それに、娼婦と遊んでいたことも認めよう」顔をぬぐう。「手紙が届くまで知らなかった。イーサンが……まじめで堅物のイーサンが……よくできた息子と言われてきたわたしの兄が、決闘で殺されたなんて。冗談かと思ったが、とにかく家に戻った」ひげを剃る。「そのころはもう、イタリアに飽き飽きしていたのだ。ワインは最高か最低かのどちらかだし、遺跡は見物しきれないほどたくさんある。わたしがイズリー家の屋敷に駆けつけると……」

サイモンは、今度はゆっくりとかみそりの刃をぬぐった。ルーシーから目を背けていたが、つばを飲み込んだとき、喉ぼとけが動くのがわかった。

「季節は冬だったので、家の者たちは兄の遺体を保存し、わたしが戻るのを待っていた。わたし抜きで葬儀を行うわけにいかなかったようだ。といっても、会葬者がたくさんいたわけではない。待っていたのは、ショックと悲しみで今にも倒れそうなロザリンドと、ポケットと、司祭だけだ。ほかには誰もいなかった。ロザリンドたちは世間から敬遠され、ひどく傷つけられた」サイモンがルーシーを見上げた。左の耳たぶの下に切り傷ができている。「ルーシー、やつらは兄を殺しただけではない。兄の名をおとしめた。ロザリンドの評判も。ポケットが良縁を得る可能性も台無しにしたが、あの子はまだ小さいから、そんなことはわかっちゃいない」サイモンは顔をしかめ、それ以上何も言わずにひげ剃りを終えた。

ルーシーは彼を見つめた。わたしは何をすべき？　彼が復讐をしたいと思う理由はわかりすぎるぐらいよく理解できる。もし誰かが、弟のデイヴィッドやお父様をそんな目に遭わせたら、わたしも激しい怒りで煮えくり返ってしまうだろう。だからといって、人を殺すことはやっぱり正当化できない。それに、サイモンの心と体はどんな犠牲を被るのだろう？　あれだけ決闘を続けていたら、自分の中の何かを失っていてもおかしくない。彼が死んだ兄弟のかたきを討とうと自らを滅ぼしているあいだ、わたしはただそばで見守ることしかできないの？

サイモンは顔を洗って布でふき、ルーシーが座っているところまでやってきた。「一緒に寝ても構わないかな？」

わたしが拒むと思ったのかしら？　「ええ」ルーシーは素早く後ろに下がって場所を空けた。

サイモンはブリーチを脱ぎ、ろうそくを吹き消した。ベッドが沈むのがわかり、彼がもぐり込んできた。ルーシーは待った。だが、サイモンは彼女のほうにやってこない。とうとうルーシーは寝返りを打って彼に寄り添った。サイモンは一瞬ためらったが、彼女に腕を回した。

「あなたのおとぎ話、いつまで経っても終わらないのね」ルーシーは彼の胸にささやいた。

彼がため息をついたのがわかった。「本当に聞きたいのか?」

「ええ、聞きたいわ」

「ならいいだろう」暗闇の中、サイモンの声が漂ってくる。「きみも覚えているだろうが、アンジェリカは、最初のドレスよりもっと美しいドレスがもう一枚欲しいと思った。そこでヘビの王子は鋭い銀の短剣を見せ、これでわたしの右手を切り落としてくれと言った」

ルーシーは身震いした。その部分は忘れていたのだ。

「ヤギ飼いの娘は言われたとおりにした。すると、何百というオパールの縁飾りがついた銀色のドレスが現れた。まるで月明かりのように輝いている」サイモンはルーシーの髪をなでた。「アンジェリカは舞踏会に出かけ、ラザフォード王子とそれは楽しいひと時を過ごした。それから夜遅くなって戻ってきたが――」

「でも、ヘビの王子はどうなったの?」ルーシーが言葉を挟んだ。「激痛に苦しんでいるんじゃない?」

サイモンの手が一瞬、止まる。「もちろんそうさ」彼は再びルーシーをなで始めた。「でも、それがアンジェリカの望んだことだ」

「なんて身勝手なのかしら」

「それは違う。アンジェリカは貧しくて孤独だった。彼女がどうしてもきれいな服が欲しいと言ってしまったのは、ヘビが鱗を身にまとわざるを得ないのと同じだ。それが神の定めだったのだよ」

「ふーん」ルーシーは納得していない。

「とにかく」サイモンは彼女の肩を軽く叩いた。「戻ってきたアンジェリカは、ヘビの王子に舞踏会の一部始終と、美しいラザフォード王子について語り、皆が彼女のドレスをどれほどほめてくれたかという話をした。ヘビの王子は黙って耳を傾け、彼女にほほえみかけた」

「それで次の晩、彼女はまた、愚かなラザフォードのために新しいドレスを欲しがったのでしょう」

「ああ」

サイモンが言葉を切り、暗闇の中、ルーシーはしばし彼の息遣いに耳を澄ました。

「それで?」と話を促す。

「ただし、言うまでもないが、ドレスは前よりずっと美しいものでなければいけない」

「でしょうね」

サイモンは彼女の肩を抱きしめた。「ヘビの王子はたやすいことだと言い、アンジェリカが目にした中でいちばん美しいドレスを出してくれた。世界でいちばん美しいドレスだ」

ルーシーはためらった。なぜか、これが喜ばしい話には思えなかったのだ。「王子のもう片方の手を切り落とさなければならなかったのね？」

「いや」サイモンは闇の中で物思いに沈んだようにため息をついた。「頭だ」

ルーシーはぴくっと身を引いた。「ひどいわ！」

サイモンが肩をすくめるのがわかった。「いちばん美しいドレス、究極の犠牲だ。ヘビの王子はヤギ飼いの娘の前でひざまずき、首を差し出した。当然アンジェリカはぞっとし、ためらった。しかし、彼女はラザフォード王子に恋をしていた。ヤギ飼いの娘が、ほかにどんな手段で王子の心を勝ち取れるというのだ？　結局、彼女はヘビの王子に言われたとおり、頭を切り落とした」

ルーシーは唇を嚙んだ。このばかげたおとぎ話を聞きながら、泣きたい気持ちになった。

「でも、彼は生き返ったのでしょう？」

「しっ」サイモンの息が顔をかすめた。顔をこちらに向けていたに違いない。「話を聞きたいのか、聞きたくないのか？」

「聞きたいわ」ルーシーは再び彼に寄り添い、じっとしていた。

「今度のドレスはとびきり豪華だった。すべて銀でできていて、一面にダイヤモンドとサファイアがちりばめられていたため、アンジェリカは光をまとっているように見えた。ラザフォード王子は熱い思いに圧倒された。いや、ひょっとすると、強欲に負けたのかもしれない。彼女をひと目見るなりひざまずき、結婚を申し込んだ」

ルーシーは待った。だがサイモンは黙っている。彼女は彼の肩をつついた。「それで、どうなったの？」

「これで終わりだ。二人は結婚し、その後ずっと、幸せに暮らした」

「そんな終わり方はないわ。ヘビの王子はどうなったの？」

サイモンがまた自分のほうを向くのがわかった。「死んだ。忘れたのか？　彼のためにアンジェリカも少しは涙を流しただろうが、しょせん相手はヘビだ」

「違うわ」ただのおとぎ話に文句をつけるなんてばかげているとわかってはいるけれど、むしょうに腹が立つ。「お話の主人公よ。人間に変身したのでしょう」

「ああ。だが、一部がヘビであることに変わりはない」

「違うわ！　彼は王子様よ」ルーシーにはなぜかわかっていた。二人が議論しているのは、おとぎ話とはまったく関係のないことだ。「だからこのお話は『ヘビの王子』という題名なんでしょう？　彼はアンジェリカと結婚すべきよ。だって、アンジェリカを愛しているんだもの」

「ルーシー」サイモンは彼女を抱き寄せた。彼に腹を立てていても、ルーシーはされるがままになっている。「天使よ、申し訳ないが、おとぎ話とはそういうものだ」

「死に値するようなことはしていないわ」ルーシーは言った。涙が出そうで目がちくちくする。

「誰だって死ぬだろう？　死に値するかどうかは問題外さ。これが彼の運命なんだ。星の軌道を変えられないのと一緒で、運命は変えられない」

あふれ出た涙が髪を伝っていき、彼の胸を濡らしてしまうのではないかと心配になった。

「でも、人の運命は違う。変えられるわ」

「そうなのか？」サイモンの声はとても低くて、ほとんど聞こえない。

ルーシーは答えることができず、目を閉じて、こみ上げてくる涙をぐっとこらえた。そして祈った。神様、お願いです。人が自分の運命を変えられるようにしてください。

16

翌朝早く、また夢で目が覚めた。

灰色の光の中、ルーシーは目を開け、じっとしたまま暖炉の残り火を見つめた。今度は夢の断片を思い出すことができる。クリスチャンがウォーカー卿と決闘をしていて、サイモンは紅茶を飲みながらそれを見物していた。ウォーカー卿はすでに片目を失い、とても怒っていたものの、剣の腕には何ら影響していなかった。おかげで陰惨な光景にいっそう拍車がかかっていたが、そのときルーシーはといえば、サイモンと一緒にテーブルに着き、紅茶を注いでちびちび飲んでいた。カップの中を見ると、薔薇の花びらの紅茶だった。血のように真っ赤だ。ルーシーはぞっとした。もしかすると本当に血なのかもしれないと思ってカップを置き、それ以上口をつけずにいると、サイモンはしきりに飲め飲めと勧めてきた。だが、ルーシーは彼を信用するわけにはいかないと悟った。というのも、ふと下を見たとき、彼の脚があるべきところにしっぽがあったから。ヘビのしっぽだ……。

ルーシーは身震いした。

汗にまみれて目を覚ましたが、もう肌は冷えていた。シルクの上掛けに手を這わせ、温かい腕に触れてみる。ぬくみを帯びた男性の肌。二人には自分の寝室があり、それぞれの部屋はひと家族がすっぽり収まってしまうほど広い。にもかかわらず、結婚して以来、サイモンは毎晩ルーシーと一緒に寝ていた。彼女の部屋か、昨夜のように彼の部屋かどちらかで。男性が妻と一緒に寝るなんて、あまりはやりではない気がしたが、ルーシーはうれしかった。隣で彼の温もりを感じるのが好き。夜、彼の深い寝息を聞くのが好き。それに、枕に残った彼のにおいをかぐのが好き。とても心地がいい。

「うん?」サイモンはルーシーのほうに寝返りを打ち、彼女の腰に重たい腕を投げ出した。それから彼の呼吸は再び深くなった。

ルーシーはじっとしていた。いやな夢を見たぐらいでサイモンを起こしてはいけない。彼の肩に鼻をうずめ、彼のにおいを吸い込む。

「どうした?」彼の声は低く、がらがらだったが、思ったよりもしっかりしていた。

「何でもないわ」彼の胸に手を滑らせると、胸毛が手のひらをかすめ、くすぐったい感じがした。「夢を見ただけ」

「怖い夢か?」

「ええ」

サイモンはどんな夢かとは訊かなかった。ただため息をつき、ルーシーを腕の中に抱き寄せた。二人の脚がするりと重なり、彼の硬くなったものが腰に当たるのがわかった。

「ポケットはよく怖い夢を見ていた」ルーシーの頭頂部に彼の息がかかる。「イーサンが亡くなったあと、わたしがあの二人の家に泊まっていたころの話だ」

サイモンはルーシーの背中をなでおろし、尻を軽く叩き、温かい手をずっとそこに置いていた。自分のものだと主張するかのように。

「あの子には乳母がついていたが、きっとぐっすり眠っていたのだろう。ポケットはよく乳母の横をすり抜け、母親の部屋を探しにいっていたからな」サイモンはくっくっと笑った。

声がしゃがれている。「それに二、三度、わたしの部屋にやってきたこともある。最初は縮み上がってしまった。真夜中に小さな冷たい手が肩に触れ、甲高い声がわたしの名前をささやいているんだからな。危うく、もう寝る前に酒を飲むのはやめようと誓いを立てるところだった」

ルーシーは彼の肩に向かってほほえんだ。「それで、あなたはどうしたの?」

「それはだな」サイモンはルーシーを抱いたまま仰向けになり、一方の腕を頭の上まで伸ばした。「まず、ブリーチをはく手段を考えなければならなかった。それからあの子と一緒に暖炉のそばで椅子に座り、二人で毛布にくるまっていた」

「ポケットはまた寝ちゃったでしょう?」

「いや。寝なかったよ、あのいたずらっ子はね」サイモンは胸をかいた。「きみにそっくりだ。おしゃべりをしたがった」

「ごめんなさい。やめてもいいのよ」

「やめなくていい」サイモンがささやいた。「わたしは、こうしてきみと話をするのが好きだ」胸の上で彼女と指を絡め合う。

「どんな話をしたの？」

彼は少し考えているようだったが、ようやくため息をついた。「ポケットは、怖い夢を見るとお父様がよくお話をしてくれたと言った。まあ、人形や、子犬や、好きなお菓子の話をしたらしい。つまり、あの子の心を怖い夢からそらしてくれるような話だな」

ルーシーはほほえんだ。「じゃあ、子犬の話をしてあげたの？」

「いや、実は違う」明るくなってきた部屋の中で、彼が素早くにやっと笑うのがわかった。

「そんなことよりも、軽四輪馬車《フエートン》の御し方とか、いい馬を見分ける方法とか、コーヒーの正しいいれ方とか、コーヒーの産地はどこかといった話をした」

「コーヒーの産地はどこなの？」ルーシーは肩の上まで上掛けを引き上げた。

「あの子にはアフリカだと教えた。そこでは、ピグミー族の労働者がワニを訓練して木に登らせ、しっぽでコーヒーの実をはたき落とさせている」

ルーシーが笑った。「サイモンったら……」

「ほかに何を話せばよかったんだ？　朝の三時だったんだぞ」

「わたしのこともそうやって慰めてくれるの？」

「お望みとあらば」彼は絡めている指をぐっと曲げた。「お茶の話をしてもいい。味が勝るのは中国産かインド産か。どんなところで栽培されているか。六歳以下の非の打ちどころのない少女がシルクの真っ赤な手袋をして、青い月明かりのもとで収穫しなければいけないという話は本当か」

「もし、わたしがお茶やお茶の生産に興味がなかったら?」ルーシーはサイモンの片方のふくらはぎを足でさすった。

彼は再び咳払いをした。「そのときは、いろいろな馬の品種の話をしたら楽しいかもしれないな。馬車にぴったりな馬とか――」

「だめよ」ルーシーはつないでいた手を離し、彼の腹部をなでた。

「だめ?」

「そんなの、絶対だめ」男らしい部分に触れ、それに沿って指を滑らせて先端をなでつける。

わたしは、こうして彼に触れるのが大好き。

サイモンはしばらく息を荒らげていたが、やがて口を開いた。「きみは――」

ルーシーは手にそっと力をこめた。

「ああっ。ほかのことを考えているな?」

「ええ、そうみたい」硬くなったものをしっかり握り、顔の向きを変えて肩を噛んだ。彼は塩と麝香の味がする。

どうやらこれが限界だったようだ。サイモンは突然、ルーシーのほうに寝返りを打った。

「向きを変えて」声がかすれている。

ルーシーは言われたとおり背中を向け、彼の下腹部に尻をこすりつけた。

「おてんば娘め」サイモンは文句を言い、前腕の上にルーシーを載せて抱きしめた。

「薔薇の栽培について教えていただかないといけないと思っているの」ルーシーはまじめくさった言い方でつぶやいた。

「本当に思っているのか?」サイモンは上腕を彼女の肩にもたせかけ、乳房に手を滑らせた。

「ええ」サイモンに明かすことはけっしてないだろうが、ときどき、彼の声がたまらないほど甘美に思えることがある。背中全体に彼を感じ、彼の声は聞こえてはくるけれど、顔は見えない。この状況にルーシーはエロチックな寒気を覚え、ぞくっとした。

「そうだな……何よりも重要なのは土壌だ」サイモンは彼女の乳首を指でつまんだ。

ルーシーは自分の素肌に触れている優美な指をじっと見つめ、唇を噛んだ。「土のこと?」さらに強く乳首を絞られると、彼女は欲望に満ちた激しいうずきを覚え、あえいだ。「薔薇の愛好家は土壌という言葉を好んで使う。そのほうがより本格的という感じがするからな」

「土壌は土とどう違うの?」背中が彼にぶつかった。硬くなったものが尻の上を滑り、くぼみにはまる。彼の熱い肉体に包囲され、自分が小さくなったような感じがする。か弱い存在に思えてくる。

「ああ……」サイモンは咳払いをした。「土壌は土壌だ。いいかい、違いはこやしだ」

ルーシーはくすくす笑いたくなったが、この場にふさわしくないと思い、唇を噛んで我慢した。「ロマンチックじゃないわね」

乳首をそっと引っ張られ、思わず背中がのけぞった。「きみが選んだ話題だろう」彼の指がもう片方の乳房のほうへさまよっていき、その先端をつまんだ。

ルーシーはごくりと喉を鳴らした。「それでも――」

「しっ」サイモンは彼女の脚のあいだに自分の脚を入れ、そこをこすった。

彼の太ももに愛撫され、ルーシーは目を閉じた。「うーん」

「いい土壌を作る秘訣はこやしにある。ひいて粉にした牛の骨がいいと言う者もいるが、それは邪道だ。牛の骨はカブの栽培にしか適さない」サイモンの手がルーシーの腹部をかすめ、下に下りていく。「こやしは秋にまき、冬を越させる必要がある。まくのが遅すぎると植物が変色してしまうのだ」

「そ、そうなの?」ルーシーの意識はすべて、彼の手に向けられている。

サイモンは指一本で太もものあいだにあるひだと丘を慎重にたどっていく。ほとんどくすぐっていると言ってもいいやり方だ。それから毛を指ですき、ためらいがちにまた別のひだをたどる。ルーシーはじれったくて身をくねらせた。体が熱くなり、次は何をしてくれるのだろうと期待して、自分がだんだん濡れていくのがわかる。

「よいこやしの意味がわかってくれたようだな。さあ、いよいよ、わくわくする話をしてあげよう」彼の手が素早く下りてきて、彼女の唇の割れ目を押し広げた。「たい肥の話だ」

「ああ……」サイモンは彼女の中に指を差し込んでいた。

「そう」背後で彼がうなずくのがわかったが、ほとんどどうでもよかった。「きみは、偉大な薔薇園芸家になれる素質を持っている」

ルーシーは太ももでサイモンの手を締めつけようとしたが、彼の脚が邪魔をしている。

「サイモン……」

サイモンは指を引き抜き、再びルーシーを攻めた。彼女はたまらず、彼をしっかりつかんだ。

「サー・ラザラス・リリピンによれば、たい肥の構成は、動物の糞尿が一、わらが三、野菜のくずが二の割合にすべきだ」

別の指が真珠を探し当て、ルーシーはうめいた。たった一人の男性がこれほどの快楽をもたらしてくれるなんて、退廃的と言ってもいい。

「これらの材料を――」彼は相変わらず後ろでぶつぶつ言っている。「層にして重ね、小柄な男性の身長ぐらいまで積み上げていく。その幅について、リリピンは何の言及もしていない。わたしに言わせればこれは重大な手落ちだが、それでも学ぶべきところのある意見だ」

「サイモン」

「何だい、わたしの天使?」彼は指をくいっと動かしたが、それほど激しい動きではなかった。

ルーシーは背中をそらし、彼の手の中に納まろうとしたものの、脚に挟まれていて、やはり身動きが取れない。咳払いをしたものの、出てきた声はやはりかすれてしまった。「もう、薔薇の話はしたくないわ」

サイモンが後ろで舌打ちをした。だが、彼の息遣いも荒くなっている。「たしかに、退屈な話題だな。それでもきみはとてもいい生徒だった。ご褒美を受け取るべきだと思う」

「ご褒美？」できるものなら笑みを浮かべていただろう。彼はそんなふうに思っていたの？うぬぼれた人ね。にわかに優しい愛情を覚え、向きを変えて彼にキスしたくなった。

しかし、サイモンはルーシーの脚を持ち上げて、自分の脚の両側に置いた。「いちばん優秀な女生徒にしか与えられないご褒美だ。園芸の師匠の話をよく聞き、薔薇のことをよく理解している女生徒しかもらえない」

サイモンはルーシーの入り口にいた。指でそこの唇を開き、自分を少し中に押し込んでくる。ルーシーはあえいだ。もし彼が手を離していたら、身をよじっているところだ。彼がどれほど大きかったか忘れていた……。サイモンがまた押し込んできた。この角度だと、道を押し広げながら押し入ってくる彼を隅々まで感じることができる。

「いちばん優秀な生徒だけ？」ルーシーはそれが自分の声だとほとんど気づいていなかった。とても低くて、猫が喉を鳴らしているように思えたのだ。

「ああ、そうだよ」背後で夫があえぎながら言った。

「それで、わたしはいちばんなの？」

「ああ……そうだ」

「だったら、ねえサイモン？」ルーシーには原始的とも言える力がみなぎっていた。

「ん？」

「わたしは、もっとご褒美をもらっていいはずよ。もっと欲しいわ。あなたのすべてが欲しい」それは本当だった。男性の体と心の両方、彼の肉体と魂の両方が欲しいと思い、自分の貪欲さに強い衝撃を受けた。

「ああ、くそっ……」サイモンは苦しげに言い、ルーシーの中にすべてを押し込んだ。

ルーシーはうめき、脚を閉じようとした。彼をめいっぱい感じている。サイモンは彼女の両脚を自分の脚で広げたままにしていた。器用な指で例の場所を再び探り当て、彼女を突き始める。ああ、すごくいい。ずっとこうしていてほしい。彼の肉体がわたしの体の中に溶け込んでいく。彼の意識は完全にわたしに向けられている。ここで一つになっているとき、いかなる衝突も二人を煩わせることはできない。ルーシーはサイモンの頭の下で首をそらし、彼の唇を見つけた。サイモンは激しいキスを浴びせながら、突いたり出たりを繰り返し、自らの肉体で彼女の肉体をこすって攻めている。ルーシーの喉からむせび泣きのような声が漏れたが、サイモンはそれを飲み込み、彼女の無防備な頂をそっとつまんだ。するとルーシーの体はばらばらになり、彼女が息を切らしてあえいでいるあいだずっと、彼の下腹部はゆっくりと出たり入ったりを繰り返していた。

突然サイモンが体を引いたかと思うと、ルーシーをはじくようにして腹ばいにさせ、尻を少し持ち上げて再び突き始めた。ああ、神様。ルーシーはほとんどひれ伏しており、彼を隅々まで感じることができた。この体位は原始的な感じがする。そして緊張を解き放ったと同時に、ルーシーの感覚は圧倒されてしまった。

「ルーシー」サイモンが彼女の上でうめいた。ゆっくりと自分を引き抜き、幅のある硬くなった先端を彼女の入り口に置いた。それから再び激しく突いた。「愛しいルーシー」彼女の耳に向かってあえぎながら言い、歯が耳たぶをかすめた。「愛してる」彼はささやいた。「わたしのもとを離れてはだめだ」

心が震えた。ルーシーはサイモンにすっぽり包まれていた。背中に彼の重さを感じ、肉体が攻め込んでくるたびに五感は彼のにおいに侵された。これは支配だ。まさに支配そのもの。それに我慢できないほどエロチック。彼女に快楽の波が再び押し寄せた。ああ、この瞬間がずっと続きますように。二人が永遠に一緒にいられるようにしてください。ルーシーは涙を流していた。肉体に訪れた歓喜と、今にも何かを失いそうだという自分では消しようのない不安が入り混じり、ごちゃごちゃになっている。

「ルーシー、わたしは……」サイモンは彼女を突いた。前よりも乱暴に。前よりも速く。彼女を動かして自身を引き抜き、無防備な体に激しく打ち込んでくる。彼の汗が背中に飛び散るのがわかった。「ルーシー！」

サイモンがうめき、体を震わせた。それから、ルーシーは自分の中に温かいものが広がる感覚を味わったが、自らに訪れた絶頂感と、生命の種がまかれた感覚とを区別することができなかった。

サー・ルパートの書斎で最初に目についたのは、壁に飾られた版画だった。植物版画だ。背後でフレッチャーの執事が言った。「閣下、サー・ルパートは間もなくまいります」

サイモンはうなずいたが、すでに、ある版画のほうに歩きだしていた。節くれだった枝が一本描かれ、上のほうに繊細な花、下のほうに——似つかわしくない雰囲気だが——果実が描かれている。版画の下には、古い書体でプラナス・セラサスと記されていた。サワー・チェリーだ。金色の額に入った次の版画を見る。ブラシカ・オレラセア、すなわち野生のキャベツ。葉が派手にカールしていて、エキゾチックな鳥の羽と言ってもいいかもしれない。

「園芸にご興味がおありだそうですな」戸口でサー・ルパートの声がした。

サイモンは動かない。「あなたも、これを持っていたとは知らなかった」それから振り返り、敵と向き合った。

サー・ルパートは松葉杖にすがっていた。

予想外だ。ここに来てまだ五分だが、すでに二回驚いている。これは計画どおりにいきそうにない。もっとも、この最後の対決をどう計画すべきかよくわかっていたわけでもない。ウォーカーに立ち向かったとき、これでもう何もかも終わったと思っていた。あの男がいまわの際に白状するまで、追うべき人物がもう一人いるとは夢にも思っていなかった。そのことについて、ルーシーと話し合う勇気は出なかった。今朝、二人で愛を交わし、甘いひと時を過ごしたあとだけに、つかの間の休戦を台無しにしたくなかったのだ。それでも、彼女が確実に安全でいられるようにしておく必要がある。つまり、最後の人物を排除しなければならない。神よ、お願いです、すぐに終わらせてください。もしルーシーにばれずに決着をつけてしまえれば、ひょっとすると二人がやり直せるチャンスはまだあるかもしれない。

「温室をご覧になりますか？」サー・ルパートが首をかしげ、面白がっているオウムのようにサイモンをじっと観察している。

サー・ルパートはほかの共謀者よりも年を取っている。クリスチャンの父親だと考えれば、それなりの年であるはずだった。そうは思っていても、サイモンには男の顔に刻まれたしわや、少し丸まった背中や、あごの下でだぶつき気味の肉を目にする心の準備ができていなかった。この風貌はどれを取っても、男が五〇を超えていることをはっきりと物語っている。もしこんな年でなければ、手強い相手になるだろう。背はサイモンより低いとはいえ、サー・ルパートの腕と肩は筋肉でがっしりしている。もっと若くて、杖をついていなかったら……。

サイモンは相手の申し出について考えた。「ぜひ」

年上の男が書斎の入り口から先に立って歩いていく。サイモンは、サー・ルパートが大理石の廊下をつらそうに進んでいく様子を観察した。杖が床を叩くたびに音が響き渡る。ああ、脚を引きずっているのは見せかけではないのだな。二人は先ほどよりも狭い廊下に入った。そのまま進み、ごくありふれたオーク材の扉に突き当たる。

「気に入っていただけると思うが」サー・ルパートはそう言って鍵を取り出し、錠前に差し込んだ。「どうぞ」先に入るようにと、腕をすっと前に伸ばす。

サイモンは眉を吊り上げ、戸口をまたいだ。するとなじみのある、壌土《ローム》と腐敗物のにおいがこもった湿っぽい空気に包まれた。それらのにおいをしのぐように、もっと軽い、植物の芳香が漂ってくる。そこは八角形の温室で、床から天井まで続くガラスでできていた。ガラスの壁のそばと中心部には、ありとあらゆる種類の柑橘類の木が、一本一本、巨大な植木鉢に植えられていた。

「オレンジはもちろん――」サー・ルパートは脚を引きずりながらサイモンのわきにやってきた。「ライムやレモンなど、オレンジの仲間もいろいろある。それぞれ独特の味と香りがする。わたしは目隠しをされても、渡された果実の皮に切れ目を入れるだけで、種類を当てられると確信しております。ご存じでしたかな？」

「それは素晴らしい」サイモンは、つややかな葉に触れた。

「ささやかな趣味に時間と金を使いすぎていると思いますがね」年上の男はまだ青い果実を優しくなでた。「手間がかかるのですよ。しかしそれを言うなら、復讐もそうでしょうな」

サー・ルパートが笑みを浮かべた。自分が作った人工の庭に囲まれて、優しく父親らしい男という感じだ。

憎悪がこみ上げてくるのがわかったが、サイモンは用心深く、その気持ちをぐっとこらえた。「自ら危険に立ち向かおうというわけだな」

サー・ルパートはため息をついた。「あなたがなぜやってきたのか、知らないふりをしたところであまり意味がなさそうだ。二人とも頭がよすぎて、そんなことはできんでしょう」

「では、わたしの兄を殺そうと企てたことを認めるのだな」サイモンはなでていた葉をわざと折った。

「ちっ」相手はいらいらしたように舌を鳴らした。「あなたは例の件を、赤ん坊が積み木をひっくり返すようなことだと考えているが、それほど単純ではなかったのだ」

「そうなのか？」

「もちろん。我々は財産を失いそうだった。わたしだけでなく、投資をした全員がだ」

「金か」サイモンは唇をゆがめた。

「ああ、金だ！」年上の男は杖をどんと鳴らした。「わたしの息子と似たようなことをおっしゃいますな。まるで手が汚れるとばかりに、金をばかにして笑っている。そもそも、あなたの兄上も含め、なぜ我々が投機を始めたと思っておられるのですか？　金が必要だったのです」

「自分たちの意地汚い欲望のために兄を殺したのだろう」サイモンは怒りを完全に抑えることができず、相手を非難した。

「家族のために殺したのだ」サー・ルパートはまばたきをし、苦しそうに息をしている。ひょっとすると、自分の率直さに驚いたのかもしれない。「自分の家族のためだ。イズリー卿、わたしは極悪人ではない。そこのところを誤解しないでいただきたい。わたしは家族を大事にしている。家族のためならどんなことでもする。ええ、貴族を一人始末することも含めてです。その貴族は、わたしの家族を救貧院に入れてしまうところだった。自分のご立派な主義主張を守るために」

「さっきから、投機で必ず儲かるはずだったかのような言い方をしているが、投機なんて最初からギャンブルだったのだ。茶の価格が下がったのは、およそ兄の責任とは言えない」

「たしかに」サー・ルパートは認めた。「イーサンの責任ではない。だが、彼に邪魔されて我々が保険金を受け取れなかったとしたら、損失は彼のせいだということになるでしょうな」

「おまえたちは、詐欺をはたらくために兄を殺した」

「わたしは、自分の家族を守るために殺したのだ」

「そんなことはどうでもいい」サイモンは口の片側を吊り上げ、あざけるような顔をした。

「わたしの同情を買うためにどんな言い訳をしようが、どんな理由を考えていようが、どんな苦労話をしようが関係ない。おまえは兄を殺した。自分で認めたではないか」

「関係ない？」よどんだうっとうしい空気の中、サー・ルパートの穏やかな声が響いた。

「家族のかたきを討つのに二年を費やしてきたあなたが、そんなことをおっしゃる？」

サイモンは目を細めた。背中を汗のしずくが一筋、流れていく。

「ご理解いただけていると思いますがね」サー・ルパートが言った。「本当は、わたしの理由をご理解いただけているはずだ」

「関係ない」サイモンは別の葉を指でもてあそんだ。「おまえはわたしの妻を殺そうとした。それだけでも、おまえには必ず死んでもらう」

サー・ルパートが笑みを浮かべる。「それは誤解だ。奥方の命が狙われたのはわたしのせいではない。あれはウォーカーのしわざですし、あなたはもう、あの男を殺したのでしょう?」

罪をあがないたい気持ちに誘惑されつつ、サイモンは相手をにらみつけた。見逃してやるのは簡単だろう。もう四人も殺したではないか。この男は、ルーシーを脅したのは自分ではないと言っている。このまま立ち去り、ルーシーの待つ家に帰ってしまえばいい。そうすれば二度と決闘をする必要はない。とても簡単なことだ。「兄のかたきを討たないわけにはいかん」

「かたきを討たないわけにはいかない? イーサンのかたきをもう四人も殺しているのですよ。それで十分ではありませんか」

「おまえが生きているうちはだめだ」サイモンは葉を引きちぎった。

サー・ルパートがひるんだ。「では、どうするおつもりかな? 脚の不自由な男と戦うとでも?」彼は杖を盾のように掲げた。

「必要とあらば。フレッチャー、命には命をもって償ってもらう。脚が不自由であろうが、なかろうが」サイモンは背を向け、扉のほうに歩きだした。

「イズリー卿、あなたはそんなことはなさらない」サー・ルパートが後ろから呼びかけた。「あまりにも高潔な方ですから」

サイモンはにやりと笑った。「あてにするな。我々は似ていると指摘したのはおまえだろう」温室から出て扉を閉めると、柑橘系の香りがあとからついてきた。

「ルーシー叔母様に絵を描いていただきたいなら、じっとしていなきゃだめよ、テオドラ」

その日の午後、ロザリンドが娘をたしなめた。

脚をぶらぶらさせていたポケットはぴたりと動かなくなり、心配そうにルーシーをちらっと見た。

ルーシーはほほえんだ。「あともう少しよ」

三人は、サイモンのタウンハウスの表側に位置する大きな客間にいた。結婚したのだから、もうここはわたしのものでもある……。そう考えるようにすべきだ。でも正直なところ、やっぱりこの家も召使もサイモンのものだと思ってしまう。ずっとここにいれば、もしかすると——。

ルーシーはため息をついた。なんてばかげたことを。もちろん、わたしはずっとここにいる。サイモンと結婚したのですもの。疑問を抱く時期はもうとっくに過ぎ去った。彼が何をしようとわたしは妻。それに彼がこれ以上決闘をしないのであれば、二人はもっと親しくなれるに決まっている。今朝だって、サイモンは駆り立てられるようにわたしを抱き、愛しているとさえ言ってくれた。自分の夫から、これ以上どんな言葉を望めるというの？　わたしは安心と温もりを感じていいはずよ。それなのに相変わらず、今にも彼を失いそうな気がするのはなぜだろう？　わたしもあなたを愛しているとどうして言えなかったのだろう？　彼が期待しているに違いない簡単な言葉。でも、わたしは口にできずにいる。

ルーシーは首を振り、スケッチに集中した。サイモンはわたしのためにこの部屋を改装すべきだと言って聞かなかった。わたしが反対したにもかかわらず。とはいえ、とてもすてきな部屋になったと認めざるを得ない。ロザリンドの助けも借り、わたしはここを熟したモモのような色合いにすることにした。選んだのは淡い黄色と、明るいピンクと、深みのある赤。その結果、生き生きしていると同時に心を和ませてくれる空間になった。おまけに、ここは家の中でいちばん日当たりがいい。それだけでもわたしのお気に入りの場所になったと思う。

ルーシーは絵のモデルを見た。ポケットは亜麻色の巻き毛と美しい対比をなす、ターコイズ色のシルクのドレスを着ており、身をくねらせている途中で凍りついてしまったかのように背中を丸めてじっと座っている。

ルーシーは急いでもう数本、鉛筆で線を描き加えた。「はい、おしまい」

「ばんざい！」ポケットはポーズを取っていた椅子から勢いよく飛び下りた。「見せて」

ルーシーは帳面をポケットのほうに向けた。

少女はまず首を一方にかしげ、それからもう一方にかしげ、次に鼻にしわを寄せた。「わたしのあごって、こんな感じなの？」

ルーシーは自分が描いたスケッチをよく眺めてみた。「そうよ」

「テオドラ」

母親の諭すような声に、ポケットはぴたりと口を閉じ、膝を曲げてぴょこんとお辞儀をした。「ありがとう、ルーシー叔母様」

「どういたしまして」ルーシーは答えた。「料理人がミンスパイを作り終わったかどうか見にいってみない？　クリスマスのごちそう用なんだけど、あなたにも一つ味見をさせてくれるかもしれないわよ」

「ええ、行きたいわ」ポケットは一瞬動きを止めて許可を求め、母親がうなずくのを見るとすぐに部屋から飛び出していった。

ルーシーは鉛筆を片づけ始めた。

「あの子のわがままを聞いてくれて、ありがとう」ロザリンドが言った。

「まったく構いませんわ。わたしも楽しいもの」ルーシーはちらっと目を上げた。「クリスマスの朝、ポケットと一緒に食事にいらしてくださるわよね？　ごめんなさい、お誘いがこんなに遅れてしまって。料理人がパイを焼き始めるまで、もうすぐクリスマスだってことをすっかり忘れていたの」

ロザリンドがほほえんだ。「いいのよ、そんなこと。何と言っても、あなたは結婚したばかりなんですもの。喜んでご一緒させていただくわ」

「よかった」ルーシーは瓶に鉛筆をしまっている自分の手を見つめた。「あなたに個人的なことをお尋ねできたらと思って……。とても個人的なことなの」

一瞬の間。

それから、ロザリンドがため息をついた。「イーサンの死について？」

ルーシーは顔を上げた。「ええ。どうしてわかったの？」

「それがサイモンの心を奪っているからよ」ロザリンドは肩をすくめた。「遅かれ早かれ、あなたに訊かれるだろうと思っていたわ」

「イーサンの死を巡って、サイモンが決闘をしていることはご存じでしょう?」ルーシーの手は震えていた。「わたしがわかっているところでは、彼は二人殺しています」

ロザリンドは窓の外に目を向けた。「噂は耳にしていたわ。殿方って、自分たちの問題を女性に話したがらないのよね?　わたしたちがかかわっているときでさえそう。わたしは驚かないけど」

「止めようと思ったことはないのですか?」気配りの欠けた訊き方をしてしまったと、ルーシーは顔をしかめた。「ごめんなさい」

「いいのよ。当然の質問だわ。彼が決闘をしているのは、わたしの名誉のためでもあるということは知っているのでしょう?」

ルーシーはうなずいた。

「イーサンが亡くなって、決闘に関する噂を初めて耳にしたとき、サイモンとそのことで話をしようとしたの。彼は笑って、話題を変えてしまったわ。でも問題はね――」ロザリンドは身を乗り出した。「これが本当はわたしにかかわることではないということ。イーサンにかかわることでもないの。神よ、彼の霊を休ませたまえ……」

ルーシーは目を見張った。「どういう意味?」

「ああ、どう説明すればいいのかしら?」ロザリンドは立ち上がって、そわそわ歩きだした。

「あの兄弟にしてみれば、イーサンが殺された時点で、仲直りをするいかなる手段も断たれてしまったことになるの。サイモンにとっては、イーサンを理解し、許す方法がなくなったのよ」

「許す？　何を許すの？」

「思っていることをうまく言えないわ」ロザリンドは足を止め顔をしかめた。

外で荷車ががらがら音を立てて通り過ぎ、誰かが大声で叫んだ。ルーシーは待った。なぜかわかったのだ。サイモンがひたすらかたきを討とうとする理由を知る手がかりはロザリンドが握っている、と。

「あなたなら、きっと理解してくれるわね」義理の姉はゆっくりと言った。「イーサンはいつもいい兄だったの。皆に好かれる、非の打ちどころのない英国紳士。サイモンは、ほかに選択肢はないも同然だったので、もう一方の役を引き受けたのよ。つまり放蕩者、ごくつぶし」

「彼を放蕩者だと思ったことは一度もありません」ルーシーは静かに言った。

「放蕩者じゃないもの、本当は」ロザリンドはルーシーを見た。「そんな一面を見せたのは、若さゆえということもあったでしょうし、兄への反発、兄弟に対する両親の見方への反発ということもあったと思うわ」

「ご両親は兄弟をどう見ていたのですか？」

「兄弟が幼かったころ、ご両親は、片方をいい子、もう片方を悪い子だと決めつけてしまったようね。とりわけ子爵夫人は、ご自分の考えを頑として曲げなかったのよ」

そんな幼い時点で、悪い弟だと烙印を押されてしまうなんて恐ろしい。「でも——」ルーシーは首を横に振った。「それがサイモンにどれほど影響を与えたのか、わたしにはやっぱり理解できない」

ロザリンドは目を閉じた。「イーサンが殺されて、サイモンはいい役と悪い役の両方を引き受けざるを得なくなったの」

ルーシーはすっと眉を上げた。そんなことが可能なの？

「いいから聞いて」ロザリンドが両手を上げる。「サイモンは罪悪感を抱いていたのだと思う。イーサンがある意味、死をもって弟の名誉を守ってくれたことに対してね。ほら、サイモンがわたしの恋人だという噂を立てられていたでしょう？」

「ええ」ルーシーは静かに言った。

「サイモンはイーサンのあだを討つ必要があったのよ。でもそれと同時に、イーサンに腹を立てていたに違いないわ。あんな死に方をしたことに対して、わたしとテオドラを託すようにして逝ってしまったことに対して、自分がいい弟になって苦しむはめになったことに対して」ロザリンドは開いた手のひらをじっと見下ろした。「わたしもそうだもの」

ルーシーは顔を背けた。これは予想外の事実。それまで耳にしたイーサンにまつわる話はどれも、彼がいかに善良だったかを物語っていた。まさかロザリンドが亡くなった夫に怒りを感じていようとは、考えもつかなかった。もし本当に怒っているなら……。

「イーサンを大目に見てあげようと思えるまでに何カ月もかかったわ」ロザリンドは静かに

言った。ほとんど独り言のように。「自分より優秀な剣の達人だとわかっている人物と決闘したことを許す気持ちになれたの。ごく最近のことなんだけど……」

ルーシーは顔を上げた。「何？」

義理の姉は顔を赤らめた。「わたし……ある紳士とおつきあいしているの」

「こんなこと言って、ごめんなさい。でも、サイモンから聞いた話では、あなたの評判は――」

「傷ついたわ」ロザリンドの顔は今や薔薇色に染まっている。「ええ、悪い噂が大流行していたから。わたしがおつきあいしている紳士は裁判所の事務弁護士で、イーサンの財産の事務処理をしてくださった方なの。あなたに軽んじられたりしないといいんだけど」

「まさか、もちろんそんなことしないわ」ルーシーはロザリンドの手を取った。「よかったわね」

麗しい女性《ひと》がほほえんだ。「ありがとう」

「サイモンも……」ルーシーは小声で言った。「そういう安らぎを見出してくれたらいいのに」

「サイモンはあなたと出会った。彼が結婚する気になるのか確信が持てなかった時期もあったけど」

「そうね。でも、わたし、彼とちゃんと話ができないのです。彼は耳を貸してくれないし、自分がしていることは殺人だと認めようとしません。わたし……」ルーシーは目に涙をいっぱいため、ただ顔を上げた。「どうすればいいか、わからなくて」

ロザリンドの手が肩に置かれるのがわかった。「あなたにできることは何もないのかもしれない。おそらく、これは彼にしか克服できないことなのよ」

「もしできなかったら?」ルーシーが問いかけたが、その瞬間、ポケットがまた部屋に飛び込んできたので、少女に目を見られぬよう顔を背けた。

質問は答えてもらえないまま、そこに宙ぶらりんになっていた。

もしサイモンが内なる悪魔を打ち負かせなかったら、もしほかの人を殺すのをやめなかったら、彼は自滅してしまう。ロザリンドの言うとおりかもしれない。彼の死に至る道を阻もうにも、わたしには本当に何もできることがないのかもしれない。でも、せめてやってみなくては。

わたしと同じように思っている人はほかにもきっといる。サー・ルパートとの決闘を望んでいない人が。もし行かれるものなら、クリスチャンのところへ行くだろう。でも、ウォーカー卿との決闘の場で目にした反応からして、彼がわたしに共感してくれるとは思えない。妻と同じような気持ちになってくれる人はほとんどいないだろう。ルーシーは背筋を伸ばした。妻……。そうだ、サー・ルパートは結婚している。奥様を味方につけることができれば、ひょっとするとサー・ルパートもサイモンも板ばさみになって決闘をやめてくれるかも――。

「ルーシー叔母様」ポケットが大きな声で呼んだ。「パイを味見しにいかない? ものすごく美味しいのよ」

ルーシーは目をしばたたき、自分の手を引っ張っている少女に意識を集中させた。「残念ながら、今はちょっと無理ね。あるご婦人に会いにいかなくちゃいけないの」

17

サイモンは、ロサ・ムンディの枯れた葉を一枚切り取った。じめっとした空気の中、あたりには温室の様々なにおいが漂っている。腐った葉、土、かすかにかびのにおいもする。しかし、目の前にある薔薇の香りがすべてを圧倒していた。薔薇は花を四つつけている。模様はすべて違っていて、深紅の花びらに渦を描くように白い筋が入っている。ロサ・ムンディはオールドローズだが、やっぱりこれが気に入っている。

切り取った葉が白く塗られたテーブルに落ち、それを拾ってバケツに捨てる。枯れ葉には寄生虫がつくことがあり、放っておくと健康な薔薇もやられてしまうのだ。サイモンは温室を見て回り、枯れ葉を取り除くことを習慣にしていた。ほんの少し取り残しただけでも、後々、そのテーブルに載っている薔薇が全滅してしまう可能性がある。

彼は次の薔薇に移った。ケンティフォリア・モスコーサ、すなわちモスローズ。葉は健康でつややかな緑色をしており、香りはむっとくるほど甘い。あふれんばかりの花びらはみずみずしく、波打ちながら渦を巻き、中心部の緑のがくを恥ずかしげもなくさらしている。薔薇が女性だとしたら、モスローズはあばずれであろう。

サー・ルパートは〝取り残し〟だ。いや、一連の大仕事の締めくくりなのかもしれない。どうとらえようが、あの男は片づけなければいけない。つまんで取り除いてやる。イーサンに対して、この仕事を終わらせる義務があるのだ。それにルーシーに対して。わたしの過去や敵から彼女を守ってやる責任がある。しかしサー・ルパートは脚が不自由でもあり、その事実から逃れることができない。サイモンは立ち止まり、次の薔薇をじっと観察した。ヨーク・アンド・ランカスター、一本の木にピンクと白の両方の花をつける薔薇。これほど対等でない勝負をするのはためらわれる。これは純然たる殺人だ。あの年上の男が勝つ見込みはないし、ルーシーは決闘をしてほしくないと願っている。わたしがまた決闘を目論んでいるとわかったら、厳格な天使は、たぶんわたしのもとを去っていくだろう。彼女を失いたくない。もう二度と彼女と朝を迎えられないなんて想像もできない。考えただけで指が震えてしまう。

四人、殺した。それで十分ではないのか？　イーサン、もう十分だろう？

ヨーク・アンド・ランカスターの一見、健康そうな葉をめくってみると、アブラムシがぎっしりついており、薔薇の生気をせっせと吸い取っていた。

そのとき、温室の扉がばたんと開いた。

「いけません」ニュートンの声がした。非常に憤慨した恐ろしげな声で、侵入者に警告している。

サイモンは、平和を乱す者に立ち向かうべく振り返った。

クリスチャンが通路をずんずん進んでくる。顔が青ざめ、こわばっている。

ニュートンはおろおろしていた。「ミスター・フレッチャー、どうか——」

「別に構わん——」サイモンが口を開いたその時……。

クリスチャンがサイモンのあごを一発、殴った。

サイモンは後ろへよろめき、薔薇のテーブルにぶつかった。目の前がかすむ。何なんだ？鉢が床に落ちて、すさまじい音を立て、割れた破片が通路に飛び散った。サイモンは体を起こし、視界がはっきりしてくると、両手のこぶしを上げて身を守ろうとしたが、相手は苦しげにあえぎながら、ただそこに突っ立っていた。

「いったい——」サイモンが言いかけた。

「ぼくと決闘してください」クリスチャンが吐き捨てるように言った。

「何だって？」サイモンは目をしばたたいた。今になってあごがずきずき痛みだす。ふと気づくと、モスローズが床の上でばらばらになっていた。そのうちの二つは茎が折れている。クリスチャンのブーツが花を踏みつけ、死んだ薔薇をほめたたえるように香りが立ち昇った。

ニュートンが急いで温室から出ていった。

「ぼくと決闘してください」クリスチャンはこぶしを振り上げて脅した。「もう一度、殴らないとわからないんですか？」表情にユーモアは感じられず、大きく見開かれた目が冷たい。

「そうじゃないことを祈る」サイモンはあごにさわってみた。骨が折れていれば、話せるわけがないだろう？「なぜ、きみと決闘しなきゃならないんだ？」

「あなたが決闘したがっている相手はぼくじゃない。ぼくの父だ。でも、父は年だし、脚が悪い。ほとんど歩けないんです。脚の不自由な人間に剣を突き刺すとなれば、さすがのあなただって少しは罪の意識を感じるでしょう」

「きみの父親はわたしの兄を殺した」サイモンは手を下ろした。

「じゃあ、どうしても父と決闘すると言うのですね」クリスチャンはうなずいた。「そうくると思った。ぼくは、あなたが人を殺すところを二回見ているんですよ。忘れたんですか？ あなたが家族意識というか、廉恥心を発揮するところを観察させてもらいました。もっとも、あなたはそういう言葉は使いたくないでしょうけどね。この数週間、そういうあなたを見てきたのです。それでぼくが何もしないとでも思っているのですか？ 父の代理として、ぼくと決闘してください」

クリスチャンはため息をついた。「そんなことは――」

サイモンは彼の顔を再び殴った。

サイモンは尻もちをついてしまった。「くそっ！ やめないか」自分の温室で泥だらけになって座っているなんて、さぞ間抜けに見えるだろうな。頬骨のあたりに激しい痛みが走った。顔の左側全体に火がついたような感じがする。

「やめません」若者が見下ろして言った。「あなたがイエスと言うまで続ける。ぼくは、あなたが相手にしつこく迫って決闘に追い込むところを二回見ています。よーく学ばせていただきました」

「おい、いい加減に――」

「おまえの母親は波止場の娼婦で、おまえの父親はろくでなしだ！」クリスチャンは顔を真っ赤にして叫んだ。

「まったく」こいつ、頭がおかしくなったのか？「わたしが戦う相手は、きみの父親だ。きみじゃない」

「おまえの妻をたぶらかしてやる――」

ルーシー！脳のいちばん原始的な部分が悲鳴を上げる。サイモンは首を振ってその声を追いやった。この若造は、わたしの得意の手で攻撃をしかけている。

「きみとは決闘したくない」

「彼女が言うことを聞かなければ、さらって強姦してやる。ぼくは――」

とんでもない。サイモンは急に立ち上がり、クリスチャンをベンチまで後退させた。「妻には近づくな」

若者はたじろいだが、しゃべるのをやめなかった。「彼女を裸にして、ロンドンじゅう引きずり回してやる」

こちらに向かって通路を歩いてくるニュートンの姿がぼんやりと目に入った。その後ろには、ルーシーの亡霊のような白い顔が……。「黙れ」

「彼女に商売女の烙印を押してやる。そして――」

サイモンは手の甲でクリスチャンをひっぱたき、別のテーブルに投げつけた。「黙れ！」

クリスチャンの重みでテーブルが揺れ、鉢植えがさらに床に落ち、大きな音を立てて割れた。サイモンは手をぐっと握りしめた。指の関節がずきずきする。

クリスチャンが首を振った。ふざけるな！「二回二ペンスで客に売ってやる」

「黙れと言ってるんだ。ふざけるな！」

「サイモン」ルーシーの震える声。

「そっちこそ」クリスチャンが小声で言った。歯が血で赤くなっている。「ぼくと決闘してください」

サイモンはゆっくりと深呼吸をし、内なる悪魔たちを抑え込んだ。「だめだ」

「彼女を愛しているのでしょう？　あなたは妻のためなら、どんなことでもする」クリスチャンが身を乗り出し、血の混じったつばがサイモンの顔にかかった。「でも、ぼくも父を愛しています。だからほかに手立てはありません」

なんてこった。「クリスチャン――」

「決闘してください。さもなければ、せざるを得ないようにしてみせます」若者はサイモンの目をまっすぐ見据えた。

サイモンも彼をじっと見返す。それから視線を漂わせ、その向こうにいるルーシーの顔を見た。まっすぐな、厳格そうな眉。後ろに流し、一つにまとめた黒髪。ぎゅっと引き結んだ唇。美しいトパーズ色の目は、訴えかけるように大きく見開かれている。外出から戻ったばかりなのか、彼女がまだマントをはおっていることにぼんやりと気づいた。きっと家に戻ったところをニュートンがつかまえたのだろう。

彼女の身の安全を運に任せるわけにはいかない。

「いいだろう。明後日の朝だ。それなら、きみもわたしも介添人を見つける時間がたっぷり取れる」サイモンは素早く視線をクリスチャンに戻した。「さあ、もう出ていけ」

クリスチャンは背を向け立ち去った。

間に合わなかった。ルーシーは自分の世界が崩壊していくさまを、温室の中で立ったままじっと見つめていた。今日の午後、あれだけ努力したのに……。使命を終えて家に着いたときにはもう手遅れだった。

夫の顔は彫刻が施された石に向けられていた。目には、かつてはあったであろう色が失われている。今はもう、眠っているツバメを凍死させる真夜中の霜のごとく冷たい表情をしていた。ミスター・フレッチャーがものすごい勢いで横を通り過ぎていったが、ルーシーはサイモンの表情から目を離すことができなかった。二人の会話は聞こえなかったけれど、サイモンがあの若者を殴っているのを見たし、サイモンの頬に血がついているのを見た。

「何があったの？　ミスター・フレッチャーに何をなさったの？」そんなつもりはなかったのだが、なじるような言い方になってしまった。

背後で扉が閉まる音がし、サイモンとルーシーは温室の中で二人きりになった。ニュートンもういなくなっている。

「話している暇はない」サイモンはついてもいない汚れを洗い落とすかのように手をこすり合わせた。手が震えている。「介添人を見つける必要がある」

「そんなこと、どうでもいいわ。話して」床でつぶれている薔薇の香りで頭がくらくらしそうだった。「わたし、レディ・フレッチャーに会ってきました。奥様もわたしも――」

サイモンが顔を上げた。表情は変わらない。彼はルーシーの言葉をさえぎった。「二日後、クリスチャン・フレッチャーと決闘をする」

「だめよ」もうたくさん。また戦うなんて。また別の人が死ぬなんて、サイモンの魂の一部分がまた焼け落ちてしまうなんて耐えられない。ああ、神様、もうこれ以上無理です。

「すまない」サイモンは彼女の横を通り過ぎようとした。

ルーシーは彼の腕をつかんだ。手の下で筋肉がぴくりと動く。彼を止めなくちゃ。「サイモン、そんなことやめて。レディ・フレッチャーがご主人と話し合うとおっしゃってくださったの。あの方は、ご主人は道理をわきまえている人だ、ほかに解決策があるかもしれないと思ってらっしゃって――」

サイモンはルーシーの言葉をさえぎった。頭を下げていて、目を合わせてくれない。「ルーシー、決闘する相手はクリスチャンだ。もう父親のほうではない」

「でも、希望があることに変わりはないでしょう」ルーシーは譲らない。わたしは努力し、解決策を見出してレディ・フレッチャーの信頼を得た。三〇分前は、あと少しだと思えたのに。とても可能性があると思えたのに。彼はどうしてわかってくれないのだろう？　「そんなこと、いけないわ」

「だが、わたしはやる」サイモンはまだ目をそらしている。

「だめよ」わたしたちは――わたしたちの結婚生活は――この危機を乗り越えられないだろう。それが彼にはわからないの？「もう一度、レディ・フレッチャーに相談してみます。きっと別の解決策が――」

「別の方法はない」サイモンがついに顔を上げ、ルーシーは彼の目に宿る怒りと絶望を見た。

「これはきみには関係のないことだ。レディ・フレッチャーに相談したところで、何も解決しない」

「せめて、やるだけやってみるべきよ」

「いい加減にしないか、ルーシー！」

「殺せばいいというものではないでしょう！」ルーシーは口をひどくゆがめ、つかんでいた彼の腕を振り払った。「いけないことよ。わからないの？　倫理に反するわ。サイモン、悪いことなのよ。悪いことをして自分の心を滅ぼしてはだめ。魂を殺してはだめ。お願いだからこんなことはやめて！」

サイモンは歯を食いしばった。「きみにはわからない――」

「わかるわけないでしょう！」胸が締めつけられた。息を継ぐことができない。どんよりした湿っぽい空気が濃すぎて、吸い込めそうにない。ルーシーは身を乗り出し、厳しい口調で言った。「子供のころ、わたしは教会に通っていました。わかっています。あなたのような都会の人には田舎くさい習慣に思えるのでしょう。でも通っていたの。教会の教え、つまり聖書の教えはこうよ。人の命を奪うことは罪」薔薇のにおいを舌で感じているような気がして、あえいでしまい、言葉を切らざるを得なかった。「それに、わたしもそう信じています。たとえ決闘という形でごまかそうとしても、同じ人間を殺害することは大罪です。人殺しなのよ、サイモン。結局、殺人なの。そんなことをしていたら、あなたはどんどん蝕まれてしまう」

「ならば、わたしは罪人《つみびと》であり殺人者だ」サイモンは静かに言い、ルーシーの横をすり抜けた。

「彼はあなたのお友達でしょう」ルーシーは必死で呼びかけた。

「そのとおり」その言葉に、サイモンは背を向けたまま足を止めた。「クリスチャンは友人だ。だが、フレッチャーの息子でもある。イーサンを殺した男の息子だ。ルーシー、決闘を申し込んできたのは彼のほうであって、わたしではない」

「自分の心に耳を傾けて」ルーシーは涙をこらえた。「あなたはお友達を殺そうとしているの。一緒に食事をし、一緒におしゃべりをし、一緒に笑ってくれる人を殺そうとしているのよ。サイモン、彼はあなたを崇拝しているわ。ご存じだったかしら?」

「ああ、知ってるさ」サイモンがようやく振り返り、ルーシーは彼の上唇に光る汗を目にした。「あいつはこの何カ月か、わたしにつきまとっていた。わたしの着る物や癖をまねしていたのだ。わたしを崇拝していることは、見逃しようがないではないか?」

「だったら——」

サイモンは首を横に振った。「そんなことはどうでもいい」

「サイモン——」

「わたしにどうしろと言うのだ？」彼は歯を食いしばりながら尋ねた。「決闘を断れと言うのか？」

「そうよ！」ルーシーは懇願するように手のひらを差し出した。「断って、そのまま引き下がって。あなたはもう四人も殺している。だから誰もあなたを見下したりしないわ」

「わたしがするんだ」

「どうして？」絶望で声が震えてしまった。「イーサンの復讐はもう果たしたでしょう。お願いよ。メイデン・ヒルへ行きましょう。あなたの領地でもいいし、どこかほかの場所でもいい。場所なんかどうでもいいわ。ここを離れられさえすれば」

「それはできない」

怒りと絶望の涙で目の前がかすむ。「サイモン、一生のお願いだから——」

「あいつはきみを襲うと言って脅した」サイモンが彼女の目をじっとのぞき込む。ルーシーは彼の目に光る涙と、すさまじい決意を見た。「クリスチャンはきみを襲うと言ったのだ」

ルーシーは頬を濡らす涙をぬぐった。「わたしは気にしません」

「わたしはそうはいかない」サイモンは一歩近づき、ルーシーの二の腕をつかんだ。「妻を襲うと脅されて、そのまま引き下がるような男だと思っているなら——」

「彼はあなたに決闘をさせようと思って言っただけです」

「たとえそうであっても」

「それなら、あなたについていきます」喉が詰まり、声が震えた。「決闘場所までついていって、必要とあらば、二人のあいだに割って入ります。決闘をするなら、止める方法を見つけます。あなたにこんなことをさせるわけにはいきません。サイモン、わたしは――」

「もう何も言わないでくれ。だめなんだ」サイモンは優しく言った。「決闘はこの前の場所ではやらない。わたしたちが落ち合う場所はきみにはわかるまい。ルーシー、わたしを止めることはできないのだよ」

ルーシーはしゃくり上げてしまい、サイモンの胸に抱き寄せられた。頬の下で、彼の心臓が激しく鼓動しているのがわかる。

「お願いだから、サイモン」

「わたしは、これを終わらせなければならない」サイモンはルーシーの額に唇を当て、肌に向かってつぶやいている。

「サイモン、お願い」ルーシーは祈るように繰り返した。こみ上げる涙で顔がほてってくるのを感じながら目を閉じる。「お願いよ」彼の上着をわしづかみにし、ウールのにおいと彼のにおい、夫のにおいをかぐ。彼を説得するために何か言いたい。でもその言葉が見つからない。「あなたを失ってしまう。わたしたち、お互いを失ってしまうわ」

「ルーシー、本当の自分を変えることはできない」彼がささやく声がした。「たとえきみのためであっても」

サイモンは彼女を放し、立ち去った。

「頼みがある」一時間後、サイモンは農業協会御用達のコーヒーハウスで、エドワード・デラーフに言ったが、自分の声があまりにもしわがれていて驚いた。まるで酢でも飲んだかのような声ではないか。いや、悲しみを飲み込んだと言うべきか。ルーシーのことは考えるな。果たすべきことに集中しろ。

デラーフもきっと、この声に驚いたのだろう。いや、ひょっとすると、わたしのセリフに驚いたのかもしれない。一瞬ためらったが、手をひらつかせて隣の空いている席を示した。「まあ座れ。コーヒーでもどうだ？」

胆汁が喉にこみ上げてきた。「コーヒーは飲みたくない」

デラーフはサイモンの言葉を無視し、給仕の少年に合図をした。すると不思議なことに、少年は顔を上げてうなずいた。デラーフはサイモンのほうに向き直り、顔をしかめた。「座れと言っただろう」

サイモンは腰を下ろした。

コーヒーハウスにはほとんど客がいなかった。午前の混雑時はとっくに過ぎているし、午後の客が集まってくるにはまだ早すぎる。ほかの客はといえば、扉のそばで、くすんだフルボトムのかつらをかぶって座っている年配の男性ただ一人。マグを大事そうに抱えて、ぼそぼそ独り言を言っている。給仕の少年がマグを二つ、どんと置いたかと思うと、デラーフの一杯目のマグをひったくるようにつかみ、こちらが礼を言う間もなく向きを変えて去っていった。

サイモンはマグから漂う湯気をじっと見つめた。妙に寒気がする。部屋の中は暖かいというのに。「コーヒーなど欲しくない」

「いいから飲め」デラーフはうなるように言った。「気分がよくなるぞ。まるで、たまを蹴飛ばされて地面でのたうち回っているところへ、お気に入りの薔薇が枯れたと知らされたみたいな顔をしているではないか」

サイモンはその光景を想像し、顔をしかめた。「クリスチャン・フレッチャーに決闘を申し込まれた」

「ふん。おおかた、怖くなってがたがた震えているところなのだ」デラーフは目を細めた。「あの若造に何をした?」

「何も。彼の父親がイーサンを殺す陰謀に加わっていた」

デラーフが黒い眉を吊り上げる。「それで、息子も手を貸していたのか?」

「いや」

デラーフはサイモンを見た。

サイモンはマグをもてあそびながら口をゆがめた。「父親に代わって彼が決闘する」

「きみは罪のない男を殺すつもりなのか?」デラーフは穏やかに尋ねた。

クリスチャンは父親が犯した罪とは無関係だ。サイモンはコーヒーをすったが、舌をやけどし、悪態をついた。「彼はルーシーを襲うと脅した」

「なるほど」

「介添人をしてくれるか?」

「ふむ」デラーフはマグを置いた。椅子の背にもたれかかると、椅子は彼の重みできーきー音を立てた。「いつかこの日が来ることはわかっていた」

サイモンは眉をすっと上げた。「コーヒーを持ってきてもらえるようになる日ってことか?」

デラーフは聞こえないふりをした。「きみが助けを求めて、ぺこぺこしにくる日が――」

サイモンは鼻を鳴らした。「ぺこぺこなどしていない」

「だが切羽詰まっている。かつらは髪粉がかかっていないし、シラミの卵だらけで――」

「わたしのかつらは――」

デラーフはサイモンが言い終わらないうちに声を張り上げた。「ほかに助けてくれる人間が見つからないのだろう?」

「もう、いい加減にしてくれ」

「助けを請い、懇願しているのだろう。〝おお、エドワード、どうか助けてくれ〟」

「まったく」サイモンがつぶやいた。

「これぞまさしく、素晴らしき日だ」デラーフは再びマグを掲げた。

サイモンは口元をゆがめ、しぶしぶ笑みを浮かべた。それから慎重にコーヒーを、酸味のある熱い液体をすすった。

デラーフはサイモンを見てにやりと笑い、待っている。

サイモンはため息をついた。「介添人をしてくれるのか?」

「もちろん。喜んでやらせてもらおう」

「ああ、顔にそう書いてある。決闘は明後日の朝だ。それまで丸一日あるが、すぐに準備を始めてくれ。フレッチャーの家に寄って、彼の介添人が誰かたしかめてほしい。それから――」

「わかっている」

「評判のいい医者をつかまえてくれ。ちょっとしたことで瀉血《しゃけつ》をするような医者ではなくて――」

「決闘を介添えする術は心得ている」デラーフは威厳のある言い方でサイモンの言葉をさえぎった。

「よし」サイモンはコーヒーを飲み干した。黒い液体が喉を焼き尽くしながら流れていく。

「剣を持ってくるのを忘れんようにな」

デラーフが侮辱されたような顔をする。

サイモンは立ち上がった。

「サイモン」

彼は振り返り、眉をすっと上げた。

デラーフがこちらを見ていたが、その表情からユーモアの痕跡はすっかり消えうせていた。

「ほかに力になれることがあれば言ってくれ」

サイモンは、顔に天然痘の痕がある大男を一瞬、見つめた。何かが喉にこみ上げてくる気がして、それを飲み込んでから返事をした。「ありがとう」

おいおい泣きだしてしまう前に大またでコーヒーハウスを出た。フルボトムのかつらをかぶった年配の男の席を通りかかったとき、男はテーブルに顔を伏せていびきをかいていた。

店を出て歩いていくサイモンに、午後の明るい日差しが降り注ぐ。太陽が照っているにもかかわらず、空気はとても冷たくて頰がひりひりする。彼は去勢馬にひらりと飛び乗り、にぎやかな通りへ向かった。ルーシーに伝えなければ――。

サイモンは急に考えるのをやめた。ルーシーのことは考えたくない。温室に残して出てきたとき、彼女の顔に浮かんでいた不安と苦悩と激しい怒りの表情を思い出したくなかったが、それはほとんど不可能だった。ルーシーへの思いはもう、骨の髄まで染み込んでしまっている。彼は様々な小さな商店が立ち並ぶ通りへ入っていった。彼女はわたしが決闘することをひどくいやがっている。ひょっとすると今夜、何かプレゼントをしたらいいのかもしれない。結婚のプレゼントをまだ何もあげていなかったな……。

三〇分後、サイモンは片手に四角い紙包みを持ち、わきにもっと大きなかさばる包みを抱えてある店から出てきた。大きいほうの包みは姪っ子への贈り物。通りにあった玩具店に目を留め、ポケットのためにクリスマスプレゼントを用意しておかなくてはと思い出したのだ。義理の姉は娘へのプレゼントをどう思うだろう？　それを考えると口元が引きつってしまう。サイモンは危なっかしい手つきで慎重に包みを持ったまま、再び馬にまたがった。ルーシーがまだ腹を立てているのは疑いようもない。だが少なくとも、彼女に苦痛を与えてしまい、わたしが心からすまないと思っていることだけはわかってもらえるだろう。その日初めて、サイモンはこの先の日々について考えることにした。この決闘を乗り切れば、ようやく終わる。心安らかに眠ることができる。

心安らかにルーシーを愛することができる。

ルーシーは旅行をしようと言っていたが、それもいいかもしれない。二人で過ごす最初のクリスマスは、メイデン・ヒルに出向いて大佐を訪ねてもいい。あの変わり者のじいさんにこんなに早く再会する必要もないのだが、ルーシーもそろそろ父親が恋しくなっているころだろう。新年を迎えたらケント州を見て回り、天気がそれほど悪くなければ、そのあと北へ向かってノーサンバーランドの領地を旅してもいい。あそこのマナーハウスにはもう何年も行っていない。おそらく改装が必要だろうが、それについては彼女が力になってくれるだろう。

サイモンは顔を上げた。前方にタウンハウスが見え、一瞬、方向感覚を失った。こんなところまで走ってきたのに、気づきもしなかったのか？　次に馬車が目に入った。自分の馬車だ。従僕がトランクを抱えて玄関の階段を下りていき、ほかの召使たちが、荷物の重さに悪態をつきながらトランクを馬車の後ろに積んでいる。御者はもう御者台に座っていた。そして玄関にルーシーが現れた。マントをはおり、告解者のようにフードをかぶっている。

サイモンは優雅とは言えない動きであわてて馬から下りた。たちまち恐怖が胸にこみ上げてくる。四角い包みが舗道の丸石の上に落ちたが、放っておいた。

ルーシーが階段を下りていく。

「ルーシー」サイモンは彼女の肩をつかんだ。「ルーシー」

フードに覆われた顔は白く、冷たい表情が浮かんでいた。「放して、サイモン」

「何をしている？」彼は非難するように言った。ばかみたいに見えることは承知のうえだ。召使たち、ニュートン、通りがかりの人たち、近所の人たちに見られているのはわかっている。だが、そんなことはどうでもいい。

「父のところへ行きます」

一瞬、ばかげた希望を抱いてしまった。「待ってくれ。わたしも――」

「出ていきます」その言葉を口にしたとき、彼女の冷ややかな唇はほとんど動かなかった。

恐怖が急所をぐっとつかんだ。「だめだ」

そのとき、ルーシーは初めてサイモンと目を合わせた。彼女の目の縁は赤くなっていたが、泣いてはいない。「サイモン、出ていくしかないの」

「いやだ」まるで、お菓子を食べてはいけないと言われた小さな子供だ。彼は倒れて泣きわめきたい気分だった。

「放して」

「放すわけにはいかない」この自分の家の前で、明るすぎるくらいの冷たいロンドンの太陽に照らされながら、彼は半分笑っていた。「きみを放したら、わたしは死んでしまう」

ルーシーは目を閉じた。「いいえ。死なないわ。わたしはここに留まって、あなたが我が身を裂くところを見ていることはできません」

「ルーシー」

「行かせて、サイモン。お願いだから」ルーシーが目を開け、サイモンは彼女の視線に宿る計り知れない大きな苦悩を見た。

わたしは天使にこんな仕打ちをしてしまったのか？　ああ、なんということだ。サイモンは彼女をつかんでいた手を開いた。

ルーシーが彼の横をかすめて階段を下りていき、風が彼女のマントのへりをもてあそんだ。サイモンは、馬車に乗り込む彼女をじっと見ていた。従僕が扉を閉める。それから御者が手綱をぴしゃっと打ちつけた。馬が威勢よく走りだし、馬車が去っていく。ルーシーは振り返らなかった。サイモンが見守る中、馬車はついに通りの喧騒へ消えていった。それでもまだ、彼はじっと見つめている。

「旦那様？」ニュートンが隣で言った。おそらく、そのとき初めて呼びかけたわけではなかったのだろう。

「何だ？」

「ここは寒うございます」

たしかに寒い。

「中にお入りなさいますね、旦那様？」

サイモンは手の関節を曲げた。驚いたことに、指先の感覚がなくなっている。彼はあたりを見渡した。馬は誰かが連れていってくれたようだが、四角い紙包みは丸石の舗道の上に落ちたままになっている。

「お入りなったほうがよろしいかと」

「そうだな」サイモンは階段を下り始めた。

「旦那様、こちらでございますよ」ニュートンが呼びかけた。まるでサイモンがもうろくした老人で、往来のほうへよろよろ出ていってしまう危険があるかのような口ぶりだ。

サイモンは執事を無視し、包みを拾い上げた。角の部分の包装が破けている。頼めば、包み直してもらえるかもしれないな。今度はかわいい包装紙がいい。ルーシーは気に入ってくれるだろう。ただし、彼女がそれを目にすることがあればの話だが。彼女はわたしを置いて行ってしまった。

「旦那様」ニュートンがまだ声をかけてくる。

「ああ、わかっている」サイモンは包みを持って家に入った。

ほかに何をすればいいと言うのだ？

18

「どなたかな？」ナイトキャップを耳が隠れるほど引き下ろした父親が、戸口から大声で呼びかけた。寝巻きの上に古い上着をはおり、バックルつきの靴をはいた針金のような足首がのぞいている。「九時を過ぎているのですぞ。まともな人間ならもう床に就いているころだ」

父親はランタンを掲げ、クラドック＝ヘイズ邸の前の砂利道に光を投げかけた。モブキャップにショール姿のミセス・ブロディが後ろからやってきて、父親の肩から顔をのぞかせた。

ルーシーが馬車の扉を開ける。「わたしよ、お父様」

暗闇の中、父親は目を細めて娘を見ようとした。「ルーシーか？　こんな夜遅くにはるばるやってくるとは、イズリーは何を考えておるのだ？　ん？　頭がいかれてしまったに違いない。追いはぎがうろうろしているというのに。そんなことも知らんのか？」

ルーシーは従僕の手を借りて馬車の踏み段を下りた。「彼は一緒ではありません」

「いかれておる」父親は同じ言葉を繰り返した。「従僕をつけようがつけまいが、おまえを独りでやるとは、あの男はいかれておる。しかも夜にだ。無作法者め！」

ルーシーはサイモンをかばいたいという相容れない衝動を覚えた。「彼が決めたことではありません。わたしが家を出てきたのです」

ミセス・ブロディが目を丸くした。「お茶をいれてまいりましょうか？」そう言ってくるりと向きを変え、あわてて家の中へ入っていった。

父親はわざとらしく咳払いをしただけだった。「ちょっとけんかをして里帰りをしたのだな？　賢い娘だ。女は次に何をしでかすかわからないと、男が常に注意を怠らないようにさせているというわけか。あの男にはいい薬になる。何日か泊まって、クリスマスが終わったら帰ればよかろう」

ルーシーはため息をついた。体も心もくたくただ。「帰るつもりはありません。サイモンとは別れてきました。もうこれっきりです」

「何？　何と言った？」父親は初めてびっくりした顔をした。「いいかね——」

「まったく、ここらじゃ、誰も眠らんのかねえ？」ヘッジが角を回ってやってきた。ブリーチから寝巻きがはみ出し、脂で汚れた三角帽から白髪の交じった髪が突き出ている。ヘッジはルーシーを見ると、ぴたりと足を止めた。「お嬢様がもう戻ってこられた？　荷物をまとめて出て行かれるのを見送ったばかりだと思っておりましたのに」

「わたしも会えてうれしいわ、ミスター・ヘッジ」ルーシーが言った。「お父様、お話の続きは中でしましょうか？」

「そういうことか」ヘッジがぶつぶつ言った。「ここで三〇年近くお勤めしてるっていうのに。我が人生、最良のときでもあるっていうのに。そんなこと、気に留めてくれるもんがいるのかね？　いいや、誰も気に留めちゃいない。わたしはまーだ信用してもらえんのだ」

「ヘッジ、馬の世話をしてこい」と父親が命じ、父と娘は家の中へ入った。

ヘッジがうなる声が聞こえてきた。「でっかい馬を四頭も。背中の具合がよくないっていうのに……」それから、二人の背後で扉が閉まった。

父親は先に立って自分の書斎に入っていった。ここはルーシーがあまり入る機会のなかった部屋だ。父親の聖域であり、ミセス・ブロディといえども勝手に掃除をすることは許されない。少なくとも、最初にあれこれ注意を受けてからでなければ掃除はさせてもらえないのだ。大きなオーク材の机は暖炉に向かって斜めに置かれていた。実のところ、炉床に近すぎて、それを物語るようにいちばん手前の脚が黒くなっている。机には天板が見えなくなるほどたくさんの色とりどりの地図が載っていて、真鍮の墓掘り人やら、壊れたコンパスやら、短いロープで押さえてあった。そして机の端には、台つきのとても大きな地球儀が置かれていた。

「さて」父親が切り出した。

そこへミセス・ブロディが紅茶とパンを載せたトレーを持って、せかせかと入ってきた。

父親は咳払いをした。「夕食にいただいた特製ステーキ・アンド・キドニーパイが残っているかどうか、見てきてもらえるとありがたいな、ミセス・ブロディ。もし構わなければ」

「お腹はすいていませんし――」ルーシーが言いかけた。

「青い顔をしているではないか。ステーキ・アンド・キドニーパイは体にいいぞ。どうだ？」父親は家政婦に向かってうなずいた。

「かしこまりました」ミセス・ブロディは急いで出ていった。

「さて」父親は再び切り出した。「父のもとに逃げ帰ってくるとは、いったい何があったのだ？」

ルーシーは頬が熱くなった。そういう言い方をされると、自分の取った行動が大人気なく思えてしまう。「サイモンとわたしは、意見が合わないのです」ルーシーはうつむき、手袋を慎重にはずした。一度に指一本ずつ。手が震えている。「彼は、わたしにはとても認められないことをしています」

父親は片手で机をばんと叩き、ルーシーとそこに載っていた書類を飛び上がらせた。「女たらしめ！　結婚して数週間と経っていないというのに、もう評判の悪いレディたちといちゃついておるのだな。まったく！　あの無作法者、あの悪党、あの……放蕩者！　つかまえたら、必ず鞭をくれて――」

「あら、違うわ」ヒステリックな笑いが泡のように湧き上がってくるのがわかった。「まったくそういうことではありません」

扉が開き、ミセス・ブロディが再び入ってきた。怖い目でこちらを見ている。きっと廊下で二人の声を耳にしたのだろう。だが何も言わずにルーシーの肘のそばにトレーを置くと、うなずいた。「一口、召し上がってください、ミス・ルーシー。気分がよくなりますよ。もとの寝室の火をおこしてまいりましょうかね？」家政婦は返事を待たず、せわしなく出ていった。

ルーシーはトレーを見た。冷たいミートパイが一切れ、煮込んだ果物、チーズが少し、それと、ミセス・ブロディの焼きたてパンが載っている。お腹が鳴った。ここに来る途中で立ち寄った宿では食事を断っており、今になって初めてお腹がすいていることに気づいた。ルーシーはフォークを手に取った。

「では、何だ？」

「ん？」ルーシーは柔らかいパイをほおばった。サイモンのこと、彼が冒している危険、失敗に終わった結婚については考えたくない。今すぐベッドにもぐり込むことができたら……。

しかし、父親はそうすべきだと思えば、頑として譲らない。「ふしだらな女たちと浮気をしたのではないとすると、なぜ、あの男と別れるのだ？」

「決闘です」ルーシーは喉をごくりと鳴らした。「サイモンはもう四人、殺しました。決闘で。決闘を申し込んで、相手を殺すのです。お父様、わたしにはもう耐えられません。たとえ決闘に勝って生き延びても、彼はゆっくりと自分を殺しています。わたしの話に耳を貸そうとしてくれませんし、決闘をやめようともしません。だから出てきました」パイからにじみ出ている茶色の肉汁を目にしたら、急に吐き気を覚えた。

「目的があるのだろう？」

「え？」

父親が顔をしかめる。「その連中を殺す理由があるはずだ。わたしはおまえの夫が好きではない。好きだったこともない。それに、いいかね、この先も好きになることは絶対になかろう。しかし、ばかだとは思っておらん。たしかにへらへらしたしゃれ者だが、ばかじゃない」

ルーシーは危うく笑みを浮かべてしまうところだった。「彼が殺しているのは、お兄様のイーサンが亡くなる原因となった人たちですし、お父様が何をおっしゃりたいのかはわかっています。でも、いくら立派な理由があっても、殺人であること、殺人が聖書では罪であることに変わりはありません。わたしの良心は、それに耐えられないのです。サイモンの良心だって、結局、耐えられるとは思えません」

「やれやれ」父親はぼやいた。「我が娘にあっさり心を読まれてしまうとはうれしい限りだ」ルーシーは唇を嚙んだ。実家に戻ってこんな展開になるとは想像していなかった。頭ががんがんしてきたが、どうやら父親は議論をしたいらしい。「そんなつもりでは――」

「ああ、わかっておる」父親は手をひらつかせて娘の謝罪をはねつけた。「年老いた父を侮辱するつもりだったわけではあるまい。だが実際には侮辱したのだよ。男は皆、同じように感じていると思っておるのだろう?」

「いいえ、わたしは――」

「男は皆、同じように感じるわけではない」父親は身を乗り出し、ここが肝心とばかりに娘の鼻先に指を突きつけた。「復讐のために人を殺すことが重要だとは思っておらん。ろくな理由もなく、多くの男が命を落とすところをさんざん見てきたから、復讐を大目に見ること

「ごめんなさい——」ルーシーは唇を噛んだ。父の言うとおりだ。軽率な判断をしてしまった。

「だからといって、あの男を理解できないわけではない」父親は娘の言葉が終わらないうちに言った。そして椅子に深々と座り、天井をじっと見つめた。

ルーシーはパイの皮をめくった。中身がたちまち冷え、肉汁の表面にたまった脂が白く固まっていく。彼女は鼻にしわを寄せ、皿をわきにどけた。今や頭痛は本格的になっていた。

「理解はできるし、同情さえ感じる」父親が出し抜けに言い、ルーシーをびくっとさせた。そして椅子からひょいと立ち上がり、行ったり来たりし始めた。「たしかに同情はする。いまいましい男だがな。おまえよりは同情しておるよ」

ルーシーは身をこわばらせた。「サイモンがあの人たちと決闘する理由は理解しているつもりです。それに、愛する人を失った気持ちに同情することはできます」

「だが、彼には同情できないのであろう？　ん？」

「違いがよくわかりません」

「やれやれ」父親は眉をひそめ、娘を一瞬にらんだ。

どうも父親をがっかりさせてしまったらしく、気持ちが落ち込んだ。突然、涙が出そうになった。ルーシーは疲れていた。旅をしてきたせいで、サイモンと言い争ったせいで、その前に起きたいろいろなことのせいで、くたくただった。こんな災難に見舞われたわたしに、お父様は誰よりも味方をしてくれるだろうと、頭の片隅で思っていたのに。

父親はのんびりと窓のところまで行くと外に目をやったが、自分の影以外は何も見えなかったのだろう。「おまえの母親は、わたしが知る限り、最高に素晴らしい女性だった」

ルーシーは顔をしかめた。どういうこと？

「出会ったのは、わたしが二二のときだ。若い大尉だったころだよ。彼女は若くて、美しかった。真っ黒な巻き毛、明るいトパーズ色の目」父親は肩越しにルーシーを見た。「おまえと同じ色の目をしていた」

「そうね」ルーシーは小声で言った。今でも母親が恋しい。あの優しい声、笑い声。母は家族を絶え間なく照らしてくれる光だった。涙があふれ、ルーシーは目を伏せた。きっと疲れたせいよ。

「うむ」父親はうなるように言った。「このあたりの紳士を選ぼうと思えば、誰でも選べたのだ。実は、竜騎兵隊の大尉ととても親しくしていた時期もあったのだよ」ここで鼻を鳴らす。「あの深紅の軍服ときたら。いつだってレディたちを振り向かせる。おまけに、あのろくでなしはわたしより背が高かった」

「でも、お母様は、お父様を選んだ」

「さよう。わたしを選んだ」それから、父親はゆっくりと首を横に振った。「卒倒するかと思うほど驚いた。だがわたしたちは結婚し、ここに居を構えた」

「それからずっと、幸せに暮らしたのでしょう」ルーシーはため息をついた。子供のころ、両親の求婚にまつわる話は何度となく聞かされた。寝る前にその話をしてもらうのが大好きだった。どうしてわたしの結婚は――。

「いや、それは違う」

「何ですって？」ルーシーは眉根を寄せた。父親の言葉を正しく理解していなかったのかもしれない。「どういう意味？」

「人生はおとぎ話のようにはいかんのだ」父親は振り返り、ルーシーと向き合った。「結婚して五年目のことだった。航海から戻ると、おまえの母親には愛人がいた」

「愛人？」ルーシーはびっくりして背筋を伸ばした。母親は親切で、優しくて、素晴らしい人だった。それはたしかだ……。「お父様、きっと思い違いよ」

「いや」父親は唇を突き出し、眉をひそめて自分の靴を見下ろした。「彼女はほぼ面と向かって、わたしに事実を突きつけたのだ」

「でも、でも……」ルーシーは今聞かされた話を頭の中で整理しようとしたが、完全に失敗した。ただもう、信じられなかった。「お母様は善良な人です」

「そのとおり。わたしが知る限り、誰よりも素晴らしい人だった。それは前にも話したであろう」父親は、まったく違うものを目にしているかのように、地球儀をじっと見下ろした。

「しかし、わたしは一度海に出れば何カ月も家を留守にするし、彼女は幼い子供二人の世話をしなければならなかった。こんな小さな村で、たった独りでな」父は肩をすくめた。「寂しかったのだそうだ。それに、わたしに腹を立てていた」

「お父様はどうなさったの？」ルーシーは小声で言った。

「怒ったよ。怒鳴り散らし、ものすごい剣幕でののしり、わめき散らした。おまえもわたしのことはわかっておるだろう」父親は地球儀を回した。「だが、最後には許した」ここで顔を上げる。「それに、許したことをけっして後悔しなかった」

「でも……」ルーシーは顔をしかめ、言葉を探した。「どうして、そのような罪を許せたのですか？」

「ああ。愛していたからだよ。それが理由だ」父親はアフリカの部分に指を突き立て、地球儀を軽く叩いた。「あとは、最高に素晴らしい女性といえども、ただの人間にすぎない、過ちも犯すと気づいたからだ」

「どうして……？」

「彼女は一人の女性であって、理想的な人間というわけではなかった」今度はため息をつく。寝巻きとナイトキャップ姿でそこに立っている父親は年老いて見えたが、それと同時に、厳格で堂々としている。「人は過ちを犯す。犯さないのは聖人くらいだ。どんな結婚であれ、これは最初に学ぶべき教訓だ」

「サイモンは殺人を犯しました」ルーシーは震える息を深く吸い込んだ。お父様がどう思おうと、わたしたち夫婦とは事情がまったく違っている。「それに、また人を殺すつもりでいます。大事なお友達と決闘をしようとしているのです。自分を尊敬してくれるお友達と……。サイモンはたぶん、彼を殺してしまいます。お父様、サイモンは聖人ではありません。それはわかっています。でも、わたしがこんなことを許せるとでも思ってらっしゃるの？」どうしてお父様は、破壊に没頭している人とともに生きろなどと言えるのだろう？

「思っとらん」父親は最後に地球儀をもうひと回転させると、重たい足取りで扉のほうへ歩いていった。「さあ、もう寝る時間はとっくに過ぎておるぞ。わたしももう寝る。少し休みなさい」

ルーシーは父親の背中をじっと目で追った。どうすればいいのかよくわからないし、疲れて頭が混乱している。

「だが、これだけは忘れるでないぞ」父親は戸口で振り返り、刺すような目で娘を見た。「わたしは、おまえに許せとは言わん。だが、神は許せとおっしゃっている。聖書にそう書いてあるだろう。そのことをよく考えてごらん」

最初からこうなる運命だったのだ。本当に。ルーシーはいつ出ていってもおかしくなかった。唯一の驚きは、彼女が出ていくまでにこんなに時間がかかったことが。一緒に結婚生活を送った数週間、二人で仲良く過ごした日々、愛を交わし合った夜に感謝すべきだな。サイモンはタンブラーにブランデーを注いだ。とても慎重に。というのも、これが二杯目、いや、ひょっとすると三杯目だったから。それに、体の自由がきかなくなった老人のように手が震えだしたから。

いや、それは嘘だ。

手はルーシーが出ていった昨日の午後からずっと震えている。マラリアにかかったかのように、まるで体内に宿る悪魔が一人残らず自分を印象づけようとしているかのように震えている。怒りという悪魔、苦しみという悪魔、自己憐憫という悪魔、愛という悪魔。彼らはわたしの骨格を揺さぶり、自分たちの存在を認めろと強く迫っている。もう悪魔どもを封じ込めておくことができなくなってしまった。今やわたしの魂は自由に操られている。

サイモンは独り顔をしかめ、琥珀色の液体をごくりと飲み込んだ。酒は喉を焼き尽くしながら流れ落ちていく。決闘の日は、おそらく剣が持てないだろう。クリスチャンはびっくりするのではないだろうか？　わたしがそこに突っ立ったままぶるぶる震えているとわかったら。剣が足元に落ちて、使い物にならないとわかったら。クリスチャンはわたしのはらわたをえぐり、朝食をとりに帰宅すればいいだけのこと。そう考えると、決闘に時間を割く価値はほとんどないではないか。それに、明日の暁の決闘までのあいだ、することがない。まったく何もない。

サイモンはタンブラーを持ち、ふらっと書斎を出た。廊下は暗くて寒い。午後に入ったばかりだというのに。ちゃんと火をおこして、わたしを温めてくれる者はいないのか？　わたしにはたくさん召使がいる。何と言っても子爵なのだ。昼夜を問わず、わたしが気まぐれを起こすたびに、五〇人ほどの召使に苦労をかけているのだから、恥を知るべきだな。大声でニュートンを呼びつけようかと思ったが、執事はその日ずっと姿を見せずにいた。臆病者め。

廊下を進むと、ひとけのない大きな屋敷に足音が響く。なぜ、天使と結婚できるなどと一瞬でも考えてしまったのだろう？　なぜ、自分の心に宿る激しい怒りや、魂に残る傷を彼女に隠しておけると思ってしまったのだろう？

どうかしていた。愚の骨頂だ。

サイモンは温室の入り口までやってきて足を止めた。外からでもにおいがわかる。薔薇だ。とても穏やかで非の打ちどころのない花。幼いころ、彼はビロードのような花びらが渦を巻く姿に魅了された。花びらたちは、花の奥で恥ずかしそうにひっそりと隠れている芯の部分に向かって渦を巻いていた。こと薔薇に関しては、開花の時期でなくとも、常に気を配ってやる必要がある。葉枯れ病や、うどん粉病や、寄生虫にやられていないかどうか、葉を念入りに調べなければいけない。土も慎重に手入れをし、雑草を取り除き、改良しなくてはいけない。薔薇そのものは、春に再び花が咲くよう、秋に剪定をしておくことが望ましい。ときにはかなり残酷に。薔薇は注文の多いわがままな花だが、きちんと世話をしてやれば、目を見張るほどの美しさで労に報いてくれる。

サイモンは突然、自分のことを思い出した。まだ幼くて体も小さかったころ、家庭教師から身を隠すため、薔薇園にこっそり逃げ込んだものだ。庭師のバーンズは薔薇の手入れをしていて、少年が背後に忍び寄っていることに気づいていなかった。だが、そんなはずはない。サイモンはにやにやした。あのじいさんは、わたしが勉強をさぼって庭に来ていると気づいていて、知らないふりをしていたにすぎない。そうすれば二人とも大好きな場所で共存でき、万が一見つかっても、誰かのせいにしなくて済んだのだ。

サイモンは扉に手を置き、ヒマラヤスギの感触をたしかめた。この大人の隠れ家を作らせるにあたり、特別に輸入した木材だ。大人になった今も、彼は薔薇園に身を潜めにやってくる。

扉を押し開けると、湿った空気が顔を愛撫した。生え際に汗がにじんでくるのを感じながら、ブランデーをあおる。

クリスチャンが去って一時間と経たないうちに、ニュートンは温室を片づけて元どおりにするよう手配をしてくれた。ここで争いがあったとは、誰も気づかないだろう。サイモンは奥に進み、土のにおいと、薔薇の甘い香りが再び心の平静をもたらしてくれるのを待った。魂を肉体に戻し、健全な人間に戻してくれるのを待った。悪魔ではなく、人間に近づけてくれるのを待った。だが、薔薇は期待には応えてくれなかった。

ベンチの長い列を、きちんと並んだ数々の鉢を、植物たちをじっと見つめる。とげだらけで枝だけの姿をさらしているものもあれば、華々しく開花しているものもある。様々な色が目を襲った。ありとあらゆる濃淡の白、ピンク、赤。それに、考えられる限り、それらの色のすべての中間色。たとえば白みがかったピンクとか、冷たい感じの白とか、黒っぽい深紅とか、ルーシーの唇とそっくりな色合いの薔薇色とか。目もくらむばかりの色を見せつける花たち。大人になってからの人生の大半を費やし、ここまで集めてきた。園芸の傑作だ。

サイモンはガラスの天井を見上げた。頭上で完璧な角度を描いている天井は、室内の繊細な植物たちを守り、ロンドンの冷たい風を中に入れないようにしている。それから、慎重に敷かれた足元のレンガを見下ろした。整然かつすっきりと、ヘリンボーン模様に並べられている。温室は、これを建てた一〇年前に思い描いたとおりの様相を呈していた。どこから見ても、ここは彼が夢に描いたあらゆる隠れ家、安らぎの場の集大成だ。非の打ちどころがない。

ルーシーがここにいないことを除けば。

もう二度と安らぎは訪れないだろう。サイモンはブランデーの残りをぐいと飲み干し、タンブラーを高く掲げてレンガに投げつけた。ガラスが粉々に砕け、通路に散らばった。

空には暗雲が低く垂れ込め、今にも雨が降りだしそうだった。いや、雪になってもおかしくない。ルーシーは身震いし、手をこすり合わせた。ミトンをはめてくればよかった。今朝の庭はうっすらと霜に覆われ、白い毛皮が枯れ葉一枚一枚、凍った茎一本一本の輪郭をくっきりと際立たせている。ルーシーはしなびたリンゴに触れ、指先の熱で霜がきれいな円を描いて溶けていく様子をじっと見つめた。

本当に冷え冷えとしていて、外にいるべきではないのだが、今日は気持ちが落ち着かず、大家にいると閉じ込められている気分になってしまう。それまでルーシーは家の中で座って大きな陶器のボウル、茶色の卵、ミセス・ブロディの焼きたてパンといった、田舎のキッチンの静物をスケッチしていた。しかし、卵は不格好にしか描けず、木炭が折れて紙をひどく汚してしまったのだ。

不思議ね。サイモンの選択が耐えられないから家を出てきたのに。人を殺したり、自ら死を求めたりする彼と一緒に暮らしていたら心が混乱してしまう気がしたのに。ルーシーは眉根を寄せた。前は自分でも認めていなかったのかもしれないけれど、わたしが逃げてきた理由の一つは恐怖だった。決闘を繰り返すうちに彼が死んでしまうかもしれないという、身もだえするような、絶え間のない不安から逃げたかったのだ。それなのに、この生まれ育った家の静けさに囲まれていると、心の混乱はますますひどくなっていく。ここは刺激に欠けるし、しんとしていて、うんざりすると言ってもいいほどだ。ロンドンでは、少なくともサイモンに向かって腕を振り上げ、彼の復讐に文句をつけることができた。彼と愛し合うことができた。

ここでは、わたしは独りぼっち。本当に独りぼっち。

サイモンが恋しい。家を出てきたとき、多少は彼に会いたくなるだろう、彼を失う痛みを味わうだろうと覚悟はしていた。でも結局、わたしは彼のことをとても気にかけている。この痛みが人生という名の織物に、そして自分の心に巨大な穴を開けようとは思ってもみなかった。彼なしで生きていかれるかどうか、まったく自信がない。メロドラマのように聞こえるけれど、悲しいかな、これが真実でもある。わたしは彼のもとへ戻ってしまうのではないかしら？　それがとても心配。お父様から〝罪人《つみびと》を許すべきだ〟と道徳的に筋の通った主張をされたからではなく、ごく平凡な真実のために……。

そう、わたしは彼と離れて生きていくことはできない。

過去に何をしたとしても、この先何をしようと、どんな人であろうと、わたしはやっぱりサイモンが恋しい。やっぱり彼と一緒にいたい。本当にあきれてしまう。

「あらまあ、こんなところにいたら凍えてしまうわ。虐待された女の幽霊みたいに庭をうろうろしちゃって、いったい何してるのよ？」

ルーシーはくるっと振り返り、いらいらした声の主を見た。

後ろからパトリシアが一歩一歩、はねるようにやってくる。フードをかぶり、毛皮のマフを鼻に当てており、チャイナブルーの目をのぞけば顔がほとんど隠れている。「今すぐ中に入って。凍ってしまうわよ」

ルーシーは友人に笑いかけた。「そうね」

パトリシアは安堵のため息をつき、ルーシーを待つことなく、家の裏口に向かって小走りで戻っていく。ルーシーもあとから続いた。

中に入ると、パトリシアはすでにマントとマフを取っていた。「それ、はずしたら？」友人はルーシーのフードを身振りで示した。「居間に行きましょう。お茶はもうミセス・ブロディにお願いしておいたから」

ほどなく、二人は奥の小部屋で腰を下ろした。目の前で紅茶のポットが湯気を立てている。

「ああ」パトリシアは口元にカップを掲げた。もう少しで温かい液体に顔が浸かってしまいそうだ。「よかった。ミセス・ブロディはお湯の沸かし方がちゃんとわかっているのね」紅茶を一口すすると、さっさとカップを置いた。「さあ、ロンドンと、あなたの新しい生活について話してちょうだい」

「とてもにぎやかよ」ルーシーはゆっくりと言った。「つまり、ロンドンはね。見るものもすることもたくさんあって。つい最近お芝居を見にいって、もう大好きになってしまったわ」

「うらやましい」パトリシアがため息をついた。「わたしも、とびきりおしゃれな服を着た人たちを見てみたいわ」

「う―ん」ルーシーは笑みを浮かべた。「義理の姉のロザリンドがまさにそういう人ね。わたしはお買い物に連れていってもらったり、お気に入りのお店を教えてもらったりしているの。姪もできたのよ。その子、ブリキの兵隊で遊ぶのが好きなんだけど」

「ずいぶん変わってるのね。それで、新婚の旦那様は?」パトリシアはあまりにも悪気のない口調で尋ねた。「どうしているの?」

「サイモンは元気よ」

「一緒に来てないってこと、ちゃ―んと気づいてるんですからね」

「彼は忙しくて――」

「クリスマス・イヴなのよ」パトリシアが眉を吊り上げた。「二人で一緒に迎える最初のクリスマス・イヴでしょう。あなたには嘆かわしいほど感傷的なところがないってことは承知しているけど、それでもちょっと怪しいと思ってしまうのよね」

ルーシーは用心しながら二杯目の紅茶を注いだ。「パトリシア、あなたには関係のないことでしょう」

友人はびっくりした顔をしている。「そうね、もちろんわたしには関係ない。でも、自分に関係のあることだけ知りたがっていたら、何も学べないじゃない。それに――」パトリシアはいっそうつまらなさそうに言った。「あなたのことが心配なのよ」

「ああ」ルーシーは顔を背け、目をちくりとつつく涙を隠した。「わたしたち、意見が合わないの」

「意見が合わない」パトリシアは淡々と同じ言葉を繰り返した。

一瞬の間。

それから、パトリシアはわきにあるクッションをばんと叩いた。「あのろくでなし、もう愛人を作ったの?」

「まさか!」ルーシーはあ然とし、顔をしかめてパトリシアを見た。「どうして皆、すぐそう思うのかしら?」

「あら、そうなの?」パトリシアは興味津々な顔をしている。「彼にはそういう雰囲気があるからかもしれないわね」

「そういう雰囲気って?」

「ほら」パトリシアは片手でぼんやりと円を描いた。「彼って、女性について必要以上に知っているみたいに見えるでしょ」

ルーシーは顔を赤らめた。「たしかに知ってるわ」

「それが彼をたまらなく魅力的な人にしているのよ」パトリシアは紅茶をすすった。「だからますます気がかりなの。あなたが彼と別れられたってことがね。しかも、さっきも言ったけど、クリスマスにって言うんだから、なおさら驚いちゃうわ」

ルーシーは突然あることを思い出し、カップを置いた。「彼に渡すプレゼント、まだ終ってない」

「え？」

ルーシーは友人をじっと見つめた。「彼のために絵本の挿絵を描こうと思っているんだけど、仕上がっていないのよ」

パトリシアが満足そうな顔をした。「じゃあ、明日は彼に会うつもりなのね……」

友人はしゃべり続けたが、ルーシーは聞いていなかった。パトリシアの言うとおりだ。ルーシーは土壇場で心を決めた。サイモンのもとへ帰ろう。二人でなんとかこの問題を解決しよう。

「それで思い出した」パトリシアはポケットから小さな箱を取り出し、ルーシーに渡した。

「でもわたし、あなたに何も用意してないわ」ルーシーは箱の蓋をはずした。中には、自分の新しいイニシャルが刺繍された女性用のハンカチが入っていた。文字は釣り合いが取れていなかったが、とにかくとても美しい。「あなたって、なんて気がきくの。ありがとう、パトリシア」

「気に入ってもらえるといいんだけど。わたし、針で布を刺すたびに自分の指も刺していたんじゃないかしら」パトリシアはその証拠として右手を差し出した。「それと、あなたにお礼しなくちゃね」

「何のお礼？」

「わたしにプレゼントをしてくれた」

ルーシーは困惑顔で友人を見た。

「このあいだ結婚を申し込まれて、お受けしたんだけど、以前、あなたはその紳士のプロポーズを断って、本当にほかの人と結婚してしまったものだから――」

「パトリシア！」ルーシーは飛び上がって友人を抱きしめ、危うくトレーをひっくり返してしまうところだった。「つまり婚約したのね！」

「実はね」

「ユースタス・ペンウィーブルと？」

「ええ、まあ――」

「前のミスター・ベニングと三六万四二〇〇平方メートルの耕地はどうなったの？」

「たしかに、それは残念よね」パトリシアはこぼれた金色の巻き毛を元の位置にピンで留めた。「それに大きなマナーハウスも。本当に残念だわ。でもミスター・ペンウィーブルはわたしの分別をすっかり圧倒してしまったみたいなの。きっと彼の背丈のせいね。あるいは肩のせいかもしれない」パトリシアは紅茶をすすった。

ルーシーは笑ってしまいそうだったが、ぎりぎりのところでその衝動をなんとか抑え込んだ。「それにしても、どうやってこんなに早くプロポーズをさせたの？　わたしのときは三年もかかったのに」

パトリシアは取り澄ました顔をしている。「肩掛け《フィシュー》のおかげだったかもしれないわ」

「フィシュー？」ルーシーはパトリシアの首にかかっている何の変哲もなさそうなレースをちらっと見た。

「ええ。ミスター・ペンウィーブルに誘われて、馬車で出かけたんだけど、そのときなぜか――」パトリシアは目を見開いた。「フィシューがほどけてしまって。でも、元どおりにきちんと挟み込むことができなかったのよね。だから彼に頼んだの」

「頼んだって、何を？」

「あら、もちろん、ボディスに元どおり挟み込んでと頼んだのよ」

「パトリシア」ルーシーは息を吸い込んだ。

「そのあとなぜか、彼はプロポーズせざるを得ないと思ったみたいで」パトリシアはクリームの皿を前にした猫のようににやっとした。「二六日《ボクシングデー》に婚約パーティをすることになっているの。それまでいてくれるでしょう？」

ルーシーは慎重にティーカップを置いた。「ああ、いられたらよかったんだけど。でも、サイモンのところへ帰らなくちゃ。あなたの言うとおりよ。クリスマスは彼と一緒に過ごすべきだわ」

そうと決めたら、すぐにでも出発したい衝動に駆られた。ともかく、できるだけ早くサイモンのもとへ戻ることが大事だった。ルーシーはその衝動を鎮め、膝の上で手を組んだ。パトリシアはきたるべき結婚について話しているのだし、耳を傾けてあげるべきだ。ロンドンまでの道のりは馬車で何時間もかかる。

きっと、もう何分かここに留まっても、どのみち大きな違いはないだろう。

19

「いったいどうなっているの？」妻は、夫が我が家の敷居をまたぐ間もなく詰問した。

サー・ルパートはぎくっとして顔をしかめ、眠たそうにしている従僕に帽子と外套を渡した。「どういう意味だ？」まだ朝の五時をたいして回っていないはず。

ウォーカーとジェームズが死に、サー・ルパートの投資は危険にさらされていた。その晩もこの数日と同様、投資が無に帰してしまわぬよう手を打つことに力を尽くしてきたのだった。それにしても、マチルダはこんな時間に何をしているのだ？

なんとか聞かないふりをしようとしている従僕に、妻の鋭い視線が飛ぶ。「書斎でお話しできるかしら？」

「もちろん」サー・ルパートは先に立って進み、自分の聖域に入るとすぐ、机の向こう側にある椅子にぐったりと腰を下ろした。脚がひどく痛む。

妻は背後の扉をそっと閉めた。「どちらへいらしていたの？　この数日、ろくに口をきいていないじゃありませんか。ここに引きこもったきりで。食事のときでさえお会いできませんわね。わたしが申し上げているのはそういうことです」妻は夫のほうに進み出た。軍人のように背筋がぴんと伸びており、ガウンの緑色のバチスト（薄手の平織り布）が絨毯の上でしゅっ、しゅっと衣擦れの音を立てている。サー・ルパートは、妻の下あごの皮膚が柔らくなって少々たるみ、袋をぶら下げたようにふくらんでいることに気づいた。

「忙しいのだよ。それだけだ」サー・ルパートは上の空で太ももをさすった。

だが、妻はだまされなかった。「ごまかさないで。わたしはあなたの商売仲間ではありません。あなたの妻です。二日前、レディ・イズリーがわたしを訪ねていらしたの」夫の悪態で言葉をさえぎられ、妻は顔をしかめたが、話を続けた。「あなたと子爵にまつわる、とんでもない話を聞かせてくださったわ。子爵はあなたに決闘を申し込むつもりでいるそうね。いい加減なことはおっしゃらないで。何が問題なのか話してください」

サー・ルパートが椅子の背にもたれると、尻の下で革がきしむ音がした。マチルダが女でよかった。男だったら、ぞっとする存在になっていただろう。サー・ルパートはためらい、よく考えてみた。イズリーに脅されてからというもの、ずっと考えてきた。どうすれば自分を巻き込むことなく、子爵を亡き者にできるか考えてきたのだ。問題は、最善の策をすでに兄のイーサンに使ってしまったこと。あの計画はとても簡単で気がきいていた。噂を流し、自分よりずっと腕が立つ剣の達人に決闘を申し込まざるを得ないよう相手を追い込む……。つまり死を免れない状況を作り、なおかつ、わたし個人が追跡されることはなかったのだ。刺客を雇うなどほかのやり方では、わたしが罪を負わされる可能性がずっと高くなる。だが、もしサイモンがあくまでも決闘に固執したら、危険を冒さなくてはならないかもしれない。

マチルダは机の前に置かれた肘掛け椅子の一つに腰を下ろした。「好きなだけ考えてらっしゃい。でも、せめてクリスチャンを捜しにいく努力だけはしていただかないと」

「クリスチャン？」サー・ルパートは顔を上げた。「なぜだ？」

「この二日、あの子の姿を見てらっしゃらないでしょう？」マチルダはため息をついた。

「あの子ときたら、あなたと同じように不機嫌な顔で家の中をうろうろ歩き回って、姉や妹たちにやたらと食ってかかっていたんですからね。この前は唇から血を流して帰ってきたし――」

「何だって？」サー・ルパートは手探りで杖を捜しながら立ち上がった。

「そうなんですよ」妻はひどくいらだって目を見開いた。「気づいてらっしゃらなかったの？　本人はつまずいて転んだと言ってましたけど、殴り合いか何かしてきたのは一目瞭然でした。自分の息子がそんなことをするなんて思ってもみませんでしたよ」

「なぜ、わたしに言わなかった？」

「あなたがわたしと顔を合わせてくださらないから……」マチルダの目つきが険しくなった。

「いったい何なんです？　わたしに何を隠してらっしゃるの？」

「イズリーめ」サー・ルパートは扉のほうに二歩近づき、足を止めた。「クリスチャンは今、どこにいる？」

「さあ……。ゆうべは一度も戻ってきませんでした。だから、寝ないであなたを待っていたのよ」マチルダはすでに立ち上がっていて、胸の前で手を組み合わせていた。「ルパート、何なの？」

サー・ルパートは妻に向かって手を振り上げた。「たしかに、イズリーはわたしに決闘を申し込むつもりでいた」

「決闘は――」

「クリスチャンはそれを知っていた。ああ、マチルダ」サー・ルパートは両手を髪に突っ込んだ。「あの子は、イズリーがわたしと決闘せぬよう、自分が決闘を挑んだのかもしれん」

妻は夫をじっと見つめた。その顔は、ゆっくりと血の気が失せて青くなり、これまで生きてきた年月を物語るしわでくしゃくしゃになった。「あの子を捜してください」唇がほとんど動いていない。「あの子を捜して、やめさせて。イズリー卿はあの子を殺してしまうわ」

サー・ルパートは一瞬、目を見張り、恐ろしい事実に凍りついた。

「ねえ、あなた」マチルダは懇願するように両手を差し出した。「あなたが何かしでかしたことはわかっています。過去によこしまなことをなさったのでしょう。これまでわたしは、何をしたのか尋ねませんでしたし、知りたいとも思いませんでした。でもルパート、あなたが犯した罪のせいで、わたしたちの息子を死なせないで」

妻の言葉に駆り立てられ、サー・ルパートは電流が走ったかのように行動を開始した。脚を引きずって戸口に向かうあいだ、大理石の廊下を叩く杖の音が響き渡った。背後で妻はもう泣きだしていたが、それでもこんな声が聞こえてきた。「あなたのせいで、クリスチャンを死なせないで」

サイモンが馬で通りを進んでいくと、猫が――いや、ネズミだったかもしれない――行く手を横切った。夜明けはまだ先だ。今は夜の闇がいちばん深くなる時間。吠えたける犬の群れを連れて十字路に立つ女神、ヘカテが支配する世界。そこは夜と昼に挟まれた、かくも不思議な場所であり、この時間、生ある者はあまり安心してはいられない。ひとけのない道で聞こえてくるのは、自分が乗っている去勢馬のひづめがぱかっ、ぱかっと鳴るくぐもった音だけだ。街角に立つ娼婦はもう悲しい寝床についていたし、行商人はまだ姿を見せていない。共同墓地を通り抜けてもよかったな。凍りついた共同墓地に、空から静かに雪が舞い降りている。

サイモンは夜半過ぎまで、白いタウンハウスが立ち並ぶグロヴナー・スクエアから、ホワイトチャペルの売春街まであてもなくさまよっていた。不思議なことに、客引きに声をかけられることはなかった。酒のにおいをぷんぷんさせ、周囲の様子もわからぬほど酩酊している貴族はどう見ても最高のカモになるのに、残念だ。たちの悪い強盗でも相手にして気を紛らすこともできただろうし、それが自分の抱えている難問をすべて解決してくれたかもしれないのに。わたしはこうして生きている。夜明けの決闘を目前に控えて。

この先にデラーフのタウンハウスがある。この先のどこかに。というより、サイモンはそう思っていた。もうくたくただ。死ぬほど疲れている。もはや眠りは彼を慰めてはくれず、わずかばかりの平和ももたらしてはくれなかった。二日前にルーシーが出ていって以来、眠れないのだ。もう二度と眠れないかもしれない。いや、夜が明ければ、永遠に眠っていられるかもしれないな。サイモンは自分のちょっとした機知ににやりとした。馬は角を曲がり、厩が並ぶ路地に入った。鞍にまたがったまま少し背筋を伸ばし、デラーフのタウンハウスの裏口を探す。近づくにつれ、門によってほかの黒い影から隔てられている人の形がはっきりと見えてきた。

「イズリー」デラーフがつぶやき、その低い声は去勢馬をびっくりさせた。

サイモンは馬をなだめた。「デラーフ、きみの馬はどこだ?」

「そのへんにいる」大男は門を開け、ひょいと頭を下げて中に入った。

サイモンはデラーフを待ち、そのとき初めて、刺すような冬の凪に気づいた。ちらりと見上げると月は沈んでいたが、まだ空にかかっていたとしても、雲で隠れて見えなかっただろう。暗い夜明けを迎えることになりそうだ。むしろ、そのほうがいい。

デラーフが醜い鹿毛の馬を連れて戻ってきた。鞍の後ろには、柔らかい袋がひもでくくりつけてある。「かつらをつけておらんのだな。あれがないと、きみは裸に見えるぞ」

「かつら?」サイモンは短い髪に手を走らせ、やっと思い出した。夜中に小道でかつらが落ちてしまったのだが、わざわざ取りに戻ることはしなかったのだ。今ごろ、どこかの悪たれの頭を飾っているに違いない。サイモンは肩をすくめた。「別に構わん」

暗闇の中、デラーフはサイモンをじろじろ見てから馬にまたがった。「きみは、よりにもよってクリスマスの朝、自分の腹に穴をあけようとしているのだぞ。きみの花嫁が賛成してくれるとは思えん。彼女はきみが何をしようとしているか知っているのか？」

サイモンは眉を吊り上げた。「きみのほうこそ、奥方はクリスマスに夫が決闘に同行することをどう思っている？」

大男はその言葉にたじろいだ。「アンナが知ったら、きっとひどくいやがる。彼女が目覚めて、わたしがいないとわかる前に戻れるといいがな」

「ああ、なるほど」サイモンは馬の頭の向きを変えさせた。

デラーフはその横で自分の馬を軽くつつき、並足で進ませた。二人は並んで小道に出ていった。

「わたしの質問に答えていないだろう」大男が沈黙を破った。通りかかった家の窓から漏れる明かりで、吐く息が白くなっているのがわかる。

「ルーシーの気持ちを議論したところで意味がない」愛しい天使のことを考えたら、自分の中で何かが引き裂かれた。サイモンは歯を食いしばり、やがて白状した。「彼女は出ていった」

「何をした？」

サイモンは相手をにらみつけた。「なぜ、わたしのせいだとわかる？」

デラーフは片眉をすっと上げただけだった。

「彼女は決闘はよくないと思っている。いや、そうじゃない。人を殺すこと、殺人に反対しているのだ」

デラーフは鼻を鳴らした。「わけがわからん」

今度はサイモンが何か言いたげな顔をする番だ。

「だったら、なぜ決闘などするんだ?」デラーフはじれったそうに怒鳴った。「まったく。妻を失ってまでする価値のあることではあるまい」

「あいつは彼女を襲うと脅したのだ」思い出すと、いまだにこぶしを握りしめてしまう。友人であろうがなかろうが、クリスチャンはルーシーを強姦すると言って脅した。あんなことを言ってただで済むとは思うなよ。許すわけにはいかないのだ。

デラーフがうめいた。「それなら、フレッチャーのことはわたしに任せろ。きみがかかわるまでもない」

サイモンは横目でデラーフをちらっと見た。「それはありがたいが、ルーシーはわたしの妻だ」

大男がため息をついた。「本当にいいのか?」

「ああ」サイモンは馬を無理に速歩にさせ、これ以上の会話を未然に防いだ。

二人は前よりもいっそう薄汚い、曲がりくねった道を進み、角にさしかかるたびに、風が哀れむようにひゅーひゅー音を立てた。敷き詰められた丸石の上を一台の荷車がごとごと通りすぎていく。サイモンはようやく、歩道で動いているものを目にした。まだ数は少なかったが、もの言わぬ影たちがこそこそ歩いたり小走りしたり、大またでゆっくり歩いたりしている。昼の住人たちがいつもの仕事を開始していた。相変わらず夜の危険を包み隠している闇の中、用心しながらではあったけれど。サイモンは再び空を見上げた。空はかろうじて、うっとうしい灰色がかった茶色い光を帯びているにすぎない。通りにうっすらと積もった白い雪が汚物や悪臭を覆い隠し、ここは清らかな場所ではないかとの幻想を抱かせる。だが、雪はじきに馬たちにかき混ぜられて泥だらけのぬかるみと化し、幻想は消えてしまうのだろう。

「くそっ。寒くてかなわん」デラーフが後ろで怒鳴った。

サイモンはわざわざ返事はしなかった。二人は草地に通じる小道に入った。ここの景色は静かだ。降り積もったばかりの、けがれのない雪を踏み荒らした者はまだ一人もいない。

「彼の介添人はここに来ているのか?」デラーフが静寂を破った。

「そのはずだ」

「こんなこと、しなくてもいいだろう。たとえ――」

「よせ」サイモンは相手をちらりと見た。「静かにしてくれ、エドワード。もうそんな話をする段階はとっくに過ぎている」

デラーフはぶつぶつ言い、顔をしかめた。

サイモンは一瞬、ためらった。「わたしが殺されたら、ルーシーの面倒を見てくれるな?」

「まったく――」何を言うつもりだったにしろ、デラーフは途中でやめ、サイモンをにらみつけた。「当たり前だ」

「すまない。ルーシーはケント州の父親のところにいる。行き方と彼女宛の手紙がわたしの机に載っている。手紙を届けてもらえればありがたい」

「ケントでいったい何をしている?」

「人生の修復をしている、と思いたい」サイモンの口元が悲しげにゆがんだ。ルーシー。彼女はわたしの死を悼んでくれるだろうか? 未亡人の暗い喪服を着て、甘く、塩辛い涙を流してくれるだろうか? それともわたしのことはすぐに忘れて、田舎牧師の腕の中で慰めを見出すのだろうか? 意外にも、サイモンはいまだに嫉妬を感じることができた。

ルーシー、わたしのルーシー。

二つのランタンが、前方にぼんやりと見える人影をちらちら映し出している。避けられないドラマを演じる役者たちだ。数日前まで友人だと思っていた若者と、彼が殺すところを、あるいは殺されるところを見守る男たちと、死を宣告する医者。

サイモンは自分の剣を確認し、馬を速歩で走らせた。「ここだ」


「奥様」ニュートンは表情をゆるめ、危うく笑みを浮かべそうになった。が、すぐに表情を引き締めてお辞儀をすると、ナイトキャップの房が目の上にばさっと落ちてきた。「お戻りになったのですね」

「当たり前でしょう」ルーシーはフードを引っ張ってはずし、敷居をまたいで自分のタウンハウスに入った。あらまあ、召使たちは全員わたしの——いや、わたしたちの——事情を知っているのかしら? ばかげた質問ね。知っていて当然だわ。それにニュートンがあわてて驚きを隠したところを見ると、皆、わたしがサイモンのもとへ戻るとは思っていなかったのだろう。ルーシーは背中をそらした。では、そんな考えは捨ててもらうのがいちばんね。

「彼はいるの?」

「いいえ、奥様。三〇分足らず前にお出かけになりました」

ルーシーはうなずき、失望を顔に出さないようにした。あともう少しで会えるところだったのに、彼はこんな仕打ちをするのね。せめて彼の幸運を祈ってあげたかったのに。「書斎で待つわ」

広間のテーブルに、かなりつぶれた茶色の紙包みが載っており、ルーシーは自分が持ってきた青い革装丁の本をその隣に置いて軽く叩いた。

「奥様」ニュートンがお辞儀をした。「クリスマスのお祝いを申し上げてもよろしいでしょうか?」

「ああ、ありがとう」父親が反対したにもかかわらず、従僕を雇ってケントを遅くに出発したものだから――馬車の後ろにしがみついていた従僕たちには感謝するばかりだけど――最後の道のりは夜の闇を駆け抜けることになってしまい、そのあいだはずっと、怖くて今日が何の日かほとんど忘れていた。「あなたにお祝いを言わせてね、ミスター・ニュートン、メリー・クリスマス」

ニュートンは再びお辞儀をし、トルコ風の室内履きを履いて滑るように去っていった。ルーシーは、広間のテーブルから枝つき燭台を取り上げ、サイモンの書斎に入った。部屋を横切って暖炉の前の椅子に歩いていくと、ろうそくの炎が隅に飾ってある二枚の小さな版画を照らし出した。こんな版画があったなんて気づかなかった。興味をそそられたルーシーはふらっとそちらへ近づき、版画をよく見てみた。

一枚目は植物学者が描いた満開のピンクの薔薇。恥じらいもなく花弁を大きく広げている。その下には薔薇の分解図が描かれており、いろいろな部分の名称がきちんと示されていた。まるで、上ではしたなく手足を広げている花を品よく見せようとしているかのようだ。

二枚目の版画は中世の作品。おそらく聖書の挿話を絵にしたものの一枚だろう。そこには、カインとアベルの物語が描かれていた。ルーシーは枝つき燭台を掲げ、そのぞっとする小さな版画をじっくりと眺めた。弟と格闘するカインの目は大きく見開かれ、筋肉が獣のようにふくらんでいる。アベルの顔は穏やかで、兄に殺されようとしているのに驚いた様子もない。

ルーシーは身震いし、顔を背けた。こんなふうに彼を待たなくてはいけないのは本当にいやだ。前は彼が何をしているのか知らなかった。でも今は……。彼と言い争いはしないと誓ったのよ。たとえ彼がしようとしていることがいやでたまらないとしても。たとえ彼が友人を殺すとしても。たとえ彼の命がかかっていることが怖くてたまらないとしても。彼が帰ってきたら、忠実な妻にふさわしく出迎えてあげよう。ワインを持ってきてあげよう。肩をさすってあげよう。一生あなたと一緒にいるとはっきり伝えてあげよう。彼が決闘をしようとするまいと。

ルーシーは首を横に振った。決闘のことは考えないのがいちばんだ。机に燭台を置き、優美な紫檀の書棚の一つに近づいて本の題名を見てみる。読書でもしていれば気を紛らすことができるかもしれない。彼女は背表紙にざっと目を走らせた。園芸、農業、薔薇……薔薇の本はほかにもたくさんある。それに、フェンシングの専門書が一冊。たぶん貴重な本なのだろう。夫と花の話ができるぐらいの知識は得られるかもしれないと、薔薇に関する大きな分厚い本を選んで机の端に置き、ページを開こうとしたそのとき、机の椅子の側に置かれた吸い取り紙がちらっと目に入った。上に手紙が載っている。ルーシーは頭を傾けた。

封筒に自分の名前が走り書きされている。

ルーシーは首をかしげたまま、しばらくそれを見つめていたが、やがて姿勢を正し、机の向こう側へ回った。一瞬ためらったものの、手紙をひったくるようにつかみ、封を開けて中を読んでみた。

最愛なる我が天使へ

きみをどれほど失望させるかわかっていたら、あの日の午後――今はもう昔のことに思えるが――きみの家のそばで死にかけて捨てられるようなことにならぬよう、最善の努力をしていたと誓おう。だが、その場合、きみとは出会っていなかっただろうから、早くも前言撤回だ。我が天使よ、わたしがきみにもたらした苦悩がわかっていても、きみを愛したことを悔いてはいない。わたしはわがままで思いやりのない下劣な男だが、仕方ない。自分を変えることはできないのだ。きみとの出会いは、これまでの人生で何よりも素晴らしい出来事だった。現世であれ、来世であれ、わたしが天国へ行くことがあるとすれば、きみは天国にいちばん近い存在であり、わたしは天国に近づけたことを悔やみはしないだろう。たとえきみに涙を流させたとしても。

というわけで、わたしは強情な罪人として墓に入ることになりそうだ。愛しい人よ、わたしのような人間を悼んでもしょうがない。メイデン・ヒルで人生をやり直してほしい。あのハンサムな牧師と結婚するといいかもしれない。デラーフがわたしの事務的な書類を持っているし、きみが必要とする限り、彼が世話をしてくれるだろう。

きみの夫、サイモン

ルーシーの手がひどく震え、激しく揺れる手紙の影を壁に投げかけている。おかげでいちばん下に書かれた追伸を目にするまでにしばらくかかってしまった。

追伸　実は、一つだけ心残りがある。きみともう一度、愛を交わしたかった。いや、もう三度。S

ルーシーは笑った。ばかみたいに笑い、涙で目の前がかすんだ。なんてサイモンらしいのだろう。別れの恋文を書いているときでさえ、みだらな冗談が言えるのね。だって、手紙の内容はまさにそういうことだもの。万が一、自分が死んだ場合に備えての別れの手紙だ。彼は決闘をするたびに、こんな手紙を前もって書いていたのかしら？　わかる術は何もない。きっと決闘から戻ると破り捨てていたのだろう。

ああ、書斎になど入らなければよかった。

ルーシーは手紙を机に戻し、燭台をひったくるようにつかんで部屋を出た。もう死んでしまったかのような彼の言葉を読んでいたら、なぜか待つことが前よりもはるかにつらくなってしまった。いつもの決闘じゃないの。ルーシーは自分を安心させようとした。彼がもう何回、決闘したと思っているの？　三回？　五回？　何回だかわからなくなってしまった。彼もきっとそう。これまでどの決闘にも勝ってきたでしょう。血まみれで戻ってきたけれど、生きていた。生きていたのよ。言い争いもしたし、問題もあったけれど、彼が生きて帰ってくれさえすれば、そんなことはすべて解決する。顔を上げると、いつの間にかサイモンの温室に来ていた。とてもがっしりした、心を慰めてくれる木の扉に手のひらを置き、押してみる。鉢植えの並んだ温室で散歩でもしていれば、もしかすると――。

扉がすっと開き、ルーシーは凍りついた。どこもかしこも割れたガラスできらきらと光っている。

サイモンの温室はめちゃめちゃになっていた。

「閣下、もしよろしければ……」クリスチャンの介添人の一人が言った。細身の男で、女性のようなきゃしゃな手首から、妙な感じで骨ばった大きな手がにょきっと伸びている。ランタンの光に照らされながら、男は神経質そうにまばたきをし、サイモンが振り向くと、もう少しで後ずさりをしそうになった。

ああ、最高だな。我が人生最後の場面は、まだろくにひげも剃れないような若造の采配のもと、進んでいくわけだ。「ああ、わかっている」サイモンはいらいらしながらつぶやいた。シャツの首元をぐいと引っ張って開くと、ボタンが一つはじけ飛んだ。足元に落ちたボタンは、ふわふわした雪に沈み、浅い穴ができた。サイモンはわざわざボタンを拾いはしなかった。

介添人は彼の胸をじっと見た。おそらく、シャツの下に鎖帷子をつけていないかどうか確認したのだろう。

「さっさとすませよう」サイモンは腕をぶらぶらさせ、体を温めようとしている。またベストと上着を身につけても意味がない。シャツ一枚でもすぐに汗をかいてしまうだろうから。

六メートルほど離れたところにいるデラーフが目に入った。大男が何やらぶつぶつ言い、クリスチャンに剣を返す。クリスチャンがうなずき、サイモンのほうに歩いてきた。サイモンは相手をしげしげと眺めた。クリスチャンの顔は白く、表情がこわばっており、赤毛が暗い炎のように見える。この若者は長身でハンサムだ。頬の美しさを損なうしわは一つもない。ほんの数カ月前、アンジェロの道場で、クリスチャンはこんなふうにわたしに近づいてきた。

いつもの練習相手が約束を破ったため、アンジェロは代わりにクリスチャンをよこしたのだ。あのとき、若者の顔には緊張と好奇心、それにかすかな畏敬の念がはっきりと表れていた。だが今は何の表情も浮かべていない。たった数カ月でよく学んだものだ。

「準備はいいですか？」クリスチャンの声には抑揚がなかった。

きゃしゃな手首をした介添人が近づいてきて、サイモンに剣を返した。「もっと明るくなるまで待ったほうがいいのでは？　まだ日も昇っておりません」

「だめだ」サイモンは剣を受け取り、先端を動かして指示をする。「我々の両わきでランタンを持っていてくれ」

デラーフら介添人たちが指示に従い、サイモンはその様子をじっと見守った。

それから膝を曲げ、左手を上げて頭の後ろに持っていく。そのとき、デラーフと目が合った。「ルーシーのこと、よろしく頼む」

デラーフは険しい顔をしてうなずいた。

サイモンは向きを変えて、敵と対峙した。「よし」

「始め《アレ》！」

クリスチャンはキツネのように飛びかかってきた。若くて、健康そうで、野性味丸出しだ。サイモンはすんでのところで剣を上げ、低い声で毒づいた。突然の攻撃をかわし、雪で凍った地面で足を滑らせながら後退した。相手のガードを破って剣を突き、もう少しでわき腹を刺せるかに思えたが、クリスチャンの動きはあまりにも速かった。剣がそらされ、鋼が当たる音が鳴り響く。サイモンは自分の荒い息遣いが耳障りに思えた。息を吸い込むたびに、冷気が肺にしみる。うっとうなり、もう一突き。クリスチャンは力強く、素早く、ベテランの剣士のような動きを見せた。サイモンはにやっと笑った。

「こんなことが楽しいのですか？」若者があえいだ。

「いや」冷気を肺に深く吸い込みすぎたらしく、サイモンは咳き込み、立て続けに切りつけてくる相手の攻撃に耐えながら、再び後ろに退いた。「きみのフォームに感心しているだけだ」手首が痛み、二の腕の筋肉が熱を持ち始めている。だが、格好よく振る舞うことが肝心だ。

クリスチャンは疑わしそうな顔をしている。

「本当だ。きみは恐ろしく上達した」サイモンはほほえみ、素早く隙を突いた。

クリスチャンが背中をそらした。サイモンの切っ先が相手の左の頬をかすめ、真っ赤な線が一筋、残された。サイモンの笑みが大きくなる。当たるとは思っていなかったのだ。

「血だ！」クリスチャンの介添人が叫んだ。

デラーフはわざわざ声を上げなかった。決闘者は二人とも介添人の声を無視している。

「ちくしょう」クリスチャンが言った。

サイモンは肩をすくめた。「わたしからの贈り物だ」

クリスチャンはサイモンのわき腹を狙った。

サイモンはくるりと身をかわしたが、またしても凍った雪で足を滑らせた。「きみはルーシーを傷つけていたかもしれんだろう？」

クリスチャンは一歩横によけた。血が顔を半分覆っているにもかかわらず、相変わらず腕を楽々と動かしている。「あなただって、ぼくの父を殺していたかもしれないでしょう？」

「たぶんな」

若者は答えを無視し、フェイントをかけてサイモンの剣を引き下ろした。片方の眉に火がついたような痛みが走る。

「くそっ」サイモンはぐいと頭を引いた。が、流れ出した血は早くも右目に入り、視界がふさがれていく。目がひりひりし、彼はまばたきをした。デラーフが一本調子で絶え間なく毒づく低い声が聞こえてくる。

「ぼくからの贈り物です」クリスチャンはにこりともせず、サイモンが口にしたセリフを繰り返した。

「すぐに返してやる」

クリスチャンが目を見張り、次の瞬間、激しく突いた。サイモンはその攻撃を阻止し、二人はしばらく組み合っていたが、クリスチャンのほうが力で圧倒しており、サイモンは相手を寄せつけぬよう肩にぐっと力を入れた。やがてサイモンの腕から――信じられないことに――ゆっくりと力が抜けていった。剣の先が滑り、鋭い金属音を立ててサイモンに迫ってくる。デラーフがしゃがれた声で叫んだ。そして、切っ先はサイモンの右胸の高い位置に突き刺さった。サイモンがあえぐ。剣は鎖骨をかすめたかと思うと、肩甲骨に当たって止まり、衝撃が走った。汗だくで波打つ二つの体のあいだにサイモンが自分の剣を引き上げると、危険を察知したクリスチャンが目を大きく見開くのがわかった。若者は剣の柄を握りしめていた手を開き、後ろに飛び退いた。突き刺さっている毒蛇のような剣の先端が肩をえぐる。サイモンは毒づいた。が、剣は依然として肉にしっかり差し込まれている。

まだ死ぬには早い。

サイモンは激痛を無視し、小刻みに揺れている剣の柄をつかまれぬよう、クリスチャンに切りかかった。ちくしょう。今の自分は、肩から棒の突き出た操り人形みたいなざまをしているに違いない。なんて不名誉な死に方なんだ。敵は手の届かないところで、武器も持たずにこちらをじっと見つめている。肩に刺さったままの剣がたわみ、筋肉がぐいと引っ張られた。サイモンは剣の柄に手を伸ばした。そこをつかむことはできたものの、引き抜く力が出ない。シャツは血で染まり、刻々と冷たくなっていく。血だらけでぐちゃぐちゃになった雪の中、クリスチャンの介添人はショックで立ち尽くしていた。クリスチャンはといえば、どうやら途方に暮れているらしい。やつのジレンマは理解できる。決闘に勝つには、わたしの肩から自分の剣を抜かなければならない。しかし剣をつかむためには、まず丸腰でわたしの剣と対峙しなければならない。とはいえわたしのほうも、こんなものが目の前に突き出たままいったい何ができるというのだ？　抜くことができないし、これがぶらぶらしたままではうまく戦えない。

袋小路だ。

デラーフは何もしゃべらなくなっていたが、このときばかりは口を開いた。「もう終わりにしろ」

「だめだ」サイモンはデラーフを黙らせたが、クリスチャンから目は離さなかった。「剣を取れ」

クリスチャンは用心しながらサイモンを見つめたが、それも無理はない。

一方、デラーフは説得を続けていた。「フレッチャー、彼はきみの友人だろう。こんなことは終わりにしろ」

クリスチャンは首を横に振った。頬の傷口から流れた血はもう襟に染みていた。サイモンは目を覆っていた血糊をぬぐい、笑みを浮かべた。わたしは今日、死ぬのだろう。それはわかっている。ルーシーがいないのに生きていて何になる？　だが、死ぬなら立派な死に方をしよう。わたしを殺したいのなら、この若造にもうひと働きさせてやる。シャツが血でぐっしょり濡れていようが、燃えるような痛みが肩を襲っていようが、倦怠感が心に重くのしかかっていようが、本物の戦いをしてみせる。本物の死に様を見せてやる。

「剣を取れ」サイモンは穏やかに繰り返した。

20

ルーシーが持っているろうそくの光が温室の床を照らした。ガラスのかけらがダイヤモンドの絨毯のようにきらめいている。一瞬、ぼう然として目を見張ったが、すぐに肌を刺すような冷気に気づき、上を見た。かつてガラスの天井があった場所を風が音を立てて吹き抜けていく。おかげでろうそくの炎が揺らめき、火が消えそうになった。ルーシーは枝つき燭台をさらに高く掲げた。温室のガラスというガラスがぎざぎざに割れている。今にも明けそうな空は灰色で、とても低く垂れ込めている。

いったい誰が……？

意志とはほとんど関係なく、温室の中に入っていった。ブーツの下でガラスがざくざく音を立て、レンガ敷きの通路をこすって傷つけている。テーブルの上ではテラコッタの鉢植えが割れて粉々になり、吹きだまりを作っていた。まるで、怒れる大波に激しく揺さぶられたかのようだ。ガラスの破片で靴が滑り、ルーシーはよろめいてしゃがみ込んだ。様々な咲き具合の薔薇がひっくり返り、至るところに散らばっている。頭上の窓ガラスから、球状の根の束がぶら下がっていた。床にはピンクや赤の花びらが血を流したように広がっていたが、不思議なことになじみのある香りがしない。ルーシーは花に触れてみた。手の温もりで花が溶け、しぼんでいくのがわかる。花は凍っていた。厳しい冬の空気が侵入し、大事に保護されていた花たちに襲いかかったのだ。枯れてしまった。薔薇はすべて枯れてしまった。

ああ、たいへん……。

ルーシーは温室の真ん中の、ドームがあった場所までやってきて足を止めた。建物は骨格だけになり、ガラスの壁のかけらがあちらこちらで枠にしがみついて残っている。大理石の噴水は巨大なハンマーで叩かれたかのように、欠けたり、ひびが入ったりしている。噴水は水をはねあげている途中で凍り、羽根飾りをまとったような氷の柱が屹立していた。割れた噴水盤のひびから漏れた水が広がり、周囲は凍った湖と化している。氷の下でガラスのかけらがきらめき、恐ろしいほど美しい。

ルーシーはショックでふらついた。一陣の風がうなりを上げて温室を駆け抜け、ろうそくは一本を除いてすべて吹き消された。サイモンがやったに違いない。彼は自分のおとぎの国である温室を破壊した。なぜ？　彼女はがっくりと膝をついて冷たい床にうずくまり、かじかんだ手のひらで唯一残った炎をそっと包んだ。わたしは、サイモンが心を込めて植物たちを世話する様子を見てきた。わたしが初めてドームと噴水を目にしたときの、彼の誇らしげな顔を覚えている。彼にとって、この温室を打ち壊すことは……。

希望を失ったに違いない。すべての希望を。

母の思い出に懸けて約束したにもかかわらず、わたしは彼のもとを去った。彼はわたしを愛してくれたのに、わたしは彼のもとを去った。泣きたい衝動がこみ上げ、喉をかきむしる。希望をなくした人が、どうやって決闘を乗り切れるというの？　それどころか勝とうと努力するかしら？　決闘場所を知っていれば、サイモンを止められたかもしれない。でも、今度の決闘がどこで行われるのかまったくわからない。彼は、決闘の待ち合わせ場所は秘密だと言っていた。わたしには彼を止められない。ルーシーはやるせない思いで悟った。彼は決闘をするつもりだ。もう待ち合わせ場所にいて、寒くて暗いところで覚悟を決めているのかもしれない。わたしには彼を救うことができない。

何もできることがない。

ルーシーは廃墟と化した温室を見回したが、そこに何も答えはなかった。ああ、どうしよう。彼が死んでしまう。わたしにとって彼がどれほど大切か、伝える機会さえないまま彼を失ってしまう。あなたをどれほど愛していることか。サイモン……。破壊された暗い温室の中で、ルーシーは独り涙に暮れた。しゃくり上げているのと寒さのせいで体が震えている。そして心の奥に隠していた真実をようやく悟った。わたしは夫を愛している。

サイモンを愛している。

最後のろうそくが揺らめき、火が消えた。ルーシーは息を吸い込み、壊れてしまったかのように身をかがめて自分を抱きしめた。顔を上げて灰色の空を見ると、ぼんやりとした雪片が静かに舞い降り、唇とまぶたに触れて溶けた。

ルーシーの頭上で、ロンドンの夜が明けた。

ロンドンに夜明けが訪れた。サイモンの周囲にいる人々の顔はもう陰にはなっていない。決闘場所に日の光が差し込んできた。サイモンは、前に突進してくるクリスチャンの目に自暴自棄の表情が浮かんでいるのを見て取った。歯をむき出しにして食いしばり、汗で濡れた赤毛がこめかみのところでもつれている。クリスチャンはサイモンの肩に刺さった剣をつかみ、ねじって引き抜こうとした。肉に当たっている刃がのこぎりのようにひかれると、サイモンはあえいだ。真っ赤なしずくが足元の雪に落ちる。彼は自分の剣を構え、やみくもに激しく振り回した。クリスチャンはひょいと頭を下げてわきによけ、あと少しのところで剣の柄を放してしまった。サイモンは再び切りかかり、剣が相手をとらえる手ごたえを感じた。血しぶきが雪を彩ったが、すぐに踏みにじられ、サイモンの体からしたたる真っ赤な血と混じり合って、あたりは見るも無残なぬかるみと化した。

「くそっ」クリスチャンがうめいた。

恐怖に満ちた彼の臭い息がサイモンの顔にかかる。クリスチャンの顔は白と深紅に染まっており、そばかすよりも濃い色は、左の頬を流れる血の色だけだった。実に若い。サイモンは、謝りたいというばかげた衝動に駆られた。体がぞくぞくする。血でぐっしょり濡れたシャツが凍りつきそうだ。また雪が降り始めている。クリスチャンの頭越しに空を見たら、おかしなことにこんな考えが浮かんだ。なにも、こんなどんよりした日に死ななくたっていいだろう。

クリスチャンがしゃがれた声ですすり泣いた。

「やめろ！」

背後で叫ぶ声がする。サイモンはそれを無視し、もう一度剣を構えようとした。

だがそのとき、デラーフが自分の剣を抜いてやってきた。「やめろ、サイモン」大男は戦う二人のあいだに自分の剣を割り込ませた。

「何をする？」サイモンはあえぎながら言った。めまいがし、ふらつかないようにするのがやっとだ。

「頼むから、やめてくれ！」再び声がした。

「言うことを聞いてやれ」デラーフがうなるように言った。

クリスチャンが凍りつく。「父上」

サー・ルパートが脚を引きずり、息子と同じくらい白い顔をして、雪の中をゆっくり進んでくる。「イズリー、殺さないでくれ。認めるから。どうか息子を殺さないでくれ」

「認めるとは、どういうことだ？」わたしを欺く策略か？　サイモンは、クリスチャンのぞっとした表情をちらっと見た。少なくとも、息子を殺すなという部分は策略ではなさそうだ。

サー・ルパートは口をきかず、はあはあ言いながら近づいてくる。

「なんてざまだ。この串を抜いてやろう」デラーフはサイモンの肩をつかみ、クリスチャンの剣を一気に引き抜いた。

サイモンはうめき声を漏らさずにはいられなかった。一瞬、目の前が暗くなり、必死でまばたきする。気絶している場合ではない。肩の傷から血が流れ出るのがぼんやりとわかる。

「やれやれ」デラーフがつぶやいた。「解体された豚みたいだぞ」持ってきたかばんを開くと、亜麻布をひとつかみ取り出し、それを丸めて傷口に強く押し当てた。

くそっ！　耐えがたい痛みだ。「医者は呼ばなかったのか？」サイモンは歯ぎしりしながら尋ねた。

デラーフは肩をすくめた。「信頼できる医者が見つからなかったのだ」と言って、さらに強く布を押しつける。

「痛い」サイモンは歯を食いしばって息を吸い込んだ。「ちくしょう。つまり、きみが手当てをしてくれるというわけか？」

「さよう。感謝はしてもらえんのかな？」

「感謝する」サイモンはうなるように言った。それからサー・ルパートに目を向け、デラーフが肩の手当てをしているあいだ、絶対にひるまないようにした。「何を認めるのだ？」

「父上」クリスチャンが言いかけた。

サー・ルパートは片手でなぎ払うような仕草をし、息子の言葉をさえぎった。「イーサンの死の責任はわたしにあると認めよう」

「死ではなく殺人だ」サイモンは怒鳴り、剣を握りしめたが、デラーフがあいだに立ちはだかって剣の動きを妨げた。大男はついでにもう片方の手をサイモンの背中に当て、両方の手のひらで肩を挟んで強く圧迫した。サイモンは悪態をつきたいところだったが、唇を嚙んで我慢した。

デラーフは満足そうな顔をしている。「礼には及ばん」

サー・ルパートがうなずいた。「イーサンが殺された件だ。責めを負うべきはわたしだ。息子ではなく、わたしを罰してくれ」

「だめだ！」クリスチャンが叫び、父親と同じように脚を引きずりながらよろよろと前に出てきた。

サイモンが見ると、クリスチャンの右脚は太ももの下が血まみれになっていた。わたしの剣が当たっていたのだな。「息子を殺せば、きさまを思う存分罰することができる」サイモンはゆっくりと、気取った言い方をした。

デラーフはサイモンと向き合い、かろうじてわかる程度に片眉を吊り上げた。

「クリスチャンを殺せば、罪のない命を奪うことにもなる」サー・ルパートが言った。杖に両手を置いて身を乗り出し、サイモンの顔を見据えている。「あなたはこれまで、無実の人間を殺したことは一度もなかった」

「きさまと違ってな」

「わたしと違って」

しばらく誰も口をきかなかった。雪が音もなく降っている。サイモンは兄を殺した犯人をじっと見つめた。この男は罪を認めた。イーサンの死をお膳立てしたと得意げに語っているも同然だ。憎悪が胆汁のごとく喉の奥にこみ上げ、理性をほとんど圧倒しているのがわかる。

しかし、どれほどサー・ルパートを忌み嫌っていようと、この男の言うとおりだ。わたしは罪のない人間を殺したことは一度もない。

「何を考えている？」ついにサイモンは尋ねた。

サー・ルパートが息をついた。譲歩を勝ち取ったと思っているのだな。いまいましい。だがたしかにそうだ。「イーサンの命の賠償をさせていただこう。ロンドンの自宅を売っても構わん」

「何ですって？」クリスチャンが突然、叫んだ。まつ毛に落ちた雪片が解け、涙のように見える。

しかし、サイモンはもう首を横に振っていた。「それでは足りない」

父親はクリスチャンを無視し、サイモンの説得に必死になっている。「田舎の邸宅も——」

「母上や姉上や妹はどうなるのです？」きゃしゃな手首をしたクリスチャンの友人が近づいてきて傷の手当てをしようとしたが、クリスチャンはいらだった様子で手を振り、友人を追い払った。

サー・ルパートは肩をすくめた。「どうなるかだと？」

「母上たちは何も間違ったことはしていません」息子が言った。「母上はロンドンが大好きです。それに、ジュリアとサラとベッカは？　皆を貧乏にさせるつもりですか？　良縁を不可能にするつもりですか？」

「そのとおり！」サー・ルパートが叫んだ。「あの子たちは女なのだ。ほかにどんな手段を考えろと言うのだ？」

「姉と妹の将来を、幸福そのものを犠牲にするのですか？　ぼくをサイモンと決闘させないために？」クリスチャンは信じられない思いで目を見張った。

「おまえは、わたしの跡取りだ」サー・ルパートは震える手を息子に差し出した。「いちばん大事な存在なのだ。一か八かの勝負に、おまえの命を懸けるわけにはいかん」

「ぼくには理解できません」クリスチャンは父親に背を向けたが、息を切らし、よろめいてしまった。介添人があわてて駆け寄り、手を差し伸べる。

「そんなことはどうでもいい」サイモンが口を挟んだ。「兄の死は金では償えない。兄の命に値段はつけられないのだ」

「いまいましい！」サー・ルパートは杖に仕込んであった剣を抜いた。「では、脚の悪い男と決闘するのだな？」

「だめだ！」クリスチャンは介添人を振り切った。

サイモンは片手を上げ、前に飛び出してきた若者を制した。「いや、きさまと決闘はしない。血には興味がなくなったようなのでな」

本音を言えば、もうとっくに血は見たくなくなっていた。自分のやるべき仕事が好きだと思えたことは一度たりともなかったが、これでやっとわかった。わたしにはクリスチャンを殺せない。サイモンはルーシーの美しい、トパーズ色の目を思い出した。とても真剣な、とても善良そうな、ほほえんでいると言ってもいい目。クリスチャンは殺せない。なぜならルーシーを失望させるから。実にささいなことだが、それでも、これが決定的な理由だった。

サー・ルパートが剣を下ろした。口元に作り笑いを浮かべている。勝ったと思っているのだろう。


「その代わり——」サイモンは続けた。「イングランドを離れてもらう」

「何？」男の顔から笑みが消える。

サイモンは一方の眉をすっと上げた。「決闘するほうがいいのか？」

サー・ルパートは口を開いたが、答えたのは息子のほうだった。「いいえ、そんなことはありません」

サイモンはかつての友を見た。顔はあたりで降っている雪のように白かったが、クリスチャンは背筋を伸ばし、堂々と立っている。サイモンはうなずいた。「家族のために、国外追放を受け入れるのだな？」

「はい」

「何だと？」サー・ルパートが怒鳴った。

クリスチャンは猛烈に怒って父親のほうを向いた。「彼は父上に、いや、ぼくたちに、面目が保てる手段を提案してくれたのです。血を流したり、財産を失ったりすることのない手段を」

「しかし、どこへ行けと言うのだ？」

「アメリカへ」若者はサイモンに顔を向けた。「賛成していただけますね？」

「ああ」

「クリスチャン！」

クリスチャンはサイモンから目を離さず、父親の言葉は無視した。「約束は必ず果たすようにします。それはぼくが保証しますから」

「いいだろう」サイモンは言った。

二人の男はしばらく見つめ合った。サイモンは相手の目に、ある感情がよぎる様子を観察した。後悔か？　そのとき初めて、クリスチャンの目はルーシーの目とほぼ同じ色合いをしていると気づいた。ルーシー……。彼女は今もわたしの人生から消えたままだ。つまり、わたしの中にあった二つの魂がもう何日も失われていることになる。

そのときクリスチャンが姿勢を正した。「これを」彼は開いた手を差し出した。手のひらにはイズリー家のシグネットリングが載っている。

サイモンはそれを受け取り、右手の人差し指にねじ込んだ。「ありがとう」

クリスチャンがうなずいた。一瞬ためらい、もっと何か言いたそうな顔でサイモンを見ていたが、やがて脚を引きずりながら去っていった。

サー・ルパートが顔をしかめ、眉間にしわが刻まれた。「クリスチャンの命を助ける代わりに、我々に国外へ去れというのだな？」

「そうだ」サイモンは素っ気なく答え、足元をふらつかせながら唇を引き締めた。あと数秒だけ、踏ん張らなくては……。「三〇日、猶予をやる」

「三〇日！　しかし――」

「条件を呑むか、呑まないか、二つに一つだ。三〇日経って、きさまの家族が一人でもイングランドに残っていたら、息子にまた決闘を申し込む」返事は待たなかった。相手の顔にはくっきりと敗北の表情が刻まれている。サイモンはくるりと背を向け、自分の馬に向かった。

「きみを医者に連れていかねばな」デラーフが小声で言った。

「それで、血を抜いてもらうというわけか？」サイモンはもう少しで笑いだすところだった。

「必要ない。包帯を巻けば十分だ。それなら近侍がやってくれる」

デラーフがうなった。「乗れるのか？」

「当たり前だ」つい答えてしまったが、実際に馬にまたがると、サイモンはほっとした。デラーフがいらだった目つきでこちらを見たが、それは無視して我が家へ向かった。というより、我が家だったところへ向かった。ルーシーがいなければあのタウンハウスはただの建物だ。自分のクラヴァットや靴を保管しているところであって、それ以上のものではない。

「ついてきてほしいのか？」デラーフが尋ねた。

サイモンは顔をしかめた。馬の足取りをゆるめたものの、揺れはやはり肩に響く。「誰かいてくれれば助かる。馬からみっともなく落ちるといけないからな」

「それに、尻もちをつくといかんからな」デラーフは鼻を鳴らした。「もちろん、タウンハウスまで運んでやるさ。だがわたしは、きみが奥方を追いかけていく場合について言ったのだ」

サイモンは鞍にまたがったまま、やっとの思いで振り向き、デラーフをじっと見つめた。相手は片眉をすっと上げた。「連れ戻すつもりではないのか？　何と言っても、彼女はきみの妻なんだぞ」

サイモンは咳払いをし、じっくり考えてみた。ルーシーはわたしにものすごく腹を立てている。許してはくれないかもしれない。

「おい、頼むぞ」デラーフが出し抜けに言った。「まさか、彼女を手放してしまうつもりではないだろうな？」

「そうは言ってない」サイモンは異議を唱えた。

「きみはあのでかい家の中でふさぎ込んで――」

「ふさぎ込んでなどいない」

「妻に逃げられたまま、花をもてあそんでいる」

「わたしは――」

「彼女はきみにはもったいない」デラーフは考え込むように言った。「しかしだ、物の道理というものがある。せめて連れ戻す努力はすべきだ」

「わかった、わかった！」サイモンはほとんど叫んでおり、通りかかった魚の行商人がきっと彼を見てから、道の反対側に渡っていった。

「よし。じゃあ、しっかりしろ。それ以上ひどい格好をしているきみを見たことがないぞ。たぶん、風呂に入らないとだめだな」

これにも異議を唱えたいところだが、たしかに風呂は必要だ。タウンハウスに到着したときにも、サイモンはまだふさわしい答えを考えていた。デラーフは先に馬を降り、ぶら下がるようにしながら馬を降りるサイモンに手を貸してくれた。サイモンは唇を嚙んで、うめきを飲み込んだ。右手が鉛のように重く感じられる。

「旦那様！」ニュートンが玄関の階段を駆け下りてきた。かつらが傾き、太鼓腹が揺れている。

「大丈夫だ」サイモンはぶつぶつ言った。「ほんのかすり傷だし、血はほとんど——」

ニュートンは仕えるようになって初めて、主人の言葉をさえぎった。「奥様が戻られました」

ルーシーは閉じた目の上で指を広げた。ああ、神様。体が痛いほど震えた。彼をお守りください。寒さで膝がしびれている。わたしには彼が必要なのです。風が濡れた頰をぴしゃりと叩く。

彼を愛しているのです。

通路の端からきーという音が聞こえてきた。神様、お願いです。足音がする。しっかりした足取りでゆっくりと、割れたガラスをざくざく踏みつけてやってくる。召使たちが知らせにやってきたのかしら？　だめです。お願いだから。そんなのだめです。ルーシーは体を丸め、氷の上にうずくまった。相変わらず両手で目を覆い、朝の光を見ないように、自分がいる世界の終わりを見ないようにしている。

「ルーシー」ささやく声がした。聞こえなくてもおかしくないほど低い声だ。

だが、彼女には聞こえていた。手を下ろし、顔を上げ、希望を持ちつつ、あえて信じないようにした。まだ信じない。彼はかつらをかぶっておらず、ぞっとするほど白い顔をしていて、シャツは血糊で覆われていた。顔の右側にも眉の傷から流れた血が固まってこびりついており、左肩には包帯が巻かれていた。でも生きている。

生きている。

「サイモン」手首の内側でぎこちなく目をこすり、ちゃんと見られるように涙をぬぐおうとしたが、涙はあとからあとからあふれてきた。「サイモン」

彼はつんのめり、ルーシーの前で膝をついた。

「ごめんなさい――」と切り出したが、彼も同時に口を開いていたことに気づいた。「何?」

「一緒にいてくれ」彼は両手でルーシーの肩をつかみ、彼女のことを完全には信じていないかのようにぎゅっと握りしめている。「わたしと一緒にいてくれ。愛している。ああ、ルーシー、愛している。わたしは――」

その言葉に心からほっとする。「ごめんなさい。わたし――」

「きみなしでは生きられない」サイモンはそう言いながら、ルーシーの顔に唇を滑らせた。

「やってはみた。だが、きみのいない世界に光はない」

「もう二度と離れません」

「わたしは真っ暗な魂の持ち主と化し――」

「愛しているわ、サイモン――」

「罪をあがなうという希望も失ってしまう」

「愛してる」

「きみがわたしの救いなのだ」

「あなたを愛しているの」

告白を続けるサイモンの耳に、ようやくルーシーの言葉が届いたらしく、彼はぴたりと動かなくなり、彼女をじっと見つめた。それから両手で彼女の顔を包み、キスをした。求めるように、慰めるように、重ねた唇をそっと動かしている。キスは涙と血の味がしたが、ルーシーは気にしなかった。彼は生きている。しゃくり上げそうになったが、彼が唇を開き、止められてしまった。ルーシーは再びしゃくり上げ、彼の頭の後ろを両手でなでた。手のひらに短い髪が当たってちくちくする。わたしはもう少しで彼を失うところだった……。

ルーシーはふと思い出し、体を引こうとした。「あなたの肩、それに額も――」

「何でもない」サイモンは彼女の唇の上でささやいた。「クリスチャンにちょっとつつかれただけだ。もう包帯を当ててある」

「でも――」

サイモンは急に顔を上げた。氷のような目がルーシーの目をじっと見つめ、溶けていく。

「ルーシー、わたしは彼を殺していない。決闘はした。それは本当だ。だが、どちらかが殺される前にやめたのだよ。フレッチャーの一家はアメリカに渡ることになった。イングランドには二度と戻ってこないだろう」

ルーシーは彼を見つめた。結局、彼は人を殺さなかったんだ。「まだ決闘をするの？」

「いや。もう終わった」サイモンはまばたきをした。どうやら自分の言葉が耳に届いたらしい。「終わったのだ」

ルーシーは彼のすっかり冷えた頬に手を置いた。「あなた……」

「終わった……」声がうわずっている。サイモンはうつむき、ルーシーの肩に額を載せた。

「もう終わったが、イーサンは死んでしまった。ああ、兄は死んだのだ」

「そうね」ルーシーはサイモンの髪を優しくなでた。彼は見られないようにしているけれど、すすり泣き、体が震えているのがわかる。

「偉そうな男だったが、兄をとても愛していた」

「それは当然よ。兄弟ですもの」

サイモンは笑いだし、喉が詰まりそうになってルーシーの肩から顔を上げた。「わたしの天使よ……」アイスグレーの瞳に涙があふれている。

ルーシーはぶるっと震えた。「ここは寒いわ。中に入りましょう。あなたをベッドに寝かせなくちゃ」

「なんて現実的な人なんだ」サイモンは一生懸命、立とうとしている。

ルーシーはぎこちない体勢で彼に腕を回し、立つのを助けた。「それに、今度こそどうしてもお医者様に診てもらいますからね。たとえクリスマスの朝食のテーブルから引っ張ってくるはめになっても、お医者様を連れてきます」

「クリスマス」サイモンはぴたりと足を止め、危うくルーシーを倒してしまうところだった。「今日はクリスマスなのか？」

「ええ」ルーシーはサイモンを見上げ、ほほえんだ。彼はとても困った顔をしている。「ご存じなかったの？　いいのよ、プレゼントは期待していませんから」

「だが、用意してあるのだよ。ポケットの分もある。おもちゃの軍艦だ。ちゃんと水兵と士官がいて、小さな大砲も何列か備わっている。なかなか気のきいた贈り物だろう」

「ええ、きっとそうね。ポケットはとても気に入ってくれるわ。ロザリンドはいい顔をしてくれないでしょうけど、それがあなたの狙いなんでしょう」その瞬間、ルーシーは目を丸くした。「ああ、サイモン、たいへん！」

彼は顔をしかめた。「どうした？」

「クリスマスの朝食に、ポケットとロザリンドを招待してあったのよ。忘れていたわ」ルーシーはショックを受けたような顔でサイモンをじっと見上げた。「どうしましょう？」

「ニュートンと料理番に伝えて、あとは任せてしまえばいい」サイモンは彼女の額にキスをした。「何と言っても、ロザリンドは家族だ。わかってくれるさ」

「それもそうね。でも、こんな格好のあなたに会っていただくわけにはいかないわ。せめて体をきれいにしないと」

「我が天使のお望みとあらば、何でも従おう。だが頼むから、きみへのプレゼントを今、開けてくれ」二人で温室を出てからサイモンは扉を閉め、ゆっくりと廊下を歩いて広間のテーブルのところまでやってきた。先ほどルーシーが青い本を置いていったテーブルだ。「ああ、まだここにあったか」サイモンはつぶれた紙包みを持って振り向き、それを差し出すと、急に自信のなさそうな表情になった。

ルーシーは眉をひそめた。「せめて横になるべきでしょう?」

サイモンは黙って包みを差し出した。

ルーシーの唇がゆがみ、笑みが浮かぶ。抑えることができなかったのだ。目の前で彼が真剣な子供のように立っているというのに、厳しい態度を取るなんて、とてもできない。「何なの?」包みを受け取ったがかなり重かったので、もう一度テーブルの上に置いてから包装を解いた。

サイモンは肩をすくめた。「開けてごらん」

ルーシーはリボンをほどき始めた。

「その前に、結婚のプレゼントをあげるべきだったな」サイモンが隣で言った。彼の熱い息が首にかかるのがわかる。

ルーシーは口元を引きつらせた。洗練されたロンドンの貴族はどこへ行ってしまったのかしら? わたしにクリスマスプレゼントを贈るのに、サイモンがこんなに緊張しているなんておかしいわ。彼女はリボンをはずした。

「きみはもう子爵夫人ではないか。ああ、何をやってるんだ」サイモンはぶつぶつこぼしている。「宝石を買うべきだった。エメラルドかルビー。あるいはサファイア。断然サファイアだ。ダイヤモンドもいいかもしれない」

包装紙が剝がれた。目の前に現れたのは平たいサクラ材の箱。ルーシーはいぶかしげにサイモンを見た。彼が眉を吊り上げ、視線を返す。箱を開けた彼女は立ちすくんだ。中には画材用具がずらりと並んでいた。黒い鉛筆に色鉛筆。木炭、パステル、小ぶりのインクつぼ、ペンもある。一回り小さい箱には水彩絵の具と筆と、水を入れるための小さな瓶が入っている。

「もし気に入らなかったり、足りないものがあったりすれば、画材屋にまた用意させよう」サイモンはかなり早口で言った。「もっと大きい箱がいいだろう。帳面も何冊か注文してあるのだが、そちらはまだ用意できていないのだ。もちろん、宝石もプレゼントするつもりだ。たくさんの宝石、貴重な掘り出し物をプレゼントしてあげよう。だが、これはほんの――」

ルーシーはまばたきをして涙をこらえた。「こんな素晴らしいものを見るのは初めてよ」サイモンの肩に腕を巻きつけ、ぎゅっと抱きしめた。ああ、うれしい、なつかしい彼のにおい。

サイモンの腕が上がり、抱き寄せられるのがわかったが、その瞬間思い出した。「わたしもプレゼントがあるの」ルーシーは青い本を渡した。

サイモンは題名が書かれたページを開き、満面の笑みを浮かべた。『ヘビの王子』。いったいどうやって、こんなに早く仕上げたんだ?」ページをめくりだし、彼女が描いた水彩画をじっくり眺めている。「これはポケットにあげるのがいいと思う。絵を描いてくれと頼んだのは、あの子のためだったわけだし。だが――」最後のページまでたどり着くと、声が詰まった。

ルーシーはちらっと目を走らせ、かわいいヤギ飼いの娘の隣に描いた、銀髪の美しい王子に見ほれた。自分で言うのもなんだけど、本当によく描けている。

「結末を変えたな!」サイモンは憤慨しているらしい。

まあ、そんなことどうでもいいけれど。「そうよ。アンジェリカはヘビの王子と結婚するほうがずっといいの。わたし、あのラザフォードはちっとも好きじゃなかったから」

「だが、天使よ」サイモンは異議を唱えた。「アンジェリカは王子の首をはねたのだぞ。どうしてそんな状態から復活できるのか、わたしには理解できない」

「おばかさん」ルーシーはサイモンの顔を引き寄せた。「ご存じないの? 真の愛はすべてを癒すのよ」

二人の唇が重なる直前、サイモンは一瞬ためらった。アイスグレーの瞳が涙でかすんでいる。「たしかにそうだ。わたしに対するきみの愛がそうだ」

「わたしたちの愛よ」

「きみと一緒にいると、わたしはすっかり満たされた気持ちになれる。そんなことは不可能だと思っていた。……いろいろなことがあったから。だが、わたしの人生にきみがさっそうと現れた。そしてわたしを救い、悪魔からわたしの魂そのものを解放してくれたのだ……」

「あなたはまた、罰当たりなことを言ってる」ルーシーはささやき、つま先立ちになって、彼の唇に触れた。

「違う。だが、本当に――」

「しぃっ、キスして」

そして、彼はキスをしてくれた。

訳者あとがき

エリザベス・ホイトのプリンス三部作もいよいよ大詰め。最終作品『せつなさは愛の祈り(原題 The Serpent Prince)』をお届けします。このシリーズをお読みいただいている方はもうご承知のとおり、本作品の主人公はお待ちかねのイズリー子爵サイモンです。「軟弱なしゃれ者、しかし外見にだまされてはいけない」、「剣を持たせたら、一番危険なのはイズリー」といった具合に、前二作品でも伏線が張られていましたが、本作では、「真剣」という言葉とはおよそ縁のなさそうなサイモンのもう一つの顔が明らかになっていきます。

まず登場のしかたが衝撃的。彼は大怪我を負い、倒れているところを発見されます。しかも全裸で。実は、サイモンは二年前に兄を不当な決闘で失っており、陰謀を企てた兄の仲間を探し出しては決闘に持ち込み、かたき討ちをしてきました。生き残っている者たちは身の危険を感じ、暴漢を雇ってサイモンを襲わせたのです。ロンドンから遠く離れたメイデン・ヒルに捨てられ、意識を失っていたサイモンは、海軍大佐の娘ルーシーに助けられ、彼女の家に滞在します。都会の世慣れたレディとは違い、男性に媚びることを知らない、まっすぐな性格のルーシーに戸惑いつつも、サイモンは彼女といると穏やかな気持ちになれると気づきます。ルーシーもサイモンと出会って、今まで味わったことのない生き生きとした気分を味わい、彼と一緒にいたいと願います。しかし、サイモンは再び命を狙われ、自分がここにいては彼女まで危険にさらしてしまうと悟り、ロンドンに去っていきます。一度は別れたものの、自分が人間らしく生きていくにはルーシーが必要だと痛感したサイモンは彼女を迎えにいくのですが……。

本作の読みどころはサイモンの影の部分、すなわち彼が抱える孤独、罪悪感、恐怖、不安と言えるでしょう。彼は決闘で人を殺している自分を自虐的に悪魔と呼ぶのですが、悪魔を象徴する動物はヘビ。そう、聖書の中でアダムとイヴを誘惑するヘビが、物語の原題にも入っているSerpentです。サイモンが語るおとぎ話に登場するヘビとその運命は、彼の心の闇を象徴しているのでしょう。そして、ある日突然、目の前に現われたルーシーは、天から舞い降りた天使であり、魂の救済を求めるがごとく彼女を求めてしまう彼の姿がせつないほどに描かれていきます。

おとぎ話といえば、前作では女性が語り、男性が突っ込みを入れるという展開でしたが、今回はその逆。男性のほうがロマンチストで、女性は現実的という構図は意外と真を突いているかもしれません。また、一作目の終盤でサイモンにたしなめられていたエドワードが、今回はサイモンをたしなめる側に回っているところも、くすっとさせられます。ほかにも、娘を溺愛し、サイモンを目のかたきにしつつも、兄の復讐を果たそうとする彼の心情に理解を示すルーシーの父親、いつも文句たらたらな下男ヘッジなど、本作でも笑いを誘う脇役が登場します。サイモンを慕い、子分のようにあとをついてくる若き友人クリスチャンとの関係にも微笑ましいものが感じられます。シリーズ三作を通じて言えることですが、ホイトは男女のロマンスのみならず、男同士の友情、信頼関係を描くのがとても上手い。さらに、ガーデニングを趣味とするホイトらしく、本作にも植物の描写がふんだんに盛り込まれています。今回は主人公が自ら栽培しており、しかも育てているのは、おしゃれなサイモンにふさわしいバラ。ガラス張りの温室で、ハンサムな貴族がバラに囲まれている光景は絵になりますね。

実は原書の巻末には、この物語が始まる前に話を訊いたとの設定で、作者による「イズリー子爵へのインタビュー」が載っています。それによれば、子爵は「放蕩者」との評判を光栄に思っており、身持ちの悪いレディとのおつきあいやギャンブル、夜遊び、朝寝坊を楽しむのは紳士として当然だと考えています。「放蕩者はけっして恋などしない」と断言し、「そんなばかなまねをするとしたら、相手の女性はとてつもなく聡明で、機知に富み、ほかの女性をすべて捨ててしまえるほど美しい人でなければならない」と述べています。作者が「それでも、もし恋に落ちることがあるとしたら？」と食い下がると、子爵は「その場合、とてもおもしろい物語になるだろう」と答えているのですが、皆さんはどう思われるでしょうか？

二〇一〇年三月

ライムブックス

せつなさは愛《あい》の祈《いの》り

著　者　エリザベス・ホイト
訳　者　岡本千晶《おかもとちあき》

2010年4月20日　初版第一刷発行

発行人　成瀬雅人
発行所　株式会社原書房
〒160-0022東京都新宿区新宿1-25-13
電話・代表03-3354-0685　http://www.harashobo.co.jp
振替・00150-6-151594
ブックデザイン　川島進（スタジオ・ギブ）
印刷所　中央精版印刷株式会社

落丁・乱丁本はお取り替えいたします。
定価は、カバーに表示してあります。
 ISBN978-4-562-04382-8　Printed in Japan